AF423833

القِيَم الجماليَّة
في الأدب الأندلسي

د. ساندرا عفش

القِيَم الجماليَّة
في الأدب الأندلسي

إصدارات دائرة الثقافة، حكومة الشارقة 2023 م

الناشر: دائرة الثقافة ـ حكومة الشارقة ـ الإمارات العربية المتحدة

الهاتف: 5123333 6 971+

البرّاق: 5123303 6 971+

الموقع الإليكتروني: www.sdc.gov.ae

البريد الإليكتروني: sdc@sdc.gov.ae

810.96

ع س. ق

عفش، ساندرا

القيم الجمالية في الأدب الأندلسي / ساندرا عفش.ـ الشارقة، الإمارات العربية المتحدة : دائرة الثقافة، 2023.

436 ص؛ 21X14 سم.

يشتمل على إرجاعات ببليوجرافية.

1 ـ الأدب العربي ـ تاريخ ونقد ـ العصر الأندلسي

2 ـ الجمال (أدب)

أ ـ العنوان

ISBN: 9789948800156

المقدمة

عُنيت الدراسات النقدية الحديثة بالمنحى الجمالي للنصوص، واستنباط القيم الجمالية والمثل الأعلى منها، رغبةً في استجلاء معالم كلٍّ من الوعي والذوق الجماليين لمجتمع من المجتمعات، ولم تمتدَّ موجة الدراسة الجمالية إلى الأدب القديم إلا بشكل خجول حيناً ومعمٍ سطحي حيناً آخر، ومن قناعتنا أن الدراسة الجمالية هي الكاشف والموضح الأول لكل من الثقافة والوعي في المجتمع والفن معاً، حاولنا رسم صورة عامة للأدب الأندلسي، من خلال قراءة تحاول أن تأتي بجديد حول: (القيم الجمالية في الأدب الأندلسي)، ومن هنا كان سعينا الأول هو معرفة الموقف الجمالي الفردي – الاجتماعي من الموضوعات المحيطة بالأندلسيين، وذلك من خلال قراءة موسّعة للنصوص الأندلسية، واستخراج القيم الجمالية ونقدها وفقاً للتجارب الجمالية الأندلسية والمؤثرات الثقافية التي أسهمت في صوغ تلك القيم، إضافة إلى ما للبيئة الجديدة في شبه الجزيرة الإيبيرية من أثر واضح في الذوقية الأندلسية العامة.

واختصت القراءة في النصف الثاني من مدة وجود العرب –

المسلمين في الأندلس، والتي تمتد من أواخر القرن الخامس إلى آخر القرن التاسع، وهي المرحلة التي تبلورت فيها الشخصية الأندلسية، مستقلة عن الشخصية العربية – الإسلامية في المشرق، وذلك على الرغم من التأثر الكبير بتلك الثقافة، فاطلعنا على نتاج نيفٍ وسبعين شاعراً وأديباً، في دواوين ومقالات محققة، كما سبرنا أمهات الكتب مثل نفح الطيب والذخيرة والإحاطة وقلائد العقيان وسواها، بحثاً عن النصوص الأدبية التي تعطي هذه القراءة أسّها الأدبي.

وبما أننا أمام مدة زمنية واسعة، وعدد كبير من المصادر وأمهات الكتب، فقد وقع الاختيار على أكثر النصوص تعبيراً عن القيم والمواقف الجمالية، علماً بأن التشابه الكبير في النسق الثقافي والجمالي الناظم للنصوص على امتداد المرحلة ساعدنا في تخطي صعوبة التعامل مع هذا الكم الهائل من النصوص الأدبية.

وقسّمنا الكتاب إلى أربعة فصول وخاتمة، فتناولنا في الفصل الأول فكرة التمييز بين القيمة والمفهوم، ثمّ عرّفنا بالمفهومات الجمالية الأساسية مثل: الفكر الجمالي، وعلم الجمال، والجمالي، والتجربة الجمالية، ثم فصّلنا الحديث النظري حول القيم الجمالية الأساسية.

ومنها انتقلنا إلى الفصل الثاني المعنون بـ: (جمالية الطبيعة في الأدب الأندلسي)، فشرحنا في التوطئة دور الطبيعة في صوغ الوعي الجمالي الأندلسي وأهميتها في صقل حواسه وذوقه، واستيعابها الأبعاد الثقافية المختلفة وأهمها البُعد الجمالي، وفي المبحث الأول تناولنا مجالس الأنس والخصب الربيعي بوصفها المقومات الأولى والموضوعات الكبرى التي تضم مختلف المتع الجمالية في الرؤية

الأندلسية، ثم أتبعناها بمبحث ثانٍ حول الكواكب وحركة التسامي التي نظر بها الأندلسي إلى العالم، وفي المبحث الثالث تناولنا كلاً من الماء والنار، الماء بشكله البحري والنهري والمطري، ثم الخمر بوصفها ضامّة لكلّ من العنصرين، ثم النار وتجلياتها في قصائد عدة بوصفها مصدراً للأمان والدفء الأمومي، وفي المبحث الأخير تناولنا صورة الجبل الجليل الذي يدخل متلقيه بحالة القهر حيناً، وبدور القوة والتسامي حيناً آخر.

أما الفصل الثالث فمعنون بـ: (جمالية الإنسان في الأدب الأندلسي)، درسنا في توطئته دور الإنسان بوصفه موضوعاً للتجربة الجمالية ومحركاً ومقوماً لها، فكان المبحث الأول حول الإنسان – الفرد، وفيه حديث عن القيم الجمالية المفضّلة في كلِّ من الأنثى، وصورة الخليفة التي تراوحت بين السمو والبطولية، أما المبحث الثاني فيدور حول الإنسان – المجتمع، وتحدثنا فيه عن المفاصل التاريخية التي أثرت في الوعي الأندلسي ثقافياً وجمالياً، وهي سقوط دول الطوائف، دولة المعتمد على وجه التحديد، إذ شكّل سقوطه نقلة ثقافية اجتماعية كبرى، أثرت في المنحى الجمالي الفني، بالإضافة إلى السقوط المتتالي للمدن الأندلسية، والموقف الاستسلامي تجاهه، ثم ختمنا الفصل بدراسة للنقد الاجتماعي، وفق المنحى الكوميدي أو التقبيحي لكل ما هو مرفوض اجتماعياً من تزمت اعتقادي، واختلاف ثقافي، وخلل شكلي أو اجتماعي.

أما الفصل الرابع فعنوانه: (جمالية الفنون في الأدب الأندلسي)، والمبحث الأول فيه عن الفنون البصرية كالعمارة الكلية، أي عمارة

المدن وصورتها المثلى في الرؤية الأندلسية، ثم العمارة الجزئية، أي الشكل المقبول بل المرغوب في الأبنية، وتتبعها دراسة في فن النحت بوصفه مرافقاً للعمارة الجزئية ومكملاً لثيمتها الجمالية والثقافية، وقد ختمنا المبحث الأول بدراسة الأرابيسك، من خلال دراسة النصوص التي تصف النقوش على جدران المباني الأندلسية، أو تلك النصوص التي نُقشت بذاتها على جدران القصور، والمبحث الثاني هو الفنون السمعية، وتناولنا فيه كلاً من الموسيقا والغناء والرقص بوصفها مرافقات متعوية لمجالس الأنس، تمده بالقيمة العليا، وهي استمرارية الأنس.

وختاماً أتوجه بخالص شكري وامتناني لأستاذ علم الجمال والأدب الحديث في قسم اللغة العربية في جامعة حلب الأستاذ الدكتور سعد الدين كليب الذي رعى الكتاب مذ كان فكرة إلى حين إخراجه بشكله الأخير، وأشكر الصديقة الدكتورة بتول دراو والصديقة نور شبلي على قراءتهما الكتاب وتنقيحه وتقديم الملحوظات حوله.

ساندرا عفش

حلب، أيلول 2022م.

الفصل الأول:

مقولات نظرية

أولاً: المفهوم والقيمة.

ثانياً: مفهومات جمالية.

ثالثاً: القيم الجمالية.

أولاً: المفهوم والقيمة

لا بدَّ من الوقوف عند مفهومي القيمة والمفهوم في كل بحث يتسم بطابع فلسفي؛ إذ يكثر الخلط في إدراكهما، مما يسبب تشتيت الأفكار والأحكام، نظرية كانت أم تطبيقية، ويصبح الموضوع أكثر تعقيداً عندما يدخل في مجال الأدب الذي يعرض المفاهيم بشكل واقعي حسي، ويصوّر الوقائع المحسوسة بطريقة تجريدية.

لذلك سنعرّف المفهوم والقيمة، موضحين ما للقيمة من خصائص عامة قبل أن نميز بينهما، ونفصّل القول بالمنحى الجمالي للقيمة.

- المفهوم:

لغة: من مادة فهم[1]: وهو معرفتك الشيء بالقلب، وفهمتُ الشيء؛ أي: علمتُه وعقلتُه.

اصطلاحاً: هو مجموعة الأفكار المعنوية بوصفها مجردة وعامة، أو قابلة للتعميم، والمفهوم يدلُّ على جملة المزايا التي يتسم بها صنف ما[2]، وينفرد بذاته عن بقية الأصناف، والمفهوم نشاط فكري يخرج

عن إطار ما يُعطى لنا من التجربة الحسية، وتتشكل المفاهيم من عملية التجريد، الذي يتم بواسطة التعمق من الخارجي إلى الداخلي، ومن الظاهرة المحسوسة إلى الماهية المجردة، ولا يعبّر المفهوم عن شيء فردي، بل يعبّر عن جملة كاملة من الأشياء التي يجمعها مؤشر واحد، ويسمى المفهوم بالمقولة عندما يصبح أقرب إلى الثبات والبدهية[3].

ويُعدّ الهدف المعرفي للإنسان هو المحرض الأول على ظهور المفاهيم، لذلك نرى أن «ما يحدد ظهور المفاهيم بعامة – ومنها المفاهيم الجمالية – هو عملية انفصال الإنسان عن الطبيعة والمجتمع من خلال علاقته العميقة بهما، بهدف معرفتهما وتغييرهما»[4]، فالمرحلة الأولى في تكوين المفاهيم هي حالة الانفصال الفكرية، التي يلجأ فيها الإنسان إلى وعيه لذاته، ووعيه للعالم، ومحاولته إيضاح الفرق والعلاقة بين ذاته وبين محيطه، فيبدأ الإنسان يعي الظواهر المحيطة به، وينظمها وفق ما تتشابه به من خصائص مشتركة، وبذلك تكون المفاهيم مجموعة «نقاط أساسية في شبكة الظواهر تساعدنا على معرفتنا لها وتملكها»[5]، وكلما ازدادت الخبرة الفردية – الاجتماعية، أسهم ذلك بتغيّر المعطيات المشكلة للمفاهيم، فالمفاهيم قابلة للتغيّر والتطوّر وفق مقتضيات التجربة المعرفية التي يعيشها الإنسان وسط محيطه الطبيعي والاجتماعي.

أضف إلى ذلك أن المفاهيم مرتبطة بالجانب الاجتماعي؛ إذ قد تتّحد المصطلحات المتداولة بين الحضارات (كالحق والخير والجمال)، لكن تختلف المفاهيم وفق اختلاف المنظومة الثقافية الاجتماعية، وخصوصيتها الفكرية.

إذاً يمكن أن نقول إن المفهوم هو: مجموعة الأفكار والمعاني المستخلصة من جملة من التجارب والخبرات الفردية – الجماعية، والناتجة عن انفصال الإنسان عن محيطه، ووعيه إياه، وهذه الأفكار يمكن تعميمها على ما هو لاحق من التجارب، كما يمكن تطويرها وفق المعطيات التجريبية المتغيرة.

ومن غير الممكن دراسة المفاهيم من غير أن تكون مجسدة بتجارب جزئية، أو ممثلة بما يمكن للعقل أن يدعي وجوده المحسوس.

– القيمة:

أ – لغة: واحدة القِيَم، والقيمة ثمن الشيء بالتقويم، وأمرٌ قيِّمٌ؛ أي مستقيم، وقِوَام الأمر: نظامه وعماده[6].

ب – اصطلاحاً: هي لفظ اقتصادي في أساس وضعه، لكنه نُقل إلى اللسان الفلسفي المعاصر. والقيمة هي ظاهرة مادية أو روحية تلبي متطلبات معينة للإنسان، وتخدم مصالحه وأهدافه، وتتسم بطابع اجتماعي، وتظهر في فحوى النشاط العملي، ولا وجود للقيم حيث لا يوجد إنسان، وتمثّل القيمة مفهوماً متحركاً، ينتقل من الواقع إلى القانون، ومن المرغوب فيه إلى موضوع الرغبة، وتتشكّل القيمة عن طريق محاولة الإنسان الإحاطة بالوقائع، وملاحظة الصفات الموضوعية الثابتة بشكل ملموس في حدود ما يمكن مشاهدته[7].

وتتضح من ذلك خصائص عدة للقيمة:

أولها أن القيمة ذات بعد إنساني – اجتماعي، فهي إنسانية لأنها لا

تتشكل إلا عن طريق الفعالية الإنسانية في احتكاكها مع الموضوعات، «فالقيم في أساسها اشتقاق من قصدية الوعي»[8]، والرغبة في تعميق المعرفة الإنسانية، فهي خاصّة بالنوع البشري، ومن ناحية أخرى لا يمكن أن تنفصل القيمة عن أصلها ومصبّها الاجتماعي، «فكلّ اتجاهات التوجه القيمي تحمل طابعاً اجتماعياً – بسيكولوجياً يعكس نفسية المجتمع وعقلية الناس ووعيهم اليومي»[9]، فالقيمة ابنة مجتمعها، ابنة محيطها الثقافي الذي يرسم معالمها، وتشكّل صورة واضحة مجسّدة لما يحمله المجتمع من أفكار وتصورات عن العالم، كما أن قيم مجتمع ما تحمل – إلى جانب خصوصيتها الحضارية الثقافية – طابعاً يتّسم بشيء من القداسة، لأنها تشكّلت نتيجة اتفاق عدد كبير من المواقف الفردية حول موضوع ما، وفي مدة زمنية واسعة، فصارت أشبه بقانون يسم موضوعاته بسمات هي أقرب للثبات. فاشتراك الناس في الحياة الاجتماعية ينجب نتاجاً جديداً هو الوجدان الجمعي، الذي يتحلّى بقوة تتّصف بالقسر والجذب معاً، وهذه القوة هي ما نشاهده في أثناء ملاحظتنا لحركة القيم في الوعي الإنساني[10].

وهذا ينقلنا إلى ثاني هذه الخصائص، وهو أنّ للقيمة ينبوعاً واحداً، وهو التجربة[11]، فالقيم لا تتشكل إلا بعد حصيلة ضخمة من التجارب والخبرات الفردية – الاجتماعية، تتغربل من خلالها السمات المرغوبة من غير المرغوبة، لتستقر بذلك – جزئياً – صفات القيمة، وترتسم لها حدود تمكننا من الإحاطة بها نظرياً.

أما ثالث هذه الخصائص فهو أنّ القيمة عموماً تشير إلى قدرة الأشياء على تلبية حاجات حياتية إنسانية محددة[12]، فما لا يلبي

حاجاتنا لا يمكن أن ندعوه بالقيمة، وتزداد قيمة الموضوعات بازدياد حاجتنا إليها ورغبتنا فيها.

ولا نغفل كذلك قطبية القيمة، أو ثنائيتها، وهذه هي الخصيصة الرابعة، فكل قيمة تحمل داخلها جانبين، إيجابي وسلبي، المرغوب وضده، والقيم الثلاث الرئيسة هي الخير والحق والجمال، ولا بدّ أن يكون لتلك القيم ـ وتفرعاتها ـ أضدادها، فهناك ثالوث آخر من القيم السلبية، وهي الشر والباطل والقبح، «فقولنا إن القيمة تنطوي على ما يجب أن يكون، يعدل الإشارة إلى ما يسمى قطبية القيمة»[13]، فإذا كانت القيمة الإيجابية هي ما نصبو إليه ونحتاجه، فإن القيمة السلبية هي ما ننفر منه، ونقف منه موقفاً رافضاً، وبذلك تكون القيمة السلبية محرضاً على التقويم، وطلبِ وجود القيمة الإيجابية، واستحضارِ ظواهرها.

ولا بدَّ أن يكون لكلّ قيمة مثلها الأعلى، وهذه هي الخصيصة الخامسة، والمثل الأعلى هو مجموعة الخصائص القصوى التي نطلب وجودها في الموضوعات، و«هو يتكون بفضل ملكة التصور الخيالي المنتج، ويمثل شيئاً ذهنياً متخيلاً، يشبه الواقع من جهة، ويختلف عنه من جهة أخرى»[14]، فالمثل الأعلى غير موجود في الواقع بكامل صفاته، لكنه ممكن التحقق، وهو بتجاوزه للواقع ينبع من «استياء الإنسان الشديد، وعدم اكتفائه بما هو عليه، وبما في وسعه أن يفعله»[15]، فبعد أن يعي الإنسان محيطه، ويبدأ عملية التقييم بين ما يحب وما يكره، يستخلص ذهنياً جملة الخصائص المرغوبة؛ أي المثل الأعلى، الذي يتحول إلى «معيار لقيمة كلّ ما يحيط بالإنسان،

وكلّ ما يدخل في دائرة اهتماماته العملية الاجتماعية»[16]، وهذا المعيار – المثل الأعلى – يتحوّل إلى مرجعيّة يقوّم الإنسان وفقها الظواهر المحيطة به.

أما تعريف سانتيانا للمثل الأعلى بأنه: «الصورة المتوسطة التي نتوقعها، والتي ندركها إدراكاً باطناً بسهولة»[17]، فلا ينبغي لنا أن نفهمه على أنه يصف المثل الأعلى بالاعتياد والوجود المتحقق، لكنه يعني بذلك ما يجب أن يتصف به المثل الأعلى من اعتدال وتوسط بين إفراط وتفريط، أي يصبح المثل الأعلى بذلك هو الفضيلة التي تتوسط الرذيلتين.

وفي الحديث عن علاقة الإنسان بمنظومته القيميّة وواقعه، يبرز عندنا ما يسمى بالفاعلية القيمية، وهي موقف الإنسان – المجتمع من الظواهر وفق ما تقتضيه القيمة ومثلها الأعلى، أما فصلنا الفاعلية القيمية عن القيم فهو فصل مدرسي فحسب، فلا ريب أن القيم – حتى على زعم موضوعيتها وثباتها النسبي – لا تقف في فراغ، والفاعلية القيمية هي الممارسة أو الاتجاه الذي يتمّ فيه نسبة القيم إلى الظواهر بمختلف أشكالها[18]، وهذه الفاعلية تنقسم إلى نوعين، أو درجتين، التقييم والتقويم، فالأول، التقييم، «يعبّر عن جانب سطحي وحسب من جوانب التقويم»[19]، وهو محض وصف مبسط للموضوعات، (كأن نقول هي قصيدة جميلة، وهذه فتاة حسنة الوجه، وتلك لوحة قبيحة)، وهذا وصف ينطلق في المقام الأول من موقف عفوي متسرع. بينما نجد أن التقويم هو حركة الفكر نحو المثل الأعلى[20]؛ أي فيه تأمّلٌ وإعمال للفكر، إذ يحاول المقوّم أن يستحضر مجمل

خصائص المثل الأعلى الخاص بالقيمة المتجلية في الموضوع، ثم يقارنها بما يجسده ذلك الموضوع من خصائص، وبناءً على تلك المقارنة يستطيع أن يقدّم المقوّم حكم قيمة، وحكم القيمة هذا قد يتطابق مع التقييم المبدئي، وقد يضلّ التقييمُ عن إعطاء الحكم الأقرب إلى الصواب الذي قدّمه التقويم.

وفي سبيل التمييز بين مصطلحي القيمة والمفهوم، «يمكن القول: إنّ القيمة هي الجانب التداولي للمفهوم، أو إنّ المفهوم هو التحديد المعرفي النظري للقيمة. فنحن نتعامل فعلياً بالقيم لا بالمفاهيم»[21]؛ فالفرق بين المفهوم والقيمة إذاً هو أنّ المفهوم ليس سوى نتيجة أحكام القيمة وتكثيفها واختصارها[22]، أي إن المفهوم هو الخلاصة الفكرية المعرفية التي تنتجها معايشة الموضوعات ذات القيمة والتأمل فيها، والقيمة هي حركة المفهوم في الواقع المجسّد، فالفارق الأساسي بينهما هو أن المفهوم نظري تجريدي معرفي، والقيمة عملية حسية تجريبية، فالفارق الأوضح بين مفهوم الجمال وقيمة الجميل مثلاً، هو أن الأول فكري لا نراه مجسداً، بل يدور في فلك دراسات الفلاسفة والمتصوّفة، والثاني ينطلق من مبدأ حسّي معايش أولاً، فنحن لا نعايش الجمال إلا مجسداً في الموضوعات الجميلة.

تنوع القيم:

تتنوع القيم وفق المجالات الحياتية التي يخوضها الإنسان، إذ بدأت البشرية تعي الوجود من خلال قيم ثلاث رئيسة، الخير – الحق – الجمال، فالإنسانية بأسرها تعترف بهذه القيم، ولا يدور حولها نزاع،

لأنها نتاج تجربة وعناء، استخلصها الإنسان بعد مواجهة التجارب، ومحاولته لتنظيم عالمه الإنساني، ليكون في خدمة مطالبه[23]، فعلى الرغم من الخصوصية الحضارية التي تتسم بها القيم عموماً، فإن هذا الثالوث بقي معمّماً على الحضارات بمختلف المعاني التي يحيل عليها.

وقد أعلت معظم المجتمعات من شأو قيمة الخير فوق القيمتين الثانيتين؛ إذ تقول الأفلاطونية المثالية: إن سبب وجود الوجود هو قيمة الخير، والحق والجمال ينطويان تحت لواء الخير، وظلال هذه القيم هم الكائنات ذات المعايير المتفاضلة من حيث اشتراكها، إلى حدّ كبير أو صغير، بذاك الثالوث[24]، ويلخّص هذا القول ما يدعى بـ (عالم المثل)، فهو ليس محض صور تجريدية مثالية لما هو كائن في الواقع، بل قوامه الخير أولاً، ومن ثم الجمال والحق، وما الكائنات الحية إلا محاولات لتحقيق تلك القيم، محاولات تتفاضل فيما بينها بالاقتراب من عالم المثل، المتجلي بقيمة الخير أولاً، أو الابتعاد عنه.

كما أن الخير بدلالته الأخلاقية يحضّنا على إرجاع سائر القيم إلى القيمة الأخلاقية[25]، وهذا ما كان سائداً عند العرب – المسلمين، فقد أجمعوا على أربع قيم هي أمهات الفضائل، وهي: الحكمة (فضيلة العقل)، الشجاعة (وهي فضيلة القوة الغضبية)، العفة (وهي فضيلة القوة الشهوانية)، العدالة (قيمة القيم وجامعة الفضائل)[26]، وتقديم القيمة الأخلاقية (الخير) نابع من أنها ضرورة وجودية، يهدد نقيضها حياة البشرية وحضاراتها، بينما نجد أن قيمتي الحق والجمال هما قيمتان كماليتان لا يهدد غيابهما الوجود الإنساني إلا بشكل محدود.

وقد بقيت هذه القيم الثلاث هي القيم الرئيسة التي يتمّ الخلط بينها حتى القرون الوسطى [27]، ثم بعد تمايز مجالات الفاعلية القيمية بدأ تنوع القيم وتمايزها عن بعضها، «فالقيمة أو الفاعلية القيمية ليست جانباً بعينه من جوانب الإنسان، أو مجالاً من مجالات نشاطه، لأنه لا سبيل إلى فصلها عن الفاعلية الإنسانية في كافة مواقفها» [28]، فكلّ ما يحيط بالإنسان من موضوعات أو ظواهر هو موطن من مواطن إحدى القيم، لذلك نرى أن القيم تتنوع بتنوع الأفراد والمجتمعات من جهة، وتتنوع بتنوع الموضوعات من جهة أخرى، «فإذا ما تجلت الفاعلية الإنسانية في صور متباينة من الفلسفة والدين والفن والعلم، فإن القيم تسودها دون استثناء» [29]، لكن هذا يضعنا أمام تنوع هائل للقيم، تنوع غير مضبوط، وفي سبيل حصر القيم ضمن مجالات، يمكن أن نقول إنَّ كلَّ شكل من أشكال الوعي يحيلنا إلى مجموعة من القيم، وقد أوضحنا أن القيمة هي نتيجة حركة الوعي الإنساني في الواقع، وأشكال الوعي هي: السياسي، الحقوقي، الأخلاقي، الديني، العلمي، الفلسفي، الفني الجمالي، ويجمعها كلها الوعي الاجتماعي [30]، فالمجتمع منبع للوعي والقيمة في آن. وأشكال الوعي هذه تحتضن القيم، وتؤثر وتتنفعل بها، فالوعي يشكل القيمة، ومن ثمّ تؤثر القيمة في قولبة الوعي، فالقيمة إذاً مرتبطة بالوعي من حيث المنشأ والتصنيف والمصب.

ثانياً: مفهومات جمالية

– الفكر الجمالي:

منذ أن وجد الإنسان على الأرض بدأ بتلمس الجمال من حوله، وكان أول سلوك جمالي يقوم به هو من خلال التشكيل الجمالي للأدوات ذات البعد الوظيفي أولاً، فكان لا يكتفي بصنع مستلزماته للتحكم بالبيئة من حوله بصورة عشوائية، بل يشكل أدوات الصيد والثياب وغيرها بأساليب محددة تضفي على هذه المواد والأدوات منحى جمالياً، ثم مع تشكل ملامح الحضارات الأولى بدأ يعي ذاته بوصفه إنساناً وسط بيئة، وتحوَّل وعي الإنسان هذا إلى سلوك ومواقف وتفضيلات، وهذه المواقف كانت تحمل بعداً دينياً ووظيفياً وجمالياً في آن، وكل حضارة استطاعت أن تبدأ ما يمكن أن نسميه بالأفكار الجمالية، التي لم تتطور بعد لتصبح فكراً جمالياً، وهذا التطور حدث في مرحلة نضوج الحضارات. إذ تجلى وعي الإنسان الجمالي في عدة مناحٍ؛ منها الأسطورة والصناعات والفنون البدائية والجميلة والأدب ومن ثم الفلسفة[31].

فالمنحى الجمالي خاص بالإنسان، إذ سمي الإنسان بـ: (الكائن

الجمالي)، وهذا يعني أن الإنسان ذو حساسية ذوقية تجاه الظواهر والأشياء من حوله، حساسية تجعله يقبل أو ينفر، ويعني ثانياً أنه كائن ينتج الأدوات والأشكال وفق تصورات ذهنية جمالية إضافة إلى قيمتها الوظيفية والنفعية، ويعني أخيراً أنه كائن يقدم رموزه الثقافية بصورة جمالية، وأن الأشكال الجمالية التي يبدعها ذات حمولة ثقافية[32].

وبذلك استطاع الإنسان – المجتمع أن يضم أفكاره وسلوكياته الجمالية وفق منظومة الفكر الجمالي، الذي يسم الأمة بطابعه، ويتسم بثقافتها، إذ لكل حضارة من الحضارات فكرها الجمالي الخاص بها، والمتمايز عن فكر غيرها، فالفكر الجمالي هو: مجموعة الأفكار النظرية الناتجة عن التأمل في المواقف والسلوك والواقع، وهذه الأفكار ذات خصوصية اجتماعية ثقافية.

وفيما يخصُّ الحضارة العربية – الإسلامية، فإننا لا نجد لدى العرب القدماء نظرية في الجمال، إنما تكونت لديهم نظرات فيه بحكم التجارب، وكان لهذه النظرات صدى واسع في بدايات النقد الأدبي وفي الأدب ذاته[33]، فقد ظهرت ملامح التفكير الجمالي عند العرب من خلال قراءتهم للواقع، ووعيهم له، وعكسه في شعرهم، ومن ثمّ ظهرت في نقدهم لهذا الشعر وتقويمهم له. إذ يصعب الحديث عن فكر جمالي نظري قبل القرن الثالث الهجري، حيث نشطت حركة التأليف والترجمة في علوم العصر المختلفة[34]، وبرزت عدة أسماء أسهمت في التنظير للفكر العربي الإسلامي امتداداً من الشرق وحتى الأندلس، كالجاحظ والكندي والفارابي وابن سينا والغزالي وابن عربي وابن الدباغ وابن سبعين.

وسنقف عند أهم ما كان يتسم به هذا الفكر، وهو الجدل بين النظر إلى الجمال – أو الجمالي عموماً – من جانب حسي، وجانب باطني، «فلقد أعطى الفكر العربي – الإسلامي الجمال الباطن أهمية كبرى على الصعيد الاجتماعي، بحيث يمكن القول إن الاهتمام بهذا الجمال قد تجاوز أي اهتمام جمالي آخر، ما عدا الجمال المطلق [الله]»[35]، وهنا نجد الافتراق الواسع بين الفنون والشعر تحديداً، وبين ما قاله الفكر الجمالي العربي، فبينما كان وعيهم الشعري للواقع «وعياً بسيطاً وإدراكاً مباشراً للأشياء الحسية»[36]، تعمق الفكر الجمالي العربي – الإسلامي بالمنحى المعنوي الباطني، وهنا كان الخلط بين الجانب الأخلاقي الديني*، وبين الجانب الجمالي عند المفكرين العرب، فمن المسلَّم به أنه لا يوجد تلقٍ للجمالي من غير المرور بما هو حسي، وحتى تلقينا (للجمال الباطن) حسب تعبير الفلاسفة العرب، يمر بحاسة واحدة على الأقل، لكن ما يختلف هنا هو درجة أهمية الحاسة في التلقي الجمالي، ففي حين أنها تلعب دوراً جوهرياً في تلقي الجمال الظاهر، نجدها تلعب دوراً ثانوياً، وهو دور الوسيط أو القناة، في تلقي الجمال الخلقي أو الباطن، إذ لا بدَّ أن يتجلى الجمال الباطن في سلوك أو موقف أو قول محسوسين حتى نقدر على تقويمه أو إطلاق حكم جمالي عليه.

وكذلك فقد قامت النظرية العربية – الإسلامية فكرياً وجمالياً على محورية مفهوم الكمال، وقد عمّمنا الحكم لأن «ما يلفت النظر في تراثنا الفكري الجمالي حقاً هو الديمومة التاريخية التي تسمح لنا بالحديث عن منظومة جمالية واحدة أو موحدة عبر ما ينوف على ألف

سنة»[37]، رغم ما لهذه النظرية من تمايزات خاصة بكل منظِّر، وإذا كان مفهوم الكمال حاضراً بقوة في هذه المنظومة، فسنرى أن وجوده قد صار محورياً بعد التأثيرات الفكرية الواسعة لنظرية الفيض*، فقد طبعت هذه النظرية الفكر الجمالي العربي بطابعها الجوهري، وهو محورية الكمال، فالمنظومة الجمالية العربية ــ الإسلامية قائمة بنيوياً على مفهوم الكمال[38].

ويعرف الكمال أنه «هو: حصول الموجود على سماته الوجودية الخاصة به المميزة له من سواه من دون زيادة أو نقصان»[39]، فالكمال ليس واحداً لكل الموجودات، لكن   كما يتضح من التعريف   لكل موجود سماته الخاصة التي تجعله كاملاً إذا تحققت فيه، إذ «تتعدد ضروب الكمال بتعدد الأنماط أو صور الإدراك في الذهن»[40]، أي بتعدد الموضوعات، وكمال الموضوع يجعله أقرب إلى أن يكون مثلاً أعلى بذاته ولذاته، وتمنحه القدرة والفاعلية على أن يؤدي واجباته تجاه ذاته ومحيطه ومُوجِده، متمتعاً بذاته عرضاً وجوهراً.

وقد يظن الدارس أن الكمال بات مفهوماً جمالياً لكثرة وروده في هذا الفكر وارتباطه بالجلال والجمال، فالكمال هو الأصل في الجمال والجلال، سواء أكانا مفهومين أم كانا قيمتين، إنه الجوهر والمحور والإكسير والماهية فيهما[41]، فلا وجود للجليل أو الجميل في غياب الكمال، بل إن افتقاد وجوده يحيل مباشرة إلى ما هو نقيض الجمال والجلال، أي القبيح والتافه.

ويعرّف ابن الدباغ الكمال بأنه: «حضور جميع الصفات المحمودة للشيء»[42]، أي جميع الصفات المرغوبة أو الجميلة، فلا انفصال

بين ما هو كامل وما هو جميل، كما يقول ابن الخطيب: «والكمال مظهر الجمال، وتجلٍّ له، وكالمادة لصورته، فالكمال جميع الصفات المحمودة لذلك الشـيء»[43]، فالكمال إذاً شرط أول يجب تحققه بالموضوع حتى نطلق عليه صفة الجمال أو الجلال، فهو الأرضية التي نبني عليها القيم الجمالية الإيجابية (بتحققه على منحًى ما)، والسلبية (بفقدان وجوده بطريقة ما)، وهنا نرى التقارب الشديد بين كل من مفهومي الكمال والمثل الأعلى.

وهذا ما وسم النظرية الجمالية بالموضوعية(*)، فللكمال سمات عامة متَّفق عليها، وهذا ما يوجب من ثم أن «عدم الإقرار بجمال الجميل، واعتباره قبيحاً مثلاً، [...] قد تم النظر إليه على أنه نوع من المرض، لا يقاس عليه، ولا يؤخذ حجة على الجمال»[44]، وبقيت وجهة النظر هذه في إطار الفكر، إذ نرى أن الواقع والمعايشة اليومية والفن تختلف مع النظرية الجمالية بما يسمى التفضيل الجمالي، أو الذوق الجمالي (نسبية الجمالي)، مما يؤثر في المفاضلة بين الموجودات انطلاقاً من ذاتية المتلقي أو المبدع.

وإن كلاً من التفضيل الجمالي ووعي المثل الأعلى الجمالي يدفعان باتجاه الكمال، وهو ما قالته الظاهراتية: «إن النشاط الخاص بالحياة، خلال الإبداع والتذوق يتحرك باتجاه معين يفترض أنه الاتجاه الخاص بالتكامل الأعظم للشخصية، والتحقق الأكبر أو الأقصى لها»[45]، فالوصول إلى الكمال الفني والإنساني والوجودي هو هدف أي نشاط إبداعي جمالي، فلا يتحقق الكمال إلا بالتحقق الوجودي الأمثل للكائن الإنساني أو الفني.

كما «أن الجمال الذي يرتبط بالضرورة بالكمال، يرتبط بالضرورة بالخير»[46]، فالتحقق الوجودي الأمثل، أي الكمال، يفترض بدوره النزعة الخيّرة لدى الإنسان، ويظهر الخير من خلال الأداء الأفضل للواجبات، والسلوك الخيّر مع المجتمع، واجتناب الشر المرتبط وجودياً بالقبح والنقص.

وهذا ما يخص كمال الموجودات، أما الكمال الإلهي فهو كمال سرمدي، لم يبدأ ولا ينتهي، ثابت، كلي، لا يتجزَّأ، مفارق للمادة، لا يتعيّن ولا يتحيَّز، لا يحتاج ولا يريد، أولٌ، لا علَّة له، وهو علَّة كل موجود وكل كمال[47]، وهو كمال لا يُنتَظر تحققه، لأنه متحقق وجوباً بشكل دائم وسرمدي وفاعل، و«إدراك الكمال الإلهي بغاية الصعوبة إن لم يكن مستحيلاً»[48]، لأن الكمال الإلهي ينزاح نحو الجلال، ومن سمات الجليل (الإلهي)، أننا لا ندركه بشكل كامل، ولا يمكن أن نحيط به كما نحيط بالموجودات الجميلة مثلاً، إضافة إلى أن «ما هو مادي لا يدرك ما هو روحاني»[49]، لذلك نجد أن إدراك الكمال المطلق لا يمكن تحققه إلا بشكل جزئي محدود، عن طريق إدراك المخلوقات المحسوسة، أو بالكشف على طريقة المتصوفة.

وانطلاقاً من الكمال المطلق وطلب الكمال في المخلوقات نجد أن الوجود في الفكر العربي الإسلامي قائم بالكمال نشأة وسيرورة وصيرورة، وما من وجود دونما كمال[50]، فالعناية بالكمال ليست مسألة فكرية جمالية فحسب، إنما هي مسألة أنطولوجية في المقام الأول.

وختاماً في مسألة الكمال نقول، إنّ الفكر العربي – الإسلامي هو الفكر الوحيد الذي ذهب إلى جوهرية الكمال ومحوريته بالنسبة

إلى القيم الجمالية، وهو الفكر الجمالي الوحيد الذي يربط هذا الربط الدقيق المحكم بين الكمال والجلال والجمال، فعلى الرغم من حضور هذا المفهوم في الفكر الجمالي اليوناني أو الأوروبي، فإن أهميته كانت أقل بكثير من أهميته في الفكر العربي الإسلامي [51]، وسنرى هذا المفهوم منعكساً في التحديد النظري للقيم من جهة، وفي المعايير الجمالية للموضوعات المعايشة فنياً من جهة أخرى.

وقد بقيت كل تلك الملحوظات والأفكار والنظرات الفلسفية الجمالية في إطار الفكر الجمالي، ولم تتطوّر لتصبح علماً إلا في العصر الحديث.

- علم الجمال:

علم الجمال – الاستطيقا – Aesthetic هو لفظ مشتق من الكلمة اللاتينية (Aisthesis) والتي تعني الإحساس أو الإدراك الحسي [52]، وقد أطلق هذا المصطلح في النصف الثاني من القرن الثامن عشر عند بومغارتن ليدل على العلم الخاص بالمعرفة الحسية، ونظرية الفنون الجميلة [53].

وعلم الجمال هو: «علم يدرس القوانين العامة لتطور علاقات الإنسان الجمالية بالواقع، وخاصة في الفن كشكل متميز من أشكال الوعي الاجتماعي. ويمكن القول بكلمات أخرى: إن علم الجمال يدرس علاقات الإنسان الجمالية بالواقع عموماً، ويدرس أعلى أشكال هذه العلاقات، ألا وهو الفن، على وجه التخصص» [54].

وانطلاقاً من هذا التعريف يمكن أن نستنتج عدة نقاط؛ أولها هو: موضوع علم الجمال، وهو دراسة «وعي الجمالي في الفن والطبيعة، وفي المبدع والمتلقي، وفي الفرد والمجتمع، وفي الوظيفة والقيمة والمتعة والتجربة والتشكيل والأسلبة... إلخ»[55].

إذ ينصبُّ اهتمام علم الجمال على دراسة التجربة الجمالية ـ ومحورها القيمة الجمالية ـ في وعي الأفراد والمجتمعات على حدٍّ سواء، كما يهتم بكلا مصدري القيمة الجمالية، وهما الواقع (الطبيعة والمجتمع والسلوك الإنساني)، والفن، ويدرس العمليات الإبداعية التي تنتج الأعمال الفنية من موقف المبدع، ثم يدرس العمل الفني ذاته بقيمه الجمالية ومتعته وإيضاحه للوعي الجمالي، ويهتم كذلك بدراسة التجربة الجمالية في التلقي الفني. فموضوع علم الجمال إذاً هو نشاط الإنسان الجمالي أو تملكه الجمالي للواقع، وهذا التملك يتجلى في السلوك وفي الحياة اليومية وفي الفن[56]. وهذا يؤكد الجانب الحسي في دراسة القوانين والتجارب الجمالية؛ فمن الصحيح أن علم الجمال يتجه نحو التجريد الفكري للتجربة، لكنه ينطلق وبشكل مؤكد من الخبرات الحسية الحية.

وهذا ينقلنا إلى النقطة الثانية، وهي دراسة الفن والطبيعة في علم الجمال، إذ إن لعلم الجمال «أهميته العلمية في ميدان النشاط الفني ـ الجمالي للناس من خلال دراسته لأكثر قوانين الفن شمولاً، وتحديده لمكانة الفن في نظام الحضارة الإنسانية، ومساعدته على فهم آلية تأثير الفن عاطفياً وفكرياً في الإنسان، وبنائه الأساس المنهجي لنظرية الفن ونظرية الأدب والنقد الفني»[57]، فهو يهتم بشكل أساسي

بالفن، وقوانين تشكيله، وأسلبة مضموناته وموضوعاته، وشروطه التي تجعل منه فناً جميلاً، وانعكاسه على النفس الإنسانية والفكر الإنساني، لكن هذا لا يعني أننا نذهب مذهب من يرى أن يختص علم الجمال بالفن وحده[58]، كما لا ننفي بالمقابل أن الشطر الأكبر من الاهتمام ينصب على الفن، بل يهتم كذلك بدراسة القيمة الجمالية في علاقة الإنسان مع الطبيعة، والمتعة الجمالية التي تقدمها التجربة الجمالية مع الطبيعة، ولأن الطبيعة أكثر ثباتاً من الفن فهي أقل إثارة للجدل والتساؤل، على الرغم من أن الموقف من الطبيعة متبدل جزئياً بحسب الثقافات، وبحسب الفرد المعايش جمالياً.

وينبغي أن ندرك أن الجميل لا يشكل وحده القيمة المدروسة في علم الجمال، وهذه النقطة الثالثة، «فقد كان يقال في الماضي: إن الجميل هو موضوع علم الجمال، ولكن هذا القول لم يعد يتفق اليوم مع تنوع وغنى الظاهرات الجمالية التي تضم إلى جانب الجميل، الرقيق والرائع والرشيق والمأساوي والهزلي والقبيح والغليظ.. إلخ، فالجميل ليس سوى ظاهرة من ظاهرات الجمالي»[59]، إذ إن قولنا: علم الجمال، هو من باب إطلاق الجزء على الكل، فالجميل ليس القيمة الوحيدة التي يختص بها علم الجمال، بل هي قيمة واحدة من ست قيم رئيسة، وهي: الجميل والقبيح، والجليل والتافه، والتراجيدي والكوميدي.

وأخيراً، إن علم الجمال علم معرفي لا ينتمي إلى الاتجاه القيمي، وهي النقطة الرابعة والأخيرة، إذ يقول نايف بلوز: «إن علم الجمال ليس علاقة جمالية أو وعياً جمالياً، ولا ينتمي إلى التوجه القيمي، بل إنه ينتمي بوصفه علماً إلى مجال التوجه المعرفي»[60]، فعلم الجمال

مختلف عن التجربة الجمالية. وما يفعله علم الجمال هو تحويل التجربة الجمالية الحية إلى مادة نظرية ممنهجة ومتكاملة، من حيث الجوانب والعناصر والشروط والعلائق، وذلك باستقراء التجربة الحية في الفن والطبيعة من جهة، وباستقراء الآليات الإبداعية والأشكال الجمالية من جهة أخرى، من أجل الوصول إلى وعي موضوعي دقيق نسبياً بالتجربة ومنتجاتها[61].

فالفارق بين التوجه القيمي وبين التوجه المعرفي، هو أن الأول يهتم بتجربة جدلية قائمة بين ذات وموضوع، والثاني يدرس الأفكار النظرية المستخلصة من عدة تجارب، إذ يهتم بالموضوع المدروس وحده بصرف النظر عن الذات الفردية ـ الاجتماعية للدارس، وهذا ما أكسب دراسة التجربة الجمالية سمة الموضوعية، وجعلها تنطوي تحت مسمى العلم.

ـ الجمالي:

إن الجمالي هو الطرف الأول في العلاقة الجمالية، فهو الموضوع الحامل للقيمة الجمالية، الموضوع الذي تعايشه الذات، وتتأثر به بعدة مستويات. وموضوع الجمالي هو الإنسان نفسه بكل جوانب حياته وعلاقاته[62]، كما أن للنزوع الجمالي حضوره في مجمل النشاط البشري والسلوك اليومي منذ بدء الخليقة[63]، فهو معمَّم وشامل لكل جوانب الحياة المحيطة بالإنسان، ويتقاطع مع مجمل المجالات الحياتية الإنسانية. والجمالي في قبوله للمعرفي والأخلاقي والسياسي والديني داخل إهاب موضوعه يعبّر عن لطفه وموضوعيته وعدم

رفضه وإلغائه لشيء من المجالات التي تكون حوله متصلة به من غير أن تتماهى معه[64]، فأي موضوع مهما كان انتماؤه أو تصنيفه قابل لأن يكون موضوعاً جمالياً يتسم بجملة من السمات التي يمكن أن نجدها في تعريف الجمالي بأنه: «هو المثير الحسي الانفعالي المقوم روحياً، في الفن والطبيعة، من منظور المثل الأعلى للفرد والمجتمع معاً. وذلك بصرف النظر عن طبيعة الإثارة من حيث القوة والضعف، وبصرف النظر عن منحاها من حيث المشاعر النفسية ـ الروحية المصاحبة، مما يدخل في مصطلح المتعة الجمالية، كالغبطة والأنس والرهبة والإعجاب والشفقة والهزء... إلخ»[65].

فأول سمة من سمات الموضوع الجمالي أنه «مثير»، أي إن مجرد الانتباه إلى الموضوع الجمالي يحمل في ذاته تقويماً أوليّاً للموضوع، كما أن عدم الانتباه الجمالي هو تقويم لما هو حيادي، فعملية الانتباه الأولى تفصل مباشرة بين الموضوع الذي ينتمي إلى التجربة وإلى القيمة الجماليتين، وبين الموضوع الحيادي جمالياً.

وللمعايشة الجمالية مستويات عدّة كما تبدّى في التعريف، وهي أن:

* الجمالي مثير حسي:

إن العتبة التي ينبغي أن نجدها في الموضوع الجمالي هي العتبة الحسية ـ العرَضية. فما لا يمكن إدراكه بالحواس لا يدخل في التجربة الجمالية، ولا يكون موضوعاً جمالياً[66]، كما لا يكفي أن يكون الموضوع حسياً، بل على التلقي الجمالي أن يكون حسياً في

مرحلته الأولى كذلك[67]، وجزمنا بذلك لا يعني أن التجربة الجمالية حسية برمتها، لكن يعني أن منطلقنا حسي في معايشة الموضوعات، فالحسية وحدها لا تكفي لكي يكون الموضوع جمالياً، إذ «لا يستطيع المرء أن يعدَّ كل إدراك للإشارات اللونية والصوتية إدراكاً يحدث شعوراً جمالياً، وينتهي بتقويم جمالي»[68].

والنزعة الحسية ليست مرتبطة بالتنظير الحداثي لعلم الجمال فحسب، بل نراها بتجلٍ في كلٍّ من الفكر العربي – الإسلامي، والشعر العربي القديم، فالصورة الحسية هي التي لفتت انتباه الشاعر القديم، وكان اهتمامه ضئيلاً محدوداً في الصفات المعنوية[69]، فالعرب منذ اللحظة الأولى كانت نزعتهم حسية في تذوق الجمال، ومفهوم الجمال عند الشعراء وعند المفكرين وعند النقاد العرب إدراك حسي في المقام الأول[70].

وليست الحواس الخمس في مرتبة واحدة في تلقينا للجمالي، إذ أجمع معظم المنظرين على أن حاستي السمع والبصر تأتيان أولاً فيما يخص معايشة الموضوعات الجمالية، لأنهما أكثر نمواً ورهافة، ولأن الحواس الثلاث الأخرى (الشم – التذوق – اللمس) تفتقر إلى الدلالة الرمزية والروحية[71].

وإذ يبالغ سانتيانا فيضيق دائرة الحواس الجمالية، فيجعل حاسة البصر هي الأساس في الإدراك الحسي الجمالي، ويقول: «غالباً ما نتصور الشكل الذي يكاد يكون مرادفاً للجمال على أنه شيء بصري؛ أي أنه تركيب لما هو مرئي»[72]، فهو يرى أن التشكيل الجمالي للموضوعات يتأطر في أبعاد يدركها العقل على أنها صورة لشيء

ما، مما يجعل الموضوعات على مختلف أشكالها الحسية صوراً مرئية، سواء أكانت كذلك في الواقع أم كانت كذلك كما يدركها العقل.

في حين أننا نجد ستيس يوسع دائرة الحواس الجمالية لتشمل كل الحواس، إذ يرى أن لا فارق بين الحواس العليا (البصر والسمع)، والحواس الدنيا (الشم والتذوق واللمس)، بل كلها قادر على أن يكون وسيطاً جمالياً[73]، لكنه يوافق أيضاً على أفضلية حاستي البصر والسمع[74]، وإذا أردنا أن نوافقه على ذلك يمكن أن نفترض أن المعنى الجمالي المستسقى من الشم أو التذوق أو اللمس يأتي من مصدرين؛ الأول هو الناحية الثقافية، كمذاق التمر أو رائحة البحر... إلخ، والثاني مرتبط بالفرد وذاكرة حواسه، تلك الذاكرة التي تجعل لكل تجربة لمسية أو ذوقية أو شمية بعداً جمالياً، بما أنه ارتبط بموقف مقوّم سابقاً، فتلك الحواس تعمل بشكل غير مباشر، إلى جانب العمل المباشر لحاستي البصر والسمع، فتؤثر بشكل طفيف في التجربة الجمالية، وقد لا تؤثر على الإطلاق، فوجودها ليس شرطاً لاكتمال التجربة كما هو اشتراطنا لوجود الحواس العليا.

* الجمالي مثير انفعالي:

بعد أن نتلقى الموضوع الجمالي حسياً، على الموضوع أن يلامس فينا الانفعال الذاتي، ويحرض فينا شعوراً مرتبطاً بالموضوع عينه. فالجانب الانفعالي ملازم لكل مراحل العلاقة الجمالية، وهو محكوم بالمثير الحسي، أي بالموضوع نفسه، وليس شعوراً حراً سائباً يتجاوز الموضوع إلى سواه[75]، فأي انزياح في الشعور

خارج معطيات الموضوع يفقد التجربة الجمالية بعدها الموضوعي، ويدخلها في تجربة نفسية انفعالية مستمدة من التخيل أو الذاكرة فحسب، وذلك حين يهمل الشعورُ الموضوعَ الجمالي، ويلتفت إلى غيره من الموضوعات، أو يلتفت إلى الإغراق في الذاتية. وهذا ما يدفعنا إلى التأكيد على أن الشعور الجمالي هو قدرة الإنسان الذاتية على الاستيعاب العاطفي للخصائص الموجودة في الظواهر، وفهمها، والتمتع بها[76]، فلا تفقد بذلك التجربة بعدها القيمي، أي جدلية الذات والموضوع.

وعلى أهمية الجانب الانفعالي فإننا لا نقول قول بلوز بأن «المعايشة المباشرة وقوة المشاعر والأحاسيس وخصائصها الأخرى هي وحدها الأساس الضروري والكافي للحكم الجمالي»[77]، فالمشاعر الجمالية هي واحدة من خصائص معايشة الموضوع الجمالي، وواحدة من المحفزات على التقويم الجمالي، وليست كافية وحدها لإتمام التجربة الجمالية.

كما لا نوافق سانتيانا على رأيه أن الجانب العاطفي الانفعالي للحساسية الجمالية يعود بكليّته إلى إثارة تكويننا الجنسي إثارة خفيفة ومن بعيد[78]، إلا إذا فهمنا من قوله أن التلمس العاطفي للجانب الوجودي في ثنائية الحياة – الموت في الموضوع الجمالي يمس فينا غريزة البقاء (الجنس تحديداً)، فثنائية الجميل – القبيح، ذات منحى وجودي، إذ يدل الجميل على الحياة، كما يدلّ القبيح على زوال الحياة، فاستمتاعنا الوجودي هذا ينعكس على الجانب الغريزي الجنسي بشكل طفيف.

*** الجمالي محفز على التأمل الروحي:**

إن التأمل الروحي هو لحظة تعمق اللقاء بين الذات والموضوع الجمالي، وفيه يظهر الهدف الأساسي في معايشتنا للموضوعات الجمالية، وفيه تُشبع حاجاتنا الجمالية وميولنا الثقافية. والحاجة الجمالية تجاه موضوع ما لا تستهدف استهلاك الموضوع أو استنفاده أو تغيير ملامحه، بل تطمح إلى ضرب من التملك الروحي، والذي يتجلى في التأمل الجمالي[79]، والتملك الروحي هو مرحلة ناضجة من المتعة، تمر فيها الذات من الجانب الحسي والشعوري وتتجاوزهما، ويتمايز فيها الموضوع الجمالي من غير الجمالي.

إضافة إلى أن «المعايشة الروحية المنزهة عن النفع والغرض لا تقتصر على تحريرنا من الاهتمام النفعي المباشر، بل تشدنا إلى عوالم عليا، إلى أهداف حياتنا الكبرى، وإلى ما ينبغي أن يكون»[80]، أي تشدنا نحو المثل الأعلى الجمالي، فالجانب «الروحي في الإنسان هو قدرته على السعي نحو الغايات المطلقة وبلوغها»[81]، وبذلك نرى بوضوح انتفاء السمة الاستهلاكية من العلاقة الجمالية، فيتجلى المثل الأعلى ذهنياً في أكمل حالاته، ويقف في موقع المقارنة مع الموضوع المعايش جمالياً، مما يبلور المثل الأعلى ويوضح معالمه من جهة، ويمنح الذات القدرة على تقويم الموضوع من جهة ثانية.

- التجربة الجمالية:

إن هذه المستويات الثلاثة التي تتوفر في كل من الموضوع

الجمالي والذات المعايشة تؤدي إلى ما يسمى بالتجربة الجمالية، والتي تعرف بأنها: «تجربة معرفية – انفعالية متعوية، تنشأ بين الذات الفردية بكليّتها الحسية والنفسية والروحية والمعرفية، وبين الموضوع المشخص بكليته المادية، وقيمته الاجتماعية، ودلالته الروحية جميعاً»[82].

فالعلاقة الجمالية القائمة بين الذات والموضوع تفرض علينا التوقف عند عدة إشكاليات برزت تاريخياً في توضيح هذه العلاقة، وأولها:

– الذاتية والموضوعية:

لقد اتسع الخلاف بين المنظرين في علم الجمال على موضوعية التجربة الجمالية أو ذاتيتها، إذ يحدثنا أرسطو – على سبيل المثال – عن الخصائص التي تجعل الموضوع جميلاً، وهي التناسب والانسجام والارتباط والترتيب، ويخرج بذلك الجمال من عالم المثل الذي اعتمده أستاذه[83]، ويجعل من الجمال وصفاً للموضوع فحسب بعيداً عن الذات المعايشة. لكن ليس ثمة بنية مادية موضوعية تمثل بحد ذاتها – وبمعزل عن الذات – قيمة[84]، فالإنسان هو موضوع القيم ومقوّم الموضوعات. ويحدثنا لالو من منحى آخر عن الموضوعات الجمالية، فيقول: «إن هذه الأشياء في ذاتها ليست لا جميلة ولا قبيحة، فهي ما هي عليه، وكل نعت آخر هو خارجي عنها ولا يأتيها إلا منا»[85]، فهو يؤكد أن حكم القيمة نابع من الذات، ويحمل مجموعة تقويمات نضفيها على الموضوعات التي لا تحمل في ذاتها أية سمات، وهذا غير ممكن لأن الذات الإنسانية غير منفصلة عن محيطها، بل هي متأثرة به ومؤثرة فيه.

لكن المنحى القيمي للتجربة الجمالية يفترض وجود الذات والموضوع في حالة المعايشة الجمالية ويوازي بينهما في الأهمية. فالمستوى القيمي في معالجة الجمالي لا يسمح للتجربة الجمالية أن تكون ذاتية فحسب، أو موضوعية فحسب، بل إن إعطاء حكم القيمة يفترض توجيهه من ذات مدركة ذات حاجات ومشاعر وتأملات وأحاسيس وخبرات، إلى موضوع متمتع بصفات تؤهله لأن يكون موضوعاً جمالياً[86]، وهذا هو الاتجاه الأقرب إلى الصواب.

– المثل الأعلى الجمالي:

وهو مجموعة الخصائص والصفات التي تواضع عليها مجتمع ما، وصارت محور رغباته وتطلعاته وطموحه، فلكل حضارة مثلها الجمالية العليا، وعلى الرغم من أن الواقع هو مصدر التجارب الفردية – الاجتماعية، «فإن النسبية الفردية والثقافية والتاريخية للذوق سواء في ما يتعلق بالفرد أم بالفئة الاجتماعية تتصل جدلياً بشيء مطلق غير نسبي»[87]، كما أن الجوانب الثلاثة (الحسية – الانفعالية – الروحية) لا تكفي لجعل العلاقة بين الذات والموضوع علاقة جمالية، «فلا بدّ من المفاهيم والمعايير والمُثل – أي ما هو مفهومنا عن الجمال وما هو مثلنا فيه – كي تتحول العلاقة الحسية إلى جمالية»[88]، فالحضور الواعي أو غير الواعي للمثل الأعلى في الذهنية الفردية – الاجتماعية هو ضرورة وواجب لاكتمال العلاقة الجمالية.

والمثل الأعلى هو الغاية النموذجية التي يقارن بها الإنسان واقعه، ليطلق عليه، من ثم، حكم قيمة، وكل القيم الجمالية بتفرعاتها العديدة

تدور حول البحث عن المثل الأعلى وتحديده بطريقة ما، فالجميل والجليل هما التشكيل الأقرب إلى المثل الأعلى، من جهة الرقة واللطافة والحسن والرشاقة... إلخ، ومن جهة السمو والعظمة والضخامة والمهابة... إلخ، بينما القبيح والتافه والكوميدي هم الموضوعات الأكثر بعداً عن صفات المثل الأعلى، بل إن كلاً منها يعلن غياب المثل الأعلى واحتضاره، والتراجيدي هو الصراع الوجودي الذي يدخل فيه المثل الأعلى الجميل أو البطولي.

كما أن المثل الأعلى الجمالي ليس ثابتاً، بل إنه متطور باستمرار[89]، ومرد ذلك إلى أن الوقائع متبدلة، ومن غير الممكن افتراض الثبات فيها، وهذا ينطبق على وعي الإنسان للظواهر من حوله، فباكتساب مزيد من الخبرات الإنسانية تتوسع مدارك الوعي الإنساني، وتتبدل مثله ومعاييره وفقاً لحصيلة تجاربه.

ومن ثم نرى نتيجتين للتجربة الجمالية؛ الأولى متعوية (المتعة الجمالية)، والثانية تقويمية (التقويم الجمالي)، وهاتان النتيجتان ليستا نتيجتين بمعنى أننا نجدهما بعد انتهاء التجربة، ولكنهما يبدآن ببدء التجربة، ويستمران بالتطور والتوالد في أثنائها، ويكتملان بعد انتهائها.

1 – المتعة الجمالية:

إنّ طبيعة المعايشة الجمالية المباشرة للموضوع الجمالي تمنح نوعاً من المشاعر الجمالية التي تتحدد بناءً على الموضوع ذاته، وعلى الذات المعايشة، وعلى القيمة الجمالية في آن، إذ «لا وجود لأي استيعاب جمالي دون متعة»[90].

وعلى الرغم من أن المتعة الجمالية نشأت تاريخياً على أساس الإحساس الفيزيولوجي والبيولوجي بالمريح، فإن المطابقة بين الشعورين خطأ كبير [91]، وذلك لأن بعض القيم كالتراجيدي والقبيح لا تكون ملذة أو مريحة حسياً [92]، أضف إلى ذلك أن المتعة الجمالية متساوقة مع كل مراحل الإدراك الجمالي، حساً وانفعالاً وتأملاً، فهي تتضمن من ناحية المريح والملذ الفيزيولوجي، الذي ينقلنا بدوره إلى المتعة الانفعالية ومن ثم إلى متعة التلقي الروحي – الثقافي للموضوع، وهذا التقسيم بين المتع المعايشة هو تقسيم مدرسي، ويكون في التجربة المعايشة متزامناً بدءاً من لحظة تلقينا للموضوع الجمالي.

ومن شروط المتعة الجمالية الانتباه أولاً الذي هو سبيل الفهم ومن ثم المتعة، وأن تكون الحواس (القناة الجمالية) سليمة ودقيقة الإدراك، وأن تكون التجربة مجردة من أي غرض ذاتي أو رغبة في امتلاك أو استنفاد الموضوع، وأخيراً ألا يطغى الانفعال على الموقف فيتعطل دور الحكم الجمالي، ويتجاوز المتلقي الموضوع إلى سواه [93]، فعلى بساطة تحقق المتعة الجمالية، إلا أن أي خلل يصيب الموضوع في حسيته، أو الذات في انفعالاتها وتأملاتها قد يحوّل المتعة من جمالية إلى فكرية أو حسية أو عاطفية.

والمنشأ الأساس للمتعة الجمالية هو متعة استكشاف العناصر الجديدة نسبياً بحسب المتلقي [94]، فهي إذاً ليست متعة حسية وشعورية فحسب، بل تحمل كذلك بعداً معرفياً، بعداً يسهم في تبلور صور العالم في وعينا، ولا نعني بذلك المعرفة العلمية الموضوعية، بل هي متعة التعرف إلى الموضوعات المحيطة بالإنسان بتنوعها الكبير.

39

2 – التقويم الجمالي:

يتنوّع التقويم الجمالي بدءاً من التقييم؛ أي إطلاق حكم قيمة بسيط، كأن نقول إن هذا الموضوع حسن أو لطيف أو مؤلم أو منفر... إلخ، ويتطور ليصبح حكماً تقويمياً يفصّل في عناصر الموضوع والقيمة والمتعة والمضمون والشكل الذين تقدمهم التجربة. والتقويم الجمالي يتناول الموضوع في أوسع معانيه الجمالية، وهو أعمّ تقويم ممكن للظواهر والأشياء[95]، وذلك لأنه لا يركز على موضوعه تركيزاً علمياً يحدُّ الموضوع وفق رؤية معينة، ويهدف إلى إنتاج معرفة تامة بالموضوع، كما أنه لا يركز على الذات بانفعالاتها ومتعها وخبراتها. فالتقويم الجمالي لا ينتج معرفة بالموضوع أو بالذات، بل هو نتاج التجربة من الناحية الروحية، وهو ينتج معرفة بطبيعة العلاقة بين الذات والموضوع، وهذه معرفة قيمية غير علمية، أي أنها معرفة بالقيم لا بالأشياء بذاتها[96]، فيتطور – من ثم – تقويمنا الجمالي للموضوعات بازدياد خبرتنا الجمالية، فيصبح التمييز بين تفرعات القيم، وبين المشاعر الجمالية، وبين الموضوعات المعايشة أكثر وضوحاً لدينا، مما يجعل حكم القيمة أدق وأكثر نضوجاً من الناحية الجمالية والمعرفية في آن.

وكما يخضع التقويم الجمالي إلى الخبرة والمثل الأعلى والمتعة الجمالية، يخضع كذلك إلى المعيار الجمالي، فالتقويم الجمالي ينطلق من معايير جمالية تحكم الذوق الجمالي، وتعود مرجعيتها الأولى إلى المجتمع الذي يصطلح على تفضيل الموضوعات أو رفضها، وفق ما يمكن أن نسميه (الغربلة الجمالية)، وتصنيف الموضوعات هذا

يستغرق زمناً كبيراً، وخصوصاً إن كانت تلك الغربلة تتوجه نحو موضوعات إشكالية، لا تخالف الدين أو الأخلاق، ومن هنا نرى أن المنطلق الأول في فعل الغربلة هو الاحتكام إلى القيم الاجتماعية (الأخلاقية – الدينية – الاقتصادية... إلخ)، والتي تعطي تصنيفاً أول للموضوعات، والمرجعية الثانية بعد المجتمع هي الذوق الفردي الذي لا يخرج عن الذوق الاجتماعي إلا بمقدار مقبول ومطلوب، ولا يعطي أثراً بالغاً في تغيير الموقف الجمالي، بل يقتصر أثره على الناحية الفردية التي لا يمكن تعميمها إلا إذا انتشرت بين مجموعة من الأفراد المتأثرين بمعطيات ثقافية أو بيئية جديدة، فالمعيار الجمالي الذي يعيد تشكيل المثل الأعلى ويتحكم بالتقويم الجمالي ذو مرجعيتين، اجتماعية قوية التأثير، وفردية تستغرق زمناً وفاعلية اجتماعية جمالية أكبر.

تقاطعات التجربة الجمالية مع سواها من التجارب:

إذا أخذنا نظرة تاريخية إلى التجارب القيمية التي يعايشها الإنسان، نجد أن التجربة الجمالية قد تقاطعت مع عدة تجارب، كالتجربة الأخلاقية والدينية والصوفية، وفي هذا حيف كبير تجاه الموضوعات والتجارب في آن، «فجوهر الذوق الفاسد هو إحلال القيم غير الجمالية محل القيم الجمالية»[97].

وأبرز تقاطع كان مع التجربة الأخلاقية، على ما تحمله من اختلاف واضح عن التجربة الجمالية، بين ما هو جميل وخيّر، ونجمل ذلك الاختلاف بأن التجربة الأخلاقية يمكن أن تتم بغياب الموضوع حسياً، أما التجربة الجمالية فعتبتها الأولى حسية وتستوجب وجود

الشكل الحسي، كما أننا لا نطلق حكماً جمالياً على ما لم يحدث بشكل معاين ومعايش، بينما قد نطلق حكماً أخلاقياً على ما لم يحدث عياناً، أو على ما يمكن أن يحدث[98]، ورغم ذلك الاختلاف الواضح نجد الخلط الكبير في آراء منظري علم الجمال بين الأخلاقي والجمالي، فقد «ذهب باحثون إلى اعتبار الحياة الجمالية مدخلاً إلى الحياة الأخلاقية»[99]، وقد كان ستيس من أبرز من خلط بين الجميل والخيّر، إذ يقول: «إن الجمال الذي ينحصر في مجرد الانتظام والتناسب يُشعر المرء عادة بالخلو ـ إلى حدٍّ ما ـ من المتعة، إذ ينبغي أن يكون في الوجه ما هو أكثر من ذلك. فنحن نفضل الوجه الذي يكشف عن درجة عالية من الذكاء والخيرية الأخلاقية والعقلية عند الشخص. إذ ترجع القيمة الاستاطيقية إلى تمثل إدراكي لأفكارنا العقلية والأخلاقية التي هي التصورات»[100]، وهو مصيب في قوله في البداية إن التناسب والانسجام لا يكفيان ليكون الوجه ـ مثلاً ـ جميلاً، لكنه يفترض أن القيمة العقلية أو الأخلاقية هي ما تجعل منه ـ حقاً ـ جميلاً، وهنا جانب الصواب، إذ إن سمات عدة ـ إضافة إلى الانسجام والتناسب ـ كالرشاقة والأناقة والحيوية والغنى والتنوع وعلاقة الأجزاء بالكل، هي ما تجعل الوجه جميلاً، ولا يشترط في التقويم الجمالي لوجه الإنسان وجود صفات كالذكاء والأخلاق العالية، وما هو إلا خلط بين ما انفصل في العصر الحديث من القيم.

وهذا ما نجده كذلك في الدراسات الجمالية الماركسية التي تقول: «إن إحدى خصائص المحاكمة الجمالية هي ارتباطها العضوي بالمحاكمة الأخلاقية، فالرائع والخيّر مرتبطان فيما بينهما ارتباطاً وثيقاً»[101]، وهذا فرضه التوجه الأيديولوجي لهذه الدراسات.

وعلى هذا يمكن أن نقول، إنّ الحكم الجمالي الأخلاقي هو حكم شعبي أو أيديولوجي، وليس حكماً فنياً جمالياً بمعنى الكلمة[102]، وقد أدرك سانتيانا هذا، فقال: «كان من الخلط وسوء الفهم أن نتطلب من (الجميل) أن يكون كذلك خيراً، أو أن نتطلب من (الخير) أن يكون كذلك جميلاً؛ وما أكثر ما نرى الفنان – وهو الذي يصور الجمال – على خلاف شديد مع الأخلاقي، فنرى هذا ينتقد ذاك بأن فنه لا يؤدي إلى فضيلة، فيرد الفنان – وهو على حق – بأنه لا شأن له في فنه بالفضيلة»[103]، فمهمة الشاعر هي تقديم الجمال، أما ما سواها من قيم أخلاقية أو دينية فليس وجودها شرطاً في الفن ليكون فناً حقيقياً.

وهذا الفصل بين ما هو أخلاقي وبين ما هو فني جمالي أدركه العرب نقاداً وشعراء، فالنقد العربي يعطي الأهمية – كل الأهمية – للصورة الأولى التي تتم فيها الصنعة، أما الهدف الأخلاقي فلا يؤبه به على الإطلاق، إذ إن أول ما نقرؤه في النقد القديم هو قول الأصمعي: (الشعر نكد بابه الشر، فإذا أُدخل في الخير لان وضعف)، أي إذا أضيفت إليه غاية غير غايته الفنية المحضة خرجت به تلك الإضافة إلى ضعف؛ أي أنه يبدأ في فقدان قيمته الفنية يوم يحرص مُنشِئه أو متلقيه على التماس غاية خيّرة منه[104]، فلم يكتفِ النقد العربي بعدم اشتراط وجود الغاية الأخلاقية في الفن، بل عُدَّ ذلك مما يضعف الشعر، ويذهب به إلى غير غاياته، لكن بحث المنظرين في الفن – العرب أو الغربيين – عن ملجأ يبعدهم عن الأخلاق والمنفعة قد أودى بهم إلى ضفة معاكسة، هي اعتبارهم أن للفن والجمال قوانين منفصلة عن كلّ ما هو خارجها، وفي هذا غلوٌّ كغلو تخصيص الأدب

والفن لغايات نفعية أخلاقية اجتماعية، كما لا ننكر أن الأعمال الفنية الإنسانية المخلدة، تحمل إلى جانب فنيتها العالية، بعداً أخلاقياً يرفع من سوية الفرد السلوكية، ويقوّمه في مجمل مناحيه الحياتية، جمالية كانت أم أخلاقية.

ومن هنا نوضح الارتباط الوثيق بين ما هو جمالي وبين ما هو أخلاقي في قيم جمالية عدة، كالبطولي والسامي والتافه، «فقد تبين أنه يستحيل فصل الجمالية عن الأخلاق في مقولة التافه»[105]، فالتافه ـ الإنساني لا الطبيعي ـ إلى جانب ما قد يحمله من صفات جمالية حسية كالضآلة والصغر مع مسحة من القبح، يتسم بجملة كبيرة من القيم الأخلاقية السلبية، أبرزها أنه يشتري النفع ببيعه لذاته ولمحيطه، أما مقولة السامي، فنجد أنه «في الإطار الأخلاقي والإنساني يغدو السمو حركة خيرة دائمة نحو المثل الأعلى، تحرر الإنسان من كل ما يقيده من غايات ذاتية ضيقة، وتجعله منفتحاً على الفضاء الإنساني الكلي»[106]، فالسامي هو حركة ابتعاد عن النفعية الفردية، واتجاه نحو الخير الجمعي؛ أي ما ينفع المحيط بصرف النظر عن الذات ونفعيتها ومعوقاتها، وكذلك الأمر في ما يخص البطولي، فالبطل الحامل لقضية ما، فردية كانت أم جماعية، يسعى إلى امتلاك قيم أخلاقية كالشجاعة والبسالة والقوة والعظمة والعدل، إلى جانب ما قد يتسم به من صفات حسية كالضخامة والمتانة والتناسق الجسدي والحيوية والرشاقة.

وينبغي أن نشير أخيراً إلى أن القيم الأخلاقية هي قيم سلبية، تسعى إلى نفي شر ما، ففي القيمة الأخلاقية هرب من الشرور المرعبة

كالموت والجوع والقهر، فالمجتمعات المتألمة تهتم بالأخلاق أولاً، وترى فيمن يهتم باللذائذ الجمالية فرداً مهملاً لمجتمعه، وبمجرد أن يتطور المجتمع ويأمن خطر الشرور، يصبح الذوق والجمال هما الأكثر أهمية[107]، فالحضور الأخلاقي في الفن يمكن أن يعطينا صورة واضحة عن المجتمع وتطوره ومدى دخوله في التحضر والرفاهية.

أما في العلاقة بين التجربة الجمالية الفنية والدين، فقد كانت العلاقة وثيقة الارتباط قديماً. فالتمثيل الفني للدين والمعتقدات قديم قدم المجتمعات الإنسانية[108]، وهذا ما نجده بتجلٍّ في الأساطير القديمة التي كان موضوعها مجتمع الآلهة وعلاقتهم بالبشر، والرقصات والأناشيد الدينية في المعابد، والتماثيل الإغريقية الفارهة وغيرها.. لكن هذه «التداخلات المعقدة بين الديني والفني في الأديان الوثنية، قد تلاشت تماماً مع الأديان التوحيدية التي قامت بفك الارتباط بين المقدس والفن. فلم يعد معها الفن مقدساً أو وسيلة إلى المقدس، وإنما بات شأناً دنيوياً بحتاً، أي بات فناً وحسب»[109]، وهذا لا يعني أن الدين لم يعد يلجأ إلى الفن في تقربه من الإنسان، لكن هذا يعني أن هاجس الفن لم يعد هو الموضوع الديني فحسب. ومن الطرق الفنية التي تتصل بالدين، فن العمارة والزخرفة (المساجد والكنائس)، وفن التلاوة والتراتيل الإنجيلية (الأقرب إلى التنغيم الموسيقي)، والأيقونات (التي تجسد المسيح عليه السلام وغيره من الرموز في الديانة المسيحية)، والمدائح النبوية شعراً ونثراً، والرقص المولوي... إلخ، هذا من ناحية توسل ما هو ديني بما هو فني، أما الشعر العربي تحديداً، فقد حاول أن يتخذ جانباً بعيداً عن الدين. وذلك لأن الشعر إذا انتحى إلى الدين

ضَعُف وقلَّ شأنه، فالدين يتناول الأفكار، ومن ثم فإنه يبتعد عن أصل الشعر الذي يعنى بالمحسوسات والموقف منها[110]، لذلك كان المؤثر الديني مرحلة عارضة في تاريخ الشعر العربي، ما لبث بعدها أن تحول الشعر إلى طريقته القديمة بأن يترك للدين أو الأخلاق ميدانهما، ويقف منهما موقفاً سلبياً، وهذا ما اتبعه النقاد العرب القدماء أيضاً، فقد استبعدوا الدين والخير من ميدان الحكم النقدي، فلم يتأثر الشعر العربي إلا بالقرآن، لا بما فيه من أحكام دينية وأخلاقية، بل بما فيه من جمال معجز في الأسلوب والبناء والتصوير[111].

ويمكن أن نعي تماماً الموقف العربي من الخلط بين الدين والفن بما جرى على ألسنتهم من المثل القائل: (أسمج من شعر فقيه)، ويعنون به من يحاول أن يضع المعنى الديني في قالب الشكل الفني، فيضيّع الاثنين.

وفي الحديث عن التمايز بين التجربة الجمالية والتجربة الصوفية، لا ننفي أولاً ما قدمه المتصوفة للفكر الجمالي العربي – الإسلامي من مقولات وأفكار جمالية مهمة، كالمساهمة في وضع تحديدات لبعض القيم الجمالية والمشاعر المصاحبة لها، إضافة إلى مساهمتهم في الإبداع الشعري والسردي[112].

وأبرز الاختلافات بين كلتا التجربتين، هي انتفاء التلقي الحسي عند المتصوفة؛ فموضوعهم هو الذات الإلهية التي تتجلى بالكشف الروحاني، لا بالتلقي الحسي كما هو الشأن في التجربة الجمالية، والاختلاف الآخر هو أن نتاج التجربة الجمالية ثقافي روحي معرفي،

بينما نتاج التجربة الصوفية روحاني ديني[113]، فالذات واحدة في التجربتين، إلا أن اختلاف الموضوع من جهة (إلهي – حسي)، واختلاف قنوات التلقي من جهة ثانية هو ما يفرق بين التجربتين. فالفكر الصوفي يرى الحدس أعلى من الحس[114]، مما يجعل التجربتين مختلفتين في المنحى والقناة والموضوع والنتاج المعرفي.

ويجب أن نميز بين نوعين من التجارب الصوفية، الأولى روحانية عرفانية، تعيشها الذات مع الموضوع (الله) عن طريق الكشف، والثانية حسية فنية جمالية تعايش فيها الذات الصوفية موضوعها حسياً، وتصوره في الأدب[115]، ولا يمكن تصوير نتاج التجربة الأولى (العرفانية الروحانية) فنياً إلا بالمرور من عتبة المحسوسات، فالأفكار والمشاعر المجردة لا يمكن أن تنتقل فنياً إلا بمعايشة المحسوسات، وإلباسها الطابع المرغوب، سواء أكان هذا الطابع دينياً أم صوفياً أم سياسياً... إلخ، وهذا ما نعاينه بوضوح في الشعر الصوفي، كما نرى في ديوان ترجمان الأشواق، الذي ما استطاع صاحبه أن يعبّر عن أفكاره الصوفية إلا من خلال الموضوعات الحسية المعايشة.

وسنعنى في بحثنا هذا بما يمكن أن يقدمه الأدب الصوفي الأندلسي من مادة لدراسة القيم الجمالية، تاركين ما تقدمه التجربة الروحانية العرفانية الفكرية لدارسي التصوف والفكر العربي – الإسلامي.

ثالثاً: القيم الجمالية

إن القيم / المفاهيم الجمالية حاضرة في مجمل الحياة الإنسانية بمختلف مناحيها، إذ إن «المفاهيم الجمالية مثل المفاهيم الفلسفية، نقاط أساسية في تاريخ الفكر البشري، وهي تعكس أهم صفات العالم (أي الطبيعة والمجتمع البشري) وعلاقاته»⁽¹¹⁶⁾، فهي تتسم بالشمولية ولا تختصُّ بمجال محدد، بل تعنى بطريقة تشكل وأسلبة المضمونات والموضوعات المختلفة. وعلى شموليتها تعدُّ القيمة الجمالية هي الأخت الصغرى في أسرة القيم⁽¹¹⁷⁾.

فالقيمة الجمالية هي: مجموعة الصفات التي تسم فئة من الموضوعات الجمالية، وتكون هذه الصفات حصيلة عدد كبير من التجارب الفردية ــ الاجتماعية، وتحمل شيئاً من الثبات القابل للتطور والتغيّر وفقاً للتجارب المعايشة، والقيمة الجمالية ذات بعد ذاتي يتحدد بالاستعداد الفردي والخبرة الجمالية والذوق الجمالي والمشاعر الجمالية المصاحبة، وذات بعد موضوعي يعتمد على الصفات الخاصة بالموضوع من جهة، وبالبيئة الطبيعية والاجتماعية والثقافية المحيطة به من جهة أخرى.

فالقيمة الجمالية هي انعطاف من الذات وميل وجداني نحو موضوع بعينه[118]، وهذا قد يوحي لنا بتعدد لا نهائي للقيم، بحسب تعدد الموضوعات أو تعدد الذوات، إلا أن السمات الموضوعية والمشاعر المصاحبة قابلة لأن تنتظم في نوع واحد من القيم الكبرى أو تفرعاتها.

ونجمل القول بأن «ذاتية القيم ونسبيتها وتغيرها. إنما يشير إلى صدورها عن أفراد هم الذين يتحملون تبعة الالتزام بها، بينما تعني موضوعيتها موضوعية أثرها في الإنسانية، وكلية شروط تحققها. وأما وحدتها فهي وحدة طابعها الذي لا يختلف في كل فاعلية قيمية [كالمتعة والمشاعر الناتجة عن التجربة القيمية]، على حين يعني تعددها تعدد مجالات تطبيقها، وتنوع جوانب العالم الإنساني التي تنفذ إليها»[119].

وعلى وضوح التمايز بين القيم الجمالية إلا أن هناك من يرى فيها محض صور مختلفة للجميل، ففي حديث ستيس عن أنواع الجمال (القيم) يقول: «إنه ما من حدود واضحة بين أيٍّ منها، فهي ببساطة كلمات شائعة غامضة تستخدم لوصف عدد لا نهاية له من الدرجات الممكنة لشعورنا بالجمال»[120]، وهنا نرى الخلط الفادح بين الجميل وبين المثل الجمالي الأعلى، فالأول واحد من القيم المختلفة، والثاني هو النموذج الكامل الذي تدور في فلكه الموضوعات الجمالية، مقتربة منه، أو مبتعدة عنه. فالقيم الجمالية مستقلة، لكنها مرتبطة حين الحديث عن المثل الجمالي الأعلى[121]، فتنوع القيم ينصب في مصب واحد هو إرادة المثل الأعلى، أو وجوده أو كماله أو اختفاؤه أو مقاومته أو البحث عنه.

ويجب أن ندرك أخيراً أن لكل موضوع خصوصيته الجمالية

التي تفرض على القيمة الجمالية أبعاداً خاصة، تتشكل ضمنها وتتأثر بها، فمع أن الموضوعات الجمالية تنتمي إلى إحدى المقولات القيمية الكبرى (الجميل، الجليل... إلخ) أو إلى أحد تفرعاتها (اللطيف، المفزع، الضخم، المعذب... إلخ)، إلا أن القيمة الجمالية تختلف وتتمايز ولو بشكل جزئي طفيف بين موضوع جمالي وآخر.

والمقولات القيمية الكبرى هي: (الجميل والقبيح، الجليل والتافه، التراجيدي والكوميدي)، وهي تنتظم في ثنائيات متضادة، بين إيجاب وسلب، وسنفصل القول في كلٍّ منها:

1 – الجميل:

* تحديد الجميل وسماته:

يعدُّ الجميل واحداً من القيم الكبرى في الفكر الإنساني، ومن ذلك انطلق كل فيلسوف أو منظّر أو صوفي منطلقاً يفرضه عليه منهجه الفكري ومعتقده العام، وبذلك اختلفت التعريفات الناظمة للجميل اختلافاً واسعاً يصعب معه الإحاطة بهذه التعريفات.

ورغم ما لتحديد الجميل من صعوبة، إلا أننا سنستخلص أهم ما في هذه التعريفات، إذ أجمع معظم من كتب في الجميل على أنه هو: الموضوع الحسي المتسم بالانسجام والاعتدال والتناسق والتناسب، والذي يحيلنا على جمال باطن كامن في الموضوعات، ويمنحنا، من ثم، مشاعر جمالية تتنوع بين الأنس والدهشة والراحة والإعجاب بحسب الموضوع المعايش.

فللجميل جانب موضوعي، وآخر ذاتي، وجانب حسي، وآخر معنوي باطن، ومع اتساع الدائرة الثقافية العالمية التي عرّفت الجميل، سنجد إجماعاً على سمات موضوعية للجميل هي: الانسجام والتناسب والاعتدال، وهذا ما قاله أرسطو، الذي رأى أن الجميل هو كل ما يتمتع بالنظام والتناسق والتحدد[122]، وهذا ما نجده عند المنظرين فيما بعد من قوانين ومميزات إيقاعية ميلودية تتمثل بأسماء مثل النظام والتساوي والتكرار، أو تتمثل بأسماء أخرى نجدها في النقد العربي القديم في أبواب البديع والعروض التي عرفها العرب[123]، ومن ثم نجدها في تصاحب مفهومي الكمال والاعتدال في الفكر الجمالي العربي في تحديده للجميل. فإلى جانب الكمال وجوهريته بالنسبة لتحديد الموضوع الجميل، ثمة إجماع على ضرورة اتصاف كمال الجمال بالاعتدال، ومفهوم الاعتدال ينطوي على مصطلحات عدة أهمها: التناسب والتناسق والتوافق والانسجام[124]، والمقصود به هو توسط المحمود بين رذيلتين، بين الإفراط والتفريط، فقد نُظر إلى الجميل على أنه نقطة الوسط بين قبحين، قبح نقص الكمال، وقبح الإفراط في الاتصاف بصفات لا حاجة لوجودها في الموضوع، كالاعتدال بين القِصَر المفرط والطول الزائد، أو الاعتدال في الاستخدام البياني والبديعي في القصيدة، فخلو القصيدة من شيء من الصنعة والتخييل مذموم كذمّنا للإفراط بتلك الصنعة، ونجد هذا في علم الجمال الحديث، إذ يعرف لالو الجميل بأنه: «هو التناسق (أو الانسجام) الذي يدركه العقل، ويقدره الذوق حاصلاً بغير عناء على أكبر كمية من المردود تجاه أقل كمية من الوسائل؛ وهذا الفوز الذي تم هو موضوع ارتياح من نظام هو بصورة خاصة فكري»[125]، إذ

على الموضوع الجميل إلى جانب تناسقه وانسجامه أن يحتوي على مميزات شكلية موضوعية تمتع المتلقي ولا ترهقه في آن، ولا تصرفه عن إدراك المضمون المقصود، وهذه العلاقات – أو التناغم المطلوب في الموضوع الجميل – مستقاة من الطبيعة ونظامها وعلاقاتها، بما فيها الإنسان بجسده وعلاقاته مع بيئته ومجتمعه.

وجدير بالذكر أن التناسق – والانتظام – التام غير محمود أيضاً، لأنه يحيلنا على نمذجة ممجوجة للموضوعات، ويجعلها تدخل فيما هو تقليدي، ومن ثم فيما هو حيادي، إذ «تتفق دراسات عديدة اليوم على أن القيمة الجمالية متصلة دوماً بوحدة جدلية متناقضة من الترتيب والفوضى، من الاطراد القانوني والمصادفة، من التناظر وعدم التناظر، من الحركة والسكون. إن الترتيب أو النظام المطلق يبدو على الدوام آليّاً بارداً مملاً لم تمسه لا يد الإنسان ولا يد الطبيعة، بل صنعته الآلة، [...] فالوجه البشري يكون جميلاً إذا كان متناظراً، لكن وجهاً مليئاً بالحيوية يفترض بالضرورة شيئاً غير ملحوظ من عدم التناظر. وما إن يغدو عنصر عدم التناظر أكبر أو أشد مما ينبغي حتى يغدو الوجه مشوهاً كريهاً»[126]، فالعيوب الطفيفة كالخال واللثغة اللطيفة وسواها تزيد من جمال الأنثى إن كانت بمقدار مقبول، أما إن زادت عن ذلك المقدار فستتحول مباشرة إلى قبح منفر، وهذا نجده في العروض الخليلي، الذي يعد تنظيماً عنيفاً تجاه التجربة الشعرية وفق مقاييس صارمة محدودة، وعلى الرغم من ذلك فإنه يحتوي على شيء من الفوضى المقبولة، ونجد ذلك في الزحافات والعلل والعيوب المقبولة والجوازات التي تحق للشاعر وتمنع عن غيره.

والكسر المقبول والانزياح الطفيف عن قواعد اللغة والعروض مقبول بل محبَّذٌ بحسب قدرة الشاعر وبراعته في استخدام هذه الانزياحات بشكل يزيد النص جمالاً، فإن زادت عن حدها المقبول قبّحت النص وصرفته عن جماله وفنيته، وهذا ما يعيدنا إلى طلب الاعتدال حتى حين خروجنا عن ذلك الاعتدال.

وعلى الرغم من الجدل الواسع بين القول بحسية الجميل أو كونه معنوياً، فإن المنظرين بمجملهم ما استطاعوا نفي الجانب الآخر (الحسي – المعنوي) من الجميل، فبدءاً من أفلاطون القائل بعالم المثل وأهمية الانعكاس المعنوي المثالي للموضوع الجميل[127]، لا نجد أنه من الممكن الوصول إلى الصورة المثالية من غير المرور بما هو حسي، وهذا ما نجده في الفكر الجمالي العربي، الذي يفضل الجمال الباطن والمطلق، ويعترف بأولية التلقي الحسي، إذ «لا ظهور للجمال، في العالم، من دون الماديات»[128]، ويقول ابن الدباغ الأندلسي: «إن الذي يدركه البصر مظهر الجمال لا ذاته، لكن البصر إذا ودّى ما أدركه إلى الخيال أدركت النفس معه روح الجمال مجرداً عن علائقه وأوضاعه ونقلته إليها، فذلك هو الجمال المجرد عن الجسمية، وهو الذي يسبي العقول وتتفتق به الأرواح لكنه لا يُدرك إلا مع صورة الجسم التي هي في غاية الكمال»[129]، فالمطلوب هو الجمال المجرد المدرك بالعقل، لكن لا بدَّ من قناة أو وسيط، وهي الحواس (البصر في المقام الأول)، وإذا استطاع البصر الصحيح المتذوّق أن ينقل الصورة الكاملة إلى العقل، حينها يتحقق الجمال المجرد، إذاً، لا وجود لجمال مجرد محض، ولا بدّ من المرور عن طريق ما هو حسي للوصول

إلى المتعة العقلية الروحية، هذا فيما يخص الجمال المقيد، أما الجمال المطلق الإلهي، فيقول عنه ابن الدباغ: «عجز الأولون والآخرون عن إدراك كنه ذاته، فلا يدركه غيره [الله] ولا يعلمه سواه، وإنما حظ الخلائق منه عجزهم عنه»[130]، فالجمال الإلهي غير محسوس، ومن ثم فهو غير مدرك، لأن عتبة الإدراك الأولى هي الحواس، والحواس تتلقى ما هو حسي، وهي عاجزة عن تلقي ما هو ذو ماهية روحية محضة، كالله عز وجلّ، لذلك لا يمكننا إدراك هذه الروح المطلقة، وندرك الموجودات التي أبدعتها، فسنستدل منها على الإبداع والقدرة الإلهية والاتساع والعظمة وغيرها من الصفات الإلهية، إذاً، إدراك الصفات الإلهية يتم عبر الحواس أيضاً.

ونجد النظرة المضادة في الشعر العربي القديم، والتي عنيت بالحسيات، وتوقفت عندها مطولاً في وصف ما هو محيط بالشاعر، إلا أن هذه المحسوسات لا تتوقف عند كونها ذات بعد حسي فحسب كما نظر إليها الشاعر العربي القديم، بل هي ذات مضمونات وأبعاد اجتماعية وبيئية وثقافية في آن، فتفضيل الرجل المتين القوي ذو بعد اجتماعي يتعلق بالبطولة والمطالب الاجتماعية الحربية، وتفضيل الأنثى البيضاء في الحجاز ذو بعد نسقي ثقافي يجعل البياض ـ ونقيضه السواد ـ ذا دلالة على الطبقة الاجتماعية، والرفاهية الاقتصادية التي لا تدفع الأنثى للعمل، كما أن تنوع التفضيلات الجمالية الأنثوية في الأندلس يحمل هو الآخر بعداً اجتماعياً ذا دلالة على طبيعة العلاقات بين الأعراق المختلفة في الأندلس.

وفي علم الجمال الحديث الذي يعطي أولية وأهمية كبرى لما هو

حسي، لا نجده يستطيع أن ينفي البعد الباطني الضمني من الجمال، إذ يقول ستيس: إنني أعتقد أن النظرة التي تقول إن كل جمال هو جمال حسي أو محسوس ليست سوى خطأ فادح ارتكبه معظم فلاسفة الجمال، ولا بدَّ أن نسلم أن الجمال يمكن أن ينكشف في مدركاتنا الداخلية (الروح والعقل والانفعال)، وليس في مدركاتنا الخارجية فحسب[131]، لذلك لا تقوم الحواس وحدها بتقديم الجميل، كما لا يمكن للعقل أن ينقل لنا السمات الجميلة من غير المرور بعتبة الحواس، ومن هنا نقول إنّ تلقي الجميل هو ما ينقلنا من موضوع حسي يتصف بالكمال والاعتدال والانسجام إلى تلقي الجميل الذي يمتعنا عقلياً وروحياً وانفعالياً.

* المشاعر الجمالية المصاحبة لتلقي الموضوع الجميل:

ويكمن الجانب الذاتي في العلاقة بالجميل بما ينقله لنا من مشاعر ومتعة خاصة بالموضوع الجميل، وتختلف تلك المشاعر باختلاف الموضوعات من جهة، وباختلاف الذوات المتلقية من جهة أخرى، ويمكن إجمالها بأنها هي: «الأنس والمحبة والإعجاب والاغتباط والراحة»[132] وأعلاها هو الدهشة، وهذه المشاعر تمكن الذات من تلقي الموضوع الجميل في مدة زمنية هي الأطول إذا ما قورنت بتلقيه لسائر القيم الجمالية، كما أن المشاعر الجمالية هي الدالة على الموضوع والمحددة له والمميزة له عن سواه، فقد عرّف سانتيانا الجميل بأنه: «هو لذة أصبحت موضوعاً»[133]، إذ أعطى الأهمية الكبرى للشعور الجمالي، وجعله هو المشكل للموضوع لا انعكاس

الموضوع على الذات فحسب، وهذا ما يدلنا على جوهرية الشعور الجمالي في تلقي الجميل خاصة، وفي تلقي القيم الجمالية عامة.

* تفرعات الجميل:

إن تنوع القيم الفرعية ضمن القيمة الكبرى (الجميل) يدل على ارتفاع عدد الأفراد المعنيين بالموضوع[134]، حيث إن الموضوع الجميل هو الأكثر وجوداً من الناحية الكمية في الحياة المعايشة وفي الفن وفي الطبيعة، مما يفترض تعدد تفرعاته بشكل ملحوظ.

وأبرزها ما يسمى بالحسن والمليح: فالحسن هو التجلي الظاهر للجمال، ويقول العسكري: «الحسن في الأصل صورة، ثم استعمل في الأفعال والأخلاق، والجمال في الأصل للأفعال والأخلاق والأحوال الظاهرة، ثم استعمل في الصور»[135]، فمعناهما متقارب، لكن الجمال أقرب إلى معنى الكمال والتناسب العقلي، والحسن أقرب إلى الحس[136]، أما الملاحة فهي أقرب إلى ما هو معنوي، كما أنها تدل على قبول جملة الموضوع، وإن لم يكن حسن التفاصيل[137]، وقد أجمل ذلك المقري في قوله: «الجمال رياش، والحسن صورة، والملاحة روح»[138].

– الرقة والرشاقة واللطافة: وهي كلها تتصل بما هو أنثوي ناعم صغير الحجم، يثير فينا مشاعر المحبة. ويتسم إذ ذاك بالضعف، ولا نعني به الضعف في قوة الحياة السارية فيه، وإنما هو الضعف الذي يتناسب مع الحجم أو طبيعة الشيء، وهو ضعف يستدرُّ

عطفنا ومحبتنا بعيداً عما يثير الشفقة[139]، «فالرقة في الخلاصة متصلة برشاقة الحركة وبالإغراء والأنوثة وبالمقادير الصغيرة اللطيفة»[140]، والنموذج الأمثل للرقيق الرشيق اللطيف هو الماء العذب الجاري، أو الفتاة لطيفة الجسم رشيقة الحركة رقيقة السلوك والمعالم، أو فن الأرابيسك.

– الأناقة: وهي تتعلق بما للمظهر والهندام والحركة والسلوك من تناسق ورفعة وحسن اختيار، وهذا يتضح من المادة اللغوية لمفردة (الأناقة)، فالنيقة من التنوق، وتنوق فلان في منطقه وملبسه، أي جوّد وبالغ في التجويد، والنيق هو أرفع موضع في الجبل[141]، وهذا ما يجعل للأناقة دلالة اجتماعية تدل على الرفاهية والطبقة الراقية التي ينتمي إليها الموضوع.

الحيوية: إن أبرز ما في الجميل هو إحالته على الحياة، أي حيويته، فهو الدال على الحياة، كما أن انتفاء الجمال أو الكمال دال على النقص، ومن ثم الموت. فالحياة هي المركز، وما هو حيوي هو جميل بالضرورة، والقبيح هو ما يشوه الحياة، والفظيع والمرعب هو ما يحاول القضاء عليها[142].

وبذلك نجد أن الموضوع الجميل يكاد يكون هو الأقرب إلى المثل الأعلى، «فالجميل هو الكائن الذي نرى فيه الحياة كما يجب أن تكون حسب مفاهيمنا»[143]. ولولا تنوع أوجه الجمال في الموضوعات الجميلة من جهة، وأن للمثل الأعلى تقاطعاً مع الجلال أيضاً من جهة أخرى، لقلنا إنّ المثل الأعلى هو الجميل نفسه.

2 – القبيح:

* تحديد القبيح وسماته:

القبيح من القيم الجمالية السلبية، وهو أكثر انتشاراً في الواقع المعايش مقارنة بظهوره في كلٍّ من التنظير الجمالي والفن، وهذا ما عبّر عنه إخوان الصفاء حين قالوا: إنما تشخص أبصار الناظرين إلى الوجوه الحسان، لأن عامة الموضوعات في هذا العالم غير حسان، لما يعرض لها من الآفات المشينة المشوهة[144]، فما يشدنا في الجميل في الواقع هو شذوذه عن قاعدة النقص المعممة.

وإذا كان كلٌّ من التناسب والتناسق والكمال شرطاً للجميل، فإن شرط القبيح هو الاختلال والنقص. فالقبح هو عدم الكمال[145]، والكمال جوهر الموجودات، وما ينبغي أن تكون عليه. لذلك نحن غالباً نصف بالقبح ما لا يمنحنا الجمال ونحن نتوقع منه ذلك[146]، فالموضوع القبيح هو الموضوع الذي يخيب أملنا، والخيبة أعلى درجات القبح. وينطوي القبيح إذ ذاك على جانبين، جانب عدم التناسق والتنافر، وجانب تخييب أملنا في تلقي موضوع جميل، فالجمال هو الأصل، وما القبح إلا خلل أصاب الموضوع الجميل، لذلك قيل: «لكي تكون الطبيعة قبيحة، يجب أن تبدو أنها أخطأت هدفاً ما»[147]، فسيرورة الحياة تقتضي الكمال، والقبح عارض عليها، وكما يحيلنا الجميل إلى الحياة وازدهارها واستمراريتها، يحيلنا القبح إلى النقص والخلل المفضي إلى الموت، إلى العدم.

وقد انقسم القبح إلى نوعين عند المفكرين العرب، الأول: ظاهر

شكلي، تُتهم فيه المادة بقصورها، فهي لم تستقبل الكمال المخصص لها، وهذا هو الأكثر كما ذكر التوحيدي: «وهكذا الحال في كل اعتدال؛ فإن حفظه والثبات عليه صعب. فأما الخروج عنه فهو بأدنى حركة»[148]. فتحقيق الكمال الخاص بالمخلوقات من الندرة بمكان، وهذا ما يجذبنا إلى الموضوعات التي حققت كمالها الخاص فغدت جميلة أو جليلة، وهذا القبح الناجم عن نقص في الكمال ليس قبحاً بالأصل، بل هو جمال من ناحية وظيفته في إبراز جمال الجميل، ولولاه لما كان للجمال ذلك الظهور، ويقول الجيلاني: «واعلم أن القبح في الأشياء إنما هو لاعتبار لا لنفس ذلك الشيء، فلا يوجد في العالم قبح إلا باعتبار»[149]، ويؤكد بذلك الوظيفة الجمالية للقبيح في إظهار الجميل، والحث على الوصول إلى الكمال المنشود. والثاني: قبح باطن، تحدث عنه ابن الخطيب فقال: «إن النفس إنما تحب الملائم على الجملة، وهو معنى الخير، وتكره المنافر، وهو معنى الشر. ولا خير كالوجود، ولا شر كالعدم»[150]، فهو يتعلق بالأخلاق، وهو خاص بالإنسان وحده في علاقاته الاجتماعية، وهو مرتبط ارتباطاً وثيقاً بالخير، ولا يمكن أن يكون له وجه جميل على صعيد الوظيفة[151]، بل يتعرض إلى الانتقاد العفوي اليومي أو الفني عن طريق تصوير الموضوعات القبيحة فنياً، أو انتقادها بشكل كوميدي كما سنفصل فيما بعد.

جمالية القبح:

ونعني بجمالية القبح، التصوير الفني للموضوعات القبيحة،

وشرط ذلك أن تقدم تلك الموضوعات بأسلوب فني جميل، إذ «لا مكان ولا وظيفة في الفن لما هو غير جميل»[152]، وفي العمل الفني الذي يقدم القبيح نحن أمام مستويين، الأول مستوى الشكل والأسلوب، ويجب أن يكون جميلاً بالضرورة، والثاني مستوى المضمون والموضوع، ويختلف في قيمته الجمالية من عمل إلى آخر، «فجمال العمل الفني لا يتقيد بجمال الموضوع الذي يمثله، بل يظهر في صميم مظهره الحسي»[153]، ومن هنا كانت تسمية الفنون بالجميلة، وما لا يُقدم بأسلوب جميل خارج عن الفن غير منتمٍ إليه، «فالعمل مهما كانت الأشياء التي يحكيها قبيحة، فإنها لا تجعل العمل نفسه قبيحاً، لأن العمل الفني يتمتع بقيمة جمالية منفصلة عن جمال الشيء أو قبحه»[154]، وهي قيمة الجميل بالضرورة، وهذا ما أشار إليه حازم القرطاجني سابقاً منظر علم الجمال الحديث، إذ يقول: «ومن التذاذ النفوس بالتخيّل أن الصور القبيحة المستبشعة، عندما تكون صورها المنقوشة والمخطوطة والمنحوتة لذيذة، إذا بلغت الغاية القصوى من الشبه بما هي أمثلة له، فيكون موقعها من النفوس مستلذّاً، لا لأنها حسنة في أنفسها، بل لأنها حسنة المحاكاة لما حوكي بها عند مقايستها به»[155]، فالقرطاجني يقدم لنا في هذا النص تفسيراً للمتعة الجمالية الحاصلة من تلقي الموضوعات القبيحة التي يقدمها الفن، فالتذاذنا بها هو التذاذ بالفن وحده، وبإتقان تصويره ومحاكاته للموضوع، فمتعتنا بالشكل أولاً، بالشرط الفني للعمل.

كما أن فهمنا خاصية إنتاج المتعة، والموضوعات القبيحة معاً هو ما يؤدي بنا إلى هذا الشعور المزدوج الذي يجعلنا نفسر طبيعة القبيح

في الفن⁽¹⁵⁶⁾، فهذا التضاد الواضح بين الجميل الفني، والموضوع القبيح هو ما يعمق متعتنا بجمالية القبح.

والمتعة الثانية المتحصلة من جمالية القبح هي لفت أنظارنا نحو ما يجب أن ننفر منه، وما يجب أن نحققه من كمال أو جمال، «فهيمنة قيمة القبيح على النص هي دعوة إلى نفيها من الواقع الإنساني عامة»⁽¹⁵⁷⁾، وإدراك العيوب في الموضوعات التي يتعمّق الفن في تفصيلها، يعمّق النفور من الموضوع، والرغبة في البحث عن الموضوع المضاد؛ الجميل.

المسافة الجمالية بين الذات والموضوع القبيح:

وهذا ينقلنا من ثمَّ إلى قضية مهمة في تلقي الموضوع القبيح، «فالتجربة لا تصبح شرّاً إلا لما تسببه من ألم، ولكنها لا تسبب لنا الألم إلا حينما نحس بها إحساساً حاداً. أما إذا نظرنا إليها من بعيد فإنها تصبح تأثيراً ساراً، لأنها في هذه الحال تكون بارزة بحيث تثير اهتمامنا، وفي الوقت عينه لا تكون حادة إلى درجة تجرح معها مشاعرنا»⁽¹⁵⁸⁾، فالقبيح، على عكس الجميل، يفرض مسافة جمالية هي الأوسع، من حيث إننا نعجز عن تلقي الموضوع القبيح إذا كان قريباً منا، ملامساً لنا، ومعرضاً إيانا للإصابة بعدوى النقص، وهذا ما يدفعنا إلى الإشاحة بأبصارنا، وسد مسامعنا أمام القبيح القريب منا، بينما تسمح لنا جمالية القبح في الفن أن نتلقى الموضوع القبيح الممثل عن قرب، بل تتيح لنا التملي فيه والتمعن بتفاصيله من غير أن نكون على قرب خطير من الموضوع.

* المشاعر الجمالية المصاحبة لتلقي القبيح:

إن المشاعر المصاحبة للقبح تنطوي كلها تحت مفهوم النفور، إذ تنفر النفس عن القبيح لما يخلّفه من ألم وكدر واضطراب وانزعاج بسبب النقص والتنافر اللذين يتسم بهما[159]، وهذا ما لا يتوافق مع حاجتنا الدائمة الملحة في الوصول إلى الكمال وتلقيه من العالم، «فيكون شكل الشيء جميلاً أو قبيحاً تبعاً لما يكون بين الحالة الداخلية والمؤثر الخارجي من تضاد أو من مؤازرة»[160]، فما وافق تطلعاتنا إلى الجمال وحاجتنا له عددناه جميلاً، وما لا يوافقها هو قبيح بالضرورة، وهذا يختلف ــ في الناحية الشكلية ــ بين مجتمع وآخر، وفرد وثانٍ، ومن هنا تنشأ النسبية في تقويم الموضوعات الجمالية.

ويقول التوحيدي عن المشاعر الجمالية المصاحبة لتلقي القبيح: «ألا ترى أن الإنسان كلما اعترضه في وهمه أوحش شيء عرته شمأزيزة، وعلته قشعريرة، ولحقه صدوف، ورهقه نفور»[161]، وفي تصويره لرد الفعل الجسدي والنفسي، يوضح التوحيدي لنا قضية مهمة، وهي قدرة الاحتمال ــ زمنياً ــ على تلقي القبيح، فعلى عكس الجميل أيضاً، لا يمكننا أن نتلقى القبيح لمدة طويلة، لأنه مرهق في انعكاسه على الذات، ويختلف طول هذه المدة بحسب درجة قبح الموضوع، فإن وصل إلى الفظاعة، فإعراضنا عنه أسرع، ونقدنا له أشد.

أضف إلى ذلك أن «الألم الناجم من القبح، على الصعيد العضوي والنفسي، ينعكس لذة، على الصعيد الجمالي. إنها لذة السمو على

كل ما هو مكروه وممقوت»[162]، فإعراضنا عن القبيح يفترض بالضرورة وجود ما هو جميل فينا، وهذا الجميل في تنافر مستمر مع القبيح. إذاً نفورنا من القبيح هو إعلاء لذواتنا، واعتراف بجمالها وتفوقها على ذلك الموضوع.

* تفرعات قيمة القبيح:

تختلف تفرعات القبيح بحسب درجة قبحه، وتمتد من المزعج والموحش والمنفر والمكروه والبشع والمشوه والمسخ، إلى المؤلم والمريع والمرعب والفظيع، والفظاعة هي غاية القبح، هذا فيما يخص القبيح في الشكل، أما قبح المضمونات فمرتبط بالقيمة الأخلاقية السلبية؛ كالشرير والمؤذي والخائن واللئيم وسواها من النماذج قبيحة الأفعال، ولا تكون بالضرورة قبيحة الأشكال، فإن اجتمع قبح الشكل مع قبح السلوك أو السريرة كان هو القبيح الأشمل والأفظع.

3 – الجليل:

* تحديد الجليل وسماته:

إنّ الموضوع الجليل قليل الحضور في الحياة المعايشة إذا ما قورن بالحضور الواسع لكل من الجميل والقبيح، وذلك لاعتبارات موضوعية وذاتية في آن، فتوافر الضخامة والعظمة في الموضوعات قليل، كذلك فإن القدرة البشرية على احتمال تلقي الجليل والمشاعر الجمالية المصاحبة له محدودة بالمقارنة بقدرتنا على تلقي الجميل ذي الأُنس، وهذا ما سنفصل فيه.

ذكرنا سابقاً أن شرط الجليل أن يكون كاملاً، إلا أن الكمال وحده لا يقدم لنا موضوعاً جليلاً، «بل ينبغي أن يقترن الكمال بالعظمة والمجد حتى يدخل في إطار الجلال» [163]، فالكمال هو القاعدة الأولى للموضوعات الإيجابية، وتوجهه نحو منح الأنس والغبطة والسرور، وامتلاكه سمات الموضوع الجميل يجعله جميلاً، أما توجهه نحو منح الرهبة والقهر، وامتلاكه سمات الموضوع الجليل فيجعله جليلاً.

وهنا يجب أن نميز بين نوعين للجليل، الجليل المقيد، والجليل المطلق الإلهي. والجلال المقيد محدود وعرضي ومكتسب إذا ما قورن بالجلال الإلهي [164]، وهو قابل لأن يكون مقهوراً بذاته، كالجبل الذي جعله الله دكاً، بينما الجليل المطلق هو الأعلى والأمثل، «فالجلال الإلهي هو المثل الأعلى في الجلال، وما ذلك إلا لأنه المثل الأعلى في الكمال أيضاً» [165]، ويكون تحديدنا للجلال الإلهي من المشاعر الجمالية فحسب، والتي تنطوي تحت تسميات عدة كالقهر والفقر والضعف والحاجة والمحبة، أما الصفات الموضوعية للذات الجليلة المثلى (الله)، فهي غير قابلة للتحديد، لجهلنا بالماهية الإلهية، وإن كانت تلك الصفات ثابتة حاضرة موجودة، سواء أدركتها الذات أم لم تدركها، وهذا ما عبر عنه الفارابي بقوله: إن عظمة الله ومجده فيما له من جوهره لا في شيء آخر خارج عن جوهره وذاته؛ ويكون ذا عظمة في ذاته؛ أجلَّه غيره أو لم يجلّه، وعظَّمه غيره أو لم يعظمه [166]، فالجلال الإلهي موضوعي بالمطلق، في حين نجد أن الجليل المقيد موضوعي وذاتي في آن.

ولقد نشأت فكرة مهمة عند المتصوفة، وهي جلال الجمال،

وجمال الجلال، جرى فيها المزج بين القيمتين في موقفنا من الظواهر، ونبعت هذه الفكرة من التملي بالكمال الإلهي. إذ إن التفكير بالذات الواحدة الكاملة المثلى (الله)، افترض تمازج كل من الجمال والجلال في الذات الإلهية[167]، فالموضوع واحد، وهو متسم بالكمال، القاعدة الأولى للقيميتين الإيجابيتين، الجمال والجلال، فهو مؤنس ومحبوب وكريم ورحيم من جهة الجمال، وقاهر وقادر وعظيم من جهة الجلال، ويقول الجيلاني في ذلك: «إن الجلال عبارة عن صفات العظمة والكبرياء والمجد والثناء. وكلُّ جمال له فإنه حيث يشتد ظهوره يُسمى جلالاً، كما أنه كل جلال له فهو في مبادي ظهوره على الخلق يسمى جمالاً»[168]، فكأن الجليل هو الجميل مضخماً ومحورياً ومعظماً، وكأن الجليل ينعكس في النفس على أنه الأُنس الطاغي، والمحبة القاهرة، والحاجة الملحة.

أما الصفات الموضوعية للجليل فيحددها ابن الدباغ بأنها العز والقهر والجبروت والعظمة والسطوة والقدرة والاستيلاء[169]، فكل الظواهر القادرة على المنح والمنع تعدُّ جليلة، كالذات الإلهية، والماء والنار في الطبيعة، والملك القوي المعطاء في المجتمع، والقصر في الفن. إضافة إلى أن الجليل يتميز بأنه يطغى علينا ويتحدانا؛ فهو أكثر مما نستطيع إدراكه حسياً[170]، فالسعة والضخامة والرفعة تمنعنا من الإحاطة بالموضوع بشكل كلي كما نحيط بالموضوعات الجميلة، وذلك يترك عند متلقي الجليل شعوراً بالقهر والعجز والرغبة في استجلاء صفات الجليل. كما يتميز الجليل بأنه كاسر للتوقعات، قاطع لسلسلة الأحداث اليومية المألوفة[171]، وهذا ما يتميز به الجميل أيضاً

حين وصوله إلى الإدهاش، لكن في حين أن الجميل يفاجئنا بلطافته أو أناقته أو جاذبيته فنكون مغتبطين بالموضوع مندهشين به، يكون الجليل مفاجئاً من حيث الضخامة والقدرة والندرة والقهر.

* المسافة الجمالية بين الذات والموضوع الجليل:

إنّ الجليل يفترض المسافة المكانية الواسعة والمسافة الزمانية القصيرة في آن، فالمسافة المكانية تساعدنا في محاولتنا الإحاطة بالموضوع، ومن ثم عجزنا عنه، إضافة إلى أن القرب المكاني الشديد من الموضوع الجليل، قد يتكشف عنه تنوع في القيم، فالجبل يكون جليلاً من بعيد، لكننا إذا اقتربنا منه، وكنا فيه، فقد نجد فيه موضوعات قبيحة، كالحيوانات الضارية أو المساحات البيئية القذرة المنفرة، وقد نجد فيه موضوعات جميلة، كالأشجار والأزهار والأنهار الجارية، كما قد نجد فيه موضوعات حيادية جمالياً كالمواد الخام، من مثل الصخور أو الأخشاب الغفل من أي تشكل أسلوبي مميز، أما المسافة الزمانية المحدودة فهي مطلوبة حتى لا يغدو تلقي الموضوع الجليل مرهقاً أكثر من اللازم.

* المشاعر الجمالية المصاحبة لتلقي الجليل:

تتحدد المشاعر المصاحبة للجلال بنعوت الهيبة والقهر، وذلك من مثل الخوف والانقباض والاندهاش والذهول والمحو والفناء والإحساس بالعجز والفقر والذل وما إلى ذلك[172]، وهذا هو الجانب القاهر المعجز المرهق في تلقي الجليل، لذلك «فإن ذلك القهر وتلك

الهيبة ينبغي أن يكونا ممزوجين بنوع من المحبة والرغبة والحماسة. وذلك كي يكون الموقف الجمالي من الجليل موقفاً إيجابياً. وإلا فإن القهر من دون المحبة يغدو سلبياً ممقوتاً»[173]، فالقهر الخالي من مشاعر الرغبة في مشابهة الموضوع الجليل والاقتداء به والتقرب منه واستكشافه، مرهقٌ بل ممضٌّ، وقد يترك في الجليل شيئاً من القباحة، ويترك في الذات شيئاً من الضعف المنفر للذات نفسها.

فالأثر النفسي/الانفعالي الذي يخلفه الجلال إذاً يكمن في الهيبة الممزوجة بالرغبة والأنس، وذلك ما يجعل الذات المتلقية أكثر سموّاً وأعمق إحساساً بضرورة الارتفاع عما هو مبتذل ورخيص وتافه[174]، فالقاهر المهيب الذي لا يعلمنا أن نكون أقوى وأسمى وأعمق معرفة، قد يكون مكروهاً، لأن النفس الإنسانية لا يمكن أن تميل إيجابياً إلى ما يقهرها من غير أن يمنحها بالمقابل المعرفة والقوة والسمو.

فبذلك نجد أن لتلقي الجليل بعداً انفعالياً وبعداً فكرياً. فأما الكثافة الانفعالية في تلقي الجليل فتنجم عن التعارض القائم بين المتناهي (الإنسان)، واللا متناهي (الظاهرة الجليلة)[175]، وأما البعد الفكري فيتجلى في محاولتنا الحثيثة اكتشاف كنه الموضوع، ومحاولتنا إدراكه بكل جوانبه.

كما أن الكمال الأصفى موجود في تجربتنا مع الجليل، وذلك عن طريق تحدينا للموضوع تحدياً كاملاً[176]، فالمتعة الكبرى في تلقي الجليل تكون في تحريض الجانب الإيجابي الانفعالي المعرفي للذات في مواجهتها لأكمل الموضوعات والظواهر، فتكون الذات بذلك في أكثر حالاتها ألقاً ورقياً وسموّاً.

*** تفرعات قيمة الجليل:**

السامي:

يتميز السامي بعدة صفات؛ أولها: أنه يتسم شكلياً بالارتفاع المكاني غالباً. فما دام الشيء عالياً فهو عظيم، لأنه يرى ما سواه صغيراً، فعلوه دليل على عظمته[177]، وهذا يتحدد بالموقعية الفيزيولوجية لكل من الذات والموضوع في التجربة، فما نتلقاه من مكان منخفض، سيكون مهيباً بالتأكيد.

وثانيها: أنه مزيج من سمات الجليل وسمات الجميل، فإلى جانب ارتفاعه وعظمته، نجد السامي يتصف بالاعتدال الهادئ، والتناسب الرائق، ولذلك نحن نحب السامي أكثر مما نهابه.

وثالثها: أنه ذو بعد أخلاقي قوامه النبل، و«النبل هو ما يرتفع به الإنسان من الرواء ومن المنظر ومن الأخلاق والأفعال»[178]، وهذا نجده في الموضوعات السامية الإنسانية خاصة، فالسامي الإنساني، قادر على المنح والعطاء من غير أن تنقص ذاته، ومن غير أن يضطر إلى شيء من الأنانية والتمحور حول الذات، لأنه يمتلك من العظمة والقدرة ما يغنيه عن الالتفات إلى ذاته حماية لها.

البطولي:

إذا كنا نجد الجليل والسامي في الطبيعة والمجتمع والفن، فإننا لا نجد البطولي إلا فيما هو اجتماعي خالص، أو اجتماعي ممثل بالفن، فالبطولي

قيمة اجتماعية بالمقام الأول، لا تتحقق إلا في فرد وسط مجتمعه، وذلك فيما هو ممكن التحقق بالطبع، بعيداً عن الخوارق الأسطورية للأبطال ذوي القدرات الفائقة (هرقل مثلاً)، فحينها يغدو البطولي قيمة فردية متحققة في الذات نفسها بصرف النظر عن محيطها الاجتماعي.

فقيمة البطولي «هي قيمة صدامية من جهة، ومركّبة من جهة أخرى. أما أنها صدامية فلأنها لا تنشأ وتهيمن إلا في المراحل والمواقف التاريخية المبنية على الصراع الحاد والمأزوم بين القوى المتناقضة؛ أما أنها قيمة مركّبة فلأنها نتاج التداخل والتفاعل بين الجليل والجميل في الشخصية القيّمة اجتماعياً»[179]، فالبطل يظهر في حالات الحاجة إليه اجتماعياً، وذلك يكون في الأزمات والحروب أو الكوارث الطبيعية، فلا تظهر بطولته إلا وسط موقف اجتماعي سلبي، يقوم البطل فيه بقلب الموازين، نازعاً السلبية من ذلك الموقف، «فإن أشد ما يعلقنا بالبطل هي تلك الحياة التي يمثلها بأكمل صورها، أو التي يدافع عنها ممثلة بالآخرين»[180]، فالبطل حارس للحياة المستقرة التي يسعى إليها كل مجتمع، و«كل بطل يحدثنا عنه التاريخ ما هو إلا وظيفة تتكثف فيها روحية الجماعات وحاجاتها الوجودية ومثلها العليا وقيمها»[181]، فالبطل إلى جانب جماله الشكلي أو الخلقي، وعظمته، وترفعه عن رغبات الذات، هو ممثل للجماعة بكل رغباتها وطموحاتها، ومحقق لتلك المثل والأهداف التي يطلبها المجتمع.

كما أن «إرادة البطولة شكل من أشكال إرادة الكمال، ومظهر من مظاهر التشوف إلى المثال»[182]، لأننا في البطولي نجد رغبة في نقل المواقف الحياتية الاجتماعية من القباحة والخطر الوجودي إلى

الاستقرار الذي يتيح للموضوعات الجميلة أن تأخذ مكانها مجدداً في المجتمع، وهذا ما يجعلنا نغلب مشاعر المحبة والإعجاب على الهيبة في البطولي.

4 – التافه:

إن الوضيع أو التافه قيمة جمالية تمثل النقيض السلبي للجليل في مظاهره الحسية والمعنوية، وفيما يثيره في النفس من مشاعر وانفعالات، وهو يتصف بالسلبية لأنه مرفوض اجتماعياً[183] وطبيعياً، فهو يتصف بسمات شكلية وسلوكية في آن، وسماته الشكلية تتحدد بالصغر والضآلة، فكما أن الجليل هو جميل مضخم، كذلك التافه هو قبيح مصغر، ويكمن القبح في الموضوع التافه بمحيطه تحديداً، لا بشكله نفسه، كالحشرات التي تقطن في بيئة قذرة، أما سماته السلوكية فتتحدد بنقله للقبح من محيطه وبيئته إلى بيئات أخرى.

ويظهر الجانب السلوكي للتافه بشكل أوضح في التافه الإنساني – الاجتماعي، فلقد قلنا سابقاً إنه من المستحيل فصل الجمالية عن الأخلاق في مقولة التافه[184]، والتافه اجتماعياً هو من يستكين لقهره أمام ضخامة الموضوع القبيح، بل تغدو إذ ذاك ذاته مستلبة تماماً في طاعته لذلك الموضوع، وإتمام مصالحه بأشد الطرق الممكنة دناءة، فليست مشكلة التافه في انصياعه للقبح المحيق به فحسب، لكنه يعمل بكل الأساليب التافهة على نشر ذلك القبح، وكذلك فإن اجتماع الضآلة الشكلية، والتفاهة السلوكية في الموضوع الإنساني – الاجتماعي، يضعنا أمام النموذج الأكثر إثارة للشفقة والنفور للتافه.

وكذلك فإن التافه ــ شأنه شأن القبيح ــ يضعنا في موقف رافض للموضوع، ويجعلنا ننحو نحو الموضوعات الجليلة الجميلة، أي نحو المثل الأعلى الجمالي، ومن ثم ننظر إلى ذواتنا باحترام لترفعها عما هو تافه وضيع.

5 ــ التراجيدي:

* تحديد التراجيدي وسماته:

إنّ التراجيدي (أو المأسوي) هو قيمة جمالية إيجابية قائمة على الصراع بين قيمتين، وتعدُّ قيمة إيجابية، «لأن المادة الاجتماعية التي تنتج التراجيدي، هي نفسها التي تنتج الجميل والبطولي والجليل»[185]، وهو ما يجعلنا نتخذ موقفاً غير حيادي من ذلك الصراع. ويعرف التراجيدي بأنه: هو سقوط القِيَم اجتماعياً[186]، نتيجة دخوله في صراع مع ما هو قاهر أو قبيح، وذلك «لأن أساس الصراع المأساوي هو هزيمة المثل الأعلى»[187]، مما يثير فينا شعوراً بالشفقة والألم والتعاطف.

أما من يقول إنّ المأسوي موجود في المسافة الوجودية الفاصلة بين ما هو كائن وما ينبغي أن يكون[188]، فهو مصيب جزئياً، لأنه يعمم الحكم، إذ إن تلك المسافة الوجودية موجودة في الظواهر القيمية الجمالية السلبية عموماً، فينطبق القول السالف على تحديدنا لكل من القبيح والكوميدي والتافه أيضاً (القيم السلبية)، إلى جانب التراجيدي ذي الطابع التأزمي بين قيمتين؛ إيجابية وسلبية..

والتراجيدي قيمة لا تتبدى إلا وسط المجتمع الإنساني، «فالصراع

لا يكون تراجيدياً إلا إذا استحوذ على مشروطيته الاجتماعية الموضوعية وامتلك مبرراته التاريخية»[189]، فموضوع الصراع ليس شأناً فردياً، بل هو في صلب اهتمامات المجتمع ومشاكله ومخاوفه، وهذا يظهر في الأهداف التي يسعى إليها الأبطال التراجيديون. مثل: انتصار الحرية والثورة، إقامة نظام اجتماعي عادل، الكفاح من أجل السيطرة على قوى الطبيعة، الكفاح من أجل الحب... إلخ، فكل الأبطال التراجيديين يناضلون دائماً في سبيل أهداف قيمة إنسانياً واجتماعياً، وإن كانت بعيدة المنال في الظروف الحالية[190].

ويرتبط المأسوي بالجليل ارتباطاً وثيقاً، فإذا كان التراجيدي يتمثل في صراع بين كائنٍ حرٍّ جميلٍ أو بطولي وقوة جبرية، فإن هذه الجبرية لا بدَّ أن تكون ناجمة عن قوة جليلة لا حدود لها ولطاقتها الإلغائية مثل قوة الطبيعة أو سيرورة الزمن[191]، وهذا يتجلى في الصراع الفردي – الجماعي مع الطبيعة، أما الصراعات الاجتماعية الخالصة فتكون غالباً بين البطولي وبين الظواهر القبيحة، كالحرب والطبقية وسواها.

ومن أهم ما يميز التراجيدي أنه يتخذ طابعاً تفاؤلياً، وذلك إذا ارتكز إلى الاقتناع بأن الظفر بالقوى الطبيعية والاجتماعية المعادية للبشر أمر ممكن، فلا يعود سقوط البطل سقوطاً للمثل الأعلى، وتظل القضية التي قاتل من أجلها جديرة بأن يضحي من أجلها الكثيرون بأرواحهم[192]، فالمثل الأعلى يستمر حينها بفاعليته الجاذبة لحركتنا الصاعدة إليه، على الرغم من الانتكاسات الحاصلة في طريقنا نحوه.

فالتراجيدي – أو سقوط البطل – لا يعني أبداً موت الأمل[193]،

لأن المأساة ليست مأساة البطل فحسب، بل هي مأساة كل من يضمهم عالم البطل، كعائلته أو شعبه أو قومه، وسقوط البطل لا يعني سقوط سعينا المستمر نحو المثل الأعلى.

أما في الفكر الجمالي العربي فقد عُمِّمَ العذابي على كل الذوات الإنسانية، وذلك انطلاقاً من نظرية الفيض التي تقسم الوجود إلى: عقل – نفس – مادة، فتوسُّطُ النفس بين ما هو جوهري تجريدي، وبين ما هو عرضي مادي، يجعلها في صراع دائم بين هذين المتناقضين، وهو ما يجعل النفس البشرية محكومة بالعذاب مذ نشأت، فالعذاب إذاً هو العجز عن الاستيلاء على البدن استيلاء تاماً؛ أي إن ثمة ترجحاً بين البدن والنفس، أو بين الكثافة واللطافة[194]، ويعطي هذا المنظور بعداً ذاتياً بحتاً لطبيعة الصراع، بعداً سينعكس من ثم – لا محالة – على المجتمع وصراعاته بين ما هو جوهري، وبين ما هو عرضي.

ونشير كذلك إلى أن المسافة الجمالية المكانية مطلوبة في تلقينا للموضوع التراجيدي، فإن كنا جزءاً جوهرياً من ذلك الصراع، فلن نتمكن من تقويم الموضوع جمالياً، فعلى الرغم من أننا لا نقف موقفاً حيادياً من ذلك الصراع، فإننا يجب أن نكون على مسافة من الموضوع، مسافة تحمينا وجودياً من التعرض لمخاطر ذلك الصراع، وهذه المسافة متحصلة بدهياً في تلقينا للموضوعات التراجيدية الممثلة بالفن.

* الخطيئة التراجيدية:

من الجدير بالذكر أن فكرة الخطيئة التراجيدية تطغى في المجتمعات التي تعلي من قيمة الدين، وذلك في محاولة من أبناء

هذه المجتمعات في فهم مسببات التراجيديا، وهذا ما نراه في كل من التراجيديا في المجتمع الإغريقي، والمجتمع الإسلامي لاحقاً، فهذه الفكرة قديمة قدم التراجيدي نفسها. ولقد ذهب علم الجمال المعاصر أيضاً إلى القول (إنه ما من تراجيديا من غير خطيئة ما)، وهذه الخطيئة يجب الانتباه إليها، حتى لا يقع الإنسان – المجتمع بها مجدداً في حال تكررت الظروف، فالهدف النهائي للتراجيديا في علم الجمال المعاصر هو تخليص الإنسان من الوقوع في الخطيئة المولدة للتراجيديا[195].

ونجد أن الخطيئة التراجيدية قد أنشأت الصراع داخل النفس البشرية، وهذا الصراع بدوره قد ينتج وهماً يتخذ طابع الحتمية بأن ما يحدث من ظواهر تراجيدية محيطة بالإنسان ما هو إلا نتيجة خطيئة، قد تكون حاصلة أو لا تكون، ومن هنا فإن تبدي الظاهرة التراجيدية ومعايشتها وتلقيها يقوم بفعل تطهيري يخلص النفس من صراعها بعد أن أزالت النتيجة (الظاهرة التراجيدية) السبب المباشر لها (الخطيئة التراجيدية).

*** المشاعر الجمالية المصاحبة لتلقي التراجيدي:**

إن لذة التراجيدي تتجلى في المتعة العقلية والانفعالية في آن، فالمتعة العقلية تكمن في إدراك الواقع بمختلف نواحيه (الوجود – المعاناة – العدم)، واللذة الانفعالية تكمن في تحريض الشعور المتألم ذي الطابع الإنساني، والذي يلعب على وتر المشترك الإنساني الانفعالي، أو ما يمكن أن ندعوه بالتعاطف الانفعالي.

وبما أننا في تلقينا للتراجيدي أمـام قيمتين جماليتين (جميل وقبيح، أو جميل وجليل)، فسنجد «أن المزج بين هذين الضربين من العواطف [الجاذبية والفظاعة] لهو الذي تتألف منه تلك النكهة الخاصة، وذلك الطعم اللاذع المعين اللذين تتسم بهما قدرة الشيء على إثارة الشجن»[196]، فالتراجيدي اجتماع للمتقابلات، والمتناقضات في صراع سيفني واحداً من الطرفين، وهذا ما يجعلنا أمام تنوع شعوري يتحدد بمزيج من الخوف على الموضوع الجميل أو البطولي، والشفقة، والألم، والغضب، والحزن، والتعاطف.

ولكون تلك المشاعر مرهقة إلى حد ما، فإن «الإنسان لا يطمح أبداً إلى الإكثار من هذه الحالات، بل يسعى إلى التغلب على الصراع في مجرى الحياة، وإحلال الانسجام محله»[197]، فالقدرة الإنسانية على احتمال تلك المشاعر الخاصة بتلقي الموضوع التراجيدي، محدودة جداً.

أما التراجيدي في الفن فهو ثنائي المتعة، المتعة بالموضوع التراجيدي من جهة، والمتعة بالشكل الفني من جهة أخرى. وإنها لحقيقة لا يمكن إنكارها بأن الفن يمتلك هناءته الخالصة مهما كان حجم المأساة التي يصورها[198].

* تفرعات قيمة التراجيدي:

ـ المعذَّب:

المعذَّب هو التراجيدي إذ يستسلم، وهو «يختلف نوعياً عن

التراجيدي، حيث إنه كائن مأزوم داخلياً. وهذا ما يدفعه إلى أن يكون عاجزاً عن الفعل الاجتماعي، عاجزاً عن ممارسة رفضه بشكل إيجابي فاعل»[199]، ففي حين أن رد فعل التراجيدي تجاه الصراع يكون إيجابياً، نجد أن رد فعل المعذب تجاه الصراع سلبي ومستلب، «فالمعذب يقبع مكانه. إنه لا يقوى على مواجهة سبب عذابه ليتحول إلى بطولي. ولا يستطيع الصمود طويلاً أو إثبات وجوده على الأقل كما هو التراجيدي»[200]، فيكون التشاؤم واليأس مصاحبين لتلقينا للموضوع العذابي، لأن حركة السعي نحو المثل الأعلى قد بُترت، وصار من غير الممكن متابعتها.

وإضافة إلى أن المعذب كائن ضعيف مأزوم عاجز، نجده كذلك «يعمق القيم السلبية، ويترك لها مساحة للتوسع وزيادة الأذى في المجتمع»[201]، وذلك على عكس التراجيدي الذي يحاول جهده في أن ينافح كل تمثيل للقيم الجمالية السلبية، لذلك نجد أن الإحساس الجمالي المصاحب للمعذب هو الشفقة والألم والغضب بسبب السكوت عن الامتداد المستمر للقيم الجمالية السلبية، بينما يترافق التراجيدي مع مشاعر الشفقة والاندفاع نحو دعم البطل التراجيدي، لينتقل من السماح للقيم السلبية بالتمدد إلى إزالتها ووضع المثل الأعلى في الواجهة ثانية.

– المحزن أو المؤلم:

وهو خاص بقصص الحزن العادية اليومية التي قد تؤثر فينا، وتبعث على الحزن، لكنه حزن عادي، لا يرتقي إلى مستوى التراجيديا

الرفيع[202]، وهو محدد بالقضايا الفردية التي لا تؤثر مباشرة في المجتمع، وهو ما نجده من صراع خاص فردي بين الذات وموضوع قاهر وجودياً، كالموت أو المرض أو الشيب مثلاً، فهو لا ينطوي على صراع بين بطولي وجليل، أو بين بطولي وقبيح، بل ينطوي في المقام الأول على صراع بين الجميل (الحياة) والموضوع القاهر، ويتغلب فيه الأخير، إذ يقضي كلٌّ منها على العناصر الموضوعية المتمثلة بالحيوية والحركة والرشاقة.

6 - الكوميدي:

* تحديد الكوميدي (المضحك) وسماته:

إنّ الضحك إنساني من جهة أولى، فقد قال بعض الفلاسفة القدامى: إن الإنسان حيوان ضاحك[203]، فهو خاص بالجنس البشري، و«لا مضحك إلا فيما هو إنساني، فالمنظر [الطبيعي] قد يكون جميلاً لطيفاً رائعاً، أو يكون تافهاً أو قبيحاً، ولكنه لا يكون مضحكاً أبداً. وإذا ضحكنا من حيوان فلأننا لقينا عنده وضعَ إنسانٍ، أو تعبيراً إنسانياً»[204]، فالكائنات غير الإنسانية لا تمارس الضحك، كما أنها لا تكون موضوعاً للمضحك؛ وذلك لأن الكوميدي في أهم جوانبه هو حركة فكرية نقدية واعية تجاه الموضوعات التي تثير رغبتنا في السخرية والتغيير في آن.

والضحك اجتماعي من جهة ثانية، فعلى الرغم من أن سلوك الضحك فردي أولاً، فإنه لا يمكن أن يتم إلا في إطار اجتماعي

قوامه الاتفاق الضمني على ما هو مرفوض مقوّم. وبسبب الارتباط الشديد بين ما هو كوميدي وبين ما هو اجتماعي، كان الكوميدي هو أشد القيم تبدلاً مع الزمان، وأكثرها تأثراً بتفاوت الحياة الاجتماعية وتطورها[205]، كما أن المادة الاجتماعية للكوميدي تختلف بين مجتمع وآخر، فهي تحمل خصوصية قيمية اجتماعية.

وتكمن سلبية الموضوع الكوميدي في أن كل ما هو مضحك وتهكمي هو تناسق مفقود، وعدم تماسك مستتر يصيب الواقع المعيش[206]، فالكوميدي موضوع مؤذٍ بنسبة محدودة، ومخلٌّ بسيرورة الحياة الاجتماعية ومرونتها وتطورها.

والكوميدي يتكون في المقام الأول من المفارقة؛ المفارقة بين ما هو متوقع، وبين ما هو حاصل، بين الفكرة، وبين المادة، فإن «كل حادث يلفت انتباهنا إلى الجانب المادي من الشخص حين نكون بصدد الجانب الروحي فهو مضحك»[207]، كأن نكون في موقف استماع لخطبة دينية أو سياسية، ونرى الخطيب يجترح فعلاً مادياً، كأن يعطس فجأة، أو تزلَّ قدمه. وهذا ما يفسر أن الأعمال التي نتلقى فيها موضوعات بطولية أو تراجيدية، تكاد تخلو مما هو حياتي مادي، فلا نجد البطل مثلاً يستجيب لحاجاته المادية اليومية في العمل الفني، بل نرى سلوكه محدوداً بالفعل البطولي المنزه عن الذات والمادة، فإن لم يتنزه عن ذلك، غدا الموقف الممثل بالفن كوميدياً، وكل سلوك في غير موضعه هو سلوك مضحك، كجهل العالم، وتغابي الذكي، وادعاء الذكاء من الغبي، أو سلوك مهين من شخصية مرموقة، وتأتأة الخطيب، وسقوط السيف من يد المحارب، وعيُّ الشاعر، فهذه كلها

مواقف وسلوكيات تدعو إلى الضحك نتيجة ما تحمله من مفارقة.

وإضافة إلى المفارقة بين الفكرة وحاملها، نجد أن الغرابة الشكلية للموضوع وسط المجتمع تحمل طابعاً كوميدياً. فالغرابة هي النبو عما هو مألوف شكلياً في المجتمع. فالمختلف شكلياً بشكل مقصود أو غير مقصود (كالذي يرتدي ثياباً هجرها الذوق العام) سيثير فينا الضحك حتماً[208]، فهو خارج عن المجتمع في أحد جوانبه، من غير أن يسبب أذى فعلياً للمجتمع، وهذا مرتبط بفكرة الآخر المختلف عنا، ثقافياً أو عرقياً، أو شكلياً أو ذوقياً، فتغدو السخرية حينها وسيلة دفاعية يقوم بها المجتمع في مواجهة الظواهر الغريبة.

*** تقنيات تقديم الموضوع الكوميدي فنياً:**

وهي عديدة، ومن أهمها:

– المبالغة: وهي تقنية كاريكاتورية، تسلِّط الضوء على العيب المُنكَر، وتضخمُه، في محاولة إبرازه، وتخصيص الانتباه إليه، وإيضاح معالم ذلك العيب، و«لكي تكون المبالغة مضحكة ينبغي ألا تبدو غاية، بل مجرد وسيلة يستخدمها الفنان في إبراز هذا النبو الذي يراه»[209]، ففي المبالغة نحن لا نهتم بالعنصر المضخم في ذاته، بل بما يحيل عليه من معانٍ. وتتبدى المبالغة الكوميدية في الأدب عن طريق المبالغة في ذكر تفاصيل صغيرة خاصة بالجانب المرفوض من الموضوع الكوميدي.

– محاكاة الآلية والتصلب: إنّ محاكاة ما هو مرفوض اجتماعياً

هي شكل من أشكال السخرية منه، ونحن لا نحاكي كوميدياً إلا ما هو آلي ثابت متسم بالجمود، «فأوضاع الجسم الإنساني وإشاراته وحركاته تكون مضحكة على قدر ما يذكرنا هذا الجسم بمجرد آلـة»[210]، ورفضنا للحركة الآلية ينبع من أن الآلة تتسم بالثبات المناقض للسيرورة المنطقية للحياة المتطورة باستمرار، كما أننا لا نجد في الآلة الصفات الجمالية المطلوبة والمرغوبة، من مثل الحيوية والرشاقة وسواها.

* الكوميديا والنقد الاجتماعي:

إنّ الموضوع الكوميدي قديم قدم الوجود الإنساني، وهذا يدل على الوعي المبكر عند الإنسان لتأثير السخرية موضوعياً في إصلاح الظواهر المجتمعية[211]، فالمجتمع يسعى إلى التوازن، وأي إخلال في هذا التوازن مخيب للتطلعات الاجتماعية، ويستوجب رداً من المجتمع. والمجتمع لا يستطيع التدخل عن طريق القمع المادي مادام لم يصب بأذى مادي. فيكون جوابه بحركة بسيطة، وما الضحك إلا شيء من هذا القبيل؛ إنه ضرب من الإشارة الاجتماعية[212]، فالضحك هو الوسيلة الألطف والأنجع في ممارسة النقد الاجتماعي، ومن ثم التغيير الاجتماعي، من غير إلحاق أذى مادي في الموضوع الكوميدي.

فالنموذج المضحك هو نمط من الوقاحة تجاه المجتمع، يردّ عليه المجتمع بوقاحة أشد منها هي الضحك، وإذاً، فليس في الضحك شيء من اللطف بل هو يردّ الشرّ بالشرّ[213]، وليس المقصود بالشر هنا معناه الضار، إنما المقصود معناه اللاذع القاسي المقوّم، والذي يبتغي

التصويب، لا الشر لأجل الشر نفسه، «فالضحك يخزي ضحيته قليلاً، وهو لهذا ضرب حقيقي من اللجام الاجتماعي»[214]، فالكوميدي ذو مهمة اجتماعية في المقام الأول، ولا ينطلق من عبثية السخرية، أي الضحك لأجل الضحك فحسب، لكن الكوميدي يتضمن «تقويماً نقدياً يبعد المرء عما لم تعد البشرية تتمسك به، أو عما أصبح غريباً عنها، بتحويلها إياه إلى أمر مضحك»[215]، فيغدو الضحك حينها وسيلة أولى لغاية اجتماعية تقويمية محضة، تقوم على وضع الموضوع المرفوض في موقع المحاكمة، وتحكم عليه بالنفي عن طريق السخرية منه، فتزرع في الموضوع هاجس الرغبة في تغيير سلبيته، ليوافق التطلعات الاجتماعية المتوقعة منه.

* المشاعر الجمالية المصاحبة لتلقي الكوميدي:

إنّ الكوميدي يثير فينا المتعة العقلية المعرفية أكثر مما يثير فينا المتعة الشعورية الانفعالية، فهو بعيد عن الانفعال النفسي الشعوري، وكما يقول برجسون: «لا يمكن للمضحك أن يحدث هزته إلا إذا سقط على صفحة نفس هادئة تمام الهدوء، منبسطة كل الانبساط، فاللامبالاة وسطه الطبيعي، وألد أعدائه الانفعال»[216]، وذلك لأنه يتطلب المقارنة بين التقويم الواعي الخاص بالمجتمع وتطلعاته من جهة، وبين التقويم الخاص بالموضوع المثير للسخرية من جهة أخرى.

ولكن الموضوع الكوميدي يعطينا – من وجهة نظر أخرى – شعوراً بالانقباض مما هو مثير للسخرية، ويكمن الانقباض في موقفنا الرافض لما أثار ضحكنا، وقلقنا من انتشاره في المجتمع، فنسارع

إلى رفضه، «فالضحك ـ إذاً ـ مهما نفترضه صريحاً، إنما يخفي وراءه روحاً بالإحساس بالانقباض»[217].

وهذا من ناحية التقويم الجمالي النابع من العقل، أما من ناحية الشعور النفسي الآني المصاحب فنجد أن «الفكاهة غذاء روحي لا تقل ضرورته عن قوتنا اليومي في حياتنا المادية»[218]، فهو نابع عن حاجتنا للشعور بالانبساط النفسي أولاً، والمتعة بالتشارك الاجتماعي ثانياً، «فالفكاهة ريحانة النفوس، ومتعة الخواطر، وسلوى القلوب»[219]، وهذا ما يفسر أن الفكاهة راجت في العصور التي ران فيها القلق وازداد الضغط، لأن فيها تجاوزاً للواقع بالابتعاد عنه، ولو بالظاهر، ولأن فيها مزاولة للحرية، ولو بطريقة الفكر[220]، فكثرة التأزمات الاجتماعية المتلاحقة تجعل حاجتنا محمومة للمتعة والانبساط، وممارسة شكل غير عدائي من نقد الظواهر المرفوضة، شكلٍ حرٍّ لا يستوجب العقوبة.

والجانب الأخير للمتعة الجمالية المصاحبة للكوميدي، هو أن الموضوع المضحك يجعل الذات تقف موقفاً مناقضاً من موضوعها المعايش، فالتجربة الكوميدية «يخفض الضاحك بها المضحوك منه عن رتبته»[221]، مما يعمق لدى المتلقي شعوراً بالسمو والترفّع عن صَغار الموضوع المثير للسخرية.

وأخيراً: يتفرّع عن قيمة الكوميدي قيمة كبرى واحدة هي الهزلي، والاختلاف الجوهري بين الكوميدي والهزلي، هو أن للأول وظيفة اجتماعية تقويمية كما فصلنا، بينما للثاني وظيفة خاصة بالشعور الجمالي بالانبساط، من غير التطرق لما هو اجتماعي، فالهزلي ـ

كالتهريج مثلاً، أو الطُرَف التي لا تحمل بعداً ثقافياً اجتماعياً – له غاية وحيدة؛ هي الترويح عن نفس متلقيها، وإمتاعه، متعة لأجل المتعة فحسب.

وفي ختام حديثنا عن القيم الجمالية، نجد أن كل القيم إيجابية بشكل ما؛ فالقيم الإيجابية (الجميل – الجليل – التراجيدي) تعمّق المشاعر الجمالية الداعمة للحياة والرفعة، والباحثة عن المثل الأعلى الجمالي، أما القيم السلبية (القبيح – التافه – الكوميدي) فتجعلنا نقف من الظواهر السلبية موقفاً رافضاً يحلينا إلى البحث عما هو إيجابي والرغبة بوجوده، وإلى النظر إلى الذات بوصفها موضوعاً إيجابياً مترفعاً عن تلك الظواهر السلبية.

كما أن كل القيم تحيل بشكل أو بآخر إلى الثنائية الوجودية (الحياة /الموت)، وهذه الثنائية هي الأبرز والأوضح في قيمتي الجميل والقبيح كما فصلنا، ونجد هذه الثنائية الوجودية في قيمتي الجليل والتافه كذلك، ففي الجليل تمثيل للحياة بأكمل أشكالها وأعلاها وأكثرها قدرة وقوة، وفي التافه نرى الصغار المكروه، ونرى الخطر المتزايد للانصياع لما هو قبيح وماحق لذاته ولسواه من الصفات الكاملة في الإنسان، أما في قيمتي التراجيدي والكوميدي، فنجد في الأولى صراعاً وجودياً قائماً على البحث عن حياة مستقرة خالية من الاستلاب والقهر الممض، ونجد في الثانية رفضاً لموضوعات قد يفضي استمرارها إلى تشوه الصورة المثلى للمجتمع، ومن ثم يغدو المجتمع مهدداً بالزوال واحتمالية الاستبدال بمجتمع آخر أكثر تحضراً ومرونة وحيوية.

وانطلاقاً من أن القيم هي ابنة الوعي، ومن ثم فهي ابنة مجتمعها، سنسعى إلى استجلاء معالم تلك القيم الجمالية في الأدب الأندلسي، مع ما تحتويه من حمولة ثقافية اجتماعية، وسنعرض فيما يلي الطريقة التي سنتناول فيها النصوص الأدبية من وجهة نظر النقد الجمالي.

الهوامش:

1 ــ انظر: ابن منظور، محمد، لسان العرب، دار صادر، بيروت، لبنان، 1300هـ، مادة (ف هـ م)، 459/12.

2 ــ انظر: لالاند، أندريه، موسوعة لالاند الفلسفية، تعريب: خليل أحمد خليل، منشورات عويدات، بيروت، لبنان، باريس، فرنسا، ط (2)، 2001م، جـ (3)، المجلد (1)، ص ص (194).

3 ــ انظر: المعجم الفلسفي المختصر، ترجمة: توفيق سلوم، دار التقدم، موسكو، روسيا، 1986م، ص (471).

4 ــ المرعي، فؤاد، الوعي الجمالي عند العرب قبل الإسلام، الأبجدية للنشر، دمشق، سوريا، ط (1)، 1989م، ص (13).

5 ــ المرعي، فؤاد، الجمال والجلال، دار طلاس، دمشق، سوريا، ط (1)، 1991م، ص (16).

6 ــ انظر: ابن منظور، لسان العرب، مادة (ق و م)، 496/12، وما بعدها.

7 ــ انظر: المعجم الفلسفي المختصر، ص (381)، ولالاند، أندريه، موسوعة لالاند الفلسفية، المجلد (3)، ص (1521)، وما بعدها.

8 ــ الجهاد، هلال، جماليات الشعر العربي، مركز دراسات الوحدة العربية، سلسلة أطروحات الدكتوراه (65)، بيروت، لبنان، ط (1)، 2007م، ص (400).

9 ــ بلوز، نايف، علم الجمال، منشورات جامعة دمشق، دمشق، سوريا، ط (7)، 2007م ــ 2008م، ص (49).

10 ــ انظر: العوا، عادل، العمدة في فلسفة القيم، دار طلاس، دمشق، سوريا، ط (1)، 1986م، ص (655).

11 – انظر: نفسه، ص (411).

12 – انظر: بلوز، نايف، علم الجمال، ص (51).

13 – العوا، عادل، العمدة في فلسفة القيم، ص (296).

14 – بلوز، نايف، علم الجمال، ص (79).

15 – نفسه، ص (80).

16 – نفسه، ص (81).

17 – سـانتيانا، جـورج، الإحسـاس بالجمـال، ترجمة: محمـد مصطفى بدوي، راجعـه: زكي نجيـب محمود، مطابع الهيئـة المصرية العامة للكتـاب، القاهرة، مصر، 2001م، ص (178 – 179).

18 – انظـر: قنصـوه، صـلاح، نظرية القيمة فـي الفكر المعاصـر، دار الثقافة، القاهرة، مصر، 1981م، ص (44).

19 – العوا، عادل، العمدة في فلسفة القيم، ص (286).

20 – انظر: نفسه، ص (285).

21 – كليب، سـعد الدين، المدخل إلى التجربة الجمالية، منشـورات الهيئة العامة السورية للكتاب، وزارة الثقافة، دمشق، سوريا، 2011م، ص (78 – 79).

22 – انظر: لالاند، أندريه، موسوعة لالاند الفلسفية، المجلد (3)، ص (1526).

23 – انظر: قنصوه، صلاح، نظرية القيمة في الفكر المعاصر، ص (229).

24 – انظر: العوا، عادل، العمدة في فلسفة القيم، ص (58).

25 – انظر: نفسه، ص (350).

26 – انظر: نفسه، ص (545)، وما بعدها.

27 – انظر: بلوز، نايف، علم الجمال، ص (51).

28 – قنصوه، صلاح، نظرية القيمة في الفكر المعاصر، ص (224).

29 – نفسه، ص (231).

30 – انظر: المعجم الفلسفي المختصر، ص (44).

31 – انظر: كليب، سـعد الدين، تراثنا والجمال، دائرة الثقافة، الشارقة، الإمارات العربية المتحدة، ط (1)، 2018م، ص (27).

32 – انظر: نفسه، ص (22 – 23).

33 – انظر: إسـماعيل، عز الدين، الأسـس الجمالية في النقـد العربي، دار الفكر العربي، القاهرة، مصر، 1992م، ص (7).

34 – انظر: كليب، سعد الدين، تراثنا والجمال، ص (71).

35 – كليب، سعد الدين، وعبد الرحيم، ياسر، والداية، علياء، الفكر الجمالي القديم، مطبوعات جامعة حلب، حلب، سوريا، 2018م، ص (129).

36 – إسـماعيل، عز الدين، الأسس الجمالية في النقد العربي، ص (109 – 110)، انظر كذلك ص (120)، من الكتاب ذاته.

* راجع: نفسه، أمهات الفضائل عند العرب – المسلمين، ص (8).

37 – كليب، سعد الدين، تراثنا والجمال، ص (85).

* نظريــة الفيــض: جاءتنا من مصدرين؛ غربــي أفلوطينــي ذي الأقانيم الثلاثة؛ (العقل، النفس، المادة)، وشـرقي (الصابئة)، وهذان الشكلان دخلا الثقافة العربية الإسلامية، وخضعا للأسـلمة على يد الفارابي، وتبلورت النظرية عند ابن عربي الذي كان يؤسس مشروع الإنسان الكامل، وغايته السعادة البشرية المبنية أساساً على الكمال الذي فاض من الله إلى الإنسـان الفرد، فظهر كماله في علاقته بالحق من جهة، وبالمجتمع من جهة أخرى، انظر: كليب، سعد الدين، البنية الجمالية في الفكر العربي الإسلامي، دار نون، حلب، سوريا، 2006م، ص (12)، وما بعدها.

38 – انظر: كليب، سـعد الدين، البنية الجمالية في الفكر العربي الإسـلامي، ص (57).

39 – نفسه، ص (59).

40 – سانتيانا، الإحساس بالجمال، ص (209).

41 – انظر: كليب، سـعد الدين، البنية الجمالية في الفكر العربي الإسلامي، ص (58).

42 – ابن الدبـاغ، عبد الرحمن، مشـارق أنوار القلوب ومفاتيح أسـرار الغيوب، تحقيق: هـ. ريتر، دار صادر، بيروت، لبنان، لاتا، ص (39)، وانظر: كليب، سعد الدين، البنية الجمالية في الفكر العربي الإسلامي، ص (61).

43 – ابن الخطيب، لسـان الدين، روضة التعريف بالحب الشريف، تحقيق: محمد الكتانـي، دار الثقافـة، الـدار البيضـاء، المغـرب، ط (1)، 1970م، جـ (1)، ص

(289)، وانظر: كليب، سعد الدين، البنية الجمالية في الفكر العربي – الإسلامي، ص (59).

* في تعاملها مع الموجودات.

(44) كليب، سعد الدين، تراثنا والجمال، ص (117).

45 – عبد الحميد، شاكر، التفضيل الجمالي، سلسلة عالم المعرفة (267)، الكويت، الكويت، 2001م، 1421هـ، ص (126).

46 – كليب، سعد الدين، وعبد الرحيم، ياسر، والداية، علياء، الفكر الجمالي القديم، ص (128).

47 – انظر: كليب، سعد الدين، البنية الجمالية في الفكر العربي الإسلامي، ص (66).

48 – نفسه، ص (69).

49 – كليب، سعد الدين، البنية الجمالية في الفكر العربي الإسلامي، ص (69).

50 – انظر: كليب، سعد الدين، تراثنا والجمال، ص (112).

51 – انظر: كليب، سعد الدين، البنية الجمالية في الفكر العربي الإسلامي، ص (88).

52 – انظر: بلوز، نايف، علم الجمال، ص (3).

53 – انظر: إسماعيل، عز الدين، الأسس الجمالية في النقد العربي، ص (14 – 15).

54 – جماعة من الأساتذة السوفيات، أسس علم الجمال الماركسي اللينيني، تعريب: فؤاد المرعي، دار الجماهير، دمشق، سوريا، دار الفارابي، بيروت، لبنان، ط (2)، 1978م، جـ (2)، 14/1، وانظر كذلك: المعجم الفلسفي المختصر، ص (29).

55 – كليب، سعد الدين، المدخل إلى التجربة الجمالية، ص (33).

56 – انظر: بلوز، نايف، علم الجمال، ص (9).

57 – المرعي، فؤاد، الجمال والجلال، ص (8).

58 – انظر رأي هيغل مثلاً: بلوز، نايف، علم الجمال، ص (236).

59 – نفسه، ص (6)، وانظر كذلك: ص (2) الكتاب ذاته.

60 – نفسه، ص (49 – 50).

61 – انظر: كليب، سعد الدين، المدخل إلى التجربة الجمالية، ص (6).

62 – انظر: بلوز، نايف، علم الجمال، ص (25).

63 – انظر: كليب، سعد الدين، تراثنا والجمال، ص (26).

64 – انظـر: باختيـن، ميخائيل، مختـارات من أعمال ميخائيـل باختين، ترجمة: يوسـف الحلاق، المركز القومي للترجمة، القاهـرة، مصر، ط (1)، 2008م، ص (369).

65 – كليب، سعد الدين، المدخل إلى التجربة الجمالية، ص (39).

66 – انظـر: نفسـه، ص (51)، وبلوز، نايف، علم الجمال، ص (71)، وسـتيس، والتر.ت، معنى الجمال، ترجمة: عبد الفتاح إمام، المجلس الأعلى للثقافة، القاهرة، مصر، 2000م، ص (17).

67 – انظر: كليب، سعد الدين، المدخل إلى التجربة الجمالية، ص (52).

68 – بلـوز، نايف، علـم الجمال، ص (113)، وانظر المعنـى ذاته: اليافي، نعيم، الشعر بين الفنون الجميلة، دار الجليل، دمشق، سوريا، ط (1)، 1983م، ص (49).

69 – انظر: إسماعيل، عز الدين، الأسس الجمالية في النقد العربي، ص (111).

70 – انظر: نفسه، ص (113 – 143).

71 – انظـر: ستولينتز، جيروم، النقد الفنـي، ترجمة: فؤاد زكريـا، دار الوفاء، الإسـكندرية، مصـر، ط (1)، 2007م، ص (333 – 334 – 335)، وانظـر: لالو، شارل، مبادئ علم الجمال، ترجمة: خليل عزيز شطا، دار الهلال، دمشق، سوريا، 1951م، ص (75)، وانظر: جماعة من الأسـاتذة السـوفيات، أسـس علم الجمال الماركسـي اللينيني، 241/1 – 242، وانظر: المرعي، فؤاد، الجمال والجلال، ص (34)، وانظر: كليب، سعد الدين، المدخل إلى التجربة الجمالية، ص (57).

72 – سانتيانا، الإحساس بالجمال، ص (122).

73 – انظر: ستيس، والتر.ت، معنى الجمال، ص (231)، وما بعدها.

74 – انظر: نفسه، ص (236).

75 – انظر: كليب، سعد الدين، المدخل إلى التجربة الجمالية، ص (59).

76 – انظر: المرعي، فؤاد، الجمال والجلال، ص (35).

77 – بلوز، نايف، علم الجمال، ص (74).

78 – انظر: سانتيانا، الإحساس بالجمال، ص (104).

79 – انظر: بلوز، نايف، علم الجمال، ص (61).

80 – نفسه، ص (78).

81 – ستيس، والترنت، معنى الجمال، ص (238 – 239).

82 – كليب، سعد الدين، المدخل إلى التجربة الجمالية، ص (44).

83 – انظر: إسماعيل، عز الدين، الأسس الجمالية في النقد العربي، ص (99 – 100).

84 – انظر: بلوز، نايف، علم الجمال، ص (46).

85 – لالو، شـــارل، مبادئ علم الجمال، ص (21)، وانظر رأياً مشـــابهاً، سانتيانا، الإحساس بالجمال، ص (29).

86 – انظر: بلوز، نايف، علم الجمال، ص (48).

87 – نفسه، ص (88).

88 – كليب، سعد الدين، تراثنا والجمال، ص (23).

89 – انظر: المرعي، فؤاد، الجمال والجلال، ص (30 – 31).

90 – جماعة من الأساتذة السوفيات، أسس علم الجمال الماركسي اللينيني، 248/1.

91 – انظر: المرعي، فؤاد، الجمال والجلال، ص (82).

92 – انظر: كليب، سعد الدين، المدخل إلى التجربة الجمالية، ص (61 – 62).

93 – انظر: غريب، روز، النقد الجمالي وأثره في النقد العربي، دار العلم للملايين، بيروت، لبنان، ط (1)، 1952م، ص (41 – 42)، بتصرف كبير.

94 – انظر: إسماعيل، عز الدين، الأسس الجمالية في النقد العربي، ص (98)، وانظر كذلك: جماعة من الأساتذة السوفيات، أسس علم الجمال الماركسي اللينيني، 290/1.

95 – انظر: المرعي، فؤاد، الجمال والجلال، ص (24).

96 – انظر: كليب، ســعد الدين، وعي الحداثة، دار الينابيع، دمشــق، ســوريا، ط (2)، 2010م، ص (216).

97 – سانتيانا، الإحساس بالجمال، ص (129).

98 – انظر: كليب، سعد الدين، المدخل إلى التجربة الجمالية، ص (87).

99 – العوا، عادل، العمدة في فلسفة القيم، ص (665).

100 – ستيس، والتر.ت، معنى الجمال، ص (206 – 207).

101 – جماعة من الأساتذة السوفيات، أسس علم الجمال الماركسي اللينيني، 29/1.

102 – انظر: إسماعيل، عز الدين، الأسس الجمالية في النقد العربي، ص (82).

103 – سانتيانا، الإحساس بالجمال، ص (23).

104 – انظر: إسماعيل، عز الدين، الأسس الجمالية في النقد العربي، ص (156)، وص (337)، وص (117)، وص (153)، وانظر كذلك: كليب، سعد الدين، تراثنا والجمال، ص (72).

105 – بلوز، نايف، علم الجمال، ص (101).

106 – أبو آذان، هديل، التجربة الجمالية في شعر ابن خفاجة، بإشراف: د: علي كردي، أطروحة دكتوراه في اللغة العربية وآدابها، كلية الآداب والعلوم الإنسانية، جامعة دمشق، دمشق، سوريا، 2017م، ص (233).

107 – انظر: سانتيانا، الإحساس بالجمال، ص (62 – 63).

108 – انظر: كليب، سعد الدين، وعبد الرحيم، ياسر، والداية، علياء، الفكر الجمالي القديم، ص (15)، وما بعدها.

109 – كليب، سعد الدين، تراثنا والجمال، ص (52).

110 – انظر: إسماعيل، عز الدين، الأسس الجمالية في النقد العربي، ص (153 – 154).

111 – انظر: نفسه، ص (157) و (159).

112 – انظر: كليب، سعد الدين، المدخل إلى التجربة الجمالية، ص (94).

113 – انظر: نفسه، ص (95)، وما بعدها.

114 – انظر: ستيس، والتر.ت، معنى الجمال، ص (62).

115 – انظر: كليب، سعد الدين، المدخل إلى التجربة الجمالية، ص (100).

116 – المرعي، فؤاد، الجمال والجلال، ص (15)، وانظر كذلك: المرعي، فؤاد، الوعي الجمالي عند العرب قبل الإسلام، ص (13).

117 – انظر: بلوز، نايف، علم الجمال، ص (69).

118 – انظر: سانتيانا، الإحساس بالجمال، ص (29).

119 – قنصوه، صلاح، نظرية القيمة في الفكر المعاصر، ص (231).

120 – انظر: ستيس، والتريت، معنى الجمال، ص (110 – 111).

121 – انظر: المرعي، فؤاد، الجمال والجلال، ص (17).

122 – انظر: إسماعيل، عز الدين، الأسس الجمالية في النقد العربي، ص (99 – 100).

123 – انظر: نفسه، ص (103).

124 – انظر: كليب، سعد الدين، البنية الجمالية في الفكر العربي الإسلامي، ص (118 – 119).

125 – لالو، شارل، مبادئ علم الجمال، ص (81).

126 – بلوز، نايف، علم الجمال، ص (59).

127 – انظر: نفسه، ص (10).

128 – كليب، سعد الدين، البنية الجمالية في الفكر العربي الإسلامي، ص (123).

129 – ابن الدباغ، مشارق أنوار القلوب، ص (44 – 45).

130 – نفسه، ص (42).

131 – انظر: ستيس، والتريت، معنى الجمال، ص (44) وص (74).

132 – كليب، سعد الدين، البنية الجمالية في الفكر العربي الإسلامي، ص (131)، وكذلك راجع: كليب، سعد الدين، وعبد الرحيم، ياسر، والداية، علياء، الفكر الجمالي القديم، ص (130).

133 – سانتيانا، الإحساس بالجمال، ص (95).

134 – انظر: العوا، عادل، العمدة في فلسفة القيم، ص (298).

135 – العسكري، أبو هلال، الفروق اللغوية، تحقيق: محمد إبراهيم سليم، دار العلم والثقافة، القاهرة، مصر، 1997م، ص (262)، وراجع: كليب، سعد الدين، تراثنا والجمال، ص (149).

136 – انظر: اليافي، عبد الكريم، دراسات فنية في الأدب العربي، مكتبة لبنان ناشرون، بيروت، لبنان، ط (1)، 1996م/1416هـ، ص (47).

137 – انظر: نفسه، ص (27)، والعسكري، الفروق اللغوية، ص (262)، وراجع: كليب، سعد الدين، تراثنا والجمال، ص (148).

138 – المقري، نفح الطيب من غصن الأندلس الرطيب، تحقيق: إحسان عباس، دار صادر، بيروت، لبنان، ط (5)، 2008م،1429هـ، جـ (8)، 320/5، وانظر: اليافي، عبد الكريم، دراسات فنية في الأدب العربي، ص (27).

139 – انظر: أبو آذان، هديل، التجربة الجمالية في شعر ابن خفاجة، ص (127 – 128).

140 – اليافي، عبد الكريم، دراسات فنية في الأدب العربي، ص (39)، وانظر كذلك: لالو، شارل، مبادئ علم الجمال، ص (81) وص (83).

141 – انظر: ابن منظور، لسان العرب، 363/10 – 364.

142 – انظر: كليب، سعد الدين، تراثنا والجمال، ص (42)، بتصرف كبير.

143 – أبو آذان، هديل، التجربة الجمالية في شعر ابن خفاجة، ص (14).

144 – انظر: إخوان الصفا، رسائل إخوان الصفاء وخلان الوفاء، دار صادر، بيروت، لبنان، لاتا، جـ (4)، 237/1، وراجع: كليب، سعد الدين، تراثنا والجمال، ص (317).

145 – انظر: كليب، سعد الدين، البنية الجمالية في الفكر العربي الإسلامي، ص (135).

146 – انظر: ستيس، والترِت، معنى الجمال، ص (96).

147 – لالو، شارل، مبادئ علم الجمال، ص (92).

148 – التوحيدي، أبو حيان، الهوامل والشوامل، نشره أحمد أمين، والسيد أحمد صقر، الهيئة العامة لقصور الثقافة، سلسلة الذخائر (68)، القاهرة، مصر، لاتا، ص (243). وراجع: كليب، ص (329).

149 – سعد الدين، تراثنا والجمال، ص (246).

150 – ابن الخطيب، لسان الدين، روضة التعريف بالحب الشريف، ص (396 – 397)، وراجع: كليب، سعد الدين، البنية الجمالية في الفكر العربي الإسلامي، ص (137).

151 – انظر: كليب، سعد الدين، وعبد الرحيم، ياسر، والداية، علياء، الفكر

الجمالي القديم، ص (136 – 137)، وانظر: كليب، سعد الدين، البنية الجمالية في الفكر العربي الإسلامي، ص (137 – 138).

152 – ستيس، والتربت، معنى الجمال، ص (96).

153 – زهدي، بشير، علم الجمال والنقد، منشورات جامعة دمشق، دمشق، سوريا، ط (5)، 2002م/1423هـ، ص (69).

154 – إسماعيل، عز الدين، الأسس الجمالية في النقد العربي، ص (50)، وانظر كذلك: غريب، روز، النقد الجمالي وأثره في النقد العربي، ص (14)، وانظر: زغريت، خالد، القيم الجمالية بين الشعر الجاهلي وشعر صدر الإسلام، بإشراف د. أحمد علي دهمان، أطروحة دكتوراه في اللغة العربية وآدابها، كلية الآداب والعلوم الإنسانية، جامعة البعث، حماة، سوريا، 2011م/1432هـ، ص (246).

155 – القرطاجني، حازم، منهاج البلغاء وسراج الأدباء، تحقيق: محمد الحبيب ابن خوجة، دار الغرب الإسلامي، بيروت، لبنان، ط (3)، 1986م، ص (116)، وراجع: كليب، سعد الدين، تراثنا والجمال، ص (373).

156 – انظر: ستيس، والتربت، معنى الجمال، ص (98).

157 – كليب، سعد الدين، المدخل إلى التجربة الجمالية، ص (127)، انظر: زغريت، خالد، القيم الجمالية بين الشعر الجاهلي وشعر صدر الإسلام، ص (246).

158 – سانتيانا، الإحساس بالجمال، ص (299).

159 – انظر: كليب، سعد الدين، البنية الجمالية في الفكر العربي الإسلامي، ص (141)، وانظر: كليب، سعد الدين، وعبد الرحيم، ياسر، والداية، علياء، الفكر الجمالي القديم، ص (140).

160 – سانتيانا، الإحساس بالجمال، ص (170).

161 – التوحيدي، أبو حيان، الهوامل والشوامل، ص (241)، وراجع: كليب، سعد الدين، تراثنا والجمال، ص (327).

162 – كليب، سعد الدين، البنية الجمالية في الفكر العربي الإسلامي، ص (141).

163 – نفسه، ص (102).

164 – انظر: نفسه، ص (109).

165 – نفسه، ص (105).

166 – انظر: كليب، سعد الدين، تراثنا والجمال، ص (177).

167 – انظر: كليب، سعد الدين، البنية الجمالية في الفكر العربي الإسلامي، ص (106).

168 – كليب، سعد الدين، تراثنا والجمال، ص (247).

169 – انظر: ابن الدباغ، مشارق أنوار القلوب، ص (69)، وراجع: كليب، سعد الدين، تراثنا والجمال، ص (442).

170 – انظر: أبو آذان، هديل، التجربة الجمالية في شعر ابن خفاجة، ص (16)، وانظر كذلك: المرعي، فؤاد، الجمال والجلال، ص (96).

171 – انظر بلوز، نايف، علم الجمال، ص (99).

172 – انظر: كليب، سعد الدين، البنية الجمالية في الفكر العربي الإسلامي، ص (111)، وانظر: كليب، سعد الدين، وعبد الرحيم، ياسر، والداية، علياء، الفكر الجمالي القديم، ص (111)، و ص (114).

173 – كليب، سعد الدين، البنية الجمالية في الفكر العربي الإسلامي، ص (104).

174 – انظر: نفسه، ص (113)، وص (114).

175 – انظر: أبو آذان، هديل، التجربة الجمالية في شعر ابن خفاجة، ص (190).

176 – انظر: سانتيانا، الإحساس بالجمال، ص (323)، وانظر كذلك: المرعي، فؤاد، الجمال والجلال، ص (122).

177 – انظر: باشلار، غاستون، جماليات المكان، ترجمة: غالب هلسا، المؤسسة الجامعية للدراسات والنشر والتوزيع، بيروت، لبنان، ط (2)، 1984م/1404هـ، ص (163).

178 – العسكري، الفروق اللغوية، ص (262)، وراجع: كليب، سعد الدين، تراثنا والجمال، ص (149).

179 – كليب، سعد الدين، المدخل إلى التجربة الجمالية، ص (126 – 127).

180 – أبو آذان، هديل، التجربة الجمالية في شعر ابن خفاجة، ص (19)، وص (268).

181 – الهلال، جهاد، جماليات الشعر العربي، ص (383).

182 – خليل، أحمد، الرؤية الجمالية في شعر الجاهلية وصدر الإسلام، بإشراف:

د. عصــام قصبجــي، أطروحــة دكتوراه في اللغــة العربيــة وآدابهــا، كلية الآداب والعلوم الإنسانية، جامعة حلب، حلب، سوريا، 1989م، 1409هـ، ص (134).

183 – انظر: زغريـت، خالد، القيم الجمالية بين الشــعر الجاهلي وشــعر صدر الإسلام، ص (258).

184 – انظر: بلوز، نايف، علم الجمال، ص (101).

185 – كليب، سـعد الدين، القيم الجمالية في الشــعر العربي الحديث، بإشراف: د. فـؤاد المرعـي، أطروحة دكتوراه في اللغة العربية وآدابهـا، كلية الآداب والعلوم الإنسانية، جامعة حلب، حلب، سوريا، 1989م/1410هـ، ص (228).

186 – انظر: نفسه، ص (229).

187 – بلوز، نايف، علم الجمال، ص (103).

188 – انظــر: خليل، أحمد، الرؤية الجمالية في شــعر الجاهلية وصدر الإسلام، ص (10).

189 – عبد الرحمن، بدر الدين، التراجيديا جمالياً ومعرفياً، دائرة الثقافة والإعلام، الشارقة، الإمارات العربية المتحدة، ط (1)، 2003م، ص (42).

190 – انظر: جماعة من الأساتذة السوفيات، أسس علم الجمال الماركسي اللينيني، 94/2.

191 – انظر: أبو آذان، هديل، التجربة الجمالية في شعر ابن خفاجة، ص (284).

192 – انظر: بلوز، نايف، علم الجمال، ص (104).

193 – انظــر: عصمـت، رياض، البطل التراجيدي في المســرح العالمي، وزارة الثقافة – الهيئة العامة السورية للكتاب، دمشق، سوريا، 2001م ص (93).

194 – انظر: كليب، سـعد الدين، البنية الجمالية في الفكر العربي الإسـلامي، ص (143)، وما بعدها، بتصرف.

195 – انظر: العابو، عبد الرحمن، التراجيدي في أساطير الشرق القديم، دار نون، حلب، سوريا، ط (1)، 2008م، ص (29 – 30).

196 – سانتيانا، الإحساس بالجمال، ص (297).

197 – بلوز، نايف، علم الجمال، ص (145).

198 – انظر: باشلار، جماليات المكان، ص (27).

199 – كليب، سعد الدين، القيم الجمالية في الشعر العربي الحديث، ص (233).

200 ــ الداية، علياء، الوعي الجمالي في السرد القصصي، دار الحوار، اللاذقية، سوريا، ط (1)، 2012م، ص (202 ــ 203).

201 ــ نفسه، ص (206).

202 ــ انظر: عبد الرحمن، بدر الدين، التراجيديا جمالياً ومعرفياً، ص (32).

203 ــ انظـر: اليافي، عبد الكريم، دراسـات فنية فـي الأدب العربي، ص (56)، وانظر كذلك: برجسـون، هنري، الضحك، ترجمة: سـامي الدروبي، عبد الله عبد الدايم، الهيئة المصرية العامة للكتاب، القاهرة، مصر، ط (2)، 1997م، ص (14).

204 ــ برجسون، هنري، الضحك، ص (14).

205 ــ انظر: اليافي، عبد الكريم، دراسات فنية في الأدب العربي، ص (425).

206 ــ انظر: لالو، شارل، مبادئ علم الجمال، ص (84).

207 ــ برجسون، هنري، الضحك، ص (40).

208 ــ انظر: نفسه، ص (34)، بتصرف.

209 ــ نفسه، ص (27).

210 ــ نفسه، ص (28).

211 ــ انظـر: زغريـت، خالد، القيم الجمالية بين الشـعر الجاهلي وشـعر صدر الإسلام، ص (275).

212 ــ انظر: برجسون، هنري، الضحك، ص (23).

213 ــ انظر: نفسه، ص (125).

214 ــ نفسه، ص (92)، وانظر كذلك: ص (93).

215 ــ بلوز، نايف، علم الجمال، ص (104).

216 ــ برجسون، هنري، الضحك، ص (14).

217 ــ خريوش، حسين، أدب الفكاهة الأندلسي، منشورات جامعة اليرموك، إربد، الأردن، 1982م/1402هـ، ص (39).

218 ــ اليافي، عبد الكريم، دراسات فنية في الأدب العربي، ص (336).

219 ــ نفسه، ص (413).

220 ــ انظر: نفسه، ص (414).

221 ــ نفسه، ص (58).

الفصل الثاني:

جمالية الطبيعة في الأدب الأندلسي

- مجالس الأنس والربيع.
- النجوم والكواكب.
- تجليات الماء والنار.
- الجبل.

إنَّ أوّل حالة ذاتية عاشها الإنسان هي حالة الانفصال عن الطبيعة، وذلك في المراحل الأولى من الوعي البشري، مما جعل الطبيعة ـ من ثمَّ ـ أول موضوع يعايشه الإنسان عملياً ونفعياً وجمالياً. وأشكال المعايشة المختلفة هي أساليب الإنسان لحيازة الواقع وامتلاكه بطرق فكرية أو عملية، ومن هنا ينشأ الوعي الجمالي بالموضوعات[1]، إذ تُعدُّ العلاقة الجمالية بالموضوع الطبيعي أسمى مراحل الوعي بهذا الموضوع وتملِّكه معرفياً وفكرياً.

وفي التاريخ الإنساني ـ وحتى يومنا هذا ـ كانت الطبيعة معبودة، بل هي أقدم الآلهة؛ ولا يتخذ الإنسان موضوعاً ليكون إلهاً، إلا إن اتّصف بصفات عدة؛ أولها: القدرة، قدرة المنح والمنع، الإحياء والإفناء، وثانيها: الاتساع والتنوع المبهر؛ أي أن يتسم بالجلال، وثالثها: هو الجمال؛ فلا يكون الموضوع معبوداً إلا إن اتصف بالبهاء من حيث ذاتُه، ومن حيث إنتاجُه أو خلقه، فالموضوعات الحيادية لا يتقبل الإنسان عبادتها، وبذلك غدت الطبيعة موضوعاً للعبادة بجزئياتها وعناصرها أو كلِّيتها، على الرغم من احتوائها على بعض المخلوقات (بعض الجزئيات) المتصفة بالقبح أو التفاهة.

والطبيعة كذلك هي إسقاط للأم، لذلك نبدأ بمحبة الطبيعة والتوق إليها من غير أن نعرفها حتى، ومن غير أن نراها جيداً، ونحن نجسد في الطبيعة ما نحبه في مكان آخر، والوصف الحماسي الذي نعطيه للطبيعة برهان على أننا نظرنا إليها بانفعال، بفضول الحب المستمر. وإذا ما كان الشعور بالطبيعة في بعض النفوس دائماً إلى هذا الحد، فذلك لأنه في شكله الجوهري أصل المشاعر كلها. إنه الشعور البنوي[2]. لذلك كانت محبة الطبيعة من المشتركات الإنسانية العامة المتأصلة في اللاوعي الجمعي، فهي تجسيد للأصل البيولوجي للإنسان من جهة، ومن جهة ثانية هي تجسيد للموطن الأم ـ الجنة التي يحنّ إليها من غير أن يعرفها، ففي الأندلس ـ بالإضافة إلى البعد الجمالي للطبيعة الأندلسية ـ نرى أن سبب اهتمام الأندلسي بطبيعة الأندلس ناتج من أنه قد مرَّ بحالة فطام أو هجرة ثانية من الموطن، من المشرق، مما دعاه إلى التمسك القوي والمستمر بفكرة الخصب والموطن البيولوجي الجمالي الجديد.

والنشاط الجمالي في تعامله مع الطبيعة يؤنسنها ويزينها ويستعيد ذكرها ويثريها ويكملها ويدمج ذاته بها، وهذا بدهي بما أن الطبيعة هي الحاضن الجمالي الأول للإنسان، فالنشاط الجمالي إذ ذاك يؤنسن الطبيعة ويطبّع الإنسان[3]، فلا يكاد الإنسان ينفصل عن الطبيعة شاعراً بذاتيته، حتى يعود ليتصل بها عن طريق تشخيصها، أو البحث في ذاته عما يشاكلها من عناصر وصفات.

ومن الجدير بالذكر أنه «لا يوجد جمال طبيعي في ذاته ولذاته، لأن الوعي الإنساني هو الذي يسبغ عليه جماليته وقيمته الاستطاطيقية،

إذ سترتكز الفاعلية القصدية على جانبها الموضوعي لتجد ذاتها فيه، في موضوعيته وخارجيته»[4]، وفي هذا نظر، إذ إنه من الصحيح أن أولويّة الطبيعة هي الجانب الوظيفي، لكن لا نستطيع أن نغفل القصدية الجمالية للطبيعة، بدليل التنوع اللوني والشكلي للعناصر، بالرغم من إمكانية توحّد الألوان والأشكال، والاستمرار بأداء الجانب الوظيفي، وهذه القصدية نابعة من الخالق ــ المبدع الأول إذا نظرنا إلى الأمر من وجهة دينية، أما من وجهة علمية، فنجد تلك القصدية نابعة من سلسلة التطورات التكوينية للمخلوقات التي تتوسل بالجانب الجمالي لأداء المهام الوظيفية.

وقد تحدث المفكرون ومنظرو علم الجمال مطولاً عن أفضلية الفن على الطبيعة في التعبير الجمالي [5]، كما يقول ستولينتز: قالت معظم النظريات الجمالية إن الفن أكثر إرضاءً من الطبيعة في التجربة الجمالية، فللفن أهمية اجتماعية لا تتوفر للطبيعة، إضافة إلى أن الفن يمكن نسخه ومعايشته مجدداً، بينما الطبيعة موضعية وعابرة [6]. لكن من ناحية اجتماعية، فإن للطبيعة رموزها الاجتماعية، وهذا ما يقوله سعد الدين كليب: «للموضوعات الطبيعية تواريخ اجتماعية وجمالية أيضاً، في الشكل والمضمون على السواء»[7]، بل قد تصبح الطبيعة بذاتها مصدراً للمثل الأعلى الجمالي العام، كما سنجد في الأندلس، وأما من ناحية الاحتفاظ بالموضوع الجمالي بالفن، فنقول: إن الموضوع الجمالي الفني ابن مجتمعه، ما خلا النماذج الفنية الإنسانية، بينما الطبيعة معممة ومنتشرة وعابرة للأزمنة والأمكنة، إضافة إلى أنها مركزية التأثير في اللاوعي الجمعي، ولذلك لا يمكننا أن نخفض من قدر الأثر الجمالي للطبيعة في المجتمع.

105

أما عن الطبيعة بوصفها موضوعاً للفن، «فعلاقتنا بالطبيعة التي صورها الفنان تحمل قبل كل شيء (إن لم نقل فقط) طابعاً جمالياً. إن هذا الطابع هو العامل المسيطر والحاسم، بينما في علاقتنا بالواقع لا يكون العنصر الجمالي، في الغالب، العنصر الرئيسي، وإنما يكون ذا أهمية جانبية»[8]، إلا لمن التفت إليه بمحض إرادته، أي عن طريق القصدية في التلقي الجمالي للموضوع الطبيعي المعايش في الواقع، ومن جهة أخرى، يكون الموضوع الطبيعي المؤمثل بالفن موضوعاً جمالياً خالصاً، وهو ما يمكن الحديث من خلاله عن المثل الأعلى الاجتماعي – الطبيعي.

أضف إلى هذا، أن البيئة المحيطة بالإنسان لا تشكل بنيته الجسدية والنفسية والثقافية فحسب، بل تشكل – وتصقل أيضاً – حواسه وذوقه تجاه المجالات المختلفة، ففي حين كان الإنسان العربي في شبه جزيرة العرب محاطاً بالصحراء ومتأثراً بها بلغته وبنيته وذوقه وأدبه، نجد أنه في الأندلس قد وقع بين ذاكرته البيئية الواعية أو غير الواعية، وبين تنوع طبيعي لم يعهده من قبل، تنوع قوامه الخصب الذي كان حاضراً في مجمل التفاصيل اليومية في حياة الأندلسي، فلم تعد الطبيعة موضوعاً للنفع أو التأمل أو التأقلم، بل غدت الخصوبة فيها لدى الأندلسي ضرورة وجودية، ومقياساً للخصوصية التي وسمت الشخصية الأندلسية الاجتماعية والفنية، وميداناً هو الأوسع في البراعة الفنية الأندلسية.

فقد وجد الأندلسي في الخصب دلالة خاصة ميزته عن المشرقي الصحراوي، مما دفعه إلى التمسك به بوصفه محور المثل الأعلى

الجمالي الذي يطبع شخصية الأندلس، وهذا ما دفع ابن خفاجة لأن يرى في موطنه الجنّة – أي المثل الأعلى الجمالي للمكان – ويقول[9]:

يـا أهـل أنـدلـسٍ لله درُّكُـمُ
مـاءٌ وظـلٌّ وأنهارٌ وأشجارُ

مـا جنـةُ الخلـدِ إلا فـي ديارِكُـمُ
وهـذهِ كنـتُ لـو خُيِّرتُ أختـارُ

لا تحسـبوا في غدٍ أن تدخلوا سقراً
فليـسَ تُدخـلُ بعدَ الجنـةِ النـارُ

وهذا ما يجعل أدب الطبيعة في الأندلس ذا بُعد ثقافي، إضافة إلى البعد الجمالي، وبذلك نرى حالة الفطام الجمالي عن التراث العربي في الأندلس. وعلى الرغم من التجديد، فإن المعاني القديمة بقيت راسخة في الذهنية الشعرية، وفي ذلك يقول هيكل في مقدمته لكتاب (شعر الطبيعة في الأدب العربي): «ويرجع السبب في هذا إلى أمرين؛ أولهما أن أكثر الشعراء يرجعون بأرومتهم إلى أصل عربي يؤثر عليهم بحكم الوراثة [الجمالية اللغوية، وخصوصاً في القرون الأولى]، ويجعل طبيعة شبه الجزيرة حيةً في نفوسهم وإن بعدوا عنها؛ والثاني أنّ الذين لا يمتّون إلى أصل عربي قد درسوا اللغة العربية وتعلموا الشعر العربي على أولئك الجاهليين ومن أخذوا عنهم؛ ولذلك انطبعت المعاني البدوية في نفوسهم، فلم يستطيعوا منها فكاكاً»[10]، وهذا ينقضه ما سيمر بنا من نصوص كثيرة أخذت – غالباً – طابع الشخصية الأندلسية المتفردة في تناولها للموضوعات الطبيعية بتنوعاتها الغنية وتفاصيلها المختلفة.

ومع أننا نرى أن الذوق الجمالي الطبيعي مختلف تماماً إذا ما قارنّا بين الشعر العربي في الصحراء وبين الشعر الأندلسي، لكن هذا الاختلاف نشأ من الانتقائية البيئية التي خضعت لها المنطقة الجغرافية. فعلى الرغم مما يقال عن وجود بعض المؤثرات الثقافية فيما يتعلق بالتفضيلات الطبيعية والقيم الجمالية، فإن غالبية الناس يفضلون الأنواع نفسها من المناظر الطبيعية، وكأن هناك معياراً عاماً للذوق الطبيعي، ومن الظواهر الطبيعية المُجْمَع على تفضيلها: الماء النظيفة الجارية، والنبات الأخضر والزهور، والأماكن المفتوحة التي تقدم حرية الحركة، والأجمات والشجيرات الخفيضة التي تقدم نوعاً من المأوى النفسي[11]، فالمعيارية العالية للذوق الطبيعي تكشف أنّ الموقف من الطبيعة هو الموقف الجمالي الأكثر ثباتاً في الأدب عالمياً، وذلك بسبب القِدم الوجودي للطبيعة من جهة، وثبات ظواهرها نسبياً من جهة ثانية، وأنها المظهر البيئي الأكثر أهمية في حياة الإنسان من جهة ثالثة.

أما سبب البون الشاسع بين الموقفين الجماليين (المشرقي الصحراوي – الأندلسي) فهو أن الأديب يقدم تجربته الجمالية مع ما هو موجود أمامه في الطبيعة، لا مع ما يحبه أو يتخيله.

ونجد تلك العناصر المفضلة مجتمعة في الأندلس بأبهى الصور وأكثرها تنوعاً، إذ ورد في النفح: «هي موسطة من البلدان، كريمة البقعة، بطبع الخلقة، طيبة التربة، مخصبة القاعة، منبجسة العيون الثرار، منفجرة بالأنهار الغزار، قليلة الهوامّ ذوات السموم، معتدلة الهواء أكثر الأزمان، لا يزيد قيظها زيادة منكرة تضر بالأبدان، وكذا

سائر فصولها في أعم سنيها تأتي على قدر من الاعتدال، وتوسط من الحال»[12]، وقد «خص الله تعالى بلاد الأندلس من الرِّيع وغدق السقيا، ولذاذة الأقوات، وفراهة الحيوان، ودرور الفواكه، وكثرة المياه، وتبحر العمران، وجودة اللباس، وشرف الآنية، وكثرة السلاح، وصحة الهواء، [...] بما حُرِمَه الكثير من الأقطار مما سواها»[13].

فبالإضافة إلى موقعها المتوسط المعتدل مناخيّاً، نجد الأندلس تتسم بخصوبة التربة وغزارة المياه، فهي تكاد لا تعرف الصحراء، وتتنوع فيها النباتات تنوعاً كبيراً، مما انعكس رفاهية وحيوية وغنى، أي انعكس جمالاً على أصعدة كثيرة، لم تكن متوافرة في غيرها من البلدان العربية ـ الإسلامية تحديداً، مما أمدَّ الأدب الأندلسي بمادة جدّ خصبة للموضوعات الطبيعية المتناولة.

ويقول أبو البقاء الرُّندي في الأندلس[14]: «هي أخت الشام في خصبها وجلالها، وضَرَّةُ العراق في بهجتها وجمالها. وكان يقال: إن حيّها سعيد وميتها شهيد.[...]، مع ما خُصت به من رَوقةِ مغانيها، ورقة مغانيها، وخلوّها من الفيافي المردية، ومن السباع المودية»»، فهي ـ إلى جانب الخصوبة العالية ـ تكاد تكون خالية مما يمكن أن يتصف بالقبح، أو يكون موضوعاً للنفور، وهذا ما خلت منه ـ تقريباً ـ النصوص الأدبية الأندلسية كذلك في تناولها للطبيعة.

كما «أن الشخصية الأندلسية تمتاز بالأناقة والتجميل»[15]، ومن هنا نرى انعكاس الطبيعة على الشخصية الأندلسية، ومن ثم فإن تلك الشخصية ستلتفت إلى الموضوعات الطبيعية وتزيد في تجميلها، إذ

«لم يكتفِ أهلها بهذا القسط من الجمال الطبيعي، بل عملت يد الإنسان في التنسيق والتنظيم»[16]، فخططوا الحدائق والبحيرات والبساتين والجنائن، وجعلوا من شطآن الأنهار مجالس أنس، وغير ذلك الكثير من التفنن من استجلاب المياه وبناء النوافير والنواعير وغيرها.

وتقول الباحثة أبو آذان: «لطالما أبدى الأندلسيون انصرافهم عن مجالي الجلال، متجهين بكليتهم الروحية والجسدية نحو مجالي الجمال»[17]، وفي هذا نظر، فصحيح أن الموضوعات التي تندرج تحت قيمة الجميل ـ في الطبيعة وسواها ـ أكثر من ناحية الكم من تلك التي تندرج تحت قيمة الجليل، لكن الاهتمام الكبير الذي حظيت به الموضوعات التي تتسم بالضخامة والعظمة يدلنا على أن الموقف الجمالي الأندلسي من الطبيعة لم يكن مقتصراً على قيمة الجميل فحسب، بل كان للموضوعات الجليلة (كالنار والجبل والبحر) حضور واسع في الأدب الأندلسي كما سنرى، بالإضافة إلى تلك الموضوعات الجميلة التي قُدّمت بصورة جليلة أو سامية.

ولقد كان اهتمامنا الأكبر بالطبيعة الجامدة، كمجالس الأنس والطبيعة الخضراء والماء بأشكاله (البحر والنهر والمطر...)، والنار، والجبل. لأسباب عدة، منها: أن الطبيعة في إنتاجها للجماد هي أمهر منها في إنتاج المخلوقات العضوية، وقد يعود ذلك إلى جِدّة المخلوقات العضوية والكائنات الحية (الإنسان ـ الحيوان) مقارنة بالجمادات، فلا تعمل الطبيعة بسرعة وإتقان إلا بما كررته تكراراً لا نهاية له في عمليات درجت عليها دائماً، حتى أمست على مر الزمان أمراً ثابتاً لا يتغير[18]. لذلك نجد الكائنات الحيّة أكثر تنوعاً

وأسرع تطوّراً، لأنها خاضعة لتجارب الطبيعة التي تغربل الكائنات أو تغيرها، والسبب الآخر أن النصوص الأندلسية التي تناولت الطبيعة الجامدة كانت أكثر تنوعاً وتميزاً من تلك التي تناولت الطبيعة المتحركة، إضافة إلى أن الأخيرة كانت تدخل غالباً في باب الوصف الموضوعي للكائن الحي، من غير أن تكون تجربة جمالية ذاتية – موضوعية حاملة للقيم أو معبّرة عنها.

1 – مجالس الأنس والربيع:

1 – 1 – مجالس الأنس:

إنّ مجالس الأنس أوسع حيّز مكاني وفني في احتواء الطبيعة وإبرازها جمالياً، وقد امتد الاهتمام الأندلسي بالطبيعة في مجالس الأنس جغرافياً، في جلّ مدن الأندلس، كما امتد زمانياً في العصور المختلفة التي عاشتها الأندلس، ولم نجد اختلافاً واضحاً في النصوص التي كتبها الأدباء مع اختلافاتهم الذاتية والزمانية والجغرافية، ما خلا إدخال بعض الجزئيات المميزة، أو التركيز على عناصر في المشهد وإهمال أخرى، أي انحصر الاختلاف بتقنية الاختيار الجمالي لعناصر من المشهد المعيش، كالتركيز على الماء، أو الخمر، أو النديم، أو الثلج... إلخ وسواها.

ومن ذلك ما يقوله ابن الزقاق البلنسي في مجلس أنس[19]:

أرضٌ منمنمـةٌ وظـلٌّ سَجْسـجُ
وصبَـا بأنفـاسِ الرُّبـى تتـأرَّجُ

ومـذانـبٌ زُرقُ النطـافِ تـرفُّ في

وجنـاتهـنَّ شقائـقٌ وبنفسـجُ

فالمـاءُ مصقـولُ الأديـمِ مفضّـضٌ

والـروضُ مطلـولُ النسيـمِ مدبَّـجُ

صيغتْ أزاهـرُهُ دنانيـراً بهـا

فتـرى دنانيـرَ النضـارِ تُبهـرجُ

قـمْ نصطبحها والنجـومُ جوانـحٌ

والصبـحُ فـي أعقابهـا متبلّـجُ

حمـراءَ صافيـةً كأنَّ شُـعاعها

ضَـرَمٌ بأيـدي القابسيـنَ يُوَجـجُ

تحكـي رُضابَ مُديرهـا فكأنها

قـد مجَّهـا في الـكاسِ منـه مفلّـجُ

ينقلنا النص من المشهد الكلّي للأرض المزخرفة بتفاصيل تتسم بالنعومة والاعتدال في الهواء المعطر، إلى جزئيات هذا المشهد المتكامل الجمال، ففي هذا المشهد تتحقق مجمل العناصر المكونة لمجلس الأنس الأمثل، والذي يتضمن الماء الذي يتصف بالعذوبة من جهة، ويفقد قوته ليتصف بالرقة من جهة ثانية، إضافة إلى أنه محاط بتشكيل لوني نباتي، من الورود التي تفقد ــ واقعياً وفنياً ــ أيّ بُعد نفعي، ولكي يكتمل المجلس ليضاهي المثل الأعلى، لا بدّ من جلسة تأملية متعوية حسياً وجمالياً، أي لا بدّ من المصاحب الأبرز

لمجالس الأنس، الخمر والغلمان، التي تسحب الإنسان من أفكاره وأوضاعه الحياتية أياً كانت، ويدخل الإنسان من ثم إلى المشهد ليغدو جزءاً من التجربة.

ويستمر المشهد بالاكتمال باختلاط الخمرة بالريق، ريق الساقي، الذي يُعدُّ عنصراً جمالياً لا تزداد اللذة إلا به، كما نرى ابن الزقاق يهتم بالتفاصيل الجميلة للموضوعات الجزئية في المشهد، وذلك حين يصف دنانير الأزهار، والخمر المشعة الصافية، والساقي المفلج.

كما يحدد الزمن الجمالي الأمثل لهذه التجربة، وهو قبيل الفجر، حيث تغيب النجوم لتبدأ السماء بالابيضاض، وهو الزمن المتوسط بين الليل الحاضن للذة المجلس، وبين الصباح المتبلج الحامل للحيوية والنضارة والوضاءة.

وقد اتخذ الماء موقعه المحوري في هذه الصورة المتكاملة؛ إذ لا يقترب النص من تصوير المثل الأعلى من غير اتخاذ «نطاف الماء» لتكون الفسحة المكانية أولاً، والمصدر المباشر للخصوبة ثانياً، و«حتى لو فضّل الخيال المادي ـ خيال العناصر الأربعة ـ عنصراً معيناً، فهو يود أن يلهو مع صور تنسيقاتها كلها. حيث يجب أن يؤثر عنصره المفضل في كل شيء، يجب أن يكون ماهية عالم كامل»[20]، فإلى جانب النطاف الزرقاء العذبة، والنبات النضر المشبع بالريّ، نجد الخمر بتجليها اللوني، وهي العنصر الثاني المكمل للشكل المائي الخصب، فهي أهم منعكسات تلك الخصوبة، التي تولّد الرفاهية بمركزها الأهم، الخمر.

وهذا النص – إلى جانب التوصيف الدقيق للموضوع الواقعي –
يقدّم لنا صورة من صور المثل الأعلى الجمالي لمجالس الأنس بكلّ
ما تتضمنه من تفاصيل جزئية ومكانية وزمانية، ويقدم لنا تجربة
يمكن أن نقول عنها إنها تجربة فردية – اجتماعية، إذ صحيح أن
ابن الزقاق هو صاحب هذه التجربة، إلا أن نقلها بشكل مؤمثل جعلها
تمتدّ اجتماعياً، ليجعلنا من ثمَّ أمام مشهد يصف المثل الأعلى الجمالي
لمجالس الأنس، أكثر من أنه يصف تجربة جمالية فردية خاصة.

وفي نص آخر للمالقي، يقول[21]:

ونمـتْ على نفسِ الشمالِ شمولُ
وأرنَّ في عَقْدِ الأراكِ هديلُ

فكأنمـا عاطتـهُ كأساً فانثنى
فيهـا يرجّعُ شدوهُ ويطيـلُ

يُعدي الغصونَ صبابـةٌ فيُميلها
ولـذاكَ مـا تهفـو بـه وتميـلُ

يـا صاحبي دعْ عنكَ تلكَ فإنما
سـببُ البـكاءِ ركائـبٌ وحمولُ

وانشطْ لها صفراءَ مثلَ الورسِ أو
كالشـمسِ نازعها الغروبُ أصيلُ

أو كالمحبِّ جفـاهُ بَعـدُ حبيبُـهُ
فبدتْ عليـهِ صُفرةٌ ونحُـولُ

راقــتْ ورقَّــتْ فــي العيانِ فلــمْ ينل
إدراكَهــا وصـفٌ ولا تمثيـلُ

فالـروضُ مسـكيُّ النسـيمِ مدبّـجٌ
والمـاءُ فضـيُّ الأديـمِ صقيـلُ

والبرقُ يبسـمُ والسـحابُ عوابسٌ
والريـحُ يجري دمعهـا فيسـيلُ

سكرى تهـادى كالبهيـرِ تحامـلاً
فسحتْ لهـا وجـة الصعيـدِ ذبولُ

تستنُّ مـنْ مقلِ الغـوادي دمعها
فـي صحـنِ خـدِّ التُّـربِ فهـوَ بليلُ

لا تركنـنَّ اليـومَ تسـويفاً إلـى
غـدهِ فوعدُ زماننـا ممطولُ

يشكّل مطلع النص الحمولة الثقافية المشرقية للتعامل الجمالي مع البيئة المحيطة، «رياح الشمال»، الرياح الباردة، وهنا نرى كيف ينتزع الشاعر من تلك الحمولة مضمونها المعنوي ليجعلها مُلائمة مع ما يريد رسمه في مشهد مجلس الأنس، فدور هذه الرياح هو جعل الخمر ألذ، والطبيعة المحيطة أكثر حيوية «فانثنى، يرجع شدوه، فيميلها..»، فهو يريد أن يقول إن تلك الرياح التي تحدّث عنها أسلافنا تشكل المحيط بشكله الأجمل، خصوبةً وحيويةً، ومن ثَمَّ لا يعنيه «الارتحال والركائب»، وهذا المذهب النواسي في عيش المتعة الآنية

وإهمال ما قد يعكرها يدخل التجارب المعيشة فنياً بالبعد الجمالي الذي يهمل ما سوى الموضوع المعيش، والمذهب النواسي أتقنه الأندلسيون ووجدوا في محيطهم خير محرّض على اتباع هذا المذهب[22].

ثم يمزج الشاعر بين الالتفات الكلي إلى الخمر بخصائصها اللونية التي تلذ البصر بله التذوق، وبين الالتفات إلى الطبيعة التي تفرض نفسها في النص بتنوعات عناصرها من جهة «الروض، النسيم، الماء، البرق، المطر»، وتنوعات حيويتها من جهة ثانية «يبسم، عوابس، سكرى..»، والشاعر يحشد هذه التنويعات ليقول إن اللحظة الآنية محفوفة بالموضوعات الجميلة التي تملأ الذات وتمنعها من الالتفات إلى ماضٍ أو مستقبل، أي تمنعها من كسر حدود التجربة الجمالية المعيشة. إذاً، كان هذا النص إعلان ديمومة للخصب والجمال، فريح الشمال من جهة، والتراب المبتلّ من جهة ثانية، لا يمثلان الخصب فقط، بل يضمنان حفظ الخصب واستمراره، وهذا على قمة هرم المثل العليا الجمالية في الأندلس.

ولم تكن المثل العليا الجمالية شأناً فردياً ضيقاً فحسب، بل هي محور الاهتمامات الاجتماعية أيضاً، ومن ثم فهي تشكل الأسس القيمية الثقافية ـ الجمالية للأندلس، وهنا يمر بنا نص دعوة إلى مجلس أنس، يقول فيه ابن خفاجة[23]:

«إنَّ النبيذَ بساطُ مَوضعِ الراحةِ والانبساطِ، وقلّما يطيبُ رِضاعُ الكأسِ إلا مع الصديقِ الشفيقِ، المُشتبهِ بالأخ الشقيقِ، فهو رِضاعٌ ثانٍ تُرعى حُرمَتُهُ، وتُحفظُ ذِمَّتُهُ. وهذا يومٌ ضُربَتْ فيه أروقةُ الأنواءِ،

وأعرستْ الأرضُ فيه بالسماءِ، فالغصنُ يتلوى ويتثنَّى، والحمامةُ تُرَجِّعُ وتتغنَّى، والماءُ يرقصُ من طَربٍ ويُصفِّقُ، والزهرُ يشُقُّ جيبَ كِمامِهِ ويمزِّقُ. فإنْ رأيتَ أن تكونَ فيمنْ شهدَ هذا الإملاكَ، وتحضُرَ فيمنْ حضرَ هناكَ، أجبتَ منعَّماً».

تتضح في هذه الرقعة الموقعيةُ المهمة للعنصر الخمري في مجلس الأنس، فحيثما حلّ الخمر بدأ المجلس بالازدهار، فالكأس ثدي الراحة والمتعة، وللنديم حرمة الأخوة. ثم ينتقل إلى وصف المكان الحاضن للذة، وهو مكان نضّاح بالخصب، ويشير بشكل غير واعٍ إلى المقولة الأسطورية التي ترى في المطر علاقة زواج بين الأرض والسماء، أي علاقة الخصب، وتتجلى فيه الأنثى – الأرض بأبهى أشكالها، فهي ممنوحة ومانحة للخصوبة، وكل ما فيها يتحرك بأسلوب حيوي وبغنى كثيف «الغصن يتلوى، الحمامة ترجّع، الماء يرقص، الزهر يشق»، مما يجعل الدعوة إلى هذا المجلس، دعوة إلى عرس الطبيعة واحتفالها بالخصب الطبيعي والاجتماعي في آن.

ويقول ابن فركون[24]:

ومجلسُ أنسٍ راقَ خُبـراً ومَخْبَراً
كروضِ الرُّبى جادتهُ سحبُ الغمائم

بـهِ كل محمـودِ الخِـلالِ مُمجَّدِ
يُبَخِّـلُ فـي بـذل النـدى كفَّ حاتم

فأظهرَ منهـمْ كلَّ بـدرٍ متمِّـم
وأضحى إلى شمسِ الضحى أيَّ كاتم

متى أرسلتْ سُحْبُ الغمائمِ دمعَها

لديهــمْ أراهــمْ برقُــهُ ثغرَ باسمِ

تساقطَ فيـهِ الثلـجُ لــلأرضِ مثلما

تناثـرَ عِقـدُ الـدُّرّ مـن كـفِّ ناظمِ

تخـالُ ثمـارَ الأرضِ فيـهِ فوارساً

بخضـرِ ثيـابٍ تحتَ بيضٍ عمائمِ

فتحسـبُ أنَّ الأفـقَ دَوْحٌ تلاعبتْ

بـأزهــارهِ في الجـوِّ أيدي النواسمِ

في هذا النص يمكن أن نقرأ صورتين مهمتين في مجالس الأنس؛ الأولى هي صورة النديم؛ «فالنديم اشتقاق من الذات وامتداد لها»[25]، لذلك فإن أية صفة يسبغها الأديب على نديمه، فهو يسبغها على نفسه بشكل أو بآخر، وهنا يمتزج الجانب الأخلاقي بالجانب المتعوي – الجمالي، الكرم والخلال الحميدة التي سَمَت بالندماء «ممجَّد» من جهة، والأنس ووضاءة البدر الكامل من جهة ثانية، لنرى في النديم مزيجاً من الأنس والرفعة، مزيجاً من الجميل والسامي.

ولا يلبث الشاعر أن ينتقل إلى الصورة الثانية؛ الطبيعة، المركز الأهم في المجلس، لكن المميز في النص أنّ مجلس الأنس هذا شتوي، يتساقط فيه الثلج والمطر، ومع إغفال أيّ شكل من أشكال البرودة المناخية، نرى – على العكس – الاعتدال حاضراً بذكر «النواسم» لا الرياح، مما يدل أن التنوعات المناخية – القاسية منها كالثلج – لم توقف النشاط المتعوي – الجمالي لمجالس الأنس، بل على العكس،

أسهمت في حركة التنويع والغنى في تفاصيل المشاهد الجميلة الكلية.

وتلفتنا كذلك في النص الصور الفنية، والتي كانت تقليدية بمعظمها، كالعقد المنثور، والبدر، ودمع السماء وابتسامة البرق، ورمزية حاتم الطائي. لكن هذه التقليدية لم تمنع من وجود صورة غنية الدلالات، وهي تشبيه الثمار بالفوارس ذات العمامات الثلجية، وتحمل هذه الصورة قيمة التكرار، تكرار الخصب وامتداده واطِّراده، إضافة إلى القيمة الوجودية للفوارس، فالفوارس يحفظون الوجود الأندلسي، وهو ما تفعله الطبيعة بامتدادها وخصبها، وهو ما يفعله الثلج أيضاً «دمع السماء» من وعود بمزيد من الخصب والمتع الجمالية وتلبية الحاجات النفعية. وكذلك يتجلى الامتداد التكراري اللامتناهي للخصب في البيت الأخير، إذ «مهما خلقت الطبيعة من مبالغات أكبر في تضخيم الشكل، فالخيال الإنساني قادر أن يتخيل أشكالاً أكبر»[26]، يقول: «فتحسب أن الأفق دوح»»، فالخصب ليس محصوراً بالحيز المكاني المعيش، بل هو ممتد بشكل شاسع إلى ما لا نهاية.

ويظهر المجلس المترف في ظل ملك في قول ابن الأبار[27]:

قدْ شــادَ سلطانُهُ ما شـاءَ مخترعاً

والدهرُ ثاوٍ على الإسـعادِ معتكفُ

مصانعاً ضلّـتِ الأمـلاكُ صنعَتها

لا القصدُ وافٍ بها وصفاً ولاَ السَّرَفُ

وضّاحـة حلّـتِ الأنـوارُ ساحتَها

فأوضعتْ رحلةً عن أفقها السُّدُفُ

كأنَّ رأدَ الضحى مما يغازلها
عـن الغزالـةِ هيمـانٌ بهـا كلـفُ

تجمّعتْ وهيَ أشتاتٌ محاسنُها
هـذا الغديرُ وهذي الروضـةُ الأُنفُ

حيثُ القصورُ عليها الحسنُ مقتصر
فـوقَ البحيرةِ منها البحرُ مُغترفُ

وحيثُ حفّتْ سُقاةُ المزنِ أكوُسَها
للطيـرِ تشدو وللأغصـانِ تنعطفُ

والزهـرُ منشقةٌ عنـه كمائمـه
كالجوهرِ انشقَّ عنْ شَقّافه الصدفُ

يضاحكُ النُّورَ فيها النَّورُ عن كثبِ
مهمـا بكـثْ للغـوادي أعيـنٌ ذرفُ

خضرٌ خمائلها زرقٌ جدولها
فالحسـنُ مؤتلـفٌ فيها ومختلفُ

دوحٌ وظلٌّ يلـذُّ العيـشُ بينهما
هـذا يَـرفُّ كمـا تهـوى وذا يَـرفُ

يجري النسيمُ على أرجائها دنفاً
وملـوؤهُ أرجٌ يُشـفى بـهِ الدَّنـفُ

حـاكَ الربيعُ لهـا منْ صوبـهِ حِبَراً
كأنها الحللُ الأفوافُ والصحفُ

غريرةٌ مِنْ بنـاتِ الـروضِ ناعمةٌ
يثني معاطفَها في السـندسِ الترفُ

صافَ الجنى الغضُّ في أدواحها وشتا
فتجتنـي اليدُ مـا شـاءتْ وتقتطفُ

بكـرُ الحدائـقِ والأحداقُ شـاهدةٌ
لا عانسٌ جهمـةُ المرأى ولاَ نَصَفُ

تنـدى أصائلها صُفراً غلائلها
كأنَّ مـاءَ نُضَـارٍ فوقها يكفُّ

فـي حَبْـرةٍ وأمـانٍ مَنْ تبوّأها
كجنـةِ الخلـدِ لا رَوعٌ ولاَ أسفُ

تظـلُّ مِـنْ تحتها الأنهـارُ جاريـةً
يـروقُ منعرجٌ منهـا ومنعطفُ

أضحـتْ إلى غرفِ الرِّضوانِ داعيةً
تلكَ المحاريبُ والأبيـاتُ والغرفُ

تلهيكَ عنْ زخـرفِ الدنيا زخارفُها
وعنْ أغانـي الغواني ورقُها الهُتُفُ

يا حبـذا المجلسُ الوضَّاحُ ميسمهُ
كأنـهُ علـمٌ يسمو بـهِ شغفُ

يجولُ ماجِلُـه كالطِّـرفِ مـن فَلَقٍ
فمـا لـهُ وسطهُ ساجٍ ولا طرفُ

يرتـاحُ للريــحِ أعطافاً إذا نسـمتْ

كأنـه مستهامٌ قلبـه يَجِفُ

ملءَ الفضاء طمـوحُ الموجِ مزبدهُ

يعبُّ منفردٌ منـه ومرتـدَفُ

يمدُّهُ للفـراتِ العذبِ مُطَّـرِدٌ

خضـرُ البحارِ إذا قيستْ بـهِ نُطفُ

كأنَّ أمواجـهُ الأبطـالُ دارعـةً

كـرثُ تلاقـي ولاَ بيـضٌ ولاَ جُحَفُ

هذه القصيدة الطويلة هي نص رسمي، قيل في مجلس أحد الملوك، وهذا يستوجب أموراً عدة؛ أهمها: أنّ على الشاعر أن يحشد فيها كامل مهارته الفنية في وصف تجربته الجمالية، مع العلم أن هذه التجربة مشتركة مع محيطه الآني، فهو يتحدث بلسان الفرد – الجماعة، فهي تجربة جمالية اجتماعية ذات طابع ثقافي. ويجتمع في هذا النص كل ما يمكن أن يمتَّ بصلة إلى المثل الأعلى الجمالي الاجتماعي – الطبيعي والسياسي في الأندلس، من قوة في الحكم، وتضافر بين الدهر والمشيئة البشرية – كما يوضح في البيت الأول – فهم في مأمن مؤقت من العدو الوجودي الأول في الذهنية الثقافية العربية، وهو الدهر، كما أنهم في مأمن مؤقت من الخطر الوجودي الثاني وهو العداوة العسكرية مع الشمال النصراني.

وثاني تلك الأمور الواجبة في النص الرسمي هو أن كل شيء مرتبط حتماً بالملك وأفضاله، فهو يربط بين الملك وإنشاءاته

المعمارية، وبين الطبيعة والأمكنة المواتية، فلا يلبث أن يذكر تلك «المصانع» حتى ينتقل مباشرة إلى الطبيعة قبل أن يصف المجلس ويعود إلى الطبيعة ثانية.

وينطلق مباشرة من أنسنته للطبيعة «هيمان، يغازلها، يضاحك.. إلخ»، وهذا على أهميته الفنية من حيث التصوير، ودلالاته النفسية بإسباغ المشاعر الذاتية على العناصر الطبيعة، هو مهم من ناحية اجتماعية ثقافية، فهو بأنسنته للطبيعة يجعل من عناصرها أفراداً مسهمين في دعم المثل الأعلى الجمالي وإبرازه على أجمل شكل ممكن، فالطبيعة بذلك صارت شكلاً من أشكال الذات، وجزءاً من الجماعة ــ كما الدهر ــ تعاونهم في بناء مثلهم الأعلى.

ويتضح الوعي الجمالي والنظرة الجمالية الحادة في إدراك ابن الأبار للألفاظ الجمالية من ناحيةٍ «وضاحة، الحسن، مؤتلف ومختلف، يلذ، تروق، تلهيك.. إلخ»، ومن ناحية أخرى، يبدو الوعي من إدراك طريقة التكوين الجمالي للموضوعات التي يتناولها بالتوصيف؛ «فالحسن المقتصر» في القصور، «تلهيك عن زخرف الدنيا زخارفها»، وهنا نرى الانغماس التام بالموضوع الجمالي، والانفصال عمّا سواه من حاجات نفعية أو مشاعر نفسية تبثّها الذات وذاكرتها، إضافة إلى تكوين المشاهد الكلية المدهشة من مجموعة من العناصر الجزئية الجميلة بذاتها، وتناسقها وتنوعها، «تجمعت وهي أشتات»، فهي مع تنوعها الشكلي واللوني الجزئي «مختلف» تندغم في نسق كلي منسجم «مؤتلف».

ولا يخفى الإدراك الجمالي للعناصر الجزئية: «الطير، المزن،

الزهر، النور، النسيم، الجنى.. إلخ»، والجنى تمزج الجانب الجمالي بالجانب النفعي الحسي، وتلك الجزئيات صرفته حيناً في النص عن استجلاء المشهد الجمالي المكاني الكلي المتسع. فللجزئيات الصغيرة شسوعها الخاص بها[28]، من حيث إنها ـ حين التركيز عليها ـ تمتد بذاتها لتغدو موضوعات شاسعة بمعانيها وحمولاتها القيمية الجمالية كالرقة والنعومة والوضاءة والرشاقة، «وحين يكون المكان قيمة ـ ولا يوجد قيمة أعظم من الألفة ـ فإنه يصبح لها خصائص تكبيرية»[29].

كما أنه يتقن بخبرته الأندلسية جوانب التلقي الحسي للموضوعات، فيستعين بمجمل الحواس الجمالية وغير الجمالية؛ «والأنوار، الغدير، المزن، الطير تشدو، النسيم، أرج، الفرات العذب.. إلخ»، وهذا ما تفرضه خبرته الفائقة في التلقي الجمالي من جهة، كما يفرضه الموضوع الكلي الضخم الذي يستمر بالتصاعد من قيمة الجميل «الخصب والرفاهية»، نحو قيمة الجليل من حيث الشساعة والضخامة وشدة التنوع المدهش.

إن الربيع يشكل الزمن الجمالي الأمثل لتمظهر أشكال المثل الأعلى وصوره، وهذا ما فهمه الأندلسي عامة وابن الأبار خاصة، فالموضوعات والعناصر بجزئيتها وتجمعها الكلي المتناسق موجودة، لكن المرحلة الزمنية ـ الربيع ـ تغيّر من معالمها وأطوارها الشكلية الجمالية؛ ولذلك قال: «حاك الربيع، الحلل، الصحف»، فماهية الموضوعات وأصلها قد يكون غفلاً من القيمة الجمالية، فتدخل في باب الحياد الجمالي، لكن تشكيل المواد

وأسلوبها ينقلنا مباشرة إلى صور المثل الأعلى الجمالي، المتجلي في الغنى والخصب والتنوع والإدهاش.

وبما أن الطبيعة هي المعشوقة الأولى – والمستمرة – للإنسان، فمن البدهي المزج بين صورة المثل الأعلى الجمالي للأنثى، وبين المثل الأعلى الجمالي للطبيعة، فالملذ الممتع المحبوب في المرأة هو سمات من مثل: «بكر، غريرة، ناعمة، الترف، الجنى الغض..»، إضافة إلى الشقرة «صفراً غلائلها» التي فرضت نفسها بوصفها مكوناً جمالياً للمثل الأعلى الجمالي الأنثوي، لأسباب ثقافية[30]، وذلك كله نجده في الطبيعة، ومن هنا نراه ينتقل في توصيفه للمرأة من جهة، وللطبيعة من جهة ثانية، نحو الصورة الفنية المتداولة في الأندلس حول الطبيعة المثلى، وهي الجنة، المثل الأعلى الغيبي لكل ما هو جميل وممتع ومحبوب، من حيث احتواؤه على مظاهر الخصب بأشكاله؛ «الظل، الأنهار الجارية، البكر، لا روع ولا أسف، فتجني اليد ما شاءت»، فالمشهد الذي أمامنا هو على رأس هرم صور المثل الأعلى الجمالي الواقعي الممكن، فلا يعلوه إلا ما هو غيبي، الجنة، بل إنها لا تعلوه – برأيهم – بل تضاهيه.

وناحية جمالية أخرى نستجليها من النص هي المكان – الملجأ؛ فالمكان المثالي للكائن الحي هو الذي يكون الملاذ أو المخبأ. والمرصد بآن واحد، بحيث يكون قادراً على أن يَرى ولا يُرى، يأكل ولا يُؤكل[31]، أي أن يتسم المكان بالاعتدال، شرط الكمال والجمال، بمعنى أن يكون المكان مفتوحاً ومغلقاً في آن، مفتوحاً حتى يطلق في الذات المتلقية قيمة الحرية، ومغلقاً، أي محدوداً، حتى يمنح الذات قيمة الأمان،

وبمعنى أن يكون المكان متوسطاً بين الارتفاع والانخفاض، فلا هو مرتفع شاهق يمنح الذات مشاعر الهيبة، ولا هو منخفض دوني لا تأبه له الذات، كما أن المكان المواتي المروَّض مكان يحمل في طياته تقويماً جمالياً إيجابياً للعالم بأكمله. والأهم من ذلك أمران؛ الأول: ألفة المكان، فهذا المكان – على فرادته واقترابه الشديد من المثل الأعلى – متكرر في الوعي الجمالي الأندلسي بوصفه مرغوباً، وبوصفه عنصراً ثقافياً أساسياً ومكوناً للشخصية الأندلسية، والثاني: الأمان الوجودي المتحقق كما ذكرنا. فنحن ننجذب إلى مكان ما لأنه يكثف الوجود في حدود تتسم بالحماية[32] . فهو مجلس ملك يحتوي المكان سياسياً وعسكرياً بله جمالياً، والأمان الوجودي يظهر بوضوح في البيت الأخير؛ «الأبطال دارعة»، فارتباط الأمان والخصب يستدعي – إلى جانب قيمة الجميل – قيمة البطولي، فمنح الأمان هو مختص بالموضوعات الجليلة – البطولية على وجه الدقة.

ولا تغيب عنا العلاقة الوثيقة بين الموشحات ومجالس الأنس، فالموشحات لم تكن تكتفي بعرض التجربة الجمالية المؤنسة مع الطبيعة في مضموناتها فحسب، بل كان للشكل الفني من جهة، والأسلوب الأدائي من جهة ثانية، دور كبير في عرض الحالة الشعورية، أو ما يسمى بالمتعة الجمالية في معايشة الذات الفردية – الاجتماعية للموضوع الطبيعي. ومن نماذج تلك المعايشة قول لسان الدين بن الخطيب[33]:

فـي ليـالٍ كتمتْ سـرَّ الـهوى

بـالـدجى لـولا شمـوسُ الـغُرر

مـــال نـجـمُ الـكـأسِ فيها وهوى

مُـسـتـقـيـمَ الـسـيـرِ سـعـدَ الأثَـر

وطـرَّ مـا فـيـهِ مـن عـيبٍ سوى

أنـــهُ مـــرَّ كـلـمـحِ الـبـصـر

حينَ لـذَّ الأنـسُ مـع حـلوِ اللمى

هـجمَ الصبحُ هـجومَ الحرسِ

غـــارتِ الـشـهـبُ بـنـا أو ربَّـما

أثَّـرتْ فيها عـيونُ الـنَّـرجسِ

أيُّ شـــيءٍ لامـرئٍ قـد خَـلَـصَا

فـيكونُ الـروضُ قـد مُـكِّـنَ فيْه

تـنـهبُ الأزهـــارُ فـيهِ الـفُرصَا

أمـنَـتْ مـن مكرهِ مـا تـتَّقيْه

فـإذا الـمـاءُ تـناجى والـحصى

وخـــلا كـــلُّ خـلـيـلٍ بـأخـيْه

تُـبصرُ الـوردَ غَـيُوراً بَـرِمَا

يكتسي مـن غيظهِ مـا يكتسي

وتـــرى الآسَ لـبـيبـاً فَـهما

يَـسـرقُ الـسمعَ بـأذني فَـرَسِ

هذا الموشح الشهير، شهير لسبب وجيه حقاً، فهو يلخص الموقف

الجمالي الأندلسي تجاه الطبيعة ومجالس الأنس فيها، بأجمل شكل ممكن، وبدرجة عالية من البراعة الفنية، ومع أن عدداً ليس بالقليل من نصوص ابن الخطيب قد حُرم من الألق الفني، فإن هذا النص أسهم حقاً في تخليد اسمه.

إن تحديد الحيز الزماني الجمالي كان هاجس الشاعر من مطلع النص، وهو الليل، ليل الأنس والمتع، «ليال، الدجى» والحزن على فقدانه؛ «مر كلمح البصر، هجم الصبح هجوم الحرس»، فالصبح من وجهة نظر الموقف الجمالي الأندلسي فيما يخص مجالس الأنس هو عنصر معادٍ نسبياً، يشكل خطراً وجودياً على المتع، كما هو الخطر الوجودي للحرس، «فالليل رياش الأنس»[34] وشرطه، فهو ليس محض زمان، بل هو المحيط الذي يحتوي المتع في المجلس، ومكونات المشهد جزء من عالم الليل؛ «نجم الكأس، غارت الشهب»، فالليل هنا ليس ليل العشاق والشعراء الذي نعهده فحسب، بل هو حيز زماني أندلسي بامتياز[35].

وإضافة إلى الوعي الجمالي فيما يخص الزمن لدى الشاعر، نرى وعيه الجمالي المتعوي، إذ جعل مظاهر الجمال كالوطر، وهذا لا يعني أنه تعامل مع الموضوع الجمالي تعاملاً نفعياً استهلاكياً كما الغرائز، لكنه جعل الموضوع الجمالي ضرورة من ضروريات الحياة المهمة «الغرائز»، ونحن نحزن على انتهاء زمان المتعة كما نحزن على انقضاء المآرب الغرائزية.

وفي الأبيات الستة الأخيرة، لدينا مشهد يعتمد على الحركة،

والأسنة، والدرامية؛ والحركة كانت أنيقة لطيفة. ففن الموشحات يشاكل الطبيعة الأندلسية في الأناقة[36]، وحتى تزيد متعة الشاعر في الطبيعة، يمنحها بُعداً إنسانياً وأخلاقياً ويبحث فيها عنه، حتى تكتمل صفاتها لديه، ومن ثمَّ تتعمق تجربته وتتنوع إذ يغدو الموضوع مؤنسناً؛ يمزج جمال الصورة مع جمال المضمون الخلقي، فيتحقق كماله، وهنا يتقاطع الشعر مع الفكر، في حين أن الشاعر عندما يكتفي بالصورة الحسية الجميلة – أو الجمالية عامةً – يفارق الفكر الجمالي العربي – الإسلامي في معظم مقولاته، ويقترب من حسية التلقي الجمالي للموضوعات.

وهو يجعل من الطبيعة «الروض» موطن اللذة، وكل لذة خالصة يعيشها الإنسان تكون الطبيعة جزءاً واسعاً منها، ففي البيت السادس تبدى الموقف الجمالي الأندلسي من الطبيعة بوضوح، فهي شرط المتع والأنس، كما هي موطن المثل الأعلى الجمالي، الخصب والمتعة والرفاهية.

أما المشهد الدرامي اللطيف الطريف، فالشخصيات الأساسية فيه هي الأزهار. والفكر يتصفح الأزهار والورود لما لها من ألوان وأشكال زاهية بديعة، ولابتعادها عن النفع المباشر، فالفكر يقلبها ويتأملها لذاتها وللإمتاع الخالص[37]، وهذا ما يتوافق مع التلقي الجمالي الذي يشترط الابتعاد عن النفعية والاستهلاكية في التجربة الجمالية، وذلك لأن انتفاء المنفعة بين الذات «الشاعر»، والموضوع «الأزهار» يتيح للذات أن تستمتع بالموضوع بذاته، وبكله، ومن ثم تعرفه، من غير أن تتدخل الحاجات الذاتية في التجربة الجمالية

فتفسدها أو تجذبها نحو النظرة الاستهلاكية للموضوع المعيش.

وهو يعطي المشهد المؤنسن بُعداً عاطفياً، ويقربه من القصّ. إذ إن شعر الطبيعة الأندلسي يقترب من فن القصة حيناً[38]، وهذه القصة تحتوي على أربع شخصيات؛ العاشقين «الماء والحصى»، والغيور «الورد»، والحكيم الذي يراقب الموقف من بعيد «الآس»، وعلاقة العشق تلك محددة بالقرب المكاني، فالماء يلامس الحصى في حركة تتسم بالرقة، إلى جانب ما يتمتع به الماء نفسه من حيوية ورشاقة في الحركة، أما مشهد الورد بغيرته وبرمه من التقاء العاشقين فيمنح الموقف بُعداً لونياً حركياً غير مباشر، فبرم الورد يتجلى حركة متمايلة رقيقة وحادة في آن، كما أنه «يكتسي من غيظه ما يكتسي»، وفي الغيظ يحمر وجه الإنسان، وكذا كان شأن الورد الذي امتدت حمرته بعمق دل عليه الاسم الموصول «ما يكتسي».

والدخول في قصة نشّط الحركة الجمالية في النص، وكثّف القيم الجمالية في حيز قليل من المفردات، وهذا ما لحظناه عامة في الموشحات – المدروسة وسواها – ، من أن الموشحات أكثف فيما يخص نقل التجربة الجمالية، إضافة إلى العمق في التعامل مع الموضوعات الجمالية والاستمتاع بها، والجلاء في عرض القيم الجمالية بطريقة فنية شكلاً وأسلوباً ومعنى.

وبذلك تكون الصورة المثلى لمجالس الأُنس محتوية على الطبيعة؛ المحور الأهم، ومحتوية على المتع المختلفة من نديم وخمر وغلمان، ويكون مجلس الأُنس الصورة الأوسع لحشدٍ من المتع الجمالية

والحسية في الأندلس، وهو مجلس مقتبس من الجنة بكل مقوماتها ومتعها؛ مجلس فردوسي صغير.

2 – 1 – الخصب والربيع:

إنّ الربيع يسهم في تكثيف الخصب، ومن ثمَّ انتشار تجليات المثل الأعلى الجمالي للطبيعة على عموم العناصر في المكان المشاهد، وقد وعى الأندلسيون ما للربيع من آثار جمالية متعوية آنية، وما له من قدرات مانحةٍ للخصب، واعدةٍ به على امتداد زماني مكاني لا يكاد يكون محدوداً، لذلك اتسمت صورة الربيع بالسمو والجلال إضافة إلى اتسامها البدهي بقيمة الجميل بتفريعاته؛ الحيوية والرقة واللطف والأناقة.

وقد كان للماء أهمية كبيرة في صورة الربيع، إذ «لا يمكن أن ترتبط صفة (ربيعيّ) بأي اسم أقوى مما يرتبط بالماء»[39]، لأنه رمز الخصب والحيوية، إلا أن الأدباء قد وسّعوا المشاهد الفنية، وحشدوا فيها كل ما يمكن أن تقع عليه العين من مجالي الربيع.

وقد مزج الأندلسيون بين مختلف المتع في عرض صورة الربيع، كما كان شأنهم في عرض صورة مجالس الأنس كما أسلفنا، إذ يقول أبو بكر بن القوطية[40]:

فاخضرَّ شــاربُهُ وطرَّ عِذارُهُ	ضحكَ الثرى وبدا لكَ استبشارُهُ
وتعطرَتْ أنوارُهُ وثمـــارُهُ	ورنـتْ حدائقُـهُ وزرَّرَ نبئُـهُ
واهتـزَّ ذابـلُ كلِّ ماءٍ قـرارةٍ	لمّـا أتـى متطلّعاً آذارُهُ

131

وتعمَّمـتْ صُلْعُ الرُّبـى بنباتِهِ   وترنَّمتْ مـن عُجمَـةٍ أطيارُهُ

إن أنسنة الطبيعة بعناصرها في هذا النص ينقل لنا حالة الحيوية التي عاشتها الطبيعة نفسها، كما ينقل الحالة الشعورية الجمالية التي عاشها الإنسان الفرد – المجتمع بمجيء الربيع، فالطبيعة هنا موضوع، ومعادل للذات في آن، وقوام ذلك كله القيمة الجمالية الفرعية؛ الحيوية.

ويعرض لنا الشاعر ما عاشه العنصران – التراب والماء – بمجيء الربيع، وهما العنصران الأشد تأثراً بالربيع، فالتراب – ومن ثَمَ الإنسان – عاش حالة من البهجة والازدهار، فقد شبهه بالغلام من جهةٍ، غلام «اخضر شاربه»، ومع أن لفظة «اخضر» متداولة بكثرة في وصف اسوداد شارب الغلام، إلا أن لفظها هنا يضفي مزيداً من الخصوبة، كما يضفي مدلولها معاني النمو والنضج واشتداد عود الشباب، وكذا الأمر في قوله: «طرّ» أي نَبَتَ. ثم يمتد المشهد – من جهة ثانية – ليعطي الطبيعة تشكيلاً أنثوياً، «ورنت، تعطرت»، وهذا يعطينا تنوعاً جمالياً يجمع فيه أشكال الجمال الأنثوي والذكري، ويقول: «زرّر نبته»، أي الحياة الكامنة التي ستتحرر بعد حين، وفيها الخصب الموعود، هذه الحيوية امتدت إلى عنصر الماء الحيوي بذاته «واهتز ذابل»، فزادت حيويته، فآذار هو «آذاره»، آذار الماء تحديداً.

وفي منح الحركة لآذار «أتى متطلعاً آذاره» إشـارة تذكرنا بأسطورة دوموزو (تموز)، وقد تبدى ذلك أيضاً في الأبيات السابقة التي نرى فيها الأرض عشتاراً تتحضر وتتزين وتتعطر لاستقبال آذار – دوموزو.

وتتعمق تلك الإشارة في البيت الرابع، حين تكتسي الربى – الصلعاء – بالنبت، وفي العودة من الصلع إلى مرحلة الشباب التي يغزر فيها الشَّعر حركة زمانية غير اعتيادية نحو الوراء، وهي عودة لا نراها إلا في أسطورة دوموزو الذي يجدّد ريّ الأرض بالخصب في عودته من العالم السفلي.

وقُدِّمتْ صورة دوموزو – اللاقصدية – بشكل أوضح وأعمق جمالياً في قول ابن حبيش [41]:

قـدِمَ الـربـيـعُ يُـحَـفُّ بـالأزهـار
مِثـلُ المَليكِ بعسكرٍ جـرَّار

وجـنـودُهُ ما قـادَ مِنْ زَهـرِ الرُّبا
وبُـنُـودُهُ عَـذَبَـاتُ بَـرقٍ سـارِ

وقِبابُهُ الدوحـاتُ تجرِي حولَها
خيـلُ النَّـسيـمِ بمَلعَبِ التَّيَّـارِ

ولُـجيـنُـهُ مـن ياسمينٍ نـاصعٌ
ونضارُهُ مطلُـولُ كلِّ عَـرَارِ

فتهزُّ لـلأغـصانِ سُـمرُ ذوابـل
وتمـدُّ للأنهـارِ بِيضُ شِـفَارِ

وبَـهـارُها يُـزهى بباهرِ شكلِهِ
كأنامـل مَـدَّتْ بـكأسِ عُقَـار

والــوردُ يُسفِرُ عن مَورَّدِ صَفحِهِ

والآسُ دارَ بهـا كبدءٍ عـذَارِ

والسَّوسَنُ الأبيهَي يُزانُ بصُفرةٍ

زِيْنَ العبيرُ تَرايبَ الأبـكارِ

شُـقَّتْ كَمايمُهُ كما حَـلَّتَ عَنْ

صـدرِ الفتـاةِ معاقِـدَ الأزرارِ

وشَقايقُ النُّعمانِ يَخجلُ خَدُّها

إذْ حدَّقتْ فيـهِ عيـونُ بهـارِ

وفي هذا النص يمزج الشاعر في تناوله للربيع بين الصورة الإشارية «دومـوزو»، والمثل الأعلى الجمالي للقائد السياسي – العسكري، فكلاهما يفرضان سلطتهما، وكلاهما جلّابان للخصب والرفاه، فمَقْدَم الربيع المحاط بالزهر أرتالاً مصحوب مع البرق الواعد بالمطر. ثم يعمق الشاعر الصورةَ بتحديد الحيز المكاني لهذا الملك القوي «قبابه»، وهي الدوحات الخصبة المحاطة بنسيم كخيول في ملعب، وهذا يوضح الشسوع المكاني الذي يضم هذا الملك، ملك الخصب، ويوضح الامتداد الجمالي السامي في مجمل المحيط المرئي، وبعد ذكر المشهد الكلي ينتقل إلى الجزئيات، كاهتزاز الأغصان – الرماح، وصفاء النهر – الشفار.

فهو ينتقل من مزج الربيع – الجميل، بالملك – الجليل والسامي، إلى الجزئيات اللطيفة المؤنسة، التي انعكس فيها السامي فزادها بهاء ورقة، فيعرضها بشكل تفصيلي يفرضه الموضوع المزدهر، فالربيع

يشكل انتقالة نوعية للطبيعة بأكملها، بكافة جزئياتها وكلياتها، «فالربيع فن الأرض»[42]، والربيع التموزي يتقن زركشة كل ما تقع عليه العين — نحتاً ورسماً وتلويناً — أو تحس به الحواس الجمالية وسواها، ولا يكتفي الشاعر بتلقي الربيع ووصفه من حيث هو موضوع مستقل، بل لا بدّ أن يتبع الأنموذج الأندلسي الذي يمزج بين متعة التلقي الجمالي للخصب، وبين مصاحباته المتعوية، الخمر «مدت بكأس عقار»، والغلمان «والآس دار بها كبدء عذار»، والفتيات «ترايب الأبكار، حللت عن صدر الفتاة»، والتفاعل بين الذات والموضوع الأنثوي كما بدا في البيت الأخير، وهذا المزيج المؤنس كان عن طريق الصورة الفنية والأنسنة، فكأن الشاعر لا يكتفي بالحيوية التي يحملها الربيع بذاته، بل يضفي عليها مزيداً من الحيوية الإنسانية من خلال صورة الملك وجنوده والصور الفنية اللاحقة، وفي هذا تشعيب واسع للموضوع «الربيع»، وهو تشعيب فرضه الموضوع الذي تَكثُف فيه العناصر الجزئية الجمالية، ومن هذا التكثيف الواضح استسقى الشاعر عدداً كبيراً من العناصر المؤنسنة، ومن هنا نرى الوقع الهائل للمتعة الجمالية التي ينقلها الربيع إلى متلقيه الإنسان الفرد — المجتمع.

ونرى مزيداً من تنوع الأساليب والمعاني والقيم الجمالية في صورة الربيع فيما يقوله ابن خاتمة الأنصاري[43]:

الأرضُ بيـنَ مدبَّجٍ ومُحلَّـلِ
والـروضُ بيـنَ متوَّجٍ ومُكلَّـلِ

والزهـرُ بيـنَ مـورَّدٍ ومـورَّسٍ
والنَّشـرُ بيـنَ ممسَّكٍ ومُصندلِ

والمـــاءُ قـد صقـلَ النسـيمُ فرنـدَهُ
فتوشَّـحتْ منـهُ الريــاضُ بمُنْصـلِ

أهـلاً بأيـــام الربيـــع وطيبهـا
أُنـسِ الخليــع ونُزهــةِ المتبتِّـلِ

زمـنٌ أرقُّ مـن الـودادِ شمائـلاً
وألـذُّ مـن عصـرِ الشـبابِ الأوَّلِ

حشـدَ الريـاضُ لــهُ جنـودَ جمالـه
وأتـى بحافـلِ جُنـدِهِ فـي جَحفـلِ

فالطيـرُ تشـدو والغديـرُ مصفِّـقٌ
والقُضْـبُ ترقـصُ والأزاهرُ تنجلي

وعرائسُ الأشـجارِ تُجلـى في حلًى
خُضْـرٍ، ولا وجــهَ العروسِ إذا جُلي

فاعطـفْ علـى وجهِ الزمـانِ وحيّه
وانظـرْ إلـى حسـنِ الربيـعِ المُقبِلِ

وأجـلْ لِحاظَكَ فـي صِفـاحِ كتابِه
حتّى تَبَيَّـنَ واضحاً مـن مُشكلِ

وإنِ اعتـراكَ عشّى لنيِّـرِ نَـورِهِ
فاعـدلْ لإثمـدِ ظلِّـه فتكحَّـلِ

من لم يشـاهدْ موقعَ الحُسنِ الخفي
مـن منظـرٍ لم يدر ما الحسنُ الجلي

إن هذا النص يتناول الربيع بوصفه أحد تجليات القدرة الإلهية، فابن خاتمة هو شاعر الجلال الإلهي، وينعكس ذلك في معظم نصوصه، فالربيع مخلوق ليبعث الأنس فيمن يبتغيه، ويبعث المتعة فيمن ينتظرها متلقياً للجمال الإلهي المتجلي في الموضوعات المخلوقة «أي في الجمال المقيد»، ويتكشف موقفه بجلاء في البيت الأخير، الذي يطابق فيه الفكر الجمالي العربي – الإسلامي، والذي يرى في جمال الطبيعة آية على جمال الله، كما يرى فيه المعاني والمحمولات الخفية التي تنطوي فيها قدرة الإله، وينفي بذلك القدرة على التلقي الحسي الجمالي من غير النظر إلى البعد الإلهي أو الميتافيزيقي لهذا الموضوع.

لكن تلقي الموضوع ذي البعد الميتافيزيقي سينطلق بالتأكيد من بُعد حسي، وإن كان سيتجاوزه إلى محمولاته، فهو بذلك لا بدّ أنه سيعرض بالتفصيل – شأنه شأن الأندلسيين – سمات الموضوعات المنوعة شكلاً ولوناً، «مدبج ومحلل، متوج ومكلل، مورد ومورس، ممسك ومصندل، صقل النسيم، توشحت الرياض»، وهو يستعين بمجال الفنون التطبيقية في صوره حول الربيع، فيقترب من دقة الوصف، «فالشكل واللون هما عنصران في الجمال الفني مثلما هما عنصران في جمال الطبيعة»[44]، وكذلك دقة الصنعة الطبيعية – الفنية، كالتدبيج والتوشيح والصقل، بالإضافة إلى أنسنة الجزئيات في صورة الجنود التي تتكرر في كثير من النصوص، وفي تحريك الطبيعة المؤنسنة «تشدو، مصفق، ترقص، عرائس، وجه الزمان، إثمد ظله»، وقد أوضحنا أن الأنسنة لا تضفي بعداً فنياً، أو جمالياً حيوياً فحسب، بل تصل الذات بالموضوع، وتجعل الموضوع يماثل الذات في مشاعرها وانطباعاتها.

ونراه في ذكره للتفاصيل الحسية ـ المتعوية يعي تماماً طبيعة التجربة الجمالية، وطبيعة المتع المصاحبة للتلقي الجمالي؛ ففي الأولى عبّر عن الانصراف عن المحيط ما خلا الموضوع المعيش، «فاعطف، وانظر، وأجل، تبين واضحاً من مشكل، فاعدل»، وفي الثانية أدرك مجمل المشاعر الجمالية المتصلة بقيمتي الجميل والجليل، فللجميل متعة الالتذاذ بالجزئيات، والأنس بالرقة، وللجليل متعة الرهبة والخشوع «وإن اعتراك عشى لنير نوره»، وهنا إشارة لقوله تعالى: «ثُمَّ ارْجِعِ الْبَصَرَ كَرَّتَيْنِ يَنْقَلِبْ إِلَيْكَ الْبَصَرُ خَاسِئاً وَهُوَ حَسِيرٌ» [الملك (4)]، فالجناس بين النَّوْر والنُّور عرض صورة فنية ضوئية في أعلى درجاتها، ومن هنا انتقل إلى القيمة الجمالية ـ الجليل، وما نتج عنه من انبهار وارتداد للبصر، ثم يستعين بالطبيعة ـ الجميلة الآمنة ـ ذاتها في استعادة البصر «فاعدل لإثمد ظله فتكحل»، فقد مزج بين قدرة الطبيعة الجليلة، وقدرتها على إنتاج الجمال ومنحه للمخلوقات بما فيها الإنسان.

واستمر ابن خاتمة في نصه هذا بمنح العناصر الجزئية من الطبيعة القدرة على الإمتاع من جهة، والقدرة على احتواء العناصر الجليلة من جهة ثانية، من غير أن يعيد التطرق إلى الحمولات الميتافيزيقية للموضوع المعيش، يقول[45]:

ولَـرُبَّ وردةِ دَوحـةٍ حيَّتْ بهـا

جامـاً تلهَّبَ نُـورهُ فـي أُنمُـلِ

يَنـدى علـى جنباتِـهِ قَطْـرُ النـدى

فاعجبْ لـهُ مـاءً ونـاراً قـد مُلي

قـد حُجِّبـتْ فـي ظلِّهـا فتبسَّـمتْ

عـن قَرقَـفٍ وتنسَّـمتْ عـن مَنْدلِ

مــا فتَّـحَ الزّهـرُ الجنـيُّ ثُغورَهُ

إلا ليرشِـفَ طيـبَ ذاكَ السلسـلِ

ومن الصحيح أنه يتحدث عن وردة واحدة، إلا أنه يحدد حيزها المكاني المرتفع – السامي، فهي وردة في دوحة، وردة كإناء فضة يعكس النور المشتعل، ويمتزج نارها بماء الندى، وابن خاتمة هنا يمنح هذا العنصر الجزئي «الوردة» – على صغرها وضعفها ورقتها – قدرة عنصرين من العناصر الأربعة «الماء والنار»، «فكلما صغرت العالم بمهارة أكبر امتلكته بشكل أكثر كفاءة، [...] إننا نتخطى المنطق لنعايش الكبير في الصغير»[46]، فهو يضم الطبيعة الربيعية بأكملها في عنصر واحد، وما عبر عنه الشاعر بالوردة – «ثنائية الماء والنار» – تضيق عنه الموضوعات، ما خلا ماء النار «الخمر»، الذي تحمله الوردة المؤنسنة المحتجبة حياءً، فهي إلى جانب ما تحمله من قدرة ورفعة وسمو، تحمل ما للخمر من خصائص مسكرة ممتعة طيبة الرائحة. وهذا ما يجعل الحواس في حالة تحفز لتلقي هذا المشهد المضخم منظراً وعطراً وطعماً، وهنا يقتبس من مجلس الأنس أشد موضوعاته تأثيراً «الخمر، الظهور الأنثوي» ويمزجه مع العنصر الجزئي المتمتع بالسمو، وهنا يتحقق اجتماع الجانب الجمالي «الجميل والسامي»، بالجانب الأخلاقي «الحياء».

ولم يكن التجاور بين السمو والجمال في النصوص التي تهتم بالطبيعة

الربيعية بكليتها، بل تخصصت كذلك في تصوير العناصر الجزئية، وتسليط الضوء على خصائصها[47]، إذ يقول أبو عبد الله بن عائشة[48]:

تَطْلُـعُ أزهارُهـا نُجوما	ودوحةٍ قَدْ علتْ سماءً
بدثْ فأغرى بها النسيما	كأنَّمـا الجوُّ غـارَ لمّا
فأرسـلتْ فوقَنا رُجُوما	هفا نسيمُ الصَّبا عليها

إن الحديث عن الموضوعات الجزئية ذو طابع تكثيفي، يلخص الشاعر فيه قوى الطبيعة بأكملها من خلال موضوع محدد، الدوحة وأزهارها الدقيقة الرقيقة، «وهكذا ينفتح العالم كله عبر بوابة ضيقة. إن تفاصيل شيء ما يمكن أن تكون دلالة على عالم جديد يحتوي، ككل العوالم، على مزايا العظمة. إن المتناهي في الصغر هو أحد مآوي العظمة»[49]، فإلى جانب الخصب الشاسع الممتد والثمار المنتظَرةِ، نجد التعبير عن السمو المكاني الجمالي لتلك الدوحة وزهورها «علت سماءً»، أي؛ امتزاج الرفعة والخصب، وهذا ما عبر عنه بتشبيه الزهور بالنجوم، التي يحركها العنصر الرقيق الآخر «الهواء – النسيم»، فتهطل، فالمتناهي في الصغر، إذاً، يختصر الصور الضخمة بأصغر حيّز ممكن، وهو حامل لعمق الضخم وشموليته وحامل لألفة المنمنمات التي نحتويها وتحتوينا، نحتويها بحجمنا وبمعرفتنا، وتحتوينا بعمقها وألفتها.

وليس من المستغرب عرض الموضوعات الطبيعية الجميلة بطريقة تحتضن قيمة الجليل، وذلك لأن الطبيعة بشكلها الربيعي المنوع والغني تقترب من الجليل من حيث إنها تبدي المثل الأعلى

الجمالي بأعظم صوره، وتمنح بقدرتها الخصبة الأمـانَ بأبعاده الوجودية والمكانية والنفعية في آن، إضافة إلى المتعة الجمالية التي تحتضنها – من ثَمَّ – بالضرورة.

ومن هنا نرى أن طرق التعبير عن التجربة الجمالية مع موضوع الربيع تكاد تتطابق، سواء أكان التركيز على البعد الحسي – النفسي الجمالي للموضوع، أم كان التركيز على الموضوع بوصفه حاملاً للقدرة الإلهية بأبهى شكل ممكن، وسواء أكان التمثيل كليّاً أم جزئيّاً، فالتركيز كان على قيمة الخصب المستمر الموعود.

2 – النجوم والكواكب:

إن النجوم والكواكب تمزج بين ما هو صغير لطيف وفقاً للنظر، وبين ما هو ضخم هائل وفقاً للحجم الواقعي، وفي كلتا الحالتين تتسم النجوم بالسمو والرفعة، فالنجوم إذاً هي منمنمات السماء، لكنها جرم ضخم، وهذا لم يغب عن وعي الشاعر الأندلسي.

ونرى نصاً للأمير المعتمد بن عباد، يرسم فيه مشهداً سماوياً، يقول[50]:

ولقد شربتُ الـراحَ يسطعُ نورُها

والـلـيـلُ قـد مـدَّ الـظـلامَ رداءَ

حتى تبـدّى الـبـدرُ في جوزائـهِ

مـلـكـاً تـنـاهـى بـهجةً وبـهـاءَ

لـمّـا أرادَ تـنـزُّهـاً فـي غـربـةٍ

جعـلَ المظلَّـةَ فـوقَـهُ الـجـوزاءَ

وتناهضـتْ زُهـرُ النجـومِ يحفُّـهُ

لألاؤُهــا فــاستكمَـلَ الآلاءَ

وترى الكواكبَ كالمواكبِ حولَهُ

رُفـعـتْ ثُريَّـاها عليـهِ لـواءَ

وحكيتُهُ في الأرضِ بينَ مواكبٍ

وكــواعبٍ جمعـتْ سنـاً وسنـاءَ

في النص هذا فخر عبر عنه الشاعر من خلال وصف المشهد الرفيع في السماء، المشهد ذي الطابع القصصي التخييلي. إذ إن ظهور الميل القصصي واضح في شعر الطبيعة الأندلسي[51]، فبعد أن يحدد لنا الحيز الزماني – المكاني، وهو مجلس الخمر في الليل، يبدأ بنظرة نحو الأعلى، النظرة نحو السمو، وهذه النظرة لا بدَّ تسمو بالإنسان، فالمعتمد لم يكتفِ بموقعه المتميز في الأرض، بل نقل صورته إلى السماء ليضفي عليها مزيداً من السمو، فالبدر – المعتمد وصل إلى أقصى مراحل السعادة والبهجة والرفعة، أي أنه لامس – بارتفاعه المكاني – المثل الأعلى الجمالي.

وأمام هذا المكان المفتوح المكشوف لا بدّ من مظاهر الحماية والمأوى «جعل المظلة فوقه الجوزاء». فحيث يلقى الإنسان مكاناً يحمل أقل صفات المأوى؛ فسوف نرى الخيال يبني جداراً من ظلال دقيقة مريحاً نفسه بوهم الحماية[52]، إذ لم يكن المكان المفتوح مما

يفضله الأندلسي، لذلك كان يرسم من حول المشهد حدوداً آمنة، ظلالاً أو أشجاراً أو أسقفاً وجدراناً، وسقف المعتمد الآمن هو النجوم ذاتها، والتي تحمل بُعداً جمالياً تزيينياً – شأنها شأن الأزهار – إضافة إلى رفعتها ونفعيتها في الموروثات الثقافية العربية بوصفها دليلاً هادياً.

وهنا، بعد أن يبدأ المشهد باكتمال هيبة البدر – الملك، والأمان السامي – مظلة الجوزاء، لا بدّ من مزيد من التزيين، بنجوم أخرى تحفُّ موكبه البهي الآمـن، لإضفاء مزيد من الرفاهية المبتغاة «فاستكمل الآلاء»، وكذا شأن اللواء والكواكب التي توسع من مناحي الملك الذي يتمتع به البدر – الملك، فكل من في السماء – الأرض يمشي تحت سلطته ويزيده قوة وهيبة.

ويوضح مبتغاه في البيت الأخير، وهو الفخر، إذ يشبه نفسه بهذا البدر بعد أن ملأ المشهد بمظاهر الجمال والجلال، وختمها بالعنصر الأنثوي «كواعب»، الذي يضيف إلى المشهد بُعداً نسقياً فحولياً يختم فيه مظاهر السلطة، فللبدر دلالة ذكورية تنمّ عن اكتمال الفحولة من حيث الشكل والوظيفة، وكذا شأن ابن عباد، مكتمل الفحولة بمعناها الحرفي، وبمعناها النسقي الدال على امتزاج السلطة والقوة بالشعرية الرفيعة.

في هذا النص – إذاً – مزج بين الطبيعة السماوية وبين العنصر الإنساني – الاجتماعي السلطوي الفحولي، في إطار من السمو الموضوعي والمكاني والتفاصيل الجميلة.

وفي نص آخر عن البدر يقول ابن لبال الشريشي [53]:

انظرْ إلى البدرِ في السماءِ وقدْ   حفّتْ بحِقوَيهِ الأنجمُ الزهرُ

كـأنّـه بِـركـةٌ مـفـضّـضـةٌ   حـفَّ بهـا مـن جهاتِهـا زَهْرُ

لطالما كانت الدائرة بخصائصها الكاملة تغري الذهن العربي عامة، هذا مع إدراكنا أن البدر هو حالة كمال الإضاءة والشكل القمري، والأندلسي باحث عن الكمال والرفعة أنّى حلّا، لذلك كان القمر بشكله المكتمل هو ما يغري الأندلسي ويثير انتباهه وتحفِّزه الجمالي، لكن لم يكتفِ ابن اللبال بوصف البدر المزنّر بالنجوم، لكنه أضفى على المشهد منحى خصباً، وهو البِرْكة المفضضة، الماء الصافي، المحاط بالخصب الجميل «زهر»، وهنا مزج – كما النص السابق – بين الطبيعة السماوية، والطبيعة الخصبة على الأرض، ومزج بين الخصب الذي يتمحور حوله المثل الأعلى الجمالي، وبين الرفعة التي تميز النجوم والكواكب.

ويقول ابن فركون عن النجوم[54]:

كـأنَّ الـزُّهرَ في أُفُـقِ الدياجي

أزاهـرُ لُحنَ في خُضرِ البِطاحِ

تـأمـلْ إنـهـا أسـرارُ غيبٍ

تضمنَ كتمَها صدرُ الصباحِ

في هذين البيتين ناحيتان؛ الأولى: هي ما ذكرنا من مزج بين الخصب والرفعة، ففي حين كان هذا المزج القيمي في قصائد الطبيعة والربيع ينحو نحو تشبيه الطبيعة بالنجوم، نحا هنا نحو تشبيه النجوم والكواكب بالطبيعة في محاولة لتقريب المشهد من قدرات الإدراك

التام للمتلقي، فالنجوم، منمنمات السماء، تشبه منمنمات الأرض، الأزهار، وهي تتبدى في المساحات الشاسعة «البطاح» الخضراء، ومن المعروف ما للون الأخضر من معانٍ متعددة، فهي من ناحية تدل على اللون، لون الخصب، ومن ناحية أخرى يتبادل كل من اللون الأخضر واللون الأسود مواقعهما في مختلف النصوص[55]، فإن كان الحديث عن البطاح، فالمقصود هو الأخضر ذاته، وإن كان الحديث عن السماء فالمقصود هو اللون الأسود، ومن هنا نرى التكثيف الدلالي والجمالي في هذين البيتين.

والناحية الثانية: هي التأمل الجمالي، مع نفحة قد تبدو دينية «أسرار غيب»، لكن ذلك في الواقع هو سمة من سمات جلال المشهد، فالغيب هنا يدل على انعدام القدرة على الإحاطة بالمشهد وإحصاء عناصره وإدراكها بشكل كلي مع المحاولات المستمرة لتأمله بعناية، والانبهار به جمالياً.

ويقول ابن فركون أيضاً[56]:

| على جَنَباتِها أَثَرُ النَّجِيعِ | وَشُـهْبٍ أَشـبَهَتْ حَلَقاتِ دِرعٍ |
| زواهِرُها أَزاهِرَ فـي رَبِيعِ | وقـدْ أَلقَتْ بِمثْـنِ البَحْـرِ ليلاً |

إن النجوم هنا تتمتع بحيوية عالية، لأنها بدت على شكل شهب، وليست نجوماً ثابتة للنظر، وقد حشد الشاعر في هذين البيتين معظم ما له دلالات إيجابية في الذهنية العربية ــ الأندلسية، فالصورة الدموية لحلقات الدرع المدماة، تحمل دلالة بطولية ذات أهمية وجودية، على اعتبار أن الأندلس بأكملها هي بلد ثغر، والصورة الثانية التي تحمل

أهمية وجودية هي الخصب والربيع وتنميقاته، فالنجوم هنا – أيضاً – كالزهور على سطح الماء، ماء البحر تحديداً، الذي يحمل قيمة المخيف أو الفظيع في الذهنية الأندلسية كما سنرى – فالنجوم هنا تمارس سحر تجميل الجليل – المخيف – وجعله أقرب إلى الألفة والرقة بما يحمله من أزهار ربيعية.

وبذلك نجد أنه لم يكن هناك انفصال واضح بين مكونات الطبيعة السماوية والأرضية من جهة، وبين الطبيعة السماوية والنشاطات الإنسانية – الاجتماعية من جهة ثانية، فكل منها هادف للتعبير عن المثل الأعلى الجمالي العام، الخصب والأمان الوجودي بشكليه، الطبيعي والبطولي، كما كانت الأجرام السماوية تمثل ثنائية الأمان والظل، والحيز المكاني المفتوح.

3 – تجليات الماء والنار:

لقد احتل كلٌّ من الماء والنار أهمية كبرى في الواقع والخيال الأندلسيين على حد سواء، إذ لم يصرف الأندلسي اهتمامه إلى الطبيعة الخضراء بمختلف تجلياتها فحسب، لكنه اهتم كذلك بالظواهر التي تتخذ طابع الجلال والجمال معاً؛ أي الظواهر الطبيعية ذات القدرة على المنح والإحياء من جهة، والقدرة على المنع والإفناء من جهة ثانية، و«الظاهرة الطبيعية الجبارة تصبح جليلة فور دخولها شبكة الممارسة الاجتماعية سواء بشكل مباشر أم غير مباشر»[57]، لذلك لا تعنينا تلك الظواهر بوجودها الموضوعي فحسب، بل تعنينا بوصفها طرفاً في التجربة الجمالية بين ذات الأديب والموضوع، «فالشعراء

وحدهم هم القادرون على إمدادنا بوثائق ذات طبيعة نفسية دقيقة، في لمحات الذاكرة»[58]، لذلك سندرس تلك الظواهر من وجهة النظر الأندلسية، والتي هي بطبيعة الحال ممتدة زمانياً ومكانياً، وذلك لأن «نقد الصور الفطرية سوف يعتمد على الاستجابة العامة لهذه الصور في كل زمان ومكان»[59]، وذلك من نظرنا إلى أن المواقف من العناصر البدائية كالماء والنار هي مواقف تتسم بالفطرية ذات الصلة باللاشعور الجمعي، أكثر من اتسامها بالقصدية والوعي المعرفي، وسيعتمد تصنيفنا للعناصر الأربعة على ثنائية المنح – الأنوثة/الإفناء – الذكورة، فالعناصر التي تقوم بفعل المنح والإحياء (التراب، الماء) هي عناصر أنثوية، والعناصر التي تقوم بفعل المنع والإفناء (النار، الهواء) هي عناصر ذكورية، وذلك من حيث طبيعتها لا من حيث صيغتها اللغوية التي تختلف باختلاف الثقافات.

كما «يجب أن ننتبه هنا إلى أنه لا يمكن أن نعدَّ كل صورة جذرية مفردة من نتاج اللاشعور الجمعي وجدت في العمل صورة فطرية من النماذج العليا، فلكي تكون الصورة كذلك لا بدّ أن تكون لبنة في بناء عام، كل حجر فيه تشير إلى النظرية، إن النماذج العليا لا تقع إلا في جذور شعر له صفة عاطفية خاصة، ويقوم على عاملين: اللاوعي الجماعي، والتكوين الشعائري»[60]، وهذا ما يجعل النصوص التي سندرسها تتكامل وفقاً لتلك الرؤية العامة للظواهر المتناولة، وبذلك لن نجد اختلافات واضحة في تناول الأدباء للموضوعات المائية والنارية، فتلك الظواهر ذات حمولات ضخمة من الميراث الاجتماعي – الثقافي من جهة، والجمالي من جهة ثانية.

1 – 3 – تجليات الماء:

1 – 1 – 3 – البحر:

«للصور العظمى تاريخ؛ إذ هي دائماً مزيج من الذاكرة والأسطورة، وهذا يعني أننا لا نعيش الصورة بشكل مباشر. والواقع أن لكل صورة عظيمة عمقاً حلمياً بعيد الغور يضيف إليه التاريخ الشخصي لوناً خاصاً»[61]، وهذا شأن صورة البحر عند الأندلسيين؛ لذلك علينا أن نحفر بعمق الذاكرة الأندلسية تجاه البحر؛ وأول الحوادث البحرية هو قول طارق بن زياد لجنوده «البحر من ورائكم والعدو من أمامكم»[62]، وقد اختاروا من ثم مجابهة العدو على الهرب بحراً، على الرغم من وجود الأساطيل، وبصرف النظر عن الدقة التوثيقية لتلك القصة، إلا أنها ذات دلالة جوهرية على موقف الأندلسيين الأوائل من البحر.

ويسوغ سيد نوفل سبب انتشار الخوف في قصائد البحر الأندلسية قائلاً: «ولعل سبب ذلك أن الملاحة لم تكن قد أُمِّنَت، وأنهم لم يكونوا كثيري الأسفار البحرية»[63]، وفي هذا نظر، إذ إن الأساطيل الحربية قد وصلت حينئذٍ إلى مرحلة من التطور الرفيع، أضف إلى ذلك أن معظمهم كان كثير التنقل بين عدوة الأندلس وعدوة المغرب، إذ كانت «البحار تحيط بالأندلس، وجزر البحر الأبيض في حوزة المسلمين، وأساطيلهم البحرية تجوب غماره، وتحرس شواطئه وموانيه، وتقضي على القراصنة الذين يهددون بحّارة المسلمين»[64].

لكن السبب الحقيقي وراء هذا الخوف الهائل من البحر هو

الموروث الثقافي – الجمالي من جهة، والتجارب الشخصية الفردية
– الاجتماعية من جهة ثانية؛ ويتوضح الموروث الثقافي بقول أبي
العرب مصعب بن محمد الزبيري [65]:

لا تعجبنَّ لرأسـي كيفَ شــابَ أسًى

واعجبْ لأسودَ عيني كيفَ لم يشبِ

البحرُ للـرومِ لا تجري السـفينُ بهِ

إلا علــى غُــررٍ والبرُّ للعربِ

وصحيح أن الواقع البحري للأندلس لا يتطابق والبيتين، إلا أن
هذا الموقف ليس لحظة شعورية فردية محددة تكاد تعمي العيون، بل
ينطبع الموقف الأندلسي من البحر بهذا الطابع، إذ يقول أحمد عبد
القادر صلاحية: «إن النظرة العامة إلى البحر كانت سلبية، فقد رأوه
عنصراً مخيفاً غير مأمون العواقب» [66]، وفي هذا إثبات أن بيتي
أبي العرب لم يكونا محض لحظة شعورية مفردة، كما يقول: «لم
تكن الصور الفنية للبحر صوراً زاهية يشرق فيها الأمل الضحوك،
وتثير جواً من البهجة والسرور والجمال والطهر والعبق، بل كانت
تسدل ستائر العتمة والظلام، وتكثر من الألوان القاتمة في اللوحة،
وتثير جواً من التشاؤم والعبوس والحزن» [67]، وبعبارة أخرى؛ لم
يصنف البحر ضمن الموضوعات الحيوية الجميلة أو السامية، بل
كانت صورة البحر من صور الجليل المخيف المرعب، الجليل الذي
لا بدّ من معايشته عملياً وجمالياً بوصفه موضوعاً مفروضاً على شبه
الجزيرة الأندلسية.

149

وإذا علمنا أن الخائف لا يقوم جمالياً، فسنتساءل: كيف استطاع الأديب الأندلسي أن يعايش البحر جمالياً، ويسجل هذه المعايشة في تجربة إبداعية؟ لقد مارس الأندلسيّ ما يُسمى بالتجربة من الذاكرة، إذ استرجع الشاعر تفاصيل تجربته بعد أن صار على مسافة تعطي له الأمان اللازم للمعايشة الجمالية والتجربة الإبداعية.

وعلى اختلاف الحالات الفردية التي كان يمر بها الشعراء، سنرى الموقف الواحد عند من اضطر إلى معايشة البحر، أو من اتخذ موقفه من بعيد، يقول الحكيم الداني أمية بن أبي الصلت[68]:

وليـسَ لـه علـى التحقيقِ كنهُ	تناهى البحرُ في عرضٍ وطولٍ
سـلامتُنا علـى الأهـوالِ منهُ	وأعجبُ كلِّ مـا شـاهدتُ فيهِ
وأهربَ فوقَ ظهرِ الأرضِ عنهُ	فحسـبيَ أنْ أراهُ مـن بعيـدٍ

على الرغم من الرعب الذي يعانيه الشاعر من البحر، فإنه يستطيع أن يعايش البحر جمالياً، فهو من أول الأبيات مدركٌ للشسوع المكاني الذي يمتاز به، ومدركٌ لعجز الذات عن إدراك الموضوع المعايش وفهم أسراره، وهذه من سمات الموضوعات الجليلة، إلا أن الجهل الكبير بأسرار الموضوع سيولد الخوف منه، الخوف من الغامض المجهول. فالوثوب في البحر هو الصورة اليتيمة التي يمكن أن نعيشها عن الوثوب في المجهول، فليس ثمة من وثبات واقعية أخرى تكون وثبات في المجهول[69]. لذلك يتعجب الشاعر من سلامة الإنسان العاجز أمام هذا الموضوع الهائل، فمن شروط مشاعر المحبة تجاه الموضوع الجليل أن يكون هناك حد أدنى من المعرفة بالموضوع،

وهذا ما لا يتوفر هنا للذات في مواجهة الموضوع، لذلك يكتفي الشاعر بمراقبة البحر جمالياً، من على مسافة جمالية ومكانية كافية ليكون بمأمن من بطشه، فخوفه كامن في الحركة الحيوية التي لا يعرف إلام ستؤول، ويحتمي من ثمّ بما هو ثابت مُدرَك تماماً، أي بالأرض.

ويقول الحكيم الداني أيضاً[70]:

مـا بيـنَ لُجَّتِـهِ إلـى الشّـطِّ	يا مَن يخـوضُ البحرَ مقتحماً
فالبحرُ يأخـذُ ضعفَ ما يُعطي	لا يطمعنَّـكَ مـا حبـاكَ بـهِ

هنا يتوجه بكلامه نحو من يعايش البحر عملياً ونفعياً بالغوص أو الصيد، أي بمن يعرف شيئاً عن خيرات البحر، لكن الشاعر ينصحه منطلقاً من موقفه الجمالي، ويصف فعل معايشة الصياد/ الغواص بالاقتحام، وكأنه متجه نحو الحرب القبيحة. فالماء عموماً بوصفه موضوعاً من الموضوعات الجليلة الكبرى، قادر على المنح والمنع، والبحر كذلك، مانح الكنوز والأطعمة، لكنه في المقابل سارق الحيوات بهيجانه في معظم الأحيان، وهذا ما جعل الشاعر يتغافل عن خيرات البحر، ويفرض على المعايش الحقيقي الصياد/الغواص، موقفه الجمالي الذي سنرى بأنه ليس موقفاً فردياً البتة.

إذ يقول ابن خفاجة واصفاً ركوبه للبحر[71]:

يطيـرُ مِنَ الصَّبـاحِ بهـا جَنَاحُ	وجَاريَـةٍ رَكَبْـتُ بِهـا ظَلامـاً
عَلا مِـن مؤجِـهِ رِدْفٌ رَدَاحُ	إذا الماءُ اطمَـأَنَّ فَرَقَّ خصراً

151

وقــدْ فَغَـرَ الحِمــامُ هُنــاكَ فَاهُ   وأثْلَــعَ جِيـدُهُ الأجَـلُ المُتَـاحُ

فَمَــا أدْرِي أمَـوجٌ أمْ قُلـوبٌ   وأنْفــاسٌ تَصَعَّـدُ أمْ رِيـاحُ

عايش ابن خفاجة البحر مراراً وهذا ما ابتدأ به الأبيات «وجارية»، أي وربَّ جاريةٍ، ولا يذكر البحر إلا بوصفه مظلماً لا أبيضَ فيه إلا الشراع، وهذا التعارض اللوني يدل على ثنائية الخوف «البحر» – الأمان «الشراع»، ثنائية المجهول المخيف، والواضح الموجِّه، وتعود الثنائية في البيت الثاني، في الحركة الحيوية الرقيقة تارة، والمخيفة تارة، ويحاول من خلال صورة تتمتع بالألفة «صورة الأنثى» أن يجمل تناقض البحر، لكن تفرض الصورة المخيفة نفسها، حين يتجسد الموت وحشاً فاغراً فمه ليستقبل كلّ من يجرؤ على المعايشة الواقعية، والموت المتاح يتطلع بنهم إلى النفوس الخائفة، النفوس التي تتقطع رعباً ويشتد انفعالها كالرياح المطيحة بهم.

إن الأندلسي باحث بطبيعته عن الدعة والرفاهية التي اعتادها في أرضه، وأيّ حالة ناشزة تعكر هذه الدعة مرفوضة عنده، مستكرهة في مواقفه، والتنقل في البحر ضرورة فرضتها الطبيعة الجغرافية، ضرورة يرفضها الأندلسي نفسياً وجمالياً، إذ «إن للبحر – كما يتضح – غيظاً حيوانياً، غيظاً بشرياً»[72]، لا يمكن إدراكه بله ضبطه، ولا قِبلَ للأندلسيين بمجابهته.

ويقول ابن خفاجة أيضاً[73]:

وأخضَـرَ عَجّـاجٍ تُدَرِّجُـهُ الصَّبا

فَتُتهِـمُ فيـهِ العَيـنُ طَـوراً وَتُنجِـدُ

كَأَنَّ فُـؤاداً بَيـنَ جَنبَيـهِ راجِفـاً

يَقـومُ بِـهِ نَـأيُ الْحَبيبِ وَيقعُدُ

سَـأركَبُ مِنـهُ ظَهـرَ أَدهَـمَ رَيِّـضٍ

مَرُوعٍ بِسَـوطِ الريح يَجـري فَيُزبِدُ

وَأمضـي فَإِمَّـا بَيـتُ نَفـسٍ كَريمَةٍ

يُهَدُّ وَإِمّا بَيـتُ عِـزٍّ يُشَيَّدُ

وَإِن غُضَّ يَوماً دونَهُ طَرفُ حاسِـدٍ

فَإِنَّهُـما شَمـسٌ تُنيـرُ وَأرمَـدُ

فَـلا يَغتَـرِر بِالْحِلـمِ قَومٌ فَرُبَّمـا

تَصَـدَّعَ عَن سَقطٍ مِنَ النـارِ جَلمَدُ

وَلا يَكفُـروا نُعمـى الغَمـامِ فَرُبَّمـا

تَدَلَّـت عَلَيهـم صَعقَـةٌ تَتَوَقَّـدُ

في هذا النص وما يليه سنرى مزجاً لصورة البحر الواقعية المعيشة بصور مقتبسة من الذاكرة العربية الصحراوية، فلا نكاد نجد تمايزاً واضحاً بين صورة الصحراء الغامضة وصورة البحر، فالصحراء في العين الأندلسية لم تكن سوى ذاكرة تدور حول موضوع مجهول لا يمكن حدّه أو تلقيه بشكل تام، فهي إلى جانب أنها رمز للقحط، هي رمز للغموض اللامتناهي، وكذا الأمر فيما يخص صورة البحر المعيش واقعياً، فهو صحراء من حيث تماوجه بريح الصَّبا «تدرجه الصبا»، ومن حيث إنه سبب للفراق والرحيل «سأركب منه ظهر

أدهم»»، ومن حيث إنه يشكل خطراً وجودياً على الحياة بشكل مباشر «»فإما بيت نفس...»»، وبشكل غير مباشر بسبب ابتعاده عن المثل الأعلى الجمالي وهو ثنائية الخصب ــ الرفاهية «»البيتان الأخيران»».

وعلى الرغم من الشعور الجمالي الذي يمزج الخوف بالنفور، فإن ابن خفاجة قد أدرك الصفات الموضوعية الجليلة للبحر، وتبدأ بالتنوع البصري الذي يقوم على الشسع وحيازة المكان المرتفع ــ المنخفض، ومن ثم فإن من يبصر عظمة البحر فسيرتد إليه بصره، وهذا ما لا يمكن إغفاله مع ما يشعر به المرء من خوف أو أمل كاذب. وحين يفقد الماء رقته سيصبح ناراً تصدع الجبال، إذ حين «»يحقد الماء ويغير جنسه، يصيرُ مذكراً مع صيرورته مؤذياً»»[74]، فيتحول من رقته وحمله للخصوبة إلى التدمير والإخافة، وهنا نرى أن الموقف من البحر يكاد يهمل الجانب الإيجابي في المنح والعطاء، والذي تمتاز به الموضوعات الجليلة، لكن يركز الشاعر على قوته التدميرية، ومردُّ ذلك كله إلى الخوف المقيم في نفوس الأندلسيين من المجهول.

ولا تكاد المفردات في هذا النص تبتعد عن الحقل الدلالي العربي الصحراوي «»الصبا، تتهم، تنجد، نأي الحبيب، أدهم ريض، سوط، يزبد، جلمد، نعى الغمام...»»، وبذلك ينقل لنا الشاعر موقفه من البحر من خلال التعامل معه على أنه صحراء الأندلس، الصحراء التي تمتص المدنية والرفاهية والخصب، وتفرّق الأحباب.

ويقول أبو حيان[75]:

لقــد ذكرتــكَ والبحرُ الخِضَـمُّ طغتْ

أمواجـه والــورى منهُ على سفرِ

فـي ليلـةٍ أسـدلتْ جلبـابَ ظلمتها

وغـابَ كوكبُهـا عـن أعينِ البشـر

والماءُ تحتَ وفوقَ المـزنِ واكفه

والبرقُ يسـتلُّ أسـيافاً من الشـرر

والفلك في وسـطِ الماءينِ تحسـبُها

عيناً وقد أطبقتْ شـفراً على شـفرِ

والروحُ من حَزَنٍ راحتْ وقد وردتْ

صـدري فيالك مـن وردِ بـلا صَدَر

هـذا وشـخصُك لا ينفكُّ فـي خلدي

وفي فؤادي وفي سمعي وفي بصري

نحن أمام تناص واضح مع قول عنترة:

ولقـد ذكرتـكِ والرمـاحُ نواهلٌ

مني وبيـضُ الهندِ تقطرُ من دمي

إن أبا حيان يعيش في معركة تشابه معركة عنترة، إلا أنها معركة مع الطبيعة لا مع البشر، «فالكفاح ضد الأشياء مثل الكفاح ضد البشر. وروح المعركة متجانس»(76)، فكلاهما قاهر محيق بالإنسان العاجز، وفي «خضم» هذا المشهد المزدحم نرى شكلاً من أشكال التعاطف البيئي مع الهموم الإنسانية، ففي مشهد الرحلة تتكاثف العناصر الطبيعية الكئيبة، البحر المضطرب، والليل العميم الغائم الذي تتعاكس صورته مع الليل المؤنس الذي حضر بكثافة في

مجالس الأنس، وفقدان النجوم التي تشكل الدليل السامي لمن يرتحل، والتكاثف المائي «الماء تحت وفوق المزن واكفه»، إضافة إلى نار المطر «البرق»، والتي تحولت من وعد بالخصب إلى وعد بالهلاك، طالما أن الحيز المكاني الذي يتلقى المطر هو البحر، الذي يمتص الخصوبة كيفما تجلت، وبذلك يدعم المطر همجية البحر في الإطباق على الإنسان الذي يعيش حالة من الرعب أمام قوى القهر الطبيعية.

ولكي يثبت الشاعر شجاعته أمام المعركة المائية، يزعم أنه ترك تلقي هذا المشهد المريع، والتفت إلى ذاكرته وما تضمه من شخص المحبوبة، فكما أنّ تذكر عنترة لعبلة يدل على شجاعته، فكذا الأمر حين يذكر أبو حيان محبوبته في المعركة الأندلسية مع الماء الهائج، «فالماء العنيف شكل أولي للشجاعة»[77]، ومواجهته شجاعة كذلك، فهو يشكل واحداً من أبرز الأخطار الوجودية على الأندلسيين، أو هذا ما يظنونه على الأقل، وهذا ما منعهم من تلقيه بوصفه موضوعاً جمالياً صرفاً.

ومن منطلق التجربة المباشرة العنيفة يقول ابن جزيرة صقلية، ابن حمديس في رثاء جارية له تدعى جوهرة، ابتلعها ماء البحر، يقول[78]:

فـأيّ حـيّ مُخَلَّـدٌ فيهـا	يَهْـدِمُ دارَ الحيـاةِ بانيهـا
فهـي نفـوسٌ رُدّتْ عواريهـا	وإن تَـرَدّتْ مـن قبلنـا أُمَـمٌ
أسـوَدُها بينَنـا دواهيهـا	أمـا تَراهـا كأنّهـا أَجَـمٌ
أيّامُنـا، حارَبـتْ لياليهـا	إنْ سالَمَتْ وهي لا تسـالمُنا

وَاوْحْشَتَا من فِراقٍ مُؤنِسَةٍ   يميتُني ذكْرُهَا ويحييها

أذكرُهـا والدمـوعُ تسبقـني   كأنّني للأسـى أجاريها

يا بحرُ أرخصتَ غيرَ مكترثٍ   مَنْ كنتُ لا للبيـاعِ أغليها

جوهرةٌ كانَ خاطـري صَدَفاً   لهـا أقيها بـهِ وأحميها

أبثّها فـي حشـاك مُغْرَقَـةً   وبـثُّ فـي ساحليك أبكيها

ونفحـةُ الطيـبِ فـي ذوائبها   وصبغـةُ الكحـل في مآقيها

عانَقَهَـا المـوجُ ثـمّ فارقَهـا   عن ضَمّةٍ فـاضَ روحها فيها

ويلي من الماءِ والتراب ومن   أحكام ضِدّيْـن حُكّمَـا فيهـا

أماتَها ذا وذاكَ غَيّرَهـا   كَيْـفَ من العُنْصُرَيْـن أفديها

يقول سيد نوفل عن موقف ابن حمديس من البحر: «ولولا روح التشاؤم التي سيطرت عليه، حتى شق عليه ركوب البحر، وهو ذو النشأة البحرية، وشكا الأسفار والدهر ــ لولا ذلك لكان له في الطبيعة مكانة فوق مكانته الرفيعة، وحظ أوفر من حظه الكبير»[79]، لكن موقف ابن حمديس مسوغ تماماً؛ فبالإضافة إلى الموقف الموروث من الذاكرة العربية والأندلسية، له تجربة سابقة مع البحر، يحاكم الموضوع من خلالها.

والأبيات الأربعة الأولى تدور في الاعتبار من العدو الوجودي ــ الجمالي الأول في الذهنية العربية، وهو الدهر، والدهر «قوة

زمنية ضاغطة، من أهم سماتها الفاعلية والتغيير»[80]، وتبدو روح الاستسلام أمام جبروته واضحةً، إذ يتعامل معه الشعراء – ومنهم ابن حمديس – بوصفه مجسداً للموضوع الجليل الذي يمتد جبروته حتى يغدو قبيحاً – فظيعاً في منعه وإفنائه لكل أشكال المتعة، فمآل الإنسان إلى الموت مهما تنوعت متعه، وهذه الفكرة تحدُّ من مشاعر المتعة الجمالية والاستهلاكية في آن، كما أن التمسك بها يهوّن على الإنسان سلوكيات ذلك الكائن الجبار «الدهر» الذي لا يمكن حدّ قواه، كما لا يمكن التنبؤ بما سيقوم به، فهو شاسع عظيم من حيث قدرته على الإفناء، ومن حيث إنه ينوع في أدواته القاهرة، كالبحر مثلاً، ومن حيث إنه مغرق في عالم المجهول – الغيب. وهذا ما يصرح به الشاعر عن طريق الصور الفنية، صورة الأسود – الأفعى السامة المختبئة في الأجمة، والأفعى هي النموذج الأمثل للقبيح، شأنها شأن الحرب، الحرب الليلية، والتي ظهرت بالتصوير الفني في البيت الرابع، فكلاهما شنيع شكلياً أو جمالياً، وكلاهما يمتلك القدرة التامة على الإتيان بأفعال فظيعة تودي مباشرة إلى الموت – الخطر الوجودي.

وإذ يبدو هنا البحر شكلاً من أشكال القوى الدهرية السلبية المنفرة، ينقلنا الشاعر إلى مشهد يروي فيه كيف استطاع البحر اختطاف رمز من رموز الجمال «الأنثى – جوهرة»، في معركة تراجيدية بين الإنسان والطبيعة، معركة ليست حكراً على ابن حمديس ومحبوبته فحسب، بل هي نموذج يعيشه الإنسان مذ وجد، وهذا ما يحمّل النص شكلاً من أشكال المأساة الإنسانية المعممة.

وإذ يدرك الشاعر المشاعر الجمالية الدقيقة، يعبّر عنها بقوله:

«واوحشتا من فراق مؤنسة»، والموت أعتى شكل يمكن أن يفقد فيه الإنسان مؤنسه، الموت في البحر تحديداً. وذلك لأن الموت بالماء أكثر شاعريةً وتأثيراً من موت التراب؛ لا نهائيٌّ هو عذاب الماء[81]، لأن الإنسان هنا يشعر بالعجز مرتين، مرة أمام الموت الحتمي، ومرة أمام عنصر يفترض فيه اللاشعور أن يكون مانحاً للخصب. والماء يجعل الموت أصلياً، فهو عدم مادي، وهو مادة القنوط[82]. وذلك لأنه أصل الحياة، فحينما يكون سبباً في الموت تغدو الحياة بجوهرها المائي الحيوي معدومة، مما يلبسنا ثوب اليأس وفقدان المثل الأعلى، بل خذلانه التام لنا.

وتعلو حدّة العجز حين يقول: «وبت في ساحليك أبكيه» فالوداع على شاطئ البحر أكثر ضروب الوداع تمزيقاً، وأكثرها أدبية معاً؛ لأن شعر الوداع يستغلُّ أعماقاً قديمة، ويوقظ فينا من غير شك، الأصداء الأكثر إيلاماً، ذلك أن أسطورة الرحيل على الماء توضح جانباً كاملاً من نفسنا الليلية[83]، وهنا لا تتكاثف المشاعر الجمالية التي تمزج القهر بالفقدان فحسب، بل ينبش هذا الموقف القاهر في جذور الذاكرة، في جذور اللاوعي الجمعي للإنسان العاجز الفاقد.

ثم يرسم شيئاً من ملامح جوهرة الجمالية، وهي الطيب والكحل، ولا نراه يذكر ما سواها من سماتها الشكلية، بل يكتفي بالتزيينات المكملة، وكأنه يقول إن جمالها تام الصفات، ويكتمل بالطيب والكحل اللذين لا يفارقانها في غرقها، فاستمرارية الجمال لم تطوها تماماً يد الموت ــ القبح. والبحر يدرك هذه الخصائص الجمالية الموضوعية للغريقة، ويعبّر عن إعجابه بطريقته الخاصة، بالطريقة العنيفة.

159

ويبدو – من ثمّ – كل من التراب والماء في حالة تجاذب يعبّر عن جوع العناصر القاهرة للإفناء، فعلى الرغم من تناقضهما «ضدين»، فإنهما متفقان على الإفناء وإزالة مظاهر المثل الأعلى الجمالي، فأحدهما يفني، والثاني يغيّر الديمومة المثلى المطلوبة، إذ إن كليهما – كما يرى ابن حمديس – في نهاية المطاف أداة من أدوات القبيح الأول، الدهر.

وتظهر صورة أخرى للبحر لدى ابن حمديس بقوله[84]:

وأخْضَرٍ حَصَلَتْ نفْسِـي بـهِ ونَجَتْ
وَمــا تُفَـارِقُ منـهُ رَوعـةٌ رُوعي

رَغَـا وأَزْبَـدَ والنكْبـاءُ تُغْضِبُـهُ
كمــا تَعبَّثَ شـيْطَانٌ بمصرُوعِ

ويظهر البحر كذلك في الشكل اللوني الأسود، ويهمل الشاعر زرقته أو صفاءه، وبالإضافة إلى الصورة التي رأيناها متكررة سابقاً، وهي الموضوع الجمالي المثير للارتياع بسبب خصائصه الموضوعية الشاسعة المجهولة، وعنفه المستمر، نجد تشخيصاً طريفاً، حين يصبح البحر إنساناً غاضباً، يرعد ويزبد، وتزيده الرياح المنحرفة الشديدة غضباً على غضبٍ، وهنا نرى تعاوناً بين عنصرين، الماء والهواء، تعاون على الإفناء والقهر، ومع غضب البحر المثار الذي يجعله أشبه بالمجانين، يزيده الشيطان من أفعاله شراً على شر.

فمع المظهر الإنساني الذي ينم عن وعي العنصر بذاته المدمّرة، نرى صورة الشر المطلق «الشيطان»، ومن ثم فهي صورة القبح

المطلق، وهذا ما يحمّل العنصر الجليل – كما يفترض أن يكون – بُعداً قصدياً ينظم سلوكه وشكله، فهو لا يمارس قهره بشكل عبثي أو بسبب طبيعته فحسب، لكنه واعٍ ومدرك وقاصد للفظاعة التي يقوم بها.

وكما أن «المياه غير المتحركة تستحضر الموتى»[85]، كذلك فإن الحركة المستفيضة العنيفة تستجلب الموت، وذلك لأن كلتا الحركتين تنحرفان عن الاعتدال المطلوب، والـذي يتجلى بحيوية الحركة ورقتها، ومن ثم تحقيقها للمثل الأعلى الجمالي المرجو.

وأمام كل تلك الصور السلبية للبحر، لا بدّ من استقراء دقيق للنصوص، في سبيل البحث عن نص ينظر إلى البحر بوصفه نموذجاً جليلاً مهيباً محبوباً، فيه من الجزئيات الجميلة الكثير، وهذا ما كان مفقوداً في الأدب الأندلسي، ما خلا نصاً واحداً، تظهر فيه صورة البحر المزدوجة في سياق سفسطائي في المقامة البحرية «السابعة» من مقامات السرقسطي، حين يقرر الراوي أن يرتحل بحراً، فيرى ذا الكدية ينصح الناس بالتزام البر والابتعاد عن البحر، فأطاعه الناس وعقدوا العزم على الرجوع إلى البر، حتى جاءَه البحارة يلومونه على قطع أرزاقهم، ويمنحونه المال حتى يعود عن كلامه ويشجع الناس على الارتحال بحراً، فيطيعهم ويحفز الناس على الإبحار، ويذكر لهم محاسن البحر، فيقنعهم بذلك، فيقول السرقسطي حين يذكر للقوم عيوب البحر[86]:

«أيها القومُ، كلٌّ لهُ على هذا الرزقِ حَوْمٌ، وإنَّ شيئاً يُخاضُ إليهِ هذا الهولُ ويُجابُ، لأمرٌ عُظامٌ وشأنٌ عجابٌ، وما الذي حمَلَكمْ على

ركوبِ هذا البحرِ العَجَّاجِ، وخرْقِ هذا الماء الثَّجَّاج، ولكُم في البرِّ مُنفَسَحٌ ومجالٌ، ودونكم من هولِه أوحالٌ وأوجالٌ، كأنَّكم قد ملكتم عِنانَه، أو سالمتمْ نِينانَه، ووُطِّئَتْ لكمْ أعرافُه، وذلَّلَ طُمُوُّه وإشرافه، واللهِ لوْ سلكتموهُ يوماً، أو قطعتموهُ عَوماً، لكانَ ذلكَ منَ الخطرِ، ومعدوداً منَ البطرِ، هلْ سُدَّتْ عليكُمُ المسالكُ، أو طُويتْ دونكُم الممالكُ؟ أما لكمْ في قصدِ الملوكِ متجرٌ رابحٌ، ومغابقٌ من العيشِ ومصابحُ؟ تتقيَّلونَ ظلالَ الوجاهةِ والتكريمِ، وتتقاضَونَ أنصفَ مُداينٍ وغريمٍ، حتى تُطاوِلوا الأسفارَ، وتعاملوا الكفارَ، وتمَلِّكوهمْ الرقابَ، وتخلعوا دونهمُ النقابَ، فيجْرُوا عليكمُ الأحكامَ، ويَغنموا العِيابَ والأعكامَ، ثم تُعاينوا عبادةَ النيرانِ، ومراقبةَ القِرانِ، والتقرُّبَ بالأبدانِ، والتَّزلُّفَ بالمَدانِ، من أمةٍ تستترُ عنكمْ بالرطانةِ، وتدَّعي دونكمْ في اللَّبابةِ والفطانةِ، ويَزدرونَكمْ ازدراءَ النَّمالِ، ويَسمونَكُم سِمةَ الإغفالِ والإهمالِ [...] أنَّى ودونكم من الأرضِ مذهبٌ عريضٌ، وجنى من فضلِ اللهِ غريضٌ، ورحمةٌ تُلبَسُ، وجَذوةٌ تُقتبسُ».

إن تأليب المرتحلين عن رغبتهم في الإبحار يتطلب استعراض مثالب البحر وميزات البر، وفي هذا الإطار الطريف للكدية تتكشف الصورة الجمالية الحقيقية للبحر والإبحار في الذهنية الأندلسية. وينطلق في تأليبه هذا ثلاثة منطلقات؛ الأول: نفعي – وجودي، يستنكر فيه طلب النفع «الرزق» مع التعرض للخطر، ويَعدّ ذلك من «البطر» بالطبع مع وجود البديل الأنجع، وهو السعي في البرّ الآمن تحت ظل الملوك، ومتانة الأرض وأمانها.

والمنطلق الثاني: جمالي؛ وفيه الصورة المزدوجة لكل من البحر

والبر، فيظهر البحر بشكله الصاخب الثائر «بحر عجّاج»، فهو يعمم الحالة الغضبية للبحر، في حين أنه واقعياً لا يكون كذلك بشكل دائم، بالإضافة إلى صورة التدفق المستمرة، والانصباب من الأعلى «الماء الثّجّاج»، وهنا تبدو الحركة المكروهة المبالغ بها والمفارقة للاعتدال من جانب، ومن جانب آخر تبدو حركة الماء من أعلى إلى أسفل، ومع أن هذه الحركة ممكنة واقعياً حين يكون الموج مضطرباً مرتفعاً، فإنه يلجأ إلى تلك العبارة ليضفي مزيداً من القهر عن طريق التعبير المكاني عن ذلك. ويتجلى القهر البحري في قوله: «كأنّكمْ قد ملكتمْ عِنانَهُ، أو سالمتمْ نِينانَهُ...»؛ إذ من غير الممكن السيطرة على البحر وهيجانه، كما يملك المرء عنان فرسه في البر، بل إن السيطرة هنا ملك للبحر، فلا نملك سطوته ولا نأمن وحوشه، الوحوش بوصفها موضوعاً جزئياً قبيحاً ومهدداً للوجود في آن.

ومن جهة مقابلة تبدو صورة البر المطيع الآمن، البر الذي يتسم بالسمو من حيث شسوعه وامتداده الكبير «ولكم في البر متسع ومجال»، ومن حيث احتواؤه على «الممالك» التي يعيش فيها المرء الأمان مرتين، الأمان المكاني أولاً «تتقيلون ظلال الوجاهة»، فالظل رمز للأمكنة الأليفة الآمنة، المنفتحة التي لا تضيق بالمرء، والمنغلقة جزئياً بحيث تعطيه شعور الألفة في المنزل الآمن. والأمان الوجودي النفعي ثانياً «رأما لكمْ في قصدِ الملوكِ متجرٌ رابحٌ»، فعند الملوك يحقق المرء الأمان المادي «الرزق» في منأى عمّا يهدد حياته. فبينما يكون الإنسان سيد البر والراحلة فيه، يكون البحر سيد الإنسان والمتحكم بمصيره، فلمَ يُملِّك المرء عنانه للبحر؟ في الوقت الذي يستطيع فيه السيطرة على حركته في البر، بله الحفاظ على أمانه فيه.

والمنطلق الثالث: ثقافي – ديني، وقد استدعى السرقسطي ذكره لأنه يشكل عامل إغراء وإحجام لدى الناس، ففي حين نفّرهم من الفقر أولاً، ومن الفظاعة ثانياً، ينفّرهم مما قد يتعرضون له من معايشة شعوبٍ أخرى «الكفار» إذ يرتحلون، فالغريب في أرضٍ خاضعٌ لأهلها ودينها «تمليكهم الرقاب»، ومضطر إلى معايشة طقوسهم التي يحرمها الدين الإسلامي «ثم تُعاينوا عبادةَ النيرانِ»، هذا بالإضافة إلى اضطرار المرتحل إلى تحمّل غرور تلك الشعوب «وتدّعي دونكمْ في اللّبابةِ والفطانةِ»، التي ترى من سواها في منزلة دنيا، ويتجلى التنفير بقوله: «من أمةٍ تستترُ عنكمْ بالرطانةِ»، وهنا تبدو الأهمية الكبرى للغة العربية المصقولة لدى الأندلسيين، فما سواها من لغات محض كلام ثقيل لا جدوى منه ولا فصاحة فيه. وعرض سمات الشعوب الأخرى لا يعنينا من جانب جمالي أو سفسطائي، لكنه يكشف بوضوح الجانب الثقافي لصورة الآخر، الصورة السلبية المتبادلة بين العرب – العجم.

ويختم قوله بتلخيص تلك المنطلقات، ففي البر أمن ورزق، واتساع ورحابة، ورحمة الله كائنة فيها تختصّ بها، إضافة إلى ذكر عنصر آخر، وهو النار «جَذوة مقتبس»، وتبدو النار هنا في صورة إيجابية قوامها النفعية من جهة، والضياء من جهة ثانية، وهذا كله لا يتوفر في البحر.

ويقول السرقسطي في اليوم التالي في المقامة نفسها حين يغيّر كلامه تماماً عن البحر، كي يشجع الناس على الارتحال[87]:

«وسبحانَ منْ خلقَ الأشياءَ بتاتاً، وصيَّرها جموعاً وأشتاتاً،

وجعل فيها النفعَ والضررَ، وناطَ بها الأمْنِ والغَررَ، وإنَّ لَهذا البحرِ لخبراً، وإنَّ به لآياتٍ وعبراً، إلى مرافقَ ومنافعَ، ومتالعَ مَنَ الرزقِ ومدافعَ، فمن لؤلؤٍ ومرجانٍ، وقاطفٍ من ثمرةٍ وجانٍ، يجودُ النفْس الرطب، ويقذفُ بما يُزري على السرَقِ والعطَبِ، قد منَّ اللهِ بهِ على عبادهِ، حينَ سخرهُ وقدَّمَ ذِكرهُ تارةً وأخرَّهُ، وجعلهُ مظنةً لابتغاء خيرهِ ومكاناً، وزادَ به عبادهُ توسعةً وإمكاناً، وصيَّر ماءَهُ الطهورَ ومَيْتَتَهُ الحلالَ، ورفع عن راكبهِ العيَّ والكلالَ، فالمرءُ فيه أبداً مُعتبرٌ، وعلى لأوائهِ مُصْطَبِرٌ، فهو في ذكرٍ، وعلى اعتبارٍ وفكرٍ، ينتظرُ الفرجَ، ويتنسمُ من رَوحِ اللهِ الأرَجَ، يطالعُ في كتبهِ ويُدارسُ، ويُقارعُ في رقعتهِ ويمارسُ، وربما طاردَ نونهُ وأثارَ مكنونهُ».

إن السرقسطي وهو يقلبّ كلامه عن البحر، يعرض الخصائص الموضوعية للجليل – البحر، فهو نافع وضار، آمن ومخيف في آن، شأنه شأن الموضوعات العظيمة، ويتحدث عن «الآيات والعبر» التي يمكن أن نفهمها بوصفها تحديداً لوظيفته حين يغدو موضوعاً قبيحاً كما رأينا في النص السابق، أو وصفاً للجزئيات الجميلة في البحر كما في هذا النص، وفيها نجد المنفعة المادية التي يجلبها البحر «منافع، متالع، لؤلؤ ومرجان، وقاطف من ثمرة وجان، ميتته الحلال، ورفع عن راكبه العي والكلال، وربما طارد نونه وأثار مكنونه...»، فهو جميل من حيث إنه مفيد، ومن حيث جمالاته الجزئية، أي مخلوقاته التي تحمل قوة الإخصاب، كاللؤلؤ تحديداً والذي يشكل «شعاراً للقوة المولدة، ولقوة الإخصاب»[88]، وجميل أيضاً من حيث إراحته لراكبه، هذا بالإضافة إلى سماته الجليلة، فهو مظنة الرزق، متسع متيح للخير، ويمزج الجلال الشكلي بالمنحى الديني حين يصف ماءه

165

الطاهر المطهر، ويجعله محرضاً على ذكر الله واستعراض قوته وكرمه وفرجه، مغفلاً كلّ أشكال الخطر التي يمكن أن يعيشها المرء في تجربته الجمالية والنفعية مع البحر.

ولا نفهم تلك الصورة اليتيمة الإيجابية للبحر إلا حين نراها بعين ذي الكدية الذي يقلب كلامه كي يؤلب أو يغري، فهي صورة غير ثابتة في الذهنية الأندلسية عامة، إلا أنها تتسم بالواقعية، عن طريق تسليط الضوء على ما لم يكن يراه الأندلسي في تجربته مع البحر، أو ما لم يشأ أن يراه.

وفي تصوير البحر بوصفه موضوعاً فظيعاً في النص الأول، وبوصفه موضوعاً جليلاً جلّاباً للخير والاعتبار في النص الثاني، صورة متضادة توضح تماماً الموقف الجمالي من البحر لدى الإنسان الأندلسي، وتلخص مجمل ما قالته النصوص الشعرية والنثرية السابقة حول البحر.

وبذلك نستطيع أن نقول إن صورة البحر في الأدب الأندلسي كانت صورة سلبية قائمة على تمثيل الموضوع/البحر بشكل مخيف فظيع، وذلك حين يفقد الماء خاصية المنح، وتتمحور قدرته حول الإخافة والإفناء، فتعيش الذات الأندلسية في الخوف الواقعي تارة، وفي الخوف المستمد من الذاكرة الجمعية تارة أخرى.

2 – 1 – 3 – النهر:

على النقيض من صورة البحر، بدت صورة النهر في الأدب

الأندلسي، خاليةً من السمات الجمالية للمخيف المجهول، كالقوة والجبروت والإفناء، إذ ظهر النهر بصورة تكاد تتطابق والمثل الأعلى الجمالي للأندلسيين، أي ظهر بوصفه شكلاً من أشكال الخصب، «فالعربي بعامة والأندلسي بخاصة يألف النهر ويطمئن إليه، أما البحر فعلى النقيض من ذلك، فَرِقَتْ منه نفس المشرقي، وفزعتْ، وهذا ما نتوقعه من شاعر البادية في العصر الجاهلي، يرتاد مراعيها، ويسكن خيامها، ومن رجل الحاضرة في سائر العصور، يحب العيش في وداعة واطمئنان بعيداً عن البحار ومغالبة الأمواج، والفَرَق من الغرق»⁽⁸⁹⁾ .

وهذا ما يبدو فيه النهر بوصفه جزءاً مكانياً وعنصراً من مكونات المشاهد ذات الرفاهية والجمال بجزئياته وكلياته، فالنهر ــ بشكل أو بآخر ــ هو جزء برّي، من حيث إنه يمر بألفة ووداعة في الأرض، مخلفاً في أثره أشكالاً غاية في التنوع من أشكال الجمال والخصب.

وقد ورد في النفح عن نهر سرقسطة: «وهو نهر رقَّ ماؤه وراق، وأزرى على نيل مصر ودجلة العراق، قد اكتنفته البساتين من جانبيه، وألقت ظلالها عليه، فما تكاد عين الشمس أن تنظر إليه، هذا على اتساع عرضه»⁽⁹⁰⁾، ويقول فيه أبو الفضل بن حسداي⁽⁹¹⁾:

لله يـومٌ أنيـقٌ واضـحُ الغـرر
مفضَّضٌ مُذهبُ الآصـالِ والبُكرِ

كأنّمـا الدهـرُ لمّـا سـاءَ أعتبنـا
فيـهِ بعُتبى فأبدى صَفـحَ مُعتـذرِ

نَسيرُ في زورقٍ حفَّ السرورُ به

مِــن جانبيـهِ بمنظومٍ ومُنتثِر

تُثـار مـن قعرِهِ النينـانُ مُصْعِدةً

صيـداً كمـا ظَفِـرَ الغـواصُ بالدرر

وللندامـى بـهِ عبٌّ ومُرتشَفٌ

كالريـقِ يَعذُبُ في وِردٍ وفي صَدَرِ

يتضمن النهر جملة من تفريعات قيمة الجميل، فبالإضافة إلى رقّته، يتسم النهر بالهدوء والاعتدال، أي مع العذوبة والحركة الرشيقة، نراه آمناً لا يعطي إيحاءً بالخوف كما البحر، لكنه يترك فسحة نفسية جمالية تساعد على تأمله واستجلاء ميزاته. كما أنه يؤدي ـ في هدوئه واعتداله ـ دوراً ثقافياً، فهو النهر الأجمل مقارنة بالأنهار المشرقية، لأنه لا يمتلك العناصر الموضوعية التي يمتلكها دجلة والفرات، كخصائص الإفناء والإخافة وثورات الغضب، من خلال الفيضانات والطوفانات، هذا إلى جانب ما يمتاز به النهر عامة من خصائص الإخصاب، فعلى ضفافه قامت الحضارات القديمة، إذ تغزر البساتين من حوله، وهي موئل الخصب.

وإذ يمتزج البستان بأشجاره الوارفة مع النهر، يشكل الثنائية المكانية الانفتاح ـ الانغلاق؛ الانفتاح المكاني الذي ينقل مشاعر الحرية والسعة النفسية، والانغلاق الجزئي «الظلال» التي تشكل مكاناً غير مكشوف، فتوحي بأمان المأوى؛ أي الموقع غير المنظور من أي عين حتى عين الشمس، وهذا لبّ الأمان، أن تَرى ولا تُرى.

هذا بالإضافة إلى ما ينقله النص الشعري من تفريعات جمالية أخرى وهي الأناقة، وهي سمة للشكل، يظهر فيها الموضوع – النهر، بشكل بهي يمزج البساطة والانبساط والجمال، فهو مع اتساعه مزيّن زينة تحمل بُعد الرفاهية المؤمثلة، زينة الذهب والفضة، كما يبدو النهر شكلاً من أشكال اعتذار الدهر – العدو الوجودي الأول[92]، ومصدّر الموضوعات الأليمة؛ أي إن النهر اعتذار عما بدا من البحر من عنف وفظاعة.

كما يمكن للشاعر أن يعايش الموضوع مباشرة من غير مسافة جمالية مكانية «الزورق» فلا يبعث فيه الخوف الذي يبعثه البحر، بل تُحف التجربة بالسرور الخصب، السرور المتناسق المنتظم، أو المنثور بعشوائية رائقة، ولا يكتفي الشاعر بعرض الجوانب الجمالية الحسية للموضوع، بل ينطلق من فكرة الجميل – المفيد، فللنهر نفعياته الاستهلاكية الغزيرة، كالحيتان، وقد بدا الحوت هنا – بوصفه موضوعاً جزئياً – متناسقاً مع المشهد الكلي، فمع البحر كان الحوت مصدراً للخوف والإرعاب، ومع النهر غدا مادة جمالية نفعية في آن، فالنهر بحر صغير، بحر بكل خصائص البحر الشكلية، لكنه بما يبعثه من أمان ونفعية، يبعث في نفس المتلقي شعوراً جمالياً آخر، وهو القدرة الإنسانية، فالإنسان لا يستمتع بالنهر جمالياً فحسب، بل يملكه، ويقدر على السيطرة عليه.

وفي البيت الأخير ينتقل النهر من كونه موضوعاً رئيساً، إلى كونه أحد المكونات في المشهد المكاني المتسع، وهذا ما مرّ معنا في دراستنا لمجالس الأنس، تحديداً تلك التي تحتوي اتساع النهر

وخصوبته إلى جانب المتعة الجمالية التي يعيشها الندامى المجتمعون، ففي النهر، وعلى ضفافه كل أشكال المتع.

ويقول ابن الأبار كذلك[93]:

ونهـرٍ كمـا ذابـتْ سبائكُ فِضـةٍ

حَكَـتْ بمَحانيـهِ انعطـافَ الأَراقـمِ

إذا الشـفقُ اسـتولى عليهِ احمـرارَهُ

تبـدّى خضيباً مثلَ دامـي الصوارمِ

وتحسبُهُ سُنَّتْ عليهِ مُفاضةً

لإرهـابِ هبّـاتِ الريـاحِ النواسـمِ

وتَطْلَعُـهُ فـي دُكنـةٍ بعـدَ زُرقـةٍ

ظِـلالٌ لأدواحٍ عليـهِ نواعـمِ

كما انفجرَ الفجرُ المُطِلُّ على الدُّجى

ومِـنْ دونِهِ في الأُفْقِ سُـحمُ الغمائمِ

ويعود بنا هذا النص إلى الرشاقة، رشاقة الحركة وليونتها المتميزة بالرفاهية «فضة»، ومن خلال صورة الأفاعي، يستخلص الشاعر من الموضوع المخيف شيئاً من المزايا الجميلة، وهي رشاقة الحركة وانحناؤها، ويستمر بالتشكيل اللوني، فمن الفضة إلى الاحمرار، وهو مزيج لوني أنيق يصدر عن الحيز الزماني – الشفق، ويلمح بذكره للصوارم والدرع «المفاضة» إلى الشعور الجمالي بالأمان، إذ إن كلاً من الصوارم والنهر تمنح الأمان، الأولى بالحماية الوجودية، والثاني

170

بمنحه ثنائية الخصب – الرفاهية الخالية من الخصائص المخيفة للماء.

ويؤدي التعميق الجمالي للمثل الأعلى – الخصب من خلال ظلال الموضوعات الخصبة، دوراً في التشكيل اللوني بين الأزرق الفاتح والأزرق ذي الدكنة، ومع أن الدكنة اللونية توحي بما يُغمّ أو يخيف، إلا أنها بدت هنا حاملة للألفة والنعومة، فشأن الأشجار بإطلالتها على النهر شأن الفجر المطل على الليل، بالإضافة إلى الغيم الأسود؛ أي المحمّل بالخصب، وفي هذه التنويعات اللونية التصويرية إرباك يمكن أن نفهمه من خلال ثنائية العتمة الأمومية الحنونة المخصبة، والنور البهي الممتع، ومن ذلك كله نرى أن النهر بخصائصه، بوصفه موضوعاً جميلاً، قادرٌ على أن يجمّل الموضوعات المحيطة به «الدكنة، الدجى» وقادر على أن يستخلص من الموضوعات القبيحة ما تحمله من خصائص جزئية جميلة كرشاقة الحركة وانسيابها «انعطاف الأراقم».

ويرد نص قصير لأبي القاسم ابن العطار في القلائد، يقول فيه الفتح بن خاقان[94]: فمن ذلك ما قاله في يوم ركب فيه النهر على عادات انكشافه، وارتضاعه لثغور اللذات وارتشافه:

عبرنا سماءَ النهرِ والجوُّ مشـرقٌ

وليسَ لنـا إلا الحَبابَ نجـومُ

وقـد ألبسـتهُ الأيـكُ بَـرْدَ ظلالـهِ

وللشـمسِ في تلـكَ البـروجِ رُقومُ

إن الموقف الجمالي عموماً – كما رأينا في مجمل النصوص –

يمزج بين الخصائص الموضوعية كالسمو والاتساع والخصب، وبين أشكال المتعة الجمالية المتنوعة فيه وعلى ضفافه، وهذا ما يلخصه قول ابن خاقان، أما ابن العطار فيعرض صورة النهر بوصفه موضوعاً سامياً، بل يصوره على أنه سماء، من حيث الاتساع، ومن حيث صفاء الزرقة، ويعمّق الصورة بالنجوم المنثورة على سطح النهر «الحباب»، وتعود صورة الظل ـ المأوى الآمن الجميل إلى الظهور ثانية، من خلال الثوب الذي يرقعه ضوء الشمس، وهنا يعرض معنى الأمان من خلال صورة حسية جمالية، تتعمق فيها كلتا الناحيتين، وتبرز بهاء المشهد بالألوان المتنوعة وثنائية الظل ـ النور.

ويقول أبو القاسم ابن العطار أيضاً[95]:

مررنـا بشـاطي النهرِ بيـنَ حدائقٍ

بها حَدَقُ الأزهارِ تسـتوقفُ الحَدَقْ

وقـدْ نسجتْ كـفُّ النسـيمِ مُفاضةً

عليهِ ومـا غيـرُ الحَبابِ لهـا حَلَقْ

في المعايشة اليومية الدائمة، لا يدخل النهر من ضمن ما يسمى بالمحايد جمالياً، المحايد الذي تعتاده العين وتعتاد خصائصه بعد معايشة يومية طويلة، لكنه يحافظ على قدرته على إثارة الانتباه الجمالي، بله استيقاف ناظره ليعاينه في كل مرة، فجمال المحيط «حدق الأزهار» يحدّق بالإنسان، أي يلفت نظره إلى المشهد ويستدعي اهتمامه الجمالي اللانفعي، كما أن التوقف من أجل معاينة اللوحة المائية الخصبة يعني وقفة من أجل معاينة الكون ـ المثل

الأعلى، لأن «رؤية الماء تعني إرادة الكون فيه»[96]؛ أي رؤية ما نرغب فيه من الكون، فصورة الأزهار أولاً، وصورة النهر – الدرع «المفاضة» ثانياً، تعبّران عن المشاعر الجمالية التي تتلخص بالأمان والدهشة أمام المثل الأعلى الجمالي.

أما إشبيلية مدينة الرفاه والمتعة، فيقال عنها: «وهذه المدينة من أحسن مدن الدنيا، وبأهلها يضرب المثل في الخلاعة، وانتهاز فرصة الزمان الساعة بعد الساعة، ويعينهم على ذلك واديها الفرج، وناديها البهج»[97]، ويقول الرصافي عن نهر إشبيلية[98]:

مُتَسَيِّلٌ مِنْ دُرَّةٍ لِصَفَائِـهِ	وَمُهَدَّلِ الشَّطَّيْنِ تَحْسَبُ أَنَّهُ
صدئتْ لفيئتِها صفيحةُ مائِهِ	فاءَتْ عليه مع الهجيرة سَرْحَةٌ
كالدَّارعِ استلقَى بظـلِّ لوائِهِ	فتراهُ أَزْرَقَ في غلالةِ سُـمْرَةٍ

تبدو صورة النهر بعيدة عن الأناقة، مقتربة من العفوية والعشوائية التي تسم بعض الموضوعات الطبيعية، إلا أنه يرى في النهر ماء اللؤلؤ، في تعبير عن صفائه، «فالماء الصافي إغراء مستمر لرمزية طهر سهلة. وكلُّ إنسان يجد هذه الصورة الطبيعية من دون دليل، ودون اصطلاح اجتماعي»[99]، فالماء الطاهر يحمل ثلاث دلالات؛ الأولى: جمالية، فهو بالإضافة إلى جذبه لنظر المتلقي، ينتفي عنه قبح الماء العكر، الذي تتنافر فيه العناصر المكونة، تتنافر فيه العذوبة والسلاسة مع الأتربة أو الأوساخ، والثانية: نفعية، فالماء الدنس هو وعاء للشر في اللاشعور، وعاء مفتوح للشرور كلها، إنه ماهية الشر[100]، إذ إن الماء العكر – على طرف النقيض من الماء الصافي

ـ لا يمنح فائدة للإنسان، لكنه يحجب الخصب ويلوثه، والثالثة: دينية، تتعلق بطقوس الطهارة في معظم الأديان ومنها الإسلام.

كما تعود صورة ظلال الخصب الآمن «فاءت عليه سرحة»، فالعنصر الذي يخل بالصفاء هو عنصر غير مؤذٍ، لكنه يقدم صورة جمالية قوامها التنويع اللوني، بين الزرقة والسمرة، وهذا ما تعمقه صورة الجندي، حامل الأمان الوجودي، وهذا الجندي في حالة من الراحة تحت اللواء، وهنا يعبر عن غاية الأمان فالدارع لا يحارب أو يحمي أو يمارس بطولیته، لكنه في ظل أمان مقيم يسمح له بالراحة تحت اللواء.

لكن لا يبدو الرصافي موفقاً جداً في استخدامه لبعض الألفاظ غير المعبّرة في سياق عرض موضوع جميل سامٍ كالنهر، وذلك كقوله: «متهدل، صدئت»، وهي ألفاظ يحسن استخدامها في سياق عرض موضوعات قبيحة أو مثيرة للسخرية.

من خلال النصوص السابقة يمكن أن نرى في صورة النهر موضوعاً يتسم بالرقة واللطف والرشاقة من جهة، ويتسم بمنحه لأشكال المتع المختلفة، فما قام به الشعراء هو الإتيان بالمثل الأعلى الجمالي بألطف وأبهى صورة ممكنة من خلال صورة النهر.

3 ـ 1 ـ 3 ـ المطر:

إن المطر يكثف الخصائص الموضوعية لعنصر الماء وإن بدت مضخمة، فهو من جهة جلّاب للخصب، بل هو المصدر الأول

للخصب، ومن جهة ثانية يمتلك قدرة تدميرية قاهرة إذا اشتد وترافق مع مظاهر الغضب الطبيعية، هذا من حيث كونه موضوعاً جليلاً، وقد يكون المطر كذلك مكوناً من مكونات المشاهد الجميلة، بما يضفيه من حيوية على العناصر التي تتلقاه، ومنها الإنسان.

يقول ابن حمديس الصقلي[101]:

أيّ دُرٍّ لنحورٍ لـو جَمَدْ	نثَـرَ الجوُّ علـى الأرضِ بَرَدْ
أنْجَـزَ البـارقُ منها مـا وَعَدْ	لؤلـؤٌ أصدافُـه السُّحْبُ التي
واكتسـابُ الدُّرِّ بالغَـوصِ نَكَدِ	منحثْـهُ عاريـاً مـن نَكَدٍ
كثعابيـن عجالٍ تطّـردْ	فَجَرَتْ منـه سيولٌ حولَنا
عـرَّج الرّائـدُ عنـه فزهدْ	وعليلِ النّبْتِ ظمـآنِ الثرى
لبديـع الرقـمِ فيهـنّ جُدُدْ	خَلَـعَ الخصبُ عليـه خُلَـلاً
فَتَّـح البرقُ بها اللّيلَ وسَدْ	وسَـقاهُ الريَّ مـن وكّافَـةٍ
كحياةِ الروحِ في مَوتِ الجَسَدْ	ذاتِ قطرٍ داخـلٍ جَوْفَ الثرى

في هذا النص يبدو الجانب الجليل – الجميل للمطر، فمن الأول: يستعين الشاعر بصورة لموضوع نفعي جمالي، وهو اللؤلؤ، فهو إلى جانب شكله الجميل التزييني المغرق بالرفاهية، يحمل بُعداً نفعياً وظيفياً نظراً إلى ثمنه المادي، كما أن اللؤلؤ وأصدافه مشاكلان للحالة الرحمية المنجبة للخصب، إذ «يُشار إلى الرمزية الدالة على المرأة

وعلى الجنين في اللؤلؤة المتشكلة داخل المحارة»[102]، وفي هذا تصوير لأنثوية الخصب.

ويوضح ابن حمديس من ثم طبيعة العلاقة بين الأرض – السماء، علاقة الجليل المانح، والمتلقي المتشوق، التي تتمظهر من خلال المطر، فالبرق هو وعد باللقاء بين الأرض والسماء، والمطر – اللؤلؤ هدية، وهو مظهر ذاك اللقاء بما يحمله من محبة وخير، وهذه الهدية عارية من المشقة التي تشوه حالة الحصول على الموضوع الجميل والاستمتاع به، فكأننا بذلك أمام تجربة جمالية منفصلة عن الشاعر، طرفاها السماء الجليلة بمطرها، والأرض التي تستمتع جمالياً ونفعياً، وتزدهي.

ثم تتجلى – ثانياً – خصائص الجمال التي يضفيها المطر، وأولها هو الحركة الرشيقة للماء، التي يشبهها ابن حمديس بحركة الثعابين كما فعل ابن الأبار في حديثه عن حيوية الأنهار، وثانيها الحالة الحيوية المانحة للخصب، وتظهر في تحول النبت العليل الظمآن الذي يعبّر عن حالة القحط – القبح، جمالياً ونفعياً، إلى حالة من الإشباع بالماء، حالة من الخصب شديد التنوع، بأشكاله وألوانه، وإذ يبدو الماء غزيراً، لا يبدو في حالة عدائية عنيفة، بل يبدو معمقاً ومكثفاً لقدرة المنح، ويوضح البيت الأخير أن دور الماء – المطر لا يقتصر على منح الخصب بشكل حيوي رشيق، إنما هو مانح للحياة بذاتها، فهو الشكل الأولي للجمال، فالحياة تقابل الجمال كما يقابل الموت القبح.

ويقول ابن حمديس في نص آخر يصف به الغيمة[103]:

صرَخَتْ بصَوْتِ الرّعد صرْخةَ حاملٍ

مـلأتْ بـها الـلـيـلَ البهيمَ أنينا

حتى إذا ضاقتْ بمضمرِ حملها

ألـقَتْ بحجرِ الأرضِ منه جنينا

قطراً تـنَـاثَـرَ حَبُّـهُ فـلوَ انّـهُ

دُرٌّ تـنـظّـمـهُ لـكـان ثـمـيـنـا

وكأنّـمـا عُمْـي الـريـاضِ بدمعهِ

كُسِـيَتْ مـن الزّهْـرِ الأنيـقِ عيونا

وهنا نجد تناصاً واضحاً مع الأساطير التي ترى العلاقة بين السماء والأرض علاقة بين ذكر وأنثى، والمطر هو شكل الإنجاب بينهما، إنجاب الخصب، ويزيد تلك الصورة تفصيلاً فيجعل الغيمة امرأة تنجب وتئن، وتلقي بطفلها الخصب في جوف الأرض، وذلك في حركة تتناوب بين القوة السامية الهابطة إلى الأرض «ألقت»، وبين العشوائية المتسمة بالحيوية والغزارة والتنوع «تناثر»، ويصرح ابن حمديس في هذا النص بالجانب النفعي ـ الجمالي للمطر حينما يشبهه باللؤلؤ «ثميناً». وإلى جانب القدرة المانحة للمطر، يمنحه ابن حمديس قدرة على منح البصر بعد العمى، ويشكل العمى هنا معادلاً للقحط ـ الموت، كما يشكل الإبصار معادلاً للخصب ـ الحياة.

ويصف لسان الدين ابن الخطيب إقبال المطر وأثره بعد القحط، ملمحاً إلى مفهوم «الخطيئة»، يقول[104]:

إذْ أقبلــتْ سُـحُبُ الغمــامِ حوافـلاً

فَحَثًـا يُجلْجِـلُ فـي الثرى مِـدرارُهُ

فاهتـزَّ نبـتُ الأرضِ بعـدَ سُكونِهِ

نشّـاً وفُـكَّ مـن الرُّغـامِ إسَارُهُ

واستأنفَ الـروضُ اقتبالَ شبابِهِ

فأطلَّ مـن بعدِ المشيبِ عِذارُهُ

وتسربلَ الريحـانُ حُلَّـةَ سُـندسٍ

رقَمتْ جَنُـوبَ جُيوبِها أزهـارُهُ

وتتوَّجَـتْ زَهـراً مَفـارِقُ دَوحِـهِ

وتدرَّجَـتْ فـي حُجرِهِ أبـكارُهُ

لـولا مَقـامُ للضَّراعـةِ قُمتُـهُ

فَمَحَـا خَطِيَّـاتِ الـورى استغفارُهُ

مَـا كانَ هـذا الخَطبُ ممَّـا ينقضي

ولَلَـجَّ فـي آفاقِها إعْصـارُهُ

إن الغيوم حمّالة المطر تقبل بشكلها الجليل، فهي «حوافل»، ذات حركة جبّارة «حثًا»، وأثرها جليل مانح في الثرى «يجلجل مِدراره»، ثم يصف أثر هذا الإقبال الجليل في النبت، فالنبت «اهتز بعد سكونه» وهنا تبدو الحركة «اهتز» دالة على النشوة وعلى حالة الحيوية التي يمنحها المطر، كما تدل حالته قبل المطر على السكون المعادل للموت؛ أي إن سكون المتحرك هو شكل من أشكال الموت

ـ القبح، ويعبر عن الحالة الحيوية بصورة أخرى، وهي: «فُكَّ من الرغام إساره»، فالنبت كان مقيّداً عاجزاً، أي في حالة مؤسية، فجاء المطر، الجليل ـ البطولي، ليفك عنه قيده ويسمح له بالحركة الحيوية ثانية، فعاد النبت شاباً، متأثراً بفعل الإحياء التموزي المطري، فعاد إلى الشباب بعد المشيب، أي عاد إلى أصله الجميل بعدما قبّحه السكون ـ الشيب، وتتجلى الصورة التموزية بشكل أوضح حينما يرتدي الريحان ثياب الخصب، فتتثنى في حضنه أبكار الأزهار، وبذلك نحن أمام تجربتين، الأولى بين المطر ـ الأرض، والثانية بين الشاعر والطبيعة من أمامه.

وإلى جانب الصورة التموزية، يتضح أمامنا من البيتين الأخيرين مفهوم الخطيئة التراجيدية، فالناس في حالة مغرقة في القحط ـ السكون، وذاك ناتج عن الخطايا التي ارتكبوها، فعوقبوا من الإله بالقحط، وبعد الاستغفار والضراعة، جاءت الغيوم محملة بالغفران فامحى أثر القحط بالمطر، أي امّحت الخطيئة بالضراعة.

وتبدو الصورة السلبية للمطر عند ابن مغاور الشاطبي، يقول[105]: «توالى بشاطبة وبلنسية ـ حرسها الله ـ وذلك في الزمان المتقدم غيثٌ، كأنه عيثٌ» يقول فيه:

«وقد أرسلَ اللهُ السماءَ بماءٍ منهمرٍ، وفجر {الأرضَ عيوناً فالتقى الماءُ على أمرٍ قدْ قُدِرَ}، ولا محمولَ على ذاتِ ألواحٍ ودُسُرٍ، فلا أقولُ بلغَ الماءُ الزّبى، والتقى الثريّان، بل أقولُ السفينةَ السفينةَ، فقد فارَ التنورُ وما هو إلا الطوفانُ، [...] و{لا عاصمَ اليومَ من أمرِ اللهِ إلا من رحمَ}، وعجبتُ للناجي كيف سلمَ، جدرانٌ تسجدُ في غيرِ صلواتٍ

179

وتركعُ، ودِيمةٌ وطفاءُ لا تُقلعُ، وقدْ شرقَ بمائهِ حتى النونُ والضفدعُ، فالبسيطةُ بحرٌ لا يُعبرُ إلا بالفُلكِ المسخَّرةِ، والألواح المدبرةِ، فما شئتَ من أوحالٍ، تُقيّدُ قدمَ الارتحالِ، [...]، طغى الماء فطبّقَ الأُفقَ وسدَّ الطرقَ، وجاءَ أهلُ الباديةِ يصيحونَ الغرقَ، فكم من داعٍ لدينا، اللهم حوالينا ولا علينا، فكأنّا نستسقي بالاستصحاءِ، وننبطُ تحتَ كلِّ قدمٍ بئرَ حاءٍ، فيا للهِ لهذهِ البُرحاءِ، عُوّضنا من الإجابةِ سحابةً غيرَ منجابةٍ، سحَّت غَدَقاً طبقا، غادرتِ الوهْدَ حوْضاً مفْهقاً، والنجدَ يغصُّ شَرَقاً، ويتوارى غرقاً، فمن منزلٍ قد تهدمَ أو تثلَّمَ، ومن جدارٍ كفم الأدردِ وآخرَ كمُبتسَمِ الأثرْمِ الأهْتمِ، نعوذ باللهِ من النِّقَمِ وتغيير النعمِ، [...] فكأنْ قد فتحَ اللهُ بابَ الإجابةِ فولجَ الدعاءُ، {وقيلَ يا أرضُ ابلعي ماءَكِ ويا سماءُ اقلعي وغِيضَ الماءُ}، ونشرَ اللهُ رحمتهُ على عبادهِ نشراً، وضحكَ الأُفقُ بعدَ قطوبهِ طلاقةً وبِشراً، واللهُ تعالى يختارُ لنا في الصحوِ والمطرِ، ويرفعُ عنا أسبابَ المحنِ والغِيَرِ».

إن مادة الخير – الجلال إذا جاوزت حد الاعتدال المطلوب، استحالت إلى مظهر جمالي مرفوض، فينتقل من جلاله ليدخل في إطار الموضوع الفظيع، وهذا ما عايشه ابن مغاور مع المطر الغاضب، وتبدو الطبيعة هنا في أعنف حالاتها، تمارس الإفناء والإفساد والتدمير «عيث»، في حين أنها قوة مانحة للخير والجمال كما يُفترض «غيث»، وكعادة الأندلسيين، يعيد ابن مغاور قدرة المطر إلى قدرة الجلال المطلق – الله، الذي أفنى ثم أحيا، وتعود لنا الصورة الأسطورية – الدينية للطوفان، التي نراها في الكتب الدينية وفي الأساطير القديمة مثل جلجامش، والغيث بشكله الطوفاني عقوبة إلهية

«برحاء»، تطأ الأرض بأمر من الجلال المطلق، وتزول بأمر منه.

إلا أن طوفان نوح كان يستثني فئة تنجو بالفُلك، لكن «لا محمول على ذات ألواح ودسر» في نص ابن مغاور، بل الخطب عام، فار فيه التنور، ولفوران التنور دلالة دينية معهودة من جهة، ودلالة جمالية من جهة ثانية، فالتنور هو الموئل الأول للنار، بل هو رحم النار التي تمثل الدفء الآمن، فإذا فار بالماء انعدم الدفء، وآذنت الطبيعة بممارساتها الفورانية الغاضبة. فلا يطغى المطر على الإنسان فحسب، بل يطغى على العناصر الأخرى، كالنار كما رأينا، ويطغى على التراب، رحم الخير الآخر، ويحيله وحلاً قبيحاً عقيماً مؤذياً، ويطغى كذلك على الهواء «طغى الماء فطبّقَ الأُفُقَ»، وفي حين كان الماء مطلوباً مرغوباً بالاستسقاء، صار الصحو – نقيضه هو المرغوب، وهذا شأن العناصر التي تفارق اعتدالها.

ونتيجة الطوفان، يؤنسن ابن مغاور كل عناصر المشهد ليدخلها في حالة من الهرج والرعب والدمار، فالجدران تسجد وتركع، وكأنها تستغفر في دمارها، والحوت وسواه من كائنات مائية تشرق بالماء، وكأنه يريد أن يقول: إن مجافاة الاعتدال في الظاهرة مرفوض من الإنسان وسواه، حتى من الكائنات التي تعيش داخل تلك الظاهرة، وتبدو الكائنات الطبيعية ضائقة بالماء «مفهقاً، شرقاً» والبيت: «أدرد، أثرم أهتم»، بيت مؤنسن محطم من جهة، ومن جهة أخرى يعد البيت الشكل المكاني الأكثر أماناً بالنسبة إلى الإنسان – الفرد، وفي دماره دمار للإنسان.

أما الحالة الشعورية الجمالية أمام ذاك الغضب المائي العارم،

فالأمان مسروق تماماً، الأمان الذي يمثله الشاطئ أو الأرض، فلا أرض هنا، إنما رعب عميم تخطى حدوده المكانية والنفسية فوصل إلى لب الصحاري بعيداً عن الشطآن، فيعيش الإنسان بذلك حالة تراجيدية في مواجهته للطبيعة القاهرة، تنقله إلى حالة من الأنانية، أنانية غايتها الحفاظ على الوجود الذاتي من غير الالتفات إلى الآخر، وفي هذا إغراق في المأساوية، إذ لا يكتفي المطر بنزع الأمان الوجودي عند الإنسان، بل ينزع منه إنسانيته وإحساسه بالآخر.

ويبدو جلياً أن ابن مغاور يقدم لنا مشهداً مبالغاً فيه، يعكس فيه ذاته المضطربة، ويعزي نفسه بذلك المشهد الذي يشاركه حاله، «فكما أن الإنسان يسقط عذابه على الطبيعة في الواقع المعيش، وفي الأعمال الفنية أو الشعرية، فكثيراً ما تكون الطبيعة القاسية كالعاصفة والإعصار نوعاً من العزاء للمعذب يحاكي حاله ويشعر بنفسه المضطربة مثلها»[106]، ويستعين من أجل ذلك بتقنية الأنسنة، وبالتناص مع الأساطير والقصص الدينية، وكنهاية تلك القصص ينتهي الطوفان بأمر إلهي «ويرفعُ عنا أسبابَ المحنِ والغِيَرِ»، وفي عرض القوة الإلهية المطلقة المدمرة الحامية، عرض للضآلة الإنسانية أمام الجلال المطلق ــ الله من جهة، وأمام الجلال المقيد ــ المطر من جهة أخرى، وهي حالة من المحق والعجز الكاملين؛ إذ لا يمنح الجليل هنا شعوراً جمالياً بالعظمة في مواجهته، بل تتضاءل الذات أمام الموضوع حتى تكاد تتلاشى لولا انقضاء زمن التجربة الجمالية قبل الفناء.

وقد يبدو المطر لا بوصفه مادة جليلة ــ جميلة فحسب، بل بوصفه مادة مقدسة، يقول ابن جبير عن ماء ميزاب الكعبة[107]:

«وتمادت تلك السحابة المباركة إلى قريب المغرب، وتمادى الناس على تلك الحال من الازدحام على تلقي ماء الميزاب بالأيدي والوجوه والأفواه، وربما رفعوا الأواني ليقع فيها، [...] وأبواب السماء تفتح عند نزول المطر، وقد وقف الناس تحت الميزاب، وهو من المواضع التي يستجاب فيها الدعاء، وطهرت أبدانهم رحمة الله النازلة من سمائه إلى سطح بيته العتيق».

إن الماء المقدس موضوع مشترك بين الثقافات والأديان، فمن نهر الغانج إلى الماء المقدس في الكنائس، إلى ما سواها من أشكال مهيبة للماء، ومن هنا يأخذ الماء خصائصه الجليلة ــ المقدسة لا من ذاته بوصفه موضوعاً، بل من قوة أكثر جلالاً، وهي الجلال المطلق ــ الله، فهو ليس مقدساً إلا لأنه مكون من مكونات مكان محدد، مكان ديني تحديداً، ولذلك كان المطر العابر من الميزاب غاية في القداسة، فهو يمر من البيت العتيق أقدس الأمكنة الدينية في الإسلام، فيأخذ من المكان خصيصة القداسة، ويغسل بها بدن المسلمين المتلقفين للقداسات على أشكالها في المكان الجمالي.

إذاً يبدو المطر ذاته بخصائصه الجليلة في صور متعددة، فالقيمة واحدة، وهي الجلال، لكن التجارب تختلف، «فإذا كانت القيمة ذات منشأ اجتماعي عام، فإن المتعة ذات منشأ فردي خاص، ولهذا تتفاوت مستويات المتعة، من فرد إلى آخر، ومن تجربة إلى أخرى عند الفرد الواحد، وذلك في حدود القيمة الجمالية الواحدة» [108]، إذ ينتقل المطر من صورة السامي ذي الخصائص اللطيفة، إلى المهيب المانح، إلى الجليل المدمّر، وأخيراً إلى الماء المقدس الذي يرمز إلى الجلال والجمال مجتمعين.

2 – 3 – الخمر:

كانت للخمريات حصة واسعة في الحياة اليومية والفنية في الأندلس، إذ عُدت مكوناً ضرورياً من مكونات الحياة المعبّرة عن الرفاهية، إذ نجدها حاضرة في كلٍّ من مجالس الأنس، أو المجالس التي تمزج الفن بالحالة الاجتماعية الأندلسية، ولم تكن في أحيان كثيرة مكوناً من مكونات المجلس، بل كانت مركز الاهتمام في كثير من النصوص التي قيلت في ظل تلك المجالس، فقد «كانت الخمريات من أكثر فنون الشعر ذيوعاً بين شعراء الأندلس»[109]، فقد تطورت الخمريات من كونها ظاهرة فردية – اجتماعية خاصة إلى كونها ظاهرة جمالية شعرية عامة.

وسنركز الاهتمام في فن الخمريات من حيث إنها تعبر عن الموقف من العناصر الطبيعية؛ أي تعبر عن ثنائية الماء – النار، أضف إلى ذلك أنها شكل من أشكال المثل الأعلى الجمالي الذي يتلخص بثنائية الخصب – الرفاهية، كما أنها ذات بُعد ثقافي كما سنرى.

يقول ابن زمرك[110]:

قـمْ هاتها والجـوُّ أزهـرُ باسـمٌ

شمساً تَحُـلُّ مِنَ الزجاجةِ في قمرْ

إنْ شـجَّها بالمـاءِ كفُّ مديرها

ترميـهِ مِنْ شُـهْبِ الحَبَابَ بها شررْ

ناريــةٌ نُوريــةٌ مِـنْ ضوئها

يَقِـدُ السراجُ لنـا إذا الليـلُ اعتَكَـرْ

لـمْ يبـقِ منهـا الدهـرُ إلاّ صبغـةً

قدْ أرعشتْ في الكأسِ منْ ضُعفِ الكِبَرْ

منْ عهدَ كسرى لمْ يُفـضَّ خِتامُها

إذْ كانَ يَذْخـرُ كنزَها فيما ذَخَـرْ

كانـتْ مُـذابَ التبرِ فيما قـدْ مضى

فأحالهـا ذَوْبَ اللُّجيـنِ لمـنْ نظـرْ

محمـرةٌ مصفـرةٌ قـدْ أظهرتْ

خجـلَ المُريـبِ يشـوبهُ وجـلُ الحَذَرْ

يحدد ابن زمرك البُعد الجمالي المكاني قبل أن يشرع في حديثه عن الخمر، فالحيز المكاني هو مجلس الأنس، يخاطب فيه النديم، ليوضح أننا أمام تجربة جمالية اجتماعية – فردية في آن، فالمتعة شأن فردي، لكنها شأن مشترك في المجلس، يكون ظاهرة اجتماعية مملوءة بالمتع، متع منظومة في حالة بيئية مثالية «الجو أزهر باسم».

إن القيمة الأولى التي تتبدى بها الخمر هي السامي، فهي شمس، ومن ثم هي سماء ترمي الحباب كالشهب، إضافة إلى جلالها المتبدي بالقدم؛ فالخمر مزيج من عنصرين، الماء والنار، فترى فيها خصائص العنصرين، الماء الأنثوي، والنار الذكرية، فهي رطبة حارة في آن «والرطوبة الحارة هي المادة وقد غدت متناقضة، أو بتعبير أفضل، هي التناقض مجسداً»[111]، ونحن هنا أمام تناقض جمالي، لا يؤدي إلى التنافر، لكنه تناقض يبرز المواد بوضوحها الفاقع، وهذا الوضوح يمثله الحباب – الشهب، التي تعلن حالة الفوران والحيوية

التي تصيب المادة النارية «الخمر» حين تُمزج بالمادة الرائقة «الماء»، ونحن أمام عنصرين جليلين مفرغين من خصائص الإخافة والرهبة، محتفظين بمظاهر العظمة والوضوح والارتفاع، فبالإضافة إلى خصائص الارتواء، الخمر تحمل بعداً حسياً شكلياً، وهو اللون الأصفر – الأحمر اللامع «محمرة مصفرة»، أي تحمل البعد الشكلي للنار، ومن هذا المزيج العجيب يدخل الجسد في حالة من الدهشة، أي حالة السكر، كما أنها عنصر ألفة؛ من حيث إنها مكون اجتماعي متعوي، ومن حيث إنها تكسر حدة الليل الموحش «من ضوئها يُقدّ السراج لنا إذا الليل اعتكر»، وعن هذا عبر أبو حيان في موشح[112]:

وخـــانــنـا الإصبـاح	إنَّ كــــان لـيـلـي داج
يـغـنـي عـن الـمـصـباح	فـنـورهـا الـوهّـاج
كـالـكـوكـبِ الأزهـر	سـلافـــة تـبـدو
وعـرفـهـا عـنـبر	مـزاجـهـا شـهـد

فهي تزيل الوحشة بالأنس الشكلي الحسي، وبالأنس الاجتماعي المتعوي، مما يجعلها في مكانة رفيعة «الكواكب»، وفي نورانية ذات خصب «الأزهر».

وفي عودة إلى نص ابن زمرك، نرى أن السكر يزداد لاعتبارات زمنية، وهي تَعَتُّق الخمر، فهي «من عهد كسرى» تتسم «بالكبر»، فكلما أغرق الموضوع في تعمقه في الزمن الماضي، حمل بُعداً مقدساً، وفي هذا ملمح ثقافي قوامه تقديس التاريخ أو القِدم الزمني،

فالخمر موضوع عابر للأزمنة، متبدل بتبدلها، بل متطور بتطورها، يزداد بهاء كلما مر عليه الزمن، فهي من ثم ذات خصيصة تفقدها الموضوعات الجمالية بمعظمها؛ إذ من شأن جلّ الموضوعات الجمالية أن تفقد بريقها بله قيمتها بمرور الزمن، لكن الخمر تزداد قيمة وتأثيراً مع الزمن، ومقاومة الزمن ـ الدهر من سمات الموضوعات المغرقة بالجلال؛ أي من سمات الآثار تحديداً «كان يذخر كنزها»، وإلى جانب ذلك، يجعلنا القدم الزمني نتذكر أصل تلك الخمرة، فهي مصنوعة من الفاكهة، الفاكهة المرغوبة بالضرورة جمالياً؛ بدلالتها على الرفاهية والخصب وبشكلها المتسم بالغنى والتنوع، والمرغوبة نفعياً؛ من حيث دورها في حيّز الاستهلاك الغريزي، فالخمرة ـ من ثم ـ هي أحد التمثيلات الرمزية للمثل الأعلى الجمالي المعتّق.

أضف إلى ذلك عذريتها التي فضّتها الماء وأفواه الندامى، وفي العذرية العتيقة شيء من القداسة والسمو، بوصفها ملمحاً من ملامح الموضوعات المفضّلة ثقافياً وجمالياً. وفي الخمر الذي أسماه باشلار ماء النار، تفقد الماء (الأنثى) حياءها، وتبدو مجنونة في تقديمها نفسها لسيدها الذكر (النار) تقديماً هادئاً هاذياً، وقبل ذلك، هو تقديم مُسْكِر [113]، فهي أنثى في حيائها، وهي ذكر في جرأتها الفاقعة، فالخمرة إذاً موضوع جامع لعدة موضوعات ذات أبعاد جمالية مختلفة، تمتزج بالخمر بمزيج مسكر.

ويقول ابن حمديس الصقلي [114]:

يـا تـاركـاً راحـاً تُسَـلّـي هَمّـهُ   هــلّا اتّقَيْتَ السّـمَّ بالدُّريـاق

وتناولْتُ يُمْناكَ نـاراً لم تَخَفْ   في لمسِـها لَذعاً مِنَ الإحراقِ

حمراءَ تُشربُ بالأنوف سُلافها   لُطْفـاً وبالأسْـماع والأحـداقِ

بزُجاجةٍ صُوَرُ الفوارسِ نَقْشُها   فترى لها حَرْباً بكفِّ السّـاقي

وكأنّما سَـفَكَتْ صوارمُها دماً   لَبِسَـتْ به غَرَقاً إلــى الأعناقِ

وكأنَّ للكاسـاتِ حُمْـرَ غلائـلٍ   أزرارهـا دُرَرٌ علـى الأطواقِ

يعبّر ابن حمديس في البيت الأول عن الدور النفسي للخمر، وهو
النسيان، أو التسلي عن الهموم، فهي بالإضافة إلى كونها موضوعاً
اجتماعياً ـ جمالياً، هي ضرورة نفسية تفرضها الهموم الفردية ـ
الاجتماعية، فالشعوب التي تعطي الخمرة أهمية نفسية قد تكون لديها
سمة من سمات الانهزام النفسي، أو الهرب من الواقع، وفي الواقع
الأندلسي سياسياً وعسكرياً كثير من الوقائع الفظيعة المهددة للرفاهية
والأمان الوجودي، وتلك تدفع بالمرء نحو طريقين، أولهما الهرب
بالخمر واللهو [115].

ثم ينتقل إلى سمات الخمر، فهي النار ذاتها، النار الجليلة التي
فقدت جزءاً من خصائصها المخيفة المفنية، فهي تمنح الجانب
الإيجابي، الدفء اللذيذ، ويُحجب عنها ـ بالماء ـ عنصر الإحراق.
ثم إنها مجلى متعوي كامل، تتلقاه الذات بحواس عدة، فمن طعمها
الذي يُملّك الذات كلا العنصرين، الماء والنار، إلى رائحتها العبقة،
ومنظرها البهي وصوت أكؤسها المؤذن بالمتع.

ولا يتوقف المنحى الشكلي ـ البصري عند اللون أو الضوء

الخمري، لكنه – في الأندلس – يتعداها إلى الإناء المزخرف، وفي هذا تنميق للمتع ومبالغة بمجالي الرفاهية، إضافة إلى طبيعة النقش ذاته، فالمنقوش هو صور الفرسان، وتحدثنا مطولاً عمّا للفرسان من دلالة بطولية قوامها حفظ المثل الأعلى الجمالي من الزوال، أي حفظ الرفاهية التي شرطها الأمان والاستقرار الوجودي للمجتمع، فنتاج البطولي الأمان والرفاهية، ونتاج ذاك النقش احمرار الخمرة الدموية، مجلى الرفاهية الأول، وتتجلى تلك الرفاهية – بصرياً أيضاً – بالبذخ في الأزياء «حمر غلائل، درر»، فقد مزج ابن حمديس بين مظاهر الجمال «النعومة والرفاهية» بالنقوش والأزياء، وبين مظاهر البطولي بمادة تلك النقوش، وبين مظاهر الجلال والسمو بالخمر.

ويقول ابن صارة شاعر النار [116]:

نمـتْ زجاجتُها بها فحسبتُها	مـاءً يحيـطُ بجـذوةٍ مـن نارِ
رامَ المديرُ بأنْ يسكّنَ فورَها	فتقاذفـتْ جنباتُها بشـرارِ
حتى إذا ما ابنُ الغمامةِ شجّها	ثـارَ الحَبابُ مطالباً بالثَّارِ

إن جذوة النار – الخمر بسموها تمنح حيزها المكاني «الزجاجة المائية» شسوعاً وامتداداً مكانياً وموضوعياً؛ فهي تمتد بنورها الشفيف من الزجاجة إلى حيز مكاني حقيقي، ومجازي من حيث أثرها الاجتماعي الجمالي المتعوي، كما أنها تحتوي شسوعاً موضوعياً من حيث دمجها الماء بالنار.

والخمر بنيرانيتها الفورانية تتعدى قدرة الساقي، وتضرب بشرارها

على الأفواه والكؤوس، ولا تسكن إلا بضدها؛ أي بالماء، الذي يزيدها
– بالكم – فوراناً، ويهدئ – بالكيف – من ذلك الفوران بآن. فالماء هو
العنصر الأكثر أنوثةً واتساقاً من النار [117] كما أن الماء – كما يُقال
في كتب الخيمياء القديمة – يُعدِّل العناصر الأخرى بتحطيمه للجفاف،
والجفاف صنيعة النار، فهو يثأر إذ ذاك من النار، ثأراً هادئاً متأنياً،
ويأسر بذلك النار تماماً [118]، فالنار بخصائصها الغضبية مأسورة
بفعل رقة الماء، لكنها تحمل خصائصها إلى جسد الشاربين، فتتفجر
الغضبية سكراً، وتتفجر الرقة المائية رقة بالنفوس والطباع.

وقد كانت الخمر بجاذبيتها العالية موضوعاً ملهماً لأصحاب اللهو
وسواهم من أصحاب التصوف، فغدا الخمر إذ ذاك رمزاً صوفياً
متكرراً في النصوص الفنية الصوفية، إذ يقول الششتري فيها [119]:

أيـا سـعدُ قلْ للقسِّ منْ داخـلِ الديرِ

أذلـكَ نبـراسٌ أم الـكأسُ بالخمـرِ

سرينا لـهُ خلنـاهُ نـاراً توقدتْ

على عَلمٍ حتى بـدثْ غرةُ الفجرِ

أقولُ لصحبي عادتِ النـار قدْ جرثْ

تلـوحُ وتَخفى مـا كذا هـذهِ تجري

ولـو أنـهُ نجـمٌّ لمـا كانَ واقفـاً

تحيرتُ في هذا كما حِرثُ في أمري

إلـى أنْ أتيتُ الديـرَ ألفيـتُ فوقـهُ

زجاجاً ولا أدري الذي فيهِ لا أدري

بحقِّ المسيحِ اصدقْ لنا ما الذي حوثْ

فقال لنا: خمرُ الهوى فاكتموا سري

قبل أن ندرس هذا النص الصوفي جمالياً علينا أن نميز بين
نوعين من التجارب الصوفية؛ تجربة جمالية فنية، وتجربة روحانية
عرفانية. فالتجربة الروحية ـ الفكرية هي علاقة بالحدس المرفّع عن
الحس[120]، في حين أن التجربة الفنية الجمالية هي حسيّة في المقام
الأول. فالنتاج الأدبي الصوفي هو نتاج ذات الصوفي في علاقته
بالأشياء[121]؛ أي إنه تجربة تتضمن حمولات صوفية رغم العلاقة
الحسية بالموضوعات. فالحسية هي صفة الشعر الصوفي أيضاً،
لذلك نميز بين تجربتين للصوفي؛ تجربة روحانية عرفانية، وتجربة
فنية جمالية[122]، فما يهمنا هنا هو التعبير عن التجربة الجمالية في
علاقة الذات بالموضوع الجمالي ـ الخمر، وسنرى أن تلك التجربة
ـ بما تحمله من حمولات صوفية إلى جانب حسيتها ـ لا تختلف عن
التجربة الجمالية الحسية البحتة، بل إننا إذا أغفلنا معرفتنا بصوفية
النص، فلن ندرك البعد الصوفي إلا بعد تأويلٍ عَنِتٍ للنص.

ويعبّر هذا النص عن جانب اجتماعي ثقافي؛ فالإطار الجمالي
المكاني للتجربة هو في الدير، فقد «كان بعض شعراء الأندلس
يفيؤون إلى ظلال البِيَع المستعربية الصغيرة، ليصيبوا شيئاً من
النبيذ، فجددوا بذلك ما عرفه شعراء البدو من شرب النبيذ في ديور
الصحراء أو خيام الرهبان المتأبدين في القفر. ونجم عن اختلاط
الأجناس بعضها ببعض، ومجاورة الديانات بعضها البعض، جو
سمح جميل إنساني شفاف»[123]، وهو ما تعبّر عنه النصوص

الخمرية في الأديرة من اندماج عرقي وديني مع الآخر، اندماج تنظمه مجالس الأنس وتوحده في ظل ما يمكن أن نسميه إنسانية المتعة[124]، والقصدية من ذاك نراها في النص الصوفي، ومردّ ذلك إلى الرسالة الإنسانية الصوفية التي تسمو بالإنسان فوق أي اعتبار عرقي وديني، وتوحده مع غيره من الناس، ومع خالقه، وقد نقلها بشكل سردي لطيف يتردد بين التساؤل الحائر والعشق حين المعرفة.

أما في المنحى الجمالي فلن نجدَ فارقاً واضحاً عن النصوص السابقة، فالخمر السائلة تحمل خصائص النار «نار، نبراس، غرة الفجر، نجم»، وفي ذلك تلخيص لمجمل الموقف الأندلسي من الخمر المائية النارية، المحتواة بحيز مكان متعوي مقدس اجتماعياً «مجالس الأنس»، أو دينياً «الأديرة».

وبذلك نجد أن مزيج الماء والنار في الخمر قد منحها قوة مضاعفة، ومن ثم متعة مضاعفة، قوامها نارية المتعة وفورانها، ورقة الشرب والشاربين بعد السكر، في إطار متعوي حسي – جمالي محيط بالخمر وفق السياق المؤنس لمجالس الخمر.

3 – 3 – الماء الأمومي:

كما يقول باشلار: يُعدُّ الماء رمزاً أمومياً[125]، وهو أمومي من حيث رقته وولادته لأشكال الحياة المتعددة، ومن ثم احتواؤه على أشكال السعادة والمتعة والخصب، ونحن أمام ثلاثة نصوص

تعبّر عن حالة المتعة الأمومية بأشكال الماء، وهي الخمر، اللبن، ماء زمزم، وهي أشكال مائية تحتوي السعادة بأشكال مختلفة، «فكلُّ مشروب سعيد حليب أمومي»[126].

يقول الحجّام، أبو تمام غالب بن رباح[127]:

سـريْنا إلى الخمَّـارِ عنهـا وقد بدا

لنا في الدجى نورٌ من الحانِ سـاطعُ

[فقـامَ إلـى صفِّ الدنـانِ كأنَّهـا

عجائـزُ مـن قطنٍ عليها مقانعُ]

وبـتُّ بجنـبِ الـزِّقِّ أرشـفُ ريقَهُ

كما شـدَّ كفَّيـهِ على الثـدي راضعُ

إن النور البادي من الخمارة هو نور الخمر، التي تحتفظ ببعض خصائص النار كما رأينا، وفي الخمارة تبدت الدنان – أواني الخمر كالعجائز، أي كالنساء، وقد اختار مرحلة الشيخوخة من عمر الأنثى لسببين: ليجرد الصورة عن أبعادها الجنسية، مبقياً على الأبعاد الأمومية للمرأة، وليؤكد على أن الخمرة معتقة، أي أنها ابنة القِدم. وهو بذلك «يبيت» بجانب الآنية – الأم، ويشدها إليه وكأنها ثدي مُرضعٍ، فالخمر هنا مادة للأنس والحنان، أي شكل من الأشكال الأمومية للماء الدافئ، فالعلاقة بالخمر ليست علاقة متعة وحسب، بل هي علاقة حاجة وضرورة، وعلاقة أنس واطمئنان بدائي، اطمئنان لا يذوقه الإنسان إلا في مرحلة الطفولة وهو يستمد الحياة من ثدي

193

أمه، فالخمر إلى جانب منحها للمتعة والأمان والحنان، هي مانحة للحياة، أي مانحة للشكل الأولي للجمال.

ويقول ابن جبير عن ماء زمزم [128]:

«وهذا الماء المبارك في أمره عجب، وذلك أنك تشربه عند خروجه من قراراته، فتجده في حاسة الذوق كاللبن عند خروجه من الضرع دفيئاً، وتلك فيه من الله تعالى آية وعناية، وبركته أشهر من أن تحتاج لوصف واصف».

إن ماء زمزم هو الماء المقدس في الإسلام، فهو إلى جانب صدوره الغابر عن رحمة الله، يشكل في خصائصه الموضوعية مادة مقاومة للزمن، فهو نبع لا يجف، ولا يفسد ماؤه مهما مرّ به الزمان، فيمتلك القدرة الجليلة على مجابهة الدهر ــ الزمان، وبذلك لم يجد ابن جبير موضوعاً يشبه زمزماً به إلا اللبن الدفيء، فاللبن بفضل ضرورته الوجودية في حياة الإنسان يشكل مادة مقدسة إنسانياً، كما هو شأن ماء زمزم، فكلاهما مانح للأنس والأمان الوجودي، وكلاهما يدخل الإنسان في حالة من التواصل مع الأصل، الأصل الإنساني من جهة «اللبن»، والأصل الديني من جهة ثانية «ماء زمزم»، ويجمعها «الماء» أصل الحياة.

ويقول ابن زمرك عن اللبن واستبداله بالخمر [129]:

وبيضاءَ مِنْ صِنْفِ الشَّرابِ أدَرْتُها
ولمْ أخشَ إثماً لا ولا حاكَ في صدري

تطــوفُ بهــا الأقــداحُ حولــي لفتيَةٍ

نصيبُهــمُ فيهــا الجزيــلُ مــنَ الأجرِ

تحسَّــيْتُها صِرْفـاً وواليتُ شُــربَها

وعُــذتُ بشــكرِ اللهِ فيها منَ السُّكرِ

غذائــي الــذي أُطعمــتُ أولَ مَقْدمي

إلى الكونِ إذْ أُنشيتُ منْ عالمِ الأمرِ

فلســتُ بنــاسٍ مــا حييــتُ لفضلِها

ولســتُ بســالٍ حُبَّهــا آخرَ الدَّهـرِ

إن ابن زمرك الــذي برع في الخمريات، يلاعب الكلم لعباً
سفسطائياً، يدّعي في نصّه هذا كراهية الخمرة، وتفضيل اللبن عليها،
ويتناول الموضوع من منحى ديني، أي من منحى ثنائية الحرام/
الحلال، ويحاول جذب الموضوع الديني نحو المنحى الجمالي، فهو
يجمل اللبن، ويقبح الخمر، ومما جمّل به اللبن هو الناحية الشكلية
ـ اللونية، ويؤنث وصفه قائلاً «بيضاء»، وللون الأبيض دلالات
إيجابية واضحة، قوامها الطهر والقداسة، وبما أن اللبن ماء مقدس،
فهو يحمي الإنسان من الخوف الخفي من الإثم إذ يحتسي الخمر، بل
إنها مصدر للأجر، ويحاول أن يقحم اللبن في الأجواء الاجتماعية
التي تحتوي المجالس الخمرية، إذ يقول: «أدرتها، تطوف، فتية»،
وغايته منح شرب اللبن بُعداً متعوياً اجتماعياً تشاركياً، واللبن
مشروب مقدس بصفائه، لا يحتاج مزجاً بالماء كما الخمر، بل المتعة
فيه أمومية صرفة.

ويصرح بعد ذلك بأمومية ذاك الشراب، فهو يتذكر فيها حالة الأمان الأولى، أي لبن الأم، فهو أمام متعتين، متعة الواقع التي عرضها آنفاً، ومتعة تذكر الأيام الطفولية التي تتسم بالراحة والأمان وافتقاد الإحساس بالهموم اليومية، فهو بقصيدته يحوّل اللبن من متعته الأمومية المطمئنة المانحة للحياة، إلى متعة إضافية سببها التشارك الاجتماعي في تلك المتعة.

ونستطيع أن نرى صورة أمومية مضادة للماء في نص آنفٍ، هو نص ابن حمديس في رثائه جاريته جوهرة، ففي ذلك النص الذي مرّ معنا نرى شكلاً عنيفاً شرساً للأمومة التي تضم أبناءها إليها غصباً، تميتهم فيها بعد أن أحيتهم منها.

وبذلك نرى كيف يتبدى الماء بالشكل الأمومي من حيث إنه الأصل في الخلق والحياة، ومن حيث حمله للمتعة والأمان، ومن حيث إنه أعنف أشكال الإفناء أحياناً.

4 – 3 – تجليات النار:

إن النار – شأنها شأن الماء – عنصر جليل، قادر على المنح والإفناء، و«مـن بين جميع الظواهر، النار وحدها هي القادرة فعلاً على أن تتلقى بوضوح وجلاء القيمتين المتضادتين: الخير والشر»[130]، وذلك لأن قدرتها المزدوجة تلك تتبدى بوضوح لا لبس فيه، فهي إما أن تكون ثائرة مدمرة، وإما أن تكون هادئة مضبوطة في حيز مكاني محدود. كما أن النار تمتد برمزيتها في الخيال الإنساني ما بين نار حميمية لطيفة ناعمة، ونار درامية جليلة مدمرة لا تبقي

على شيء، ثم النار المطهرة التي تنقي وتنقل السمو إلى غيرها[131]، فهي العنصر الأكثر تنوعاً في مظاهره وتشكيلاته، وهذا في المنحى الواقعي المعيش، أما في النصوص الأدبية، فقد يركز الأديب – الفرد/ المجتمع على منحى واحد كما سنرى.

كما أن النار هي كائن اجتماعي أكثر منها كائن طبيعي[132]، لأن قيمتها تتأكد في وجودها في الوسط الاجتماعي، قيمتها الخيرية تحديداً، بينما نرى الماء تمنح خيرها الطبيعي سواء في حضور المجتمع الإنساني أم في غيابه.

وقد حظيت النار باهتمام واسع في الأندلس، شأنها شأن الموضوعات الجليلة – السامية التي استحوذت على اهتمامهم، إذ يقول فيها ابن خفاجة[133]:

فَعــادَ عَيــنَ الجِــدِّ ذاكَ اللَعِـبُ	لاعَبَ تِلكَ الريــحَ ذاكَ اللَهَبُ
فَهوَ لَهــا مُضطَـرِمٌ مُضطَرِبُ	وَباتَ في مَسرى الصَبا تَصْفَعُهُ
يَهُـزُّ عِطفَيـهِ هُنـاكَ الطَّـرَبُ	ســامَرتُهُ أَحسَـبُهُ مُنتَشِـياً
أَلَهَبٌ مُتَّقِــدٌ أَم ذَهَبُ	لَـو جـاءَهُ مُنتَقِـدٌ لَمـا دَرى
حَيثُ الشَـرارُ أَعيُنٌ تَرتَقِبُ	تَلثُـمُ مِنـهُ الرِّيـحُ خَـدّاً خَجِلاً
مـاءٌ عَلَيـهِ مِن نُجومٍ حَبَبُ	في مَوقِـدٍ قَد رَقرَقَ الصُّبحُ بِهِ
وَبَيـنَ جَمـرٍ خَلفَـهُ يَلتَهِبُ	مُنقَسِـمٌ بَيـنَ رَمـادٍ أَزرَقِ
وَانكَـدَرَت لَيـلاً عَلَيـهِ شُـهُبُ	كَأَنَّمـا خَـرَّت سَمـاءٌ فَوقَـهُ

إن مزج العنصرين، النار والهواء، هو مزيج ذكوري في المقام الأول. إذ يُقال: إن النار والهواء هما العنصران النشيطان، لذلك هما مذكران، بينما العنصران الآخران؛ أي الماء والأرض، فهما عنصران مؤنثان[134]، وامتزاج الذكورة بالذكورة يؤدي إلى شكل من أشكال الغضب العميم «عين الجد»، في حين كانت الحركة الحيوية للنار حركة راقصة لاهية، فالنار التي تزيد الريح في اضطرامها هي شكل من أشكال المعارك بين ذكرين، مشتعلة غاضبة هدّامة، الأولى تلفح الثانية، والثانية «تصفع» الأولى، وهذا المزيج مزيج فحولي في المقام الأول، أي أنه ناقل للصورة النسقية الثقافية التي يحاول فيها الفحل فرض ذاته في مواجهة الفحل الآخر.

وكعادة الأندلسيين، ينظر ابن خفاجة إلى ذلك المزيج الغاضب بعين المتعة «سامرته، منتشياً، الطرب»، إذ يضع العنصرين في موقع اجتماعي، وهو مجالسة الندماء، ثم يؤنث المذكر، فالريح تقبل خد النار، وفي هذا ـ إضافة إلى إضفاء المتعة بالجميل على المشهد الجليل ـ دليل على أن النار في موقع مضبوط مروّض، فهي لا تمارس خصائصها الجليلة المفنية، بل تتصارع مع الريح بتسامٍ من غير تدمير، ودليل ذلك ذكره أن النار «في موقد»، ويؤنثها بوصفها بالماء ذات الحبب، وهذا مرده إلى التنوع الشكلي اللوني للنار بين الأزرق «الرماد»، وبين الأحمر «اللهب»، وفي هذا إشارة إلى وعي الأندلسيين بأن النار هي بنت الخشب، مما يعني أنها بنت الماء، وبنت الخصب، أي هي شكل من أشكال المنح ـ الخصب الذي تمارسه الطبيعة تجاه الإنسان، ومن ثم هي شكل من أشكال المثل الأعلى الجمالي.

وهي – هنا – موضوع سامٍ أكثر من كونه موضوعاً جليلاً، وهذا ما جعله يشبهها بالنجوم أو الشهب، فالشهب هي نار السماء، النار التي نراها من بعد، فهي تحافظ على مسافة جمالية تمكننا من معايشة الموضوع من غير أن نتعرض إلى مخاطره عن قرب.

ويقول ابن خفاجة في نص آخر [135]:

ومَوقدِ نارٍ طَابَ حتّى كأنَّما
يشبُّ النّدى فيهِ لسَـاري الدُّجَا نَدَّا

فأطْلَـعَ مِـن دَاجِي دُخانٍ بَنَفْسَـجاً
جَنِيّـاً ومِـن قَاني شُـوَاظٍ لَـهُ وَرْدَا

وضَاحَـكَ غُـرّاً مِـنْ وُجوهٍ وَضِيّةٍ
فلَـمْ أَدْرِ أيٌّ كانَ أذْكاهُمـا وَقْـدَا

أرى خَيْـرَ نـارٍ حولَهَا خَيْـرُ فِتْيَةٍ
أنافَـتْ لَهـمْ جِيداً وحَفُّوا بِهـا عِقْدَا

إذا الرِّيحُ باسَـتْ مِنْ سَـوادِ دُخَانِهَا
عِـذَاراً ومِـنْ مُخْمَّـرٍ جَاحِمِهَا خَدَّا

وثـارَتْ قَتَامـاً يمْـلَأُ العَيْـنَ أكْهَبـاً
وجَالَتْ جَوَاداً فِي عِنَانِ الصَّبَا وَرْدَا

رَأيـتُ جُفُونَ الرِّيـحِ والليْـلُ إثْمَدُ
تُقَلِّبُ مِـنْ جَمْرِ الجَـذَى أعْيُنَاً رُمْدَا

يعود ابن خفاجة في نصه هذا إلى وصف نار الموقد الآمنة. فنار الموقد هادئة منتظمة محكمة ومسيطر عليها، وتمثل النار المحبوسة في الموقد موضوع حلم اليقظة الأول للإنسان، إنها رمز الراحة ودعوة للاسترخاء[136]، وتفقد بذلك جانبها الجليل ـ المدمر، وتصبح شكلاً من أشكال المثل الأعلى الجمالي، المفضي إلى الأمان والراحة، حتى لتغدو شبيهة بالماء الندي، الماء المانح الجميل ـ المفيد في آن.

ولا يكتفي ابن خفاجة بالصورة الجميلة للماء، بل ينتقل إلى الصور الجزئية للأزهار اللطيفة المنوعة بألوانها وأشكالها «بنفسجاً، ورداً»، وهذا ما نراه في تأمل النار المروَّضة، كما لا يتوقف عند التشكيلات الجليلة ـ الجميلة للمثل الأعلى الجمالي في الطبيعة، بل ينقل ابن خفاجة النار من حيزها الخصب الطبيعي الأول، إلى حيز الممارسة الاجتماعية، بوصفها كائناً اجتماعياً، وسط جوٍّ من الألفة بين الندامى الذين ينيرون المجلس بخصالهم، كالنار تماماً، فالنار مكون مكاني مهم في مجالس الأنس، مكوّن لا يبعث الأمن والراحة فحسب، بل ينقل ما فيه من خصائص السمو إلى الإنسان «أنافت لهم جيداً»، ومن شأن الموضوعات السامية أن تدخل الإنسان في مشاعر جمالية قوامها التسامي بمعايشة السمو، وتنتقل بعد ذلك من ذكوريتها إلى الأنوثة، فهي فتاة تستمد أنوثتها حين يحف بها الفرسان، ويتابع الصورة الأنثوية ـ الخصبة حين يجعل النار غلاماً معذّراً، وللغلام حظ واسع من الأنوثة المخصبة نفسياً، ويكرر ـ من ثم ـ صورة تقبيل الريح للنار، أي مزج المذكر ـ المؤنث، وفي هذا المزيج إنتاج للخصب والراحة واللذة، وفي هذا يقول ابن لبال الشريشي[137]:

فحمٌ ذكتْ في حشـاهُ نـارٌ   فـقلـتُ مـسـكٌ وجُلـنـارُ

أوْ خدُّ مـن قـدْ هـويـتْ لمّا   أطلَّ مـن فوقِـه العِـذارُ

وفي حالة التسامي التي تمثلها النار يتحدث ابن خفاجة عن التمدد المكاني الذي «يملأ العين»، ونرى في ذلك طبيعة الحركة الحيوية الممتدة مكانياً من غير أن تغادر جمالها وسموها، أي من غير أن تخرج عن انضباطها في حيّز يمكّن الشاعر من احتوائها بالبصر والوقوف منها في موقف آمن، ولا نغفل ثنائية النور – العتمة، التي تمثل حالة السمو فوق الظلام «داجي، قاني، سواد، قتاماً، أكهباً، الليل، إثمد» و«بنفسجاً، ورداً، وضيّة، وقداً». فمع أن الليل هو حيّز زماني جميل في مجالس الأنس، إلا أن العتمة المدقعة المترافقة بالبرد تشوه هذا الحيز، وتعمل النار على إضفاء النور والدفء، أي تتوقد بوصفها عنصراً مجملاً للمشهد، وبوصفها – أي النار المعتدلة – تضع المشهد في لبّ الكمال الجميل.

وفي نص ثالث يقول ابن خفاجة[138]:

حَمراءُ نازَعَتِ الرياحَ رِداءَها

وَهنـاً وَزاحَمَتِ السَماءَ بِمَنكِـب

ضَرَبَت سَماءً مِـن دُخـانٍ فَوقَها

لَـم يُـدرَ فيهـا شُـعلَةٌ مِن كَوكَـب

وَتَنَفَّسَت عَـن كُلِّ لَفحَـةِ جَمـرَةٍ

بـاتَـت لَهـا ريـحُ الشَّـمالِ بِمَرقَـب

قَـد أُلْهِبَـت فَتَذَهَّبَـت فَكَأَنَّهـا

لِسُـكونِ شَـرِّ شِـرارِها لَـم تَلهَـبِ

تَذكـو وَراءَ رَمادِهـا فَكَأَنَّهـا

شَـقراءُ تَمـرَحُ في عَجـاجٍ أكهَبِ

تبدو النار هنا في صورة أنثوية متمردة؛ أي في صورة تجمع الجمال الأنثوي مع الجرأة والغضب والتسامي، وهذا ما يحمله اللون الأحمر من دلالات أنثوية جريئة، وفي هذا النص انتصار ثقافي للأنوثة على الذكورة، فالنار خلعت من الريح – المذكرة – رداءها، أي سطوتها، وأصبحت مسيطرة عليها، وتستمر في تساميها حتى تقارع السماء المرتفعة المتسعة وتخفي نجومها، فكأن النار «السمو الأرضي» قد طغت وامتدت في سموها حتى قارعت سمو نار السماء «لم يدر فيها شعلة من كوكب»، إضافة إلى أن حركة النار الحيوية هي حركة متصاعدة نحو الأعلى، حركة تشوق مستمر ثائر نحو السمو.

والنار تمارس إخافتها الجريئة على ريح الشمال ذات الحمولة الذكورية السلبية «باتت لها ريح الشمال بمرقب»، أما في علاقتها بالإنسان فهي كذلك نار مروّضة «سكون شرّ شرارها»، ولم يكن جلالها المدمّر مروّضاً فحسب، بل إنها مانحة للدفء والخصوبة المتمثلة بالذهب، وتتداعى الصورة نحو الأنوثة مطلقة الجمال، «فكأنها شقراء تمرح في عجاج أكهب»، إذ انتقلت من حالة الثورة والتمرد بعد أن حققت غايتها الثقافية مع الريح، إلى حالتها الأصل، أي الأنوثة الجميلة اللاهية بحيوية.

وبالانتقال إلى شاعر النار، الذي أفرد في ديوانه صفحات سُميّت بـ: «الناريات»، وهو ابن صارة، نرى موقفه من النار يتنوع ضمن رؤية واحدة جمالية نفسية – اجتماعية، تتنوع فيها طرق التعبير، يقول[139]:

دعوا لامرئ القيسِ بنِ حجرٍ طلولَه
يظلُّ عليها سافحَ العبراتِ

وعوجوا بياقوتيةٍ ذهبيةٍ
يهمُ بها المقرورُ في السبراتِ

إذا ما ارتمتْ من فحمِها بشـرارِها
رأيتُ نجومَ الليلِ منكوراتِ

وقد عصفرَ التجميشُ بيضَ خدودِها
فأنبتَ منها يانعَ الثمراتِ

عليها فـذبْ إن لـم تجذها كآبـةً
ودعْ للسوافي برقـةَ العبـراتِ

وقلْ حينَ تمشـي في الندى وطيبها
ينـمُّ على أذيالِها العطراتِ

تضوَّعَ مسكاً بطنُ نعمانَ أنْ مشتْ
بـهِ زينب في نسوةٍ عطراتِ

تبدو النار – ثانية – في صورة أنثوية خصبة، تظهر من خلال

ملمحين ثقافيين؛ الأول: هو الوقوف على الأطلال بشكل مغاير تماماً، فهو حين يهجر الطلل – موئل الأمان الأول – إلى سواه، يشكل تناصاً غير مباشر مع أبي نواس الذي هجر متعة الأسى على الطلل إلى متعة التلذذ بالخمر، فابن صارة كذلك ينتقل من الأسى إلى الاستمتاع بشكل من أشكال الأمان والخصب، وهو النار المؤنثة.

والملمح الثاني هو: تأنيث المذكر، أي انتصار للأنثى على الفحل، وذلك حين تفقد النار الفحولية غضبها وخطرها العميم، وتتبدى الأنوثة حين تحمر خدودها البيضاء، وفي احمرار الخدود دلالة جمالية، فبالإضافة إلى التزيّن بالحياء، تشير الخدود المحمرة إلى تفتح الحيوية في الإنسان، أي تفتح الجمال فيه، وهذا الجمال ينعكس خصباً وطيباً صرفاً «يانع الثمرات، الندى، العطرات»، وتبدو هذه الأنوثة – الإيجابية على طرف النقيض من الذكورة – السلبية المتمثلة بالرياح التي تحمل التراب وتلقيه بكاءً في الأوجه.

ويتابع في الصورة الجمالية ذات الحمولة النفسية، فيقول[140]:

لابنةِ الزَّندِ في الكوانينَ جمرٌ	كـالـدراري في الليلـةِ الظلماءِ
خبرونـي عنهـا ولا تكذبوني	ألديهـا صناعـةُ الكيمياءِ
سبكتْ فحمَها صفائـحَ تبرٍ	رصَّعتْها بالفضـةِ البيضـاءِ
كلّمـا رفـرفَ النسيمُ عليهـا	رقصتْ فـي غلالـةٍ حمـراءِ
سـفرتْ عن جبينِها فأرتْنـا	حاجبَ الشمسِ طالعاً بالعشاءِ
لـو ترانا من حولِها قلتَ قومٌ	يتعاطـون أكـؤسَ الصهباءِ

تعود الصورة الأنثوية للنار في شكليها، الأول: هو الأنثى الجميلة ذات الرفاه المشاكلة للؤلؤ والمرصعة بالذهب والفضة، والراقصة بحيوية في ردائها الأحمر الجريء، فتمثل هذه الصوة بكليتها جوانب المثل الأعلى الجمالي، الخصوبة والحيوية الأنثوية أولاً، ورفاهية الأنوثة ثانياً.

ومثل ذلك ما قاله ابن أبي الخصال[141]:

أما تـرى النارَ وهـي راقصةٌ	تنفـضُ أردانَهـا مـن الطربِ
تضحكُ مـن أبنوسها عجباً	إذ حوَّلتْ عَينَـهُ إلـى الذهبِ

وإضافة إلى أن للرقص في المجلس دلالة على أهمية تمازج الفنون والطبيعة والإنسان في حيّز واحد، تبدو الحركة الحيوية العشوائية للنار أكثر جمالاً واتساقاً، «فالنار هي أكثر الأشياء حيوية. النار شيء شخصي حميم، وهي أيضاً شيء كوني»[142]، وبذلك فإن الموقف من النار يعبّر عن المواقف الحياتية – الجمالية العامة للإنسان، فإذ يتبدى العنصر الطبيعي الذكوري الغاضب في صورة أنثوية طبيعية مؤنسة حيوية، فإن هذا يدل على ذوق ووعي جمالي – طبيعي نامٍ حقاً في الأندلس التي ترى في الكماليات الفنية والعناصر الطبيعية ضرورات لا بدَّ منها، بل إنها تشكل محور المثل الجمالي العام في الأندلس.

وتبـدو الصـورة الثانيـة للأنوثة – في نص ابن صارة – أمومية، تنحو نحو الخصوبة الرحمية، وذلك لأن الشكل الذي تبدت فيه النار هـو نار الكانون، ونار الكانون نـار كامنة مكبوتة، نار خصبة، نار الخصوبـة المحفوظـة، أي هي نار رحمية تـؤذن بالخصب، وذلك

لأنهـا تفقـد جلالهـا أولاً، فالنار هنا ليسـت جليلة لأنهـا محصورة ومحـدودة في كانون، أي مُسـيْطرٌ عليها من الامـتـداد الذي قد يولّد مشـاعر الرهبة والخوف. فنـار الكانون هي نار الـدفء الآمن، لا الإحراق المخيف، ومن ثم هي نار تضيء، لا تشع أو تسطع. وثانياً: إن النار المحبوسة تكون محجوزة داخل أصلها البدائي الأولي. إنها تمتلك بالتالي كل كفاءتها وقدرتها⁽¹⁴³⁾، فهي الخصب المسـجون في حيز مكاني محدد، يتيح للمرء الاسـتمتاع بالضياء والدفـء من غير أن يخـاف ثورانها، وكأن النار هنـا وحش مفترس نصفه ونحن في مأمن منه من خلف القضبان.

وتتوضح الصورة الأمومية للنار بشكل جلي حين يقول ابن صارة⁽¹⁴⁴⁾:

باتتْ لنـا النـارُ درياقاً وقـد جعلتْ

عقـارُب البردِ تحـتَ الليلِ تلسعُنا

زهراءُ قدتْ لنا من دفئِها لحفاً

لم يعلـمِ البـردُ فيـهِ أيـنَ موضعُنا

لهـا حريـقٌ بكانونٍ نطيفُ بـهِ

كمثـلِ جامِ رحيقٍ فيـهِ مكرعُنا

تبيحُنـا قربَهـا حينـاً وتبعدُنـا

كالأمِّ تفطِمُنـا حينـاً وترضعُنا

عادت صورة الكانون في هذا النص مفعمة الأمومة، فهي قادرة

على الإحياء الأول، كما أنها قادرة على الإحياء من جديد «دِرياقاً»، ومن ثم فهي أم تغطي أولادها، وترضعهم وتقربهم، وهنا نرى حالة النكوص إلى صدر الأم ـ الطبيعة بعد فقدان المقومات الواقعية الاجتماعية المريحة، فنرى النكوص إلى الإطار الرحمي، وهذا ما يعبر عن حالة الأمان والراحة في ظل حيّز زماني بدا مكانياً «تحت الليل»، إطار زمكاني موحش، يفتقد فيه الإنسان كل مقومات الراحة المادية والمعنوية، فلا يتملك فيه إلا نار الكانون، «ونعتقد أن اهتمام الشاعر بالنار لا سيما نار الكانون، له دلالة نفسية خاصة، فالشاعر بالإضافة إلى حبه الدفء وخوفه من البرد، كان يجد في أوهامه الذهبية والياقوتية التي يعيشها مع النار متنفساً من حال الفقر التي عاشها. فهو يملك الكثير من الذهب والياقوت متمثلين في ذلك الجمر الجميل»[145]، فالحديث عن النار بوصفه عنصراً جليلاً مقيداً بالكانون الرحمي هو شكل من محاولات استملاك الواقع ووضعه في حيز يمكّن الشاعر من معايشته والاستمتاع به وفق قانون المسافة الجمالية من غير خوف أو رهبة، بل أنس ودفء وراحة محضة. «فكل شيء يتغير بواسطة النار، عندما يراد أن يتغير كل شيء تُستدعى النار»[146]، لذلك فإن استحضار النار يشكل حالة من حالة الرفض للواقع، حالة من النقد الاجتماعي الرغبة باستخدام القوة التطهيرية والقوة الرحمية للنار.

وهذه النار يصيبها ما يصيب الأنثى ـ الأم، تشيب وتكبر، يقول ابن صارة[147]:

| قــد شـابتِ النـارُ بكانونِنا | لمــا تناهـى عمرهُ واكتهـل |
| كأنها لمـا خبـا جمرُها | مطيـبُ الـوردِ إذا مـا ذبـل |

إن النار ـ على عكس العناصر الثلاثة ـ تشيخ وتكبر وتنطفئ [148]، أي تموت، وذلك لأنها حالة من الفوران والثورة والغضب، وهي حالات مؤقتة تصيب الأعراض، وزوالها الآني كليٌّ؛ أي إنها ـ بموتها ـ لا تتبدل من شكل إلى آخر، وهي بذلك تفقد جلالها لأنها لا تقف في وجه الدهر، لكنها تتميز بأنها قد تتجدد وتعود إلى حالتها حين «تذبل»، وذلك إذا ما غذّاها الخصب الكامن في الحطب، فهي تتفوق على الأنثى ـ الأم، بأنها قابلة للتجدد والعودة إلى حالتها الرحمية الكانونية بعد موتها، وبهذا فإن خصبها ومنحها لا يزول زوالاً أبدياً، بل يتجدد بتجددها الدائم.

ولم يكتفِ الشعراء الأندلسيون بالحديث عن النار بوصفها أنثى ـ أماً، لكن جعلوا منها معادلاً موضوعياً لحالاتهم النفسية، يقول أبو جعفر بن سعيد [149]:

نظرتُ إلى نارٍ تصولُ على الدجى

إذا مـا حسبناها تدانتْ تبعّدُ

ترفّعها أيدي الريـاح وتـارةً

تخفّضها مثلَ المكرِّ يسجدُ

وإلا فمـن لا يملكُ الصبرَ قلبُه

يقـومُ بـهِ غيظٌ هنـاكَ ويقعدُ

لهـا ألسنٌ تشكو بها مـا أصابها

وقـدْ جعلتْ من شدةِ القرِّ تُرعدُ

يشكل وصف النار هنا وصفاً للحالة النفسية المشتعلة بالضرورة،

فالنار داخلة في حالة صراع وجودي مع الظلام «الدجى»، فهي نار الأمل التي تخيب باستمرار الحرب مع الريح، والريح تمثل الوضع المرفوض، والسلطة الذكورية ــ الفحولية التي تقمع الرغبات بالتسامي والنزوع نحو الأعلى، وبذلك تتحول النار من الأمل المقموع إلى حالة من القهر و«الغيظ» وانعدام الصبر، بالإضافة إلى الارتعاد الشكلي ــ النفسي، ثم تغدو «ألسنتها» مرددة الشكوى نحو السماء، أي نحو سلطة فحولية أعلى من سلطة الريح، فعلى الرغم من أن العنصر الناري الشكلي ــ النفسي مقموع، فإنه لا يتداعى تماماً في مواجهاته، بل تتسلل ألسنته محاولةً أيَّ شكل من أشكال المجابهة بالتسامي.

ومردّ المتعة الجمالية تكمن في منحى المشاكلة، وفي ذلك أنس بإيجاد عنصر طبيعي قادر على التعبير تماماً عن الحالات النفسية المنوعة بحيويتها وغضبها وصراعها الوجودي مع المحيط، فالنار هي صفة الحياة، بل صفة معظم متعلقات الحياة النفسية التي يعيشها المرء من خوف وضيق وعجز.

فكما كانت النار تعبر عن الرغبات الدفينة بتحقيق المثل الأعلى «الأمـان والرفاهية والخصب الأمومي الدائم»، كذلك تعبر عن حالات التجدد المستمر، وتعبر عن الحالة النفسية الرافضة الناقدة بشكل مبطن لمعايشة القمع الذي تمارسه الظروف الاجتماعية والاقتصادية المحيطة، وهذا إن دل على شيء، فإنه يدل على أهمية العناصر الطبيعية في حياة الأندلسي، فهي ــ إلى جانب أنها البيئة المحيطة به ــ محط تعبيره عن ذوقيته الجمالية ومواقفه الاجتماعية على حد سواء.

4 - الجبل:

يشكّل الجبل تمثيلاً من تمثيلات المثل الأعلى، بتساميه وضخامته – أي بجلاله الشكلي – وبمقاومته للزمن – الدهر، فهو لحظة من لحظات الخلود النسبي الذي لا يزيله إلا جلال أضخم منه، وذلك يكون في حالتين: الأولى: جلال تجلي الله تعالى – الجلال المطلق، يقول تعالى: ﴿فَلَمَّا تَجَلَّىٰ رَبُّهُ لِلْجَبَلِ جَعَلَهُ دَكّاً وَخَرَّ مُوسَىٰ صَعِقاً﴾ [الأعراف (134)]، فحالة الفناء أمام الجلال المطلق لا تتحدّ في الإنسان العاقل، بل تتعداه إلى العنصر الطبيعي الأقوى والأطول بقاءً بين المخلوقات، والثانية: جلال الفناء الأخير الذي يفني كل الموضوعات الحاملة للقيم الجمالية ما خلا الجلال المطلق، يقول تعالى في الجبال يوم القيامة: ﴿يَوْمَ تَرْجُفُ الْأَرْضُ وَالْجِبَالُ وَكَانَتِ الْجِبَالُ كَثِيباً مَّهِيلاً﴾ [المزمل (14)]، ويقول: ﴿وَيَسْأَلُونَكَ عَنِ الْجِبَالِ فَقُلْ يَنسِفُهَا رَبِّي نَسْفاً*فَيَذَرُهَا قَاعاً صَفْصَفاً﴾ [طه (105 – 106)]، ويقول: ﴿وَبُسَّتِ الْجِبَالُ بَسّاً*فَكَانَتْ هَبَاءً مُنْبَثّاً﴾ [الواقعة (5)]، فحتى الجبال الراسخة تواجه الفناء الصادر عن الجلال المطلق، وما يهمنا في هذا أن ذكر الجبال في هذين الموضوعين في القرآن لم يكن إلا للدلالة على عنصر الثبات والقوة والأمان في مواجهة كل الموضوعات المخلوقة.

وشأنه شأن الموضوعات الجليلة الضخمة، الجبل قادر بكليته على احتواء جزئيات تتنوع وتختلف بحسب الموضوعات التي يحتويها نفسها، وبحسب الحالة النفسية – الاجتماعية للمتلقي، ومن تلك الصور الكلية/الجزئية للجبل ما يقوله الرصافي البلنسي[150]:

لله مـا جبـل الفتحيـن مـن جبـلٍ
مُعَظَّـم القَـدْرِ فـي الأجْبـالِ مَذْكُور

من شـامخِ الأَنْفِ في سَحْنائِهِ طَلَسٌ
لـهُ مـن الغيـم جيبٌ غيـرُ مـزورِ

مُعَبِّـراً بـذَراهُ عـن ذَرَى مَلِكٍ
مُسْـتَمْطَرِ الكفِّ والأكْنـافِ مَمْطور

تمسـي النجومُ علـى إكليـلِ مَفْرِقِه
فـي الجـوِّ حائمـةً مثـلَ الدَّنانيـر

وربمـا مسـحتْهُ مـن ذوائبِهـا
بـكلِّ فضـلٍ علـى فَودَيـهِ مجرورِ

وأدردٍ مـن ثناياهُ بمـا أخَـذَتْ
منـه معاجِـمُ أَعْـوَادِ الدَّهاريـرِ

محنكٌ حلبَ الأيـامَ أشـطُرهَا
وسـاقها سوقَ حادي العيـر للعير

مُقَيَّدُ الخَطْـوِ جَـوَّالُ الخواطرِ في
عجيبِ أمْرَيْهِ من مـاضٍ ومنظورِ

قد واصلَ الصمتَ والإطراقَ مفتكراً
بـادي السـكينةِ مُغْفَرِّ الأسـارير

كأنـه مُكْمَـدٌ مما تَعَبَّـدَهُ
خَـوْفُ الوعيديـنِ من دكٍّ وتسـييرِ

أَخْلِقْ بِــه وجِبـالُ الأرضِ راجِفـةٌ

أنْ يطمئنَّ غداً مِــن كلِّ محـذورِ

كفـاهُ فضـلاً أنِ انتابـتْ مواطِنَـهُ

نَعْـلا مليـكٍ كريمِ السَّعْيِ مشـكورِ

في النص مزج بين المديح والوصف، مدح ملك يمثل في رفعته المثل الأعلى الجمالي للإنسان ــ الفرد الجليل، ووصف جبل يمثل النموذج الأكمل للجليل الطبيعي، ويقارن مقارنة مفصلة بينهما؛ أي إن الشاعر يستمد من جليل الطبيعة «الجبل» سمته ويضفيها على الجليل الإنساني «الملك».

ويستمد جبل الفتح جلاله من خصائص عدة موضوعية وثقافية، ومنها العظمة بالحجم والمكانة، والشموخ والرفعة حتى إنه يمزق رفعة الغيم وتحيط النجوم إكليلاً حول جبهته، ويستمد منها النور فلا يكون حيزاً مكانياً مظلماً، وذلك لأن مزيج الرفعة والظلمة يولّد الرهبة التي تكاد تقترب من الإخافة، وهذا ما لا نراه في الجليل المحبب ــ الوضيء. ولا شيء يحجب إفصاح الجبل الذي تستمده منه ألسن الدهر، فهو متحكم بالأيام ــ الدهر ولا تتحكم به، وذلك بفضل خصيصة الخلود النسبي الذي يتمتع به، بالإضافة إلى الثبات المكاني الذي يمنحه مزيداً من العظمة، فالموضوعات المتحركة أفقياً لا تحمل ذات العظمة التي تحملها الموضوعات الراسخة في الإطار الزمكاني، ورسوخه الزمني حمّله الخبرة والحنكة والشيب الذي يدل على حالة الرسوخ المعرفي الخبير بالموضوعات المختلفة المحيطة

به، وفي صمت الجبل – إلى جانب الوقار والحكمة – كمد، فهو بحكمته يدرك أنه حائل دكاً حين يقف تحت وطأة الجلال المطلق المفني.

وهو إلى جانب عظمته الشكلية، يتمتع بالقدم والرمزية الثقافية المهتمة بالمنحى الوجودي، فالجبل، جبل الفتح «مذكور» فمنه ابتدأت النشأة الوجودية للأندلس، فهذا إلى جانب الرفعة الواقعية التي يعايشها الجبل بمرور الملك منه، يغدو الجلال الطبيعي مشتبكاً بالجلال الإنساني، فيتضخم الجلال حتى إنه يغدو بمنجاة من الفناء الأخير «الدك»، فهو معظَّم لأنه موضوع جليل أولاً، ومعظَّم ثقافياً في الذاكرة ثانياً، ومعظَّم لمرور الملك به ثالثاً.

والجبل الذي يحمل قيمة الرسوخ والثبات في مواجه الدهر – المكان، يحمل كذلك قيمة الأمان الوجودي الذي افتقده الأندلسيون، كما يحمل قيمة الخصب بشكل غير مباشر، إذ يقول باشلار إن الجبل هو شكل من أشكال الفوران المائي – الخصب في التراب[151]، فهو امتداد خصب نحو الأعلى، أي حركة التسامي التي يعيشها الخصب.

كما أنه موضوع دافع للإنسانية نحو التطور والتسامي، «فالظواهر والأحداث العظيمة والجليلة حقاً هي تلك التي تدفع المجتمع البشري نحو التطور العاصف، وتحمل له التقدم والسعادة»[152]، لذلك إن تناول المواضيع الجليلة في الفنّ هو خطاب يدعو نحو التطور الإنساني، وتمثّل هذه القوى العظيمة في نفسه الفردية / الاجتماعية.

وبالرغم من التشابه في الموقف من الجبل، فإن ابن خفاجة لديه ما يختلف من حيث موقعية التلقي، يقول[153]:

وَلَيلٍ إِذا ماقُلتُ قَد بادَ فَانقَضى
تَكَشَّفَ عَن وَعدٍ مِنَ الظَّنِّ كاذِبِ

سَحَبتُ الدَياجي فيهِ سودَ ذَوائِبٍ
لِأَعتَنِقَ الآمالَ بيضَ تَرائِبِ

فَمَزَّقتُ جَيبَ اللَيلِ عَن شَخصٍ أَطلَسٍ
تَطَلَّعَ وَضّاحَ المَضاحِكِ قاطِبِ

رَأَيتُ بِهِ قِطعاً مِنَ الفَجرِ أَغبَشاً
تَأَمَّلَ عَن نَجمٍ تَوَقَّدَ ثاقِبِ

وَأَرعَنَ طَمّاحِ الذُؤابَةِ باذِخٍ
يُطاوِلُ أَعنانَ السَماءِ بِغارِبِ

يَسُدُّ مَهَبَّ الريحِ عَن كُلِّ وُجهَةٍ
وَيَزحَمُ لَيلاً شُهبَهُ بِالمَناكِبِ

وَقورٍ عَلى ظَهرِ الفَلاةِ كَأَنَّهُ
طِوالَ اللَيالي مُفكِّرٌ في العَواقِبِ

يَلوثُ عَلَيهِ الغَيمُ سودَ عَمائِمٍ
لَها مِن وَميضِ البَرقِ حُمرُ ذَوائِبِ

أَصَختُ إِلَيهِ وَهوَ أَخرَسُ صامِتٌ
فَحَدَّثَني لَيلُ السُرى بِالعَجائِبِ

وَقالَ أَلا كَم كُنتُ مَلجَأَ قاتِلٍ
وَمَوطِنَ أَوّاهٍ تَبَتَّلَ تائِبِ

وَكَـم مَـرَّ بـي مِن مُدلِـجٍ وَمُـؤَوِّبٍ
وَقَـالَ بِظِلّـي مِـن مَطِـيٍّ وَراكِـب

وَلاطَـمَ مِن نُكبِ الرِياحِ مَعاطِفي
وَزاحَـمَ مِن خُضرِ البِحـارِ غَوارِبي

فَمـا كانَ إِلّا أَن طَوَتهُـم يَـدُ الرَدى
وَطارَت بِهِم ريحُ النَـوى وَالنَوائِب

فَمـا خَفقُ أَيكـي غَيـرَ رَجفَـةِ أَضلُعٍ
وَلا نَـوحُ وُرقي غَيـرَ صَرخَةِ نادِب

وَمـا غَيَّضَ السُـلوانَ دَمعـي وَإِنَّما
نَزَفـتُ دُموعـي في فِراقِ الصَواحِب

فَحَتّـى مَتى أَبقـى وَيَظعَـنُ صاحِبٌ
أُوَدِّعُ مِنـهُ راحِـلاً غَيـرَ آيِـب

وَحَتّى مَتى أَرعى الكَواكِبَ سـاهِراً
فَمِن طالِـعٍ أُخرى اللَيالـي وَغارِب

فَرُحماكَ يا مَولايَ دَعـوَةَ ضارِعٍ
يَمُـدُّ إِلى نُعماكَ راحَـةَ راغِب

فَأَسمَعَني مِـن وَعظِهِ كُلَّ عِبرَةٍ
يُتَرجِمُها عَنهُ لِسـانُ التَجارِب

فَسَـلّى بِما أَبكى وَسَرّى بِما شَجا
وَكانَ عَلى عَهدِ السُرى خَيرَ صاحِب

وَقُلـتُ وَقَـد نَكَّبـتُ عَنـهُ لِطِيَّةٍ

سَـلامٌ فَإِنّـا مِـن مُقيـمٍ وَذاهِبِ

تتبدى في هذا النص الصفات الموضوعية الجليلة للجبل، وهي تكاد تماثل تلك الصفات التي رأيناها في نص الرصافي، وهي تتمحور حول الحكمة والوقار أولاً: «قاطب، وقور، أطلس، مفكر، العمائم، صامت»، وحول الخلود الزمني والخبرة ثانياً: «طوال الليالي مفكر في العواقب، فحدثني بالعجائب، كم مر بي؟ فَما كانَ إلّا أن طَوَتهُم يَدُ الرَدى، فحتى متى أبقى؟»، وحول الضخامة والعظمة والرفعة ثالثاً: «طماح الذؤابة، يطاول، يسد مهب الريح، يزاحم بالمناكب، يمد إلى نعماك راحة راغب»، إلا أن ما يختلف هو الحالة الشعورية للمتلقي، فالتجربة بين الإنسان ــ الجبل، ثابتة من حيث الموضوع، متغيرة من حيث الذات المتلقية، وابن خفاجة يضفي على الجبل كآبته الخاصة، وخوفه العميم، فعندما يصف عظمة الجبل، وهو الحركة الذكورية المتسامية نحو الأعلى، المزاحمة للريح والسماء، والخالدة بين الموضوعات الفانية، فكأنه يريد أن يقول: إن هذا الجبل العظيم قد يعيش الضيق والكآبة، فهو من ناحية معادل موضوعي لحالة الكآبة التي يعايشها ابن خفاجة الذي يبحث في الوحشة عن وحيد مثله، وهو من ناحية ثانية يبعث مزيداً من الكآبة في ذات الشاعر، «والشاعر يُظهر من ذلك قلقاً عجيباً من الموت، ويتشبث بمفاهيم البقاء، مع قناعته التامة بحتمية الموت وشموليته، فقاد إلى أرق الشاعر وشغل تفكيره بالمصير المنتظر»[154]، وإن الخوف من الموت يكون بسبب حالة من الوحدة التي عاشها ابن خفاجة، فهو لم يتزوج ولم ينجب ولداً، مما أتاح له حيزاً نفسياً شاسعاً للتفكير في الموت[155]، الموت

وحيداً، فهو قد «أسقط نفسه بطبائعها الإنسانية على الجبل، ليقوم الجبل نيابة عنه بالخلود، فالجبل هو [الذي] يمتلك صفة تقيه شر الموت، مما دفع الشاعر إلى الولوج إلى ذات الجبل، عله يمتلك شيئاً من صفاته ولو لوقت قصير»[156]، فعلى الرغم من أن الخلود الذي يتمتع به الجبل هو سمة من سمات الجلال، فإن ابن خفاجة يتلقى تلك السمة بالأسى، فخلوده مؤس، لأنّ الإنسان عاجز أن يشاكل الجبل في امتداده الزمني.

ويزداد الأمر تعقيداً حين نعرف أن ابن خفاجة لا يملك سبباً يدعوه للخوف من الموت، فهو خوف غير مبرر، وتصور لحالة الفناء المأساوية، وحالة القلق المستشرية تلك تجعل الجبل الجليل يعيش حالة مأساوية، فهو يعايش مختلف الشخصيات الإنسانية «فاتك، تائب، مدلج، مؤوب، مطيّ، راكب، نادب، البحار، الرياح» وهي كلها في النهاية تزول، وبذلك يغدو الامتداد الزماني خانقاً بالنسبة إلى الجبل ذاته.

كما يسهم الإطار الزماني والجزئيات الموضوعية ضمن الجبل في بث روح التشاؤم في النص، فالليل معتمل، والظلام عميم، والفجر أغبش، وسكان الجبل قتلة أو يائسون آواهون نادبون، وبالرغم من روح التشاؤم، فإن هناك مقاومة يمارسها ابن خفاجة بشكل غير مباشر، «فحين يعيش الحالم [الأديب] بالفعل كلمة (المتناهي في الكبر)، عندها يرى نفسه متحرراً من همومه وأفكاره، وحتى من أحلامه، لا يعود منغلقاً بثقل جسده ولا أسيراً لوجوده»[157]، بل نقول: إنه بسبب ثقل جسده وأسر وجوده له، عبّر بنوع من الثورة على

الذات تعبيراً يعتمد الاتساع والارتفاع وسماً جمالياً، فهو يخرج من ذاته إلى الضخم المتسع بسبب أن ذاته ضاقت عليه، أو أنه ضاق بها.

والجبل هنا لا يحمل صفات الروعة والإدهـاش، فهو لا يدخل المرء في حالة دهشة وعجز مع الموضوع، بل هو جليل مدرك بالحواس مكانياً، من غير أن يدرك الإنسان كل أبعاده الزمانية، لذلك هو حامل للغموض الجليل زمانياً لا مكانياً، ولذلك يدخل المتلقي معه في تجربة تتزاوج بين العجز والتمكّن المفضي إلى الطموح، ويقول باشلار في ذلك: «إننا نؤكد على رغبة الإنسان في المجابهة حين يتأمل الكون اللانهائي» [158]، فمعايشة الموضوع الجليل من غير خوف أو رعب يحمل في طياته جرأة ومحاولة لمقاومة المخاوف، وهذا ما قام به ابن خفاجة في حديثه عن الجبل.

ونرى للجبل صورة مغايرة تماماً في نص للبلفيقي، يقول فيه [159]:

زعمـوا أنَّ في الجبـالِ رجالاً	صالحيـن قالـوا مـن الأبدالِ
وادعوا أنَّ كل من سـاحَ فيها	فسيلقاهمُ علـى كلِّ حـالِ
فاخترقنـا تلـك الجبـال مراراً	بنعـالٍ طـوراً ودونَ نعـالِ
ما رأينـا بها خـلافَ الأفاعي	وشَبَا عقـربٍ كمثـلِ النِّبـالِ
وسباع يجرون بالليـل عدواً	لا تسـلني عنهمُ بتلـك الليالي
ولـو انا كنـا لـدى العدوةَ الأخـ	ـرى رأينـا نواجـذ الرِّئبـالِ
وإذا أظلـمَ الدجى جـاء إبلي	ـسُ إلينا يـزورُ طيفَ خيالِ

هـو كان الأنيسَ فيهـا ولولا   ه أصيبتْ عقولنـا بالخَبَالِ

خـلِّ عنك المحال يـا من تعنَّى   ليس يلقى الرجالَ غيرُ الرجالِ

تتبدى مظاهر الجلال – المزعومة – في هذا النص من حيث إنه مكان مرتفع عظيم ويضم ثلة من الأخيار، وقد حاول الشاعر تلمس قيمة الجلال في الموضوع ومعاملته بإجلال وتقديس «فاخترقناها بنعال ودون نعال»، لكنه لم ينجح بذلك، فالتجربة الجمالية التي عايشها البلفيقي فردياً مع الجبل لم تتطابق والتجارب الجمالية مع الجبل عامة.

ومـردُّ ذلك إلى أمرين؛ الأول: هو ما وجده من موضوعات جزئية متضمنة في الموضوع الكلي الجليل، وهي الكائنات التي تتنقل بين الصورة الشكلية والسلوك المؤذي في قيمة القبيح، من مثل: «العقارب، الأفاعي، السباع»، بالإضافة إلى أنه حيّز مكاني مغرق في الوحشة، إلى درجة أن المؤنس فيه وفي ظلمته هو «إبليس»، والذي يشكل رمز القباحة الأول، وفي هذا مبالغة حادة في تقبيح الموضوع الجليل، والثاني: هو أن الجبل قد وصل إلى درجة عالية من الاعتياد الجمالي، وذلك لأنه مدرك بالحس بشكل شبه كامل، حتى تفاصيله، وهذا ما حوّله رمزاً للرسوخ والخلود في نصوص الرصافي وابن خفاجة من غير وجود عنصر الإخافة والإرعاب، وهذا ما جعله موطن استهتار واستخفاف في نص البلفيقي الذي أدركه بكله وبجزئياته التي لم ير فيها ما يثير الدهشة والانبهار، فاستهتر به أولاً، وقبّحه بشكل مبالغ فيه ثانياً.

كما «أن الإنسان الذي يشعر بالمتعة الجمالية عند استيعابه للجليل، يحس أيضاً بالحماس، بل إنه يحس بالخوف في حال عجزه عن استيعاب الموضوع عجزاً تاماً، وهذا ما يفسر وجود نموذجين من الجليل: الجليل الذي يسحق الإنسان ويشعره بالضآلة، والجليل الذي ينمي قدرته وقوته»[160]، فالموضوع الجليل إما أن يقهر الإنسان كما كان جبل ابن خفاجة، أو يشعره بالسمو والقوة كما هو جبل الرصافي والبلفيقي، القوة معه، والقوة أمامه.

خاتمة الفصل:

إن معايشة الطبيعة هي أقرب السلوكيات الإنسانية إلى العفوية والحرية، ولذلك نجد المواقف من الطبيعة هي الأوضح في كشفها الوعي الجمالي، وصياغتها للمثل الأعلى في المجتمع، وسلسلة المواقف تلك تجعل من الطبيعة موضوعاً أبهى وأكثر حضوراً في وعي المتلقي الفرد – المجتمع، إذ «إن الطبيعة لا تشرق إذاً إشراقاً جمالياً إلا عندما يدخل الإنسان استيعابها الفكري في تيار دورة تصل الطبيعة بما يعلو عليها، بالمثل الأعلى»[161].

ولقد رأينا أن الموضوعات الطبيعية لم تكن تظهر بخصائصها الجمالية الموضوعية ذاتها في النصوص الأدبية، إنما تفنن الأدباء في المزج بين القيم ضمن الموضوع الواحد، بل ضمن النص الواحد أحياناً، فقد نجد مجالس الأنس والربيع – الجميل باطراد جمالهم واتساعهم يحملون خصائص الجليل إلى جانب الجمالات المتنوعة، كما قد تحمل الوردة خصائص السماء، وتفقد الماء بريق الموضوع

المحبوب حين تتشكل بحراً فظيعاً، وتصبح مادة رائقة معبرة عن المثل الأعلى في شكلها النهري، في حين تتنقل بين المخيف والرقيق في موضوع المطر، وتمثل الخصب والرفاهية في الخمر.

أما النار الجليلة موضوعياً فقد صارت عنصراً أنثوياً – رحمياً ينتصر على الفحولة النسقية المسيطرة، والجبل يظهر بشكله الموضوعي تارةً، أي بوصفه رمزاً للرسوخ والوقار، ويظهر بوصفه معادلاً موضوعياً لذات الشاعر تارة أخرى، كما يظهر أخيراً مقبّحاً بشكل مبالغ فيه.

ونحن نلمس بوضوح الطبيعة الرقيقة الأنثوية كثيرة التخوف التي ظهرت في ذات الأندلسي، فعلى الرغم من أن الأندلسيين يعيشون الجمال بأشكاله بانطلاق وبهجة وأنس، فإنهم في المقابل يواجهون الجليل الطبيعي بالهرب أو التأطير أو الاستهانة. فلا تكسبه تلك الموضوعات من ثم قدرة على المواجهة كما ينبغي، إلا في حالات فردية رأيناها. وهذا ما سيتضح في الصفحات التالية. كما يتلخص المثل الأعلى الجمالي في دائرة الخصب – الأمان – الرفاهية، والتي تظهر بجلاء في الطبيعة، بينما قد تنطوي بشكل غير مباشر في الموضوعات الإنسانية كما سنجد في الفصل الثالث.

هوامش الفصل الثاني:

1 – انظـر: بلوز، نايف، علم الجمال، ص (37)، وما بعدها.

2 – انظـر: باشــلار، غاسـتون، الماء والأحــلام، ترجمة: علي نجيـب إبراهيم، تحقيـق: أدونيس، المنظمـة العربيـة للترجمة، بيروت، لبنان، ط (1)، 2007م، ص ص (171 – 172)، وانظر كذلك: اليافي، عبد الكريم، دراسات فنية في الأدب العربي، ص (272).

3 – انظر: باختين، مختارات من أعمال ميخائيل باختين، ص (368).

4 – الجهاد، هلال، جماليات الشعر العربي، ص (343).

5 – انظر مثلاً: غريب، روز، النقد الجمالي، ص (12).

6 – انظر: ستولينتز، جيروم، النقد الفني، ص (74).

7 – كليب، سعد الدين، المدخل إلى التجربة الجمالية، ص (35).

8 – جماعة من الأساتذة السوفيات، أسس علم الجمال الماركسي اللينيني، 32/1.

9 – المقري، نفح الطيب، 680/1.

10 – نوفل، سيد، شعر الطبيعة في الأدب العربي، دار المعارف، القاهرة، مصر، ط (2)، لاتا، ص (11).

11 – انظر: عبد الحميد، شاكر، التفضيل الجمالي، ص (379).

12 – المقري، نفح الطيب، 140/1.

13 – نفسه، 126/1.

14 – الداية، محمد رضوان، أبو البقاء الرندي، مكتبة سعد الدين، بيروت، لبنان، ط (2)، 1986م/1406هـ، ص (162).

15 – شـــلبي، ســعد إسـماعيل، البيئة الأندلسية وأثرها في الشــعر (عصر ملوك الطوائف)، دار نهضة مصر، القاهرة، مصر، لاتا، ص (214).

16 – شــحادة الخوري، جميلة، الطبيعة في الشعر الأندلسي، أطروحة مقدمة لنيل درجة أستاذ، الجامعة الأمريكية، بيروت، لبنان، 1946م، ص (20).

17 – أبو آذان، هديل، التجربة الجمالية في شعر ابن خفاجة، ص (109).

18 – انظر: ســوريو، إيتيــان، تقابل الفنون، ترجمة: بدر الدين القاســم الرفاعي، راجعه: عيســى عصفور، منشــورات وزارة الثقافة، دمشق، سوريا، 1993م، ص (82).

19 – ابن الزقاق البلنســي، الديوان، تحقيق: عفيفــة ديراني، دار الثقافة، بيروت، لبنان، 1964م، ص (115)، مذانب: جمع مذنب: مسيل الماء في الأرض، سجسج: لا ظلمة فيه ولا شمس.

20 – باشلار، الماء والأحلام، ص (141).

21 – القرشي، سليمان، شعر أبي علي المالقي، مجلة الذخائر، العدد (11) و(12)، لبنان، 2002م/1423هـ، ص (132)، البهير: المرأة ثقيلة الأرداف.

22 – ويدعــم هـذا المذهب ما ســنراه في الفصــل التالي من حديـث عن الخطر الوجودي الذي كان محدقاً دائماً بالأندلسيين.

23 – ابن خفاجة الأندلســي (حياته وروائع أدبـه)، جمع وتدقيق: أحمد عبد القادر صلاحية، شراع للدراسات والنشر، حلب، سوريا، ط (1)، 2014م، ص (405).

24 – ابــن فركــون، أبو الحســين بـن أحمد، ديوان ابـن فركـون، تحقيق: محمد بن شــريفة، مطبوعـات أكاديميـة المملكـة المغربية، سلسـلة التـراث، ط (1)، 1987م/1407هـ، ص (285).

25 – الجهاد، هلال، جماليات الشعر العربي، ص (293).

26 – باشلار، جماليات المكان، ص (124).

27 – ابن الأبار، محمد، ديوان ابن الأبار، تحقيق: عبد السلام الهراس، مطبوعات وزارة الأوقـاف والشـؤون الإسـلامية، المملكة المغربيـة، 1999م/1420هـ، ص (388).

28 – انظر: باشلار، جماليات المكان، ص (194).

29 – نفسه، ص (184).

30 – سنفصل في ذلك في الفصل الثالث.

31 – انظر: عبد الحميد، شاكر، التفضيل الجمالي، ص (404).

32 – انظر: باشلار، جماليات المكان، ص (31).

33 – ابن الخطيب، لسان الدين، ديوان لسان الدين بـن الخطيب، تحقيق: محمد مفتاح، دار الثقافة، الدار البيضاء، المغرب، ط (1)، 1989م، 792/2.

34 – المقري، نفح الطيب، 318/5.

35 – راجع المقبوس في الصفحة السـابقة: غومس، غارسـيا، الشـعر الأندلسي، ص (92).

36 – انظر: شلبي، سعد إسماعيل، البيئة الأندلسية وأثرها في الشعر (عصر ملوك الطوائف)، ص (216).

37 – انظر: اليافي، عبد الكريم، دراسات فنية في الأدب العربي، ص (275).

38 – انظر: نوفل، سيد، شعر الطبيعة في الأدب العربي، ص (264).

39 – باشلار، الماء والأحلام، ص (57).

40 – ابـن خاقـان، الفتح، مطمح الأنفس ومسـرح التأنس في ملـح أهل الأندلس، تحقيـق: محمـد علي شـوابكة، مؤسسـة الرسـالة، ط (1)، 1983م/1303هـ، ص (288)، وانظر: المقري، نفح الطيب، 25/4.

41 – طنينة، خولة صبري عبد العزيز، شـعر أبي بكر محمد بن حبيش، إشراف: د. حسـن فليفل، رسـالة ماجسـتير في اللغة العربية وآدابها، كلية الآداب والعلوم الإنسانية، جامعة الخليل، فلسطين، 2006م/1427هـ، ص (314).

42 – اليافي، عبد الكريم، دراسات فنية في الأدب العربي، ص (275).

43 – ابن خاتمة الأنصاري، ديوان ابن خاتمة الأنصاري، تحقيق: محمد رضوان الداية، منشورات دار الحكمة، دمشق، سوريا، 1978م/1399هـ، ص (22).

44 – ستيس، والترت، معنى الجمال، ص (32).

45 – ابن خاتمة الأنصاري، الديوان، ص (24)، الدوحة: الشجرة العظيمة الممتدة، قرقف: الخمر، المندل: العود طيب الرائحة.

46 – باشلار، جماليات المكان، ص (145 – 146).

47 – كما مر سابقاً في نص ابن خاتمة الأنصاري.

48 – ابن خاقان، الفتح، قلائد العقيان، 950/2.

49 – باشلار، جماليات المكان، ص (149).

50 – ابن عباد، المعتمد، ديوان المعتمد بن عباد، تحقيق: حامد عبد المجيد، أحمد بدوي، دار الكتب المصرية، القاهرة، مصر، ط (3)، 2000م، ص (28).

51 – انظر: نوفل، سيد، شعر الطبيعة في الأدب العربي، ص (264).

52 – انظر: باشلار، جماليات المكان، ص (36).

53 – ابن لبال الشريشي، ديوان ابن لبال الشريشي، تحقيق: محمد بن شريفة، مطبعة النجاح، الدار البيضاء، المغرب، ط (1)، 1996م/1416هـ، ص (83)، الحقو: خصره.

54 – ابن فركون، الديوان، ص (283).

55 – انظر: قوله تعالى: «ومن دونهما جنتان، فبأي آلاء ربكما تكذبان، مدهامتان» [الرحمن – (62 – 63 – 64)].

56 – ابن فركون، الديوان، ص (283).

57 – المرعي، فؤاد، الجمال والجلال، ص (121).

58 – باشلار، جماليات المكان، ص (77).

59 – اليافي، نعيم، مقدمة لدراسة الصورة الفنية، منشورات وزارة الثقافة، دمشق، سوريا، 1982م، ص (86).

60 – نفسه، ص (83 – 84).

61 – باشلار، جماليات المكان، ص (57).

62 – انظر: المقري، نفح الطيب، 240/1.

63 – نوفل، سيد، شعر الطبيعة في الأدب العربي، ص (263).

64 – شلبي، سعد إسماعيل، البيئة الأندلسية وأثرها في الشعر (عصر ملوك الطوائف)، ص (129).

65 – انظر: صلاحية، أحمد عبد القادر، البحر في الشعر الأندلسي، رسالة ماجستير بإشراف: د. علي دياب، جامعة دمشق، دمشق، سوريا، 1990/1989م، ص (43)، وانظر: ابن حمديس، عبد الجبار، ديوان ابن حمديس الصقلي، تحقيق: إحسان عباس، دار صادر، دار بيروت، بيروت، لبنان، 1960م/1379هـ، ص (4)،

وانظر كذلك: شـلبي، سـعد إسماعيل، البيئة الأندلسـية وأثرها في الشعر (عصر ملوك الطوائف)، ص (131).

66 – صلاحية، أحمد عبد القادر، البحر في الشعر الأندلسي، ص (43).

67 – نفسه، ص (59).

68 – ابن أبي الصلت، أمية، ديوان أمية بن أبي الصلت الأندلسي، تحقيق: عبد الله الهوني، دار الأوزاعي، بيروت، لبنان، ط (1)، 1990م/1410هـ، ص (164).

69 – انظر: باشلار، الماء والأحلام، ص (238).

70 – أمية بن أبي الصلت، الديوان، ص (151).

71 – ابـن خفاجـة، ديـوان ابن خفاجـة، تحقيق: السـيد مصطفى غازي، منشـأة المعارف، الإسكندرية، مصر، 1960م، ص (138).

72 – باشلار، الماء والأحلام، ص (251).

73 – ابن خفاجة، الديوان، ص (194).

74 – باشلار، الماء والأحلام، ص (32).

75 – أبـو حيان الأندلسـي، ديوان أبي حيان الأندلسي، تحقيق: أحمد مطلوب، خديجـة الحديثـي، مطبعة العاني، بغـداد، العـراق، ط (1)، 1969م/1388هـ، ص (448).

76 – باشلار، الماء والأحلام، ص (260).

77 – نفسه، ص (241).

78 – ابن حمديس، الديوان، ص (517)، وانظر أيضاً: نفسه، ص (212).

79 – نوفل، سيد، شعر الطبيعة في الأدب العربي، ص (275).

80 – خليـل، لؤي، الدهر في الشـعر الأندلسـي، هيئة أبوظبـي للثقافة والتراث، أبوظبي، الإمارات العربية المتحدة، 2010م/1431هـ، ص (23).

81 – انظر: باشلار، الماء والأحلام، ص (20).

82 – انظر: نفسه، ص (140).

83 – انظر: نفسه، ص (115).

84 – ابن حمديس، الديوان، ص (311).

85 – باشلار، الماء والأحلام، ص (101).

86 – السرقسطي، محمد أبو الطاهر، المقامات اللزومية، تحقيق: حسن الوراكلي، عالم الكتب الحديث، إربد، الأردن، ط (2)، 2006م، ص (65).

87 – السرقسطي، المقامات اللزومية، ص (68).

88 – إيلياد، ميرسيا، صور ورموز، ترجمة: حسيب كاسوحة، منشورات وزارة الثقافة، دمشق، سوريا، 1998م، ص (170).

89 – شلبي، سعد إسماعيل، البيئة الأندلسية وأثرها في الشعر (عصر ملوك الطوائف)، ص (129).

90 – المقري، نفح الطيب، 266/3 – 267.

91 – نفسه، 267/3.

92 – راجع: خليل، لؤي، الدهر في الشعر الأندلسي، ص (139).

93 – ابن الأبار، الديوان، ص (306).

94 – ابن خاقان، قلائد العقيان، 881/2.

95 – نفسه، 882/2.

96 – باشلار، الماء والأحلام، ص (237).

97 – المقري، نفح الطيب، 159/1.

98 – الرصافي، محمد بن غالب، ديوان الرصافي، تحقيق: إحسان عباس، دار الثقافة، بيروت، لبنان، ط (1)، 1960م، ص (26).

99 – باشلار، الماء والأحلام، ص (198 – 199).

100 – انظر: نفسه، ص (205).

101 – ابن حمديس، الديوان، ص (117).

102 – إيلياد، ميرسيا، صور ورموز، ص (169).

103 – ابن حمديس، الديوان، ص (490).

104 – ابن الخطيب، الديوان، 372/1.

105 – ابن مغاور الشاطبي، عبد الرحمن بن محمد، ابن مغاور الشاطبي (حياته وآثاره)، تحقيق: محمد بن شريفة، مطبعة النجاح الجديدة، الدار البيضاء، المغرب،

ط (1)، 1994م/1415هـ، ص (214).

106 – الداية، علياء، الوعي الجمالي في السرد القصصي، ص (202).

107 – ابن جبير، رحلة ابن جبير، ص (95).

108 – كليب، سعد الدين، المدخل إلى التجربة الجمالية، ص (79).

109 – غومس، غارسيا، الشعر الأندلسي، ص (88).

110 – ابن زمرك، محمد بن يوسف، ديوان ابن زمرك الأندلسي، تحقيق: محمد توفيق النيفر، دار الغرب الإسلامي، بيروت، لبنان، ط (1)، 1997م، ص (409).

111 – باشلار، الماء والأحلام، ص (152).

112 – أبو حيان، الديوان، ص (491).

113 – انظر: باشلار، الماء والأحلام، ص (145).

114 – ابن حمديس، الديوان، ص (326).

115 – وثانيهما تيارات الزهد التي تنتشر في ظل الظروف غير المواتية.

116 – ابن صارة، عبد الله، ابن صارة الأندلسي حياته وشعره، جمع وتحقيق: مصطفى عوض الكريم، جامعة الخرطوم، الخرطوم، السودان، لاتا، ص (71).

117 – انظر: باشلار، الماء والأحلام، ص (19).

118 – انظر: نفسه، ص (157).

119 – الششتري، أبو الحسن، ديوان أبي الحسن الششتري، تحقيق: علي سامي النشار، منشأة المعارف، الإسكندرية، مصر، ط (1)، 1960م، ص (42).

120 – انظر: ستيس، والترت، معنى الجمال، ص (62).

121 – انظر: كليب، سعد الدين، المدخل إلى التجربة الجمالية، ص (99).

122 – انظر: نفسه، ص (100).

123 – غومس، غارسيا، الشعر الأندلسي، ص (35).

124 – راجع الفصل الثاني من: عفش، ساندرا، صورة الآخر في الشعر الأندلسي، إشراف: د. محمد مرشحة، رسالة ماجستير في اللغة العربية وآدابها، كلية الآداب والعلوم الإنسانية، جامعة حلب، حلب، سوريا، 2017م.

125 – انظر: باشلار، الماء والأحلام، ص (112).

126 – نفسه، ص (174).

127 – الشنتريني، الذخيرة، 830/2/3.

128 – ابن جبير، رحلة ابن جبير، ص (101).

129 – ابن زمرك، الديوان، ص (111).

130 – باشلار، جاستون، النار – التحليل النفسي لأحلام اليقظة، ترجمة: درويش الحلوجي، دار كنعان، دمشق، سوريا، ط (2)، 2005م، ص (27).

131 – انظر: نفسه، ص (9).

132 – انظر: نفسه، ص (30).

133 – ابن خفاجة، الديوان، ص (75).

134 – انظر: باشلار، النار، ص (77).

135 – ابن خفاجة، الديوان، ص (133).

136 – انظر: باشلار، النار، ص (36).

137 – ابن لبال الشريشي، الديوان، ص (82).

138 – ابن خفاجة، الديوان، ص (74).

139 – ابـن صـارة، الديـوان، ص (58)، السـوافي: الريـاح التي تنشـر الريح، التجميش: الملاعبة والمداعبة.

140 – نفسه، ص (57).

141 – الشنتريني، الذخيرة، 795/2/3.

142 – باشلار، النار، ص (27).

143 – انظر: نفسه، ص (82).

144 – ابن صارة، الديوان، ص (60).

145 – نفسه، ص (37).

146 – باشلار، النار، ص (88).

147 – ابن صارة، الديوان، ص (60).

148 – انظر: باشلار، النار، ص (72).

149 – الربيعي، أحمد حاجم، شـعر أبي جعفر بن سـعيد الأندلسي، مجلة المورد، المجلد (21)، العدد (1)، بغداد، العراق، 1993م، ص (130).

150 – الرصافي، الديوان، ص (82).

151 – انظر: باشلار، الماء والأحلام، ص (161).

152 – المرعي، فؤاد، الجمال والجلال، ص (124).

153 – ابن خفاجة، الديوان، ص (215).

154 – عيسـى، راشـد، والشـمالي، نضال، خطاب الموت في شـعر ابن خفاجة الأندلسـي، (قصيـدة الجبـل أنموذجاً)، مجلـة جامعـة النجاح للأبحـاث (العلوم الإنسانية)، المجلد (25)، نابلس، فلسطين، 2011م، ص (1982).

155 – انظر: نفسه، ص (1984).

156 – نفسه، ص (1989).

157 – باشلار، جماليات المكان، ص (179).

158 – نفسه، ص (175).

159 – البلفيقي، ابن الحاج أبو البركات، شـعر أبـي البركات ابن الحاج البلفيقي، جمـع وتحقيق: عبد الحميـد الهرامة، مركز جمعة الماجـد للثقافة والتراث، دبي، الإمـارات العربيـة المتحدة، ط (1)، 1996م/1416هـ، ص (74)، وابن الخطيب، الإحاطة في أخبار غرناطة، 165/2.

160 – المرعي، فؤاد، الجمال والجلال، ص (120).

161 – بلوز، نايف، علم الجمال، ص (81).

الفصل الثالث:

جمالية الإنسان في الأدب الأندلسي

- جمالية الإنسان – الفرد في الأدب الأندلسي.
- جمالية الإنسان – المجتمع في الأدب الأندلسي.

توطئة:

يترافق لدى الإنسان كلٌّ من وعيه المعرفي والجمالي ببيئته المحيطة، وفهم الإنسان – الآخر معرفياً وجمالياً، ويتحقق ذلك عبر سلسلة طويلة من التجارب الجمالية التي تعايشها الذات – الإنسان، مع الموضوع – الإنسان، مما يدفع بتلك التجارب نحو تشكيل القيم، وإرسائها بتنوعاتها وتفريعاتها المتعددة، والمتوحدة في إطار المثل الأعلى الجمالي، والذي سيتقاطع بطبيعة الحال مع المثل الأعلى للطبيعة.

غير أنَّ التجربة الجمالية ذات الطرفين الإنسانيين أعقد من تلك التي تتناول الطبيعة بوصفها موضوعاً للتجربة، فالإنسان هو مُشكّل القيمة، وحاملها، ومحورها، وهو موطن المعايشة الجمالية بكل قيمه، شكلاً ومضموناً، فإنّ «أهمّ موضوع للنشاط الجمالي الإنسان نفسه بكلّ جوانب حياته وعلاقاته (جسده، روحه، حساسيته، مجتمعه، إلخ)»[1]، ومردُّ ذلك إلى أنّ الإنسان حين يمارس تقويمه الجمالي للإنسان الآخر، يعبّر في الوقت نفسه عن قيمته هو، بل يقوّم ذاته أيضاً بتقويمه لسواه، وهذا ما يجعلنا – في هذا النوع من التجارب الجمالية – أمام تقويمين جماليين، تقويم للموضوع، وتقويم للذات.

وبالإضافة إلى ذلك، نجد أننا نحصل على نتائج أغنى في هذه

التجارب الجمالية، إذ «إنّ التجربة الاستطيقية تحتوي على جانب معرفي أيضاً، رغم أنها بالقطع تتميز عنه»[2]، وأكثرها تمثيلاً للمنحى المعرفي ما كان موضوعها الإنسان ذاته، وبذلك فإنّ ما تفضي إليه هذه التجربة الجمالية ينقسم إلى منحى جمالي، ومنحى معرفي ثقافي في آن، وهذا مشترك بين الموضوعات الإنسانية الفردية والاجتماعية على حدٍّ سواء، لأن الذوق الجمالي فيما يخص الأفراد يخضع إلى مقاييس جمالية متأثرة بالبيئة والمحيط والقضايا الثقافية والاجتماعية والسياسية أيضاً.

وعلى الرغم من أن «الطبيعة الإنسانية تنقسم إلى طبائع متعارضة متباينة، يتبع الذوق [فيها] هذه القسمة»[3]، فإنّ التجربة الجمالية بتنوعاتها الكبيرة تدخل مع المثل الأعلى الجمالي في علاقة جدلية، قوامها تبادل التقويمات، فالتجربة تشكل المثل وترفده بمزيد من التفريعات أو التعديلات، والمثل يوجّه التجربة ويصنفها. «فالفنان لا يستطيع إنشاء الصور الإيجابية أو الشخصية البطولية أو التراجيدية من دون المثل الجمالية. كما أنه لا يستطيع إنشاء الصور السلبية وتصوير الشخوص الكوميدية والنقدية من غير الاستناد إلى المثل الجمالية»[4]، مما يدلنا على أنّ التمثيلات الجمالية والتقويمات المتفرعة بتفرع الموضوعات الإنسانية تنقاد في نهاية المطاف إلى المثل الأعلى الجمالي العام، الذي يشكل طابع شخصية المجتمع وتوجهاته المختلفة.

ومع أنّ المثل الأعلى الجمالي متبدّل بشكل جذري بين المجتمعات والأزمنة إلا أنه قد حافظ على إطار من التفضيلات الجمالية المتشابهة

في العصور العربية المتلاحقة، بل المتباعدة زمانياً وجغرافياً، وهذا يشمل العصر الذي ندرسه، فمنذ بدء الثقافة العربية المكتوبة مع الشعر الجاهلي كانت الصيغ الجمالية المتداولة قادرة على الامتداد حتى السنوات الأخيرة من الوجود العربي في الأندلس، وهذه الصيغ «إنما هي صيغ شاع استعمالها أكثر من غيرها، فأزاحت الصيغ الأقل استعمالاً في عملية انتقاء طبيعي مكونة بذلك رصيداً تقليدياً متعارفاً عليه ومقبولاً بشكل عام»[5]، صيغٌ مرت بتجارب جمالية عمقتها ورسختها في لاوعي المجتمع العربي على اختلاف عصوره. إذ إنّ أنموذج الجمال في الأندلس كان مطابقاً إلى حدّ بعيد ما كان متفقاً عليه في المشرق وما جاء به الشعراء، وما ورد في كتب التراث[6]. لكن السؤال الأهم: هل كان الأندلسي تابعاً في تفضيلاته الجمالية فيما يخص الموضوع الإنساني؟ أو أنه وسّع تلك التفضيلات أو بدلها تبعاً لمعطيات بيئته الجديدة؟

إننا لا ننفي أثر المثاقفة في تغيير الوعي الجمالي، لكنها لم تكن بحال من الأحوال هي الأساس فيه، إذ إنّ الخارج لا يؤثر في الداخل تأثيراً فعلياً إلا بحسب الضرورات والحاجات الداخلية[7]. إذ لم تُحدث البيئة الجديدة تغيّرات في التفضيلات الجمالية إلا بمقدار ما أحدثته من حاجات جمالية؛ فتغيُّرُ الواقع البيئي والاجتماعي يفرض حاجات جمالية جديدة، وهذا ما نجده بوضوح في توسيع دائرة قيمة الجميل فيما يخص قيمة الأنوثة على سبيل المثال، وفي تغيّر النظرة نحو البطولي والمأسوي بسبب طبيعة المعارك التي لم تتوقف الأندلس عن خوضها.

ولا يمكننا دراسة الإنسان – الفرد، والإنسان – المجتمع جمالياً بشكل منفصل، وذلك لأنّ التجربة الجمالية هذه تنتظم وفق رؤية موحدة، سواء أكان الموضوع فرداً أم كان مجتمعاً، وذلك على الرغم من الاختلافات القيمية أو الموضوعية في كلا الجانبين الإنسانيين.

وبذلك ستكون دراسة الفرد والمجتمع في فصل واحد، القسم الأول منه حول الفرد، نفصل فيه دراسة صورة الأنثى جمالياً، ودلالاتها الثقافية، وارتباطها المباشر بالمثل الأعلى، ومن ثم سندرس صورة الحاكم – البطل النموذجي الذي تراوحت صفاته بين الصفات الأخلاقية والجمالية المعتمدة في الثقافة العربية، مع التركيز على بعض الصفات التي تطلّبتها البيئة الجديدة.

ونحن نرى في نصوص الغزل والمديح تصويراً تصويراً للمثل الأعلى في الجمال الأنثوي، وتصويراً للمثل الأعلى في الجلال والبطولة، ولا نرى تصويراً واقعياً لما عليه المحبوب أو الممدوح، فالشاعر لا يُعنى بوصف موضوعه بقدر ما يُعنى بجعله يحتلّ مكان المثل الأعلى الجمالي، أو يُعنى بصب صفات ذلك المثل الأعلى على ممدوحه أو محبوبه، حتى إننا لا نكاد نميز بين فتاة وسواها في الشعر، كما لا نميز بين ملك وآخر.

والقسم الثاني حول المجتمع؛ وبسبب الامتداد الزمني الكبير للمرحلة، سنركز على المفاصل التي حددت الوعي الجمالي الأندلسي، وقولبت قيمه الجمالية، وأوّلها سقوط دول الطوائف، مملكة المعتمد بن عباد تحديداً؛ لأنه كان يمثّل الشخصية الأندلسية النموذجية، وبسقوط

دولته انقلبت الحالة الاجتماعية والثقافية ومن ثم الجمالية في الأندلس، ويتبعها السقوط المأسوي للمدن الأندلسية وما يتبعها من نصوص تصف مأسوية الهزيمة التي تؤذن جميعها بفقدان القيّم اجتماعياً، وأخيراً سنتحدث عن المثالب الاجتماعية وموقف الأندلسيين منها في إطار نقدهم للمجتمع الذي يتراوح بين القبيح والكوميدي. فمن طبيعة المجتمع أن يتوجس من التصلب في الطباع والأفكار، لأنه يرى فيه إيذاناً بنشاط يغفو، ويميل نحو الابتعاد عن المركز المشترك الذي يدور حوله المجتمع[8]؛ أي يبتعد عن المثل الأعلى الجمالي.

1 – جمالية الإنسان – الفرد في الأدب الأندلسي:

1 – 1 – جمالية المرأة:

لطالما كانت المرأة الشغل الشاغل للشعراء على اختلاف ثقافاتهم وعصورهم، إذ حظيت بنصيب شعوري فني هو الأضخم إذا ما قورنت بسائر الموضوعات الفنية، وذلك بصرف النظر عن المكانة الاجتماعية التي كانت المرأة تحتلها في هذا المجتمع أو ذاك، أبوياً كان أم أمومياً، إذ «على الرغم من التباين الكبير في تقدير مكانة المرأة الاجتماعية عند مختلف الشعوب في العصور المختلفة، إلا أن ثمة اتفاقاً فطرياً يكاد يكون شاملاً على مكانة المرأة الجمالية»[9]، فهي رمز الجمال، وقد خرجت من كونها أحد تمثيلات المثل الأعلى الجمالي إلى كونها مثلاً أعلى بحد ذاته، قوامه الأنوثة والخصوبة والرشاقة واللطافة والحيوية وسواها.

وفي دراسة موضوع المرأة جمالياً نُعنى بالجانب الحسي الشكلي، ونكاد نصرف النظر عن القضايا الشعورية والعاطفية، لأن المسائل الشعورية تدخل في باب الانفعالات ذات الطابع الذاتي المنعزل عن الذوقيات الشكلية، وتُعدُّ هذه الانفعالات العاطفية من المشتركات الإنسانية الكبرى، والتي تتشابه في طبيعتها فيما بينها حدَّ التطابق، مما يجعل الدارس الجمالي يصرف النظر عنها إلى المنحى الحسي الشكلي، الذي لا يعبِّر عن الوعي الجمالي والمثل الجمالية فحسب، لكنه يقدّم صورة غنية عن النسق الثقافي الذي ينطوي تحته هذا الأديب أو ذاك، ولا سيما «أن المرأة التي يذكرها الشعر امرأة شعرية لا علاقة لها بهذه المرأة أو تلك ممن نعرفهن في الواقع النثري، إنها، بكلمة أخرى، تشكيل جمالي بحت»[10]، لذلك لا نقول إن الشعر الذي يتناول المرأة يدخل في باب الوصف، فقد تبدو المرأة في النص الشعري على عكس واقعها المعيش، وذلك لأن غاية الشاعر ليست نقل صورة المحبوبة، لكن غايته نقل صفات محبوبته لتتشكل في منظومة التفضيلات الجمالية المعتمدة في النسق الثقافي والذوقية الجمالية لمجتمعه. وكان نتيجة ذلك أننا لا نستطيع أن نتعرف شخصية كل امرأة من النص الذي تناولها، لأننا لن نجد إلا صورة واحدة هي المثل الأعلى الذي يتمثل في كل محبوبة[11].

وسمة تلك التفضيلات الجمالية المشتركة هي الثبات النسبي، وفيما يخص الثقافة العربية؛ تناقل الشعراء تلك الصورة التي رسمها الشعر الجاهلي للأنثى المثالية، ومردُّ ذلك إلى أن نظرة الشعراء إلى الشعر الجاهلي كانت نظرة تقديسية، تشترط اتباع السابقين في

أدائهم وذوقياتهم لتحقيق الكمال الفني، وبذلك كانت أوصاف المرأة «أوصافاً ثابتة ومستقرة على مرّ العصور، فالمقاييس الجمالية ظلت واحدة لم تتبدل بتبدل الأجيال والبيئات، من هنا جرى هؤلاء الشعراء وراء النماذج الوصفية المعروفة في الشعر العربي، وهذا ما جعل صورهم نسخة مكررة عن صور الشعراء القدامى، رغم تباعد العصور بينهم، ورغم اختلافهم عنهم في البيئة، وقد نلمح بعض الإضافات اليسيرة في أوصاف بعضهم، استمدوها من واقع العصر، والبيئة الجديدة المتحضرة»(12)، فتكون تلك الاختلافات الضئيلة ذات طابع ذوقي فردي، أو ذات طابع ثقافي اجتماعي ناتج عن الانفتاح على ثقافات جديدة تفضي إلى تعدد الخيارات الشكلية أمام الذات المتلقية، و«لا بدّ للسياق التاريخي الحضاري [والتجربة الفردية] أن يفرض تطوراً على المثل الأعلى للجمال بما يتوافق والحاجات الجمالية المستجدة»(13).

وتبعاً لهذا الالتزام النسبي بالصورة الجمالية للمرأة عند العرب سنجد تشابهاً يكاد يكون كاملاً في معظم النصوص الأندلسية التي تناولت المرأة على امتداد المرحلة الزمنية المدروسة، ما خلا بعض الاختلافات الفردية، وما خلا بعض التشكيلات الأسلوبية المتمايزة بين شاعرٍ وآخر.

ويلخص غارسيا غومس التفضيلات الجمالية في الجسد الأنثوي عند الأندلسيين فيقول: «ولقد كان التباين الظاهر بين الردف الثقيل والخصر النحيل – في واقع الأمر – أكبر مواضع الجمال الأنثوي عند شعراء الأندلس، وفوق هذا الجسد المتموج المتدثر في ثياب غالية

مترفة، ذات ألوان باهرة مطرزة بالذهب، يتجلى الوجه الوردي في جمال القمر، تزينه غدائر الشعر مصففة فوق الجبين، ومرسلة على جوانب الوجه، ملتوية كأنها ذيول العقارب، ويتبدى سحر الفم تضيئه لآلئ الأسنان المنظومة كأنها بتلات أقحوان. أما ألوان الشعر والبشرة المفضلة عندهم فأمر فيه خلاف»[14]، وهذه التفضيلات تندرج عموماً تحت مناحٍ عدة، منها ما يتعلق بسمات الخصوبة، ومنها ما يتعلق بالمنحى الجمالي، ومنها ما يتعلق بالأنساق الثقافية كما سنرى.

وفي نص آخر للسان الدين ابن الخطيب نجد صفات الفتيات الغرناطيات، يقول[15]: «وحريمهم، حريم جميل، موصوف بالسحر، وتنعم الجسوم، واسترسال الشعور، ونقاء الثغور، وطيب النشر، وخفة الحركات، ونبل الكلام، وحسن المحاورة، إلا أن الطول يندر فيهن. وقد بلغن من التفنن في الزينة لهذا العهد، والمظاهرة بين المصبغات، والتنفيس بالذهبيات والديباجيات، والتماجن في أشكال الحلى، إلى غاية نسأل الله أن يغض عنهن فيها، عين الدهر»، فإلى جانب الصفات الجسدية المغرقة بالأنوثة والرقة والنعومة نجد ملمحاً لأهمية حسن المحاورة والتكلم، فالأندلسيون لم ينظروا إلى المرأة على أنها شكل جميل أو جسد خصب فحسب، بل عوملت المرأة الأندلسية على أنها ندٌّ للرجل، رفيق يمتع العقل والجسد، فتحتوي صفات أعلى مما هو مطلوب منها، صفات حافظت على ذكوريتها في الثقافة العربية، وبذلك فإنها إلى جانب الإمتاع البصري – الجسدي، ومنحى الخصوبة في خلق الحياة، هي ممتعة فكرياً بحسن حديثها، مما يجعل أهميتها – أهمية قيمة الأنوثة – في تزايد واضح في الأندلس،

لأنها تتسم بشمولية أنثوية «الجسد الجميل الخصب»، وذكورية «في الفكر»، وهذا ما يعاكس تماماً ما جاء به الغذامي من افتراض أنه: «من المزايا الحميدة التي تحسب للمرأة خفض الصوت والإمساك عن الكلام، كي لا تكون فحلة سليطة اللسان»[16]، إذ إن الفكر والمنطق «الفحوليين» المقدمين بلطف ورقة وبراعة مما يحسب للمرأة ويرفع من قيمة الأنوثة اجتماعياً وجمالياً.

ومن ذلك قول ابن عربي في وصف النظام، محبوبته[17]: «بنت عذراء، طفيلة هيفاء، تقيّد النظر، وتزيّن المَحاضر والمُحاضر، وتحيّر المناظر، تسمى بالنظام، وتلقب بعين الشمس والبها، من العابدات العالمات السايحات الزاهدات شيخة الحرمين، وتربية البلد الأمين الأعظم بلا مَين، ساحرة الطرف، عراقية الظرف، إن أسهبت أتعبت، وإن أوجزت أعجزت، وإن أفصحت أوضحت»، ومع التركيز على الصفات الفكرية والدينية التي تتفوق فيها على الذكور «أتعبت، أعجزت»، لا بدّ مما يحرك القلب من الصفات الجسدية، حتى عند سيد المتصوفة، ومنها العذرية، وهي صفة إلى جانب بعدها الديني تغذي نزعة التملُّك في العشق، تملُّك الموضوع الجميل تملكاً تاماً، أما الصغر في السن «طفيلة» فيدل على الحيوية والخصوبة في أول نضوجها، وإضافة إلى ذلك فهي جميلة تمنح المتلقي متعة الدهشة بها «تقيّد، تحيّر، ساحرة»، وهذه أعلى درجات الجمال، ولا يخفى الملمح الثقافي الذي مازال يعطي المشرق المكانة الأرفع حتى بعد مرور سنوات على تشكل الشخصية الأندلسية «عراقية الظرف».

إن النص السابق هو مقدمة ديوان ترجمان الأشواق الذي دوّنه ابن

عربي، وهو مجموعة من القصائد الغزلية التي تعنّت ابن عربي ومنحها بُعداً صوفياً، لكن قارئ هذه النصوص ـ إن أغفل مدوّنها وشرحه ـ لا يجد فيها إلا نصوصاً تؤكد على معطيات الذوقية العربية فيما يخص العلاقة بالأنثى أو تمثيل صفاتها، إذ يقول ابن عربي في إحداها[18]:

تُضـوّع نَشـراً كمسـكٍ فتيقِ   بيضـاءَ غيـداءَ بَهتانـةً

ثنتهـا الريـاحُ كمثلِ الشـقيقِ   تمايلُ سَكرى كمثلِ الغصونِ

ترجرجَ مثـل سَنـامِ الفنيقِ   بـردفٍ مهـولٍ كدعـصِ النقا

وبصرف النظر عن التأويلات الصوفية التي كتبها ابن عربي حتى بدت وكأنها نص آخر مختلف عما بين أيدينا، نجد في هذا النص دليلاً على أن الحس هو مدخل تلقي الموضوعات، حتى الصوفية منها، وهو طريقة نقل التجارب الجمالية والصوفية في آن، والنص لا يختلف عن النصوص العربية والأندلسية، في عرض السمات الممتعة للحواس ـ الجمالية وغير الجمالية ـ «بيضاء، مسك، تمايل»، وتبدو قيمة الخصوبة واضحة في النص في مزج صفات الأنثى بعناصر الطبيعة «الغصون، مسك، شقيق»، كما تبدو الخصوبة في الردف الثقيل.

وهذه الصفات المشتركة في الثقافة العربية نجدها عند معظم الشعراء، حتى ليبدو الأدب وكأنه يقدم لنا صورة لامرأة واحدة، يقول أبو جعفر الرعيني[19]:

تريكَ قَدّاً علـى ردفٍ تجاذبـهُ

كخوطةٍ فـي كثيبِ الرمـلِ قد نبتثْ

ريّـا القرنفل في ريحِ الصبا سـحراً

يضوعُ منهـا إذا نحوي قـد التفتتْ

ويبدو التقليد المباشر للمشرق حتى في التشبيهات التي تلجأ إلى عناصر البيئة المشرقية «خوطة، كثيب الرمل، ريا القرنفل، ريح الصبا»، بالإضافة إلى ثنائية الردف الثقيل/الخصر النحيل الموروثة من الثقافات القديمة والتي نجدها تتكرر في نصوص كثيرة[20].

كما يبدو المنحى الثقافي في صورة المرأة بوضوح في نص الملك النصري يوسف الثالث، يقول[21]:

تـردّدتْ رداءَ الفخـرِ وهـوَ مُحبَّـرُ

لها مـن ظلامِ الليـلِ فَـرعٌ ومَحجَرُ

فتـاةٌ تُريكَ الشَّـمسَ عنـدَ طلوعها

ولكنّها أبهى جمـالاً وأبهـرُ

فمِـن قدِّهـا رُمـحٌ لقلبي انثنـاؤه

ومـن لحظِها عَضبٌ عليَّ مشـهَّرُ

فللهِ ذاكَ القـدُّ وهوَ مُهفهفٌ

وللهِ ذاكَ الثغرُ وهوَ مؤشـرُ

ويا حسنها تبـدي الثنايا كأنّما

يلـوح بمرآها عقيقٌ وجوهـرُ

فيا لكَ من سِـمطٍ بفيهَا منظَّـمٍ

لـهُ كَلِـمٌ كالـدُّرِ وهـو منثّـرُ

عجبتُ لهــا مـلءَ العيــونِ بدائعاً

لهـا العِطف يزهــى والحديقةُ تُزهرُ

إن مركزية الأنثى بوصفها موضوعاً مفرداً وبوصفها موضوعاً ثقافياً واضحة في النص، إذ تبدو الأنثى أولاً ممتدة أفقياً وعمودياً برداء الفخر وتضمين الليل والشمس فيها، وكذلك بتضمين الصفات المثلى فيها، فالثياب أولاً، والجواهر «عقيق، در، جوهر» ثانياً، من مؤشرات البيئة المرفهة الملكية، والتي استمدتها من حالة الرفاهية العامة التي تدخل في المثل الأعلى الجمالي الأندلسي، وكذلك خصوصية المرأة الفحولية، المرأة ذات الكلم المدهش «كلم كالدر»، إلى جانب الدلالات ذات الطبيعة البطولية «رمح، عضب»، وهذه الإشارات الموحية بالأمان الوجودي الذي رأيناه مؤمثلاً في الفصل السابق، كما أن تلك الإشارات تنقل لنا حالة الضعف المحبب أمام الموضوع الجميل الذي يتملكنا بإدهاشه، مع ما لعناصر الطبيعة من دلالات الخصب المفضل اجتماعياً وجمالياً في الأندلس «يزهى، تزهر»، ولا تخفى الصفات الجمالية ذات الطابع الثقافي العربي، كسواد الشعر والعين، والقد النحيل والأسنان المفلجة، فباحتوائها تلك المظاهر للمثل الأعلى لا بدّ أن تتفوق بجمالها حد الإدهاش «أبهى، أبهر، عجبت، بدائعاً» كي تليق بالبيئة الملكية المترفة.

ويقول ابن حمديس الصقلي في مزيد من التوسع في تلك الصفات المثلى (22):

وســاحبةٍ ليــلاً مــن الشّــعرِ الجَثْلِ

لهـا مَثَلٌ في الحسـنِ جلَّ عـن المثْلِ

تمجّ فتيتَ المسكِ منـه أساودٌ

مُعَقْرَبـة ٌ أذنابهـنّ على النعـلِ

تديـرُ الهـوى مـن مُقْلـةٍ بابليّـة

لهـا نَجَلٌ يغنـي الجفونَ عـن الكحلِ

وتمكثُ بيـن اللحـظِ واللفـظِ فتنةٌ

تحـلّ عُقـالاً للتصابـي عـن العَقْـلِ

ومـا روضةٌ يُهدي النسيمُ أريجَها

محـا عن ثراهـا القَطْرُ سـيئةً المحلِ

بأطيـبَ مـن فيهـا محادثـة ً إذا

حلا النومُ عند الفجرِ في الأعينِ النجلِ

تبدو المبالغة بالتمسك بالصفات العربية للأنثى واضحة عند الشاعر الصقلي، على الرغم من التنوع الوفير للأشكال الأنثوية في بيئته المحيطة، وذلك في صورة الشعر المغرق في سواده أولاً وفي طوله ــ العَطر ــ وكثافته ثانياً، حتى ليستدير على أطراف النعال، وفي ذلك مزج بين الصورة الحسنة والرائحة الطيبة، أي معايشة الموضوع الجميل بأكثر من حاسة، مما يجعل موضوع المرأة هو أقرب الموضوعات للطبيعة التي نعايشها بمجمل حواسنا، كما تبدو المبالغة باتساع العيون الساحرة، ولبابل شهرتها بالسحر العنيف، ودلالتها الثقافية المشرقية.

وهذه المبالغات لو تجلت في فتاة حقيقية لكانت مثار استغراب لا

إعجاب، لكننا أمام نص شعري يحاول تضخيم الموضوع ليجعله يضاهي أو يتجاوز المثل الأعلى المشرقي، ليبدو النص وكأنه في إطار تنافس جمالي مع المشرق، مع إضافة الخصوصية البيئية الأندلسية في صورة الروضة التي زال منها القحط أو الشكل الصحراوي، فكذلك حديث هذه الفتاة المترفعة عن كونها جسداً وحسب.

وتستمر تلك الصورة المثلى عند آخر شعراء الأندلس، عبد الكريم البسطي، يقول[23]:

أفـدي التي لـم تزلْ تُبدي محاسنَها
للناظريـن إليهـا منظـراً عجبا

جِسـمٌ مـن الفضـةِ البيضـاءِ معتدلٌ
تخالُـه مُشْـرَباً مـن حسنِهِ ذهبا

إذا يـدٌ لمسـتْهُ مـن غضاضتِـهِ
وحسنِ نعمتِـهِ أبقـتْ بـهِ نَدَبـا

تُقلُّـهُ إن مشـتْ رجـلانِ حجلهما
يضيقُ وهي اشتكتْ من حملِهِ تعبا

ووجهُها حازَ من شمسِ الضُّحى شبهاً
بل نورُ غرّتِهِ شمسَ الضحى غلبا

ووجنتاهـا إذا يبـدو احمرارُهمـا
حقّقـتُ أنهمـا وردُ الرّبـى غضبا

ومقلتاهــا وذاكَ الجيدُ ليــس لهــا

مِثــلٌ إذا مــا امرؤٌ مِثـلاً لهــا طلبا

وثغرُهــا حســنَ زهرِ الأقحـوانِ حوى

والأقحـوانُ غـدا لا يعرفُ الشـنبا

جـرى بفيهــا رُضـابٌ طيّـبٌ عَبِـقٌ

يذكـو لمن شـمَّهُ، يجلو لمـن شـربا

إذا الفتــى شـمَّهُ أو ذاقَـهُ سـحراً

ألفاهُ في الحالتينِ المسكَ والضَّربا

وتبدو قيمة الرفاهية في أعلى درجاتها في هذا النص، فالفتاة
بيضاء، في جلدها امتزاج الذهب (الحيوية)، والفضة (البياض
الغض)، مع رقة ونعومة يُخشى خدشها بالأنامل، معتدلة في الحسن
لا تجانبه، مترفة الجسد الغض الممتلئ حتى ليضيق بحمله كاحلُها،
ولا يتجاوز الجسد بامتلائه حداً يمنع تدفق الحيوية فيها وفي وجنتيها،
مع ثغر فيه أنواع الجمالات كافة، من حسن ريق كالعسل والمسك،
وبياض أقحواني ممتع للحواس، وهذا يبدو من نظرة أولى.

ومن نظرة ثانية نستدل على جمالية بياض البشرة، فهو إلى جانب
نقله لقيمة الرفاهية الاجتماعية من حيث إن الفتاة لا تواجه الشمس
في أثناء العمل، بل هي منعمة في خدرها، نجد للبياض بُعداً ثقافياً،
إذ «إن النتائج جاءت لتكشف عن أبعاد غاية في العمق والخصوبة
في التشكيل الجمالي للبياض، إذ تبين أنه لون الكرم والقيمة الإنسانية
المتعالية [جمالياً واجتماعياً]، بل إنه يتجاوز ذلك ليتضمن معنى

المقدس المطلق، بخاصة في التشكيل الجمالي للمرأة»[24]، وبذلك يتضمن البياض دلالة ثقافية إضافة إلى الدلالة الجمالية.

ومن نظرة أخرى إلى غضاضة الجسد وامتلائه بحيث ينحني في تشكيلاته، نجد أن جسم المرأة تتآلف خطوطه لأنها في مجموعها أميل إلى الاستدارة والانعطاف، بعكس الرجل الذي تميل خطوط جسمه إلى الاستقامة وتكوين الزوايا[25]، وللدائرة خصوصيتها الجمالية في الثقافة العربية، بالإضافة إلى دلالتها على الخصوبة الأمومية التي حافظت على أهميتها طيلة قرون.

ونلاحظ أن تلك الصفات — في هذا النص وفي سابقيه — تتمحور حول الإغراق في الأنوثة والابتعاد عن السمات الذكورية الشكلية، و«إن البحث المعمق في معايير جمال شكل/هيكل المرأة عند الشعراء العرب على اختلاف عصورهم يردنا إلى مفهوم الأنوثة مقابل مفهوم الذكورة؛ فكل ما يلفت الشاعر في جسد المرأة يحمل هوية الاختلاف، هذا الاختلاف الذي يمثل جوهر الحياة: التنوع المرتد إلى الوحدة»[26]، وهذا يعود إلى الرغبة في تمثل الموضوع المختلف — الجميل أمامنا كي يسد النقص في الذات، ويقدّم لنا العناصر المفتقدة التي تكمّل المثل الأعلى، بل تدعمه وتبديه في شكله الأجمل، الشكل الأنثوي.

وكما كان دأب الشاعر المشرقي في تقديم صورة الأنثى ممتزجة بعناصر البيئة الطبيعية من حوله، وجد الأندلسي في بيئته المتمايزة منبعاً ثرّاً من العناصر التي تتوافق جمالياً شكلاً وتمثيلاً بين المرأة والطبيعة في تقديم المثل الأعلى الجمالي العام في الأندلس، والذي يدور في فلك الرفاهية والخصوبة والاحتفاء بالمتع بأشكالها.

إن المرأة بوصفها أحد تجليات المثل الأعلى في الجمال لم تنفك تفرض نفسها على مجمل موضوعات الجمال الأخرى كالطبيعة التي تندرج في كثير من تشكيلاتها في الموضوعات الجميلة، ومن هنا يحدث التمازج المعهود بين المرأة والطبيعة، فكلاهما مصدر الحيوية والتنوع، كما أن كلاً من الطبيعة والمرأة كان الأنموذج الأبعد عن المنحى المعنوي ذي الدلالات الأخلاقية، بل غالباً كان الاستمتاع بهما جمالياً [حسيّاً] بحتاً.

ومن ذلك ما نجده في قول يوسف الثالث[27]:

سلِ الروضةَ الغناءَ من جانبِ القصرِ
ومَنبتِ خُوطِ البانِ ذي الوَرقِ النضرِ

بهــا من ظباءِ الأنسِ حــوراءُ طفلةٌ
هيَ البدرُ أو تُزهى جمالاً على البدرِ

مــوردةُ الخديــن تدمــى مــن الحيا
معقربــةُ الصدغيــنِ مسلولةُ الثغرِ

ولــو لم يكــن ذاك الرُّضــابُ بقهوةٍ
لمَــا مالَ عِطفاها تمايُلَ ذي سكرِ

منعمــةُ الأطــرافِ ســاقيةُ الحشــى
مُرجرَجــةُ الأردافِ مخطّفةُ الخصرِ

تشــيرُ بعُنَّــابٍ وترنــو بنرجـــسٍ
وتعطو ببلّــورٍ وتَبْســمُ عــن درِّ

إن بيئة الشاعر الملكية تمنح النص جواً من البذخ والرفاهية الواضحين، فالحيّز المكاني قصر وروضة، والأنثى فيه زينة الأنس، القمر الكامل «البدر»، أنثى كاملة وفق ما يقتضيه الموروث الثقافي العربي وما تقتضيه تلك الرفاهية في آن، «ظبية، حوراء، طفلة، موردة الخدين، معقربة الصدغين، منعمة الأطراف، مرجرجة الأرداف، مخطفة الخصر»، وتبدو صورة الأنثى السكرى بريقها من صور الجو المؤنس، مع ما للصورة من دلالة على رقة حركتها وتمايلاتها الأنثوية ذات الحيوية والرشاقة، بالإضافة إلى الحشد الطبيعي في جزئيات جسدها، مع البلور والدر اللذين يمنحان صورتها بعداً فنياً. وهذه العناصر والصور النباتية تأتي في الغزل لتوليد الإيقاع المتردد في جمال الحسناوات[28]، إيقاع تضمين الحياة في أجمل أشكالها ضمن موضوع واحد، جسد واحد. وبجميع تلك الجزئيات تبدو الأنثى تمثالاً من عناصر ثقافية وطبيعية وفنية، وهذا التمثال ليس مخلّداً كالحجارة، لكنه يتمتع بالحيوية والرشاقة والخصوبة، فجماله غير ثابت، لكنه مستمر وممتد في تشكيله للمثل الأعلى الجمالي في أعلى صوره.

ويقول ابن لبال[29]:

ألمـتْ وما غيـرُ الوِشـاحِ وشـاحُ

ولا غيـرُ أطراف الثُّـديِّ رِمـاحُ

ولاَ غيـرُ مـا فـوقَ الـروادفِ بانةٌ

ولا غيـرُ ما فـوقَ الجيوبِ صباحُ

ولا ورَدَ إلاَّ مـا حـوتْ وَجَناتُها

ولا غيـرُ مَنظـومِ الثغـورِ أقـاحُ

فبتنــا ومــا تحتَ الوشـاحِ محـرمٌ

علينـا ومـا فـوقَ الوشــاحِ مُبـاحُ

في نظرة أولى إلى النص نجد تشكيلاً حسياً لجزئيات جسد المرأة الممتزج بعناصر الطبيعة في حيويته وجذبه للمتلقي، عناصر تدور في فلك الصلابة والسمو والانتظام والحيوية، لكننا في نظرة ثانية إلى النص نجد أن ابن لبال قد نظر إلى المرأة بوصفها موضوعاً جمالياً يشكل المثل الأعلى المطلق في تكوينه الجمالي البحت من غير أن يطرق حيّز الاستهلاك الغريزي، وذلك على الرغم من تصويره لجزئيات في جسدها تنتمي إلى دائرة الغريزة، وفي هذا ما يدلنا على أن الشعراء – بمعظمهم – قد تناولوا المرأة بوصفها موضوعاً حسياً جمالياً مهتمين بجزئيات الشكل الذي يضاهي مثلهم الأعلى ويحتويه بتفصيلاته الموضوعية، من غير أن يتعدوه إلى النظرة الاستهلاكية نحو الموضوع، وحين تكون المرأة في هذا التصوير المترع بالسمو والمغرق بالجمال، من البدهي أن تغدو موضوعاً للتلقي الجمالي البحت، وحين يخرج الموضوع من دائرة النفعية والاستهلاك إلى دائرة الجمالي الخالص، يتملك خاصية الرفعة والقداسة بما هو موضوع بحد ذاته، من غير أن يكون موضوعاً في متناول استهلاك الذات.

وبهذا نرى أن تشكيل بدن المرأة يأتي – وهو تشكيل جمالي بحت – بشكل لا يمكن تفسيره بحسية العربي، بل يستند هذا التشكيل إلى التخييل أولاً، ويهدف إلى تأسيس المعنى الكلي [أي المثل الأعلى الجمالي] للوجود في هذا البدن، ولهذا نجد الشعراء يستحضرون عناصر طبيعية متنوعة [بحسب بيئتهم ومثلهم الأعلى الجمالي

الطبيعي]، وذلك لبناء بدن المرأة تشكيلياً. وأهم ما في هذه العناصر أنها قد تم تجريدها من حسيتها وماديتها لتؤكد معنى المقدس المطلق وتؤسسه في المرأة[30]، إذ لم تكن غاية التشبيه بعناصر الطبيعة من أجل التوسع في وصف جمالات المرأة الحسية، بل كانت الغاية أن يقول الشاعر إن موضوع المرأة موضوع شمولي في تمثيله للمثل الأعلى، حتى كأنه يتضمن ما في الطبيعة من خصائص الخصب والرفاهية والاستمرارية، من غير الالتفات إلى المنحى الغريزي في هذا الموضوع المبني كي يقدم المطلق في الجسد المشكّل فنياً.

وقد يتكشف لنا في شعر المرأة ما لم يتكشف لنا في الشعر عنها، وصحيح أن المصادر لم تحفظ لنا الكثير من شعر المرأة الأندلسية، إلا أن ما وصلنا يقدم لنا صورة واضحة عن حالتها الاجتماعية ودورها في صياغة المثل الأعلى الجمالي، وقد «كان للمرأة بين الملثمين مكانة سامية، وعدت أحياناً مساوية للرجل، واقتنت الثروات وتمتعت بنفوذ كبير»[31]، مما خلق نوعاً من الندية الاجتماعية بينها وبين الرجل، وقد نشأت ندية المرأة من عصر المرابطين ــ إذا استثنينا الحالات الخاصة السابقة كولادة بنت المستكفي ــ إذ قوى المرابطون في الأندلس شعور احترام المرأة وذلك طبقاً لما يقتضيه المثل الأعلى البربري الذي ظل متعلقاً بنظام اجتماعي أولي يقوم على الأمومة[32]، وقد استمر ذلك إلى عصور لاحقة. ومع أن المرأة في عصر الموحدين لم تتمتع بذات الحرية المرابطية، إلا أن الموحدين نظروا لها أيضاً نظرة تقدير واحترام كبيرين[33]، هذا بالإضافة إلى الانفتاح الثقافي على أعراق وديانات مختلفة، منحت المرأة حرية لعب دور اجتماعي وأدبي وحتى سياسي[34].

ونقف أمام نموذج فذٍّ من النساء الشاعرات، حفصة بنت الحاج الركونية (586هـ)، محبوبة أبي جعفر بن سعيد، فتاة جريئة اتخذت موقع الندية مع الرجل اجتماعياً وأدبياً، ودخلت في إجازات لطيفة مع ابن سعيد، منها ما قاله[35]:

رعـى اللهُ ليـلاً لـمْ يُـرعْ بمذمَّـم
عشـيةً وارانـا بحـوزِ مُؤمِّـلِ

وقـدْ خفقـتَ من نحـوِ نجدٍ أريحةٌ
إذا نفحـتَ جـاءتْ بريًّـا القَرنفـلِ

وغـرَّدَ قمـريْ على الـدوحِ وانثنى
قضيبٌ من الريحانِ من فوقِ جدولِ

يرى الروضَ مسروراً بما قدْ بدا لهُ
عنـاقٌ وضـمٌّ وارتشافُ مقبِّـلِ

فأجابته حفصة:

لعَمـرُكَ مـا سُـرَّ الريـاضُ بوصلِنا
ولكنـهُ أبـدى لنـا الغلَّ والحَسَـدْ

ولا صفـقَ النهـرُ ارتياحـاً لقربِنـا
ولا غردَ القمـريُّ إلا لمـا وَجـدْ

فـلا تحسـن الظـنَّ الذي أنـتَ أهلهُ
فما هـوَ فـي كلِّ المواطنِ بالرَّشـدْ

فمــا خلــتُ هــذا الأفقَ أبــدى نجومهُ

لأمرٍ ســوى كيما تكونُ لنا «رَصَدْ»

نحن أمام نص تقليدي، ونص متمرد، إذ إن النص الأول يصف حالة مثالية من التمتع بوصل المحبوبة داخل إطار طبيعي مفعم بالجمال والأنس، وتلك الحالة مقدمة وفق نسق تقليدي من الصور والعبارات «نجد، ريا القرنفل، حوز مؤمّل.. إلخ»، بحيث يظهر الموقف من الطبيعة موقف تقدير واستمتاع بالخصب والغنى والتنوع.

في حين يبدو النص الثاني متمرداً من موقفين، الأول هو: موقف الندية والتنافس الشعري – الفكري مع الشاعر، مع فرضٍ لهذا الموقف بأسلوب ذكي يجبر معشوقها على القول بكلامها «فلا تحسن الظن...»، إذ ظهرت حفصة في الإجازات الشعرية بوصفها نداً للرجل، لا كائناً مستضعفاً تحت ظله، ولا كياناً صامتاً يتحدث الرجل بلسانه. والموقف الثاني هو: الموقف السلبي من الطبيعة، إذ تجري منافسة ضمنية بين الأنس الإنساني، والأنس الطبيعي، وبين خصوبتهما، وبينما يقف الشاعر الموقف الأولي القديم الإيجابي من الطبيعة بوصفها المصدر الأول للخصب، تقف الشاعرة منه موقف المنافس المكتفي بخصوبته وبأنس الآخر – الإنسان، وفي موقفها فحولية مواجهة الطبيعة ومنافستها، فحولية لم يكن الشاعر الأندلسي يمتلكها لأن الطبيعة الأندلسية مروضة غالباً، ولرقة في نفسه جُبل عليها.

وتبدو حفصة في صورة جريئة مرة ثانية حين تقول[36]:

أزوركَ أم تــزورُ فــإنَّ قلبــي   إلــى مــا تشــتهي أبــداً يميــلُ

فثغـري مـوردٌ عـذبٌ «زلالٌ»   وفـرعُ «ذوابتـي» ظـلٌّ ظليـلُ

وهل تخشى بأن تظما وتضحى   إذا وافـى إليـكَ بـيَ المقيـلُ

فعجِّـلْ بالجـوابِ فمـا جميـلٌ   إبـاؤُك عـن بثينـةَ يـا جميـلُ

هذا النص يذكرنا بالأبيات الجريئة لولادة بنت المستكفي، والتي تضع الأنثى في موضع المبادرة، فتتخذ الموقف الفحولي حقيقةً وشعراً، في حين يبدو الذكر في موقع كمون أو تخاذل يضعف مكانته الفحولية على الضفة الأخرى، إذ تعرض صفاتها أمامه، صفاتها الفردوسية «تظما وتضحى» [37]، كي تستثير فيه حس المبادرة ليعود إلى موقعه الصحيح، لكن في نظرة متمعنة للنص نجد أنه مكتوب بكلمات فحولية على لسان امرأة، إذ نجد كلمات الرجل هي ذاتها تنساب في النص، بذات التوصيفات والقولبة، وذلك لأن «الرجل في مركز التكوين اللغوي، وتدور حوله سائر المصطلحات، فهو القطب والمركز، مثلما أنه ضمير اللغة وسر تركيبها» [38]، فالشعر العربي ابن الفحولة العربية، والتشكيلات الجمالية التي تصوغها الأنثى هي ذاتها ما نجده في شعر الشعراء الذكور، ولم تستطع الأنثى صياغة لغة شعرية خاصة بها إلا في العقود الأخيرة (المعاصرة)، فحتى لو قيلت القصيدة الأندلسية على لسان امرأة، فلن تكون فيها سوى موضوع «فالمرأة موضوع لغوي، وليست ذاتاً لغوية» [39]، كما نرى في تاريخ ثقافتنا العربية.

وهذا ما نجده في نص لحمدة بنت زياد، تتغزل بفتاة، فتقول [40]:

أبـاح الدمعُ أسراري بوادي   لـهُ فـي الحسـنِ آثارٌ بـوادِي

ومن روضٍ يرفُّ بـكلِّ وادِي	فمـن نهرٍ يطوفُ بـكلِّ روضٍ
سـبتْ لبي وقد ملكتْ فؤادِي	ومن بيـن الظباءِ مهـاةُ أنسٍ
وذاكَ الأمـرُ يمنعـني رُقـادِي	لهـا لحـظٌ ترقُّـدهُ لأمـرٍ
رأيتَ البـدرَ في أفقِ السَّـوادِ	إذا سـدلتْ ذوائبها عليها
فمن حـزنٍ تَسَـرْبلَ بالسَّـوادِ	كأنَّ الصبـح مـاتَ لهُ شقيقٌ

في غزل عارض من أنثى لأنثى نحن أمام إظهار براعة لغوية إلى جانب التمتع بمشهد جمالي بحت، وكما اتبع الشاعر الجماليات في الثقافة العربية، كذلك كانت الأنثى في تتبعها للثقافة أولاً، وللشعراء الذكور ثانياً، وذلك في وصف امتزاج سواد الشعر مع بياض البشرة، مع الاستعانة بالعناصر الطبيعية الخصبة الغنية، وحين تبدي المرأة براعتها الشعرية تتزيا بزي الرجل الثقافي – الجمالي والأسلوبي معاً، «وهنا تأتي المرأة إلى اللغة بعد أن سيطر الرجل على كل الإمكانات اللغوية، وقرر ما هو حقيقي وما هو مجازي في الخطاب التعبيري، ولم تكن المرأة في هذا التكوين سوى مجاز رمزي، أو مخيال ذهني يكتبه الرجل وينسجه حسب دواعيه البيانية والحياتية»[41]، فلا نكاد نجد في النص ما يميزه عن نصوص الشعراء، إلا محاولة جاهدة لصوغ قالب جديد لمعانٍ صاغها واستهلكها الشاعر – الفحل العربي.

وقد كان للآخر الأسود – غلاماً كان أم امرأة – نصيب من الشعر الأندلسي، و«نجد أن السود اختصوا في معظم وجودهم في الأندلس بالرق والعبودية»[42]، إذ عاش السود في الأندلس ذات النظرة التنميطية السلبية التي عاشوها في معظم الثقافات، وهي صورة

صادرة عن المخزون الثقافي الجمعي العالمي، وما يهمنا هنا هو صورة الأنثى السوداء، إذ «كانت الجواري الزنجيات تشكلن واحداً من عدة أعراق اجتلبها العرب للخدمة والمتعة»[43]، وهذا ما نجده في قول ابن أبي الصلت في امرأة سوداء[44]:

يــا عزُّ عزَّ الوجدُ صبري بما	أصبحتِ مـن حسنِك تبدينَه
مـا أنتِ إلا لعبـةٌ مـا بـدتْ	للمرءِ إلا أفسدتْ دينَه
وقد أفدتِ المسكَ فخـراً بأن	أصبـح يحكيكِ وتحكينَه
لا شـكَّ إذ لونُكمـا واحـدٌ	أنّكمـا في الأصلِ مـن طينَه

ومع أن ابن أبي الصلت يقف موقفاً إيجابياً جمالياً في تغزله بتلك الفتاة التي لفته لونها المغاير وعطرها العبق، إلا أن موقفه الثقافي كان مغايراً، بل مناقضاً لموقفه الجمالي، إذ تبدو نظرته للمرأة نظرة متعوية يحكمها النسق الفحولي، الذكوري أولاً، والمستعبد للآخر الأسود ثانياً، فهو لم يرَ فيها إلا محض دمية ممتعة للحواس؛ «ما أنت إلا لعبة»، وإذ تبدو في موقع متفوق مؤثر جمالياً، تبدو في موقع دوني عرقياً (السواد) وجنسياً (الأنوثة)، لذلك نجد ابن أبي الصلت «يستعين بما هو سلبي ثقافياً ليحوله إلى ما هو إيجابي جمالياً وشعرياً»[45]، من غير أن يعرف أنه بذلك يعمق الموقف الفوقي للأنا العربية الفحولية.

ونجد ذلك في نصٍ لأبي حيّان، الشاعر الفذِّ، يقول[46]:

لنــا غرامٌ شــديدٌ في هوى السـودِ

نختارهـنَّ علــى بيضٍ الطـلا الغِيدِ

لونٌ بـهِ أشـرقتْ أبصارُنـا وحكى

في اللونِ والعَرفِ نفحَ المسكِ والعودِ

لا شـيءَ أحسـنُ مـن عـاجٍ تركِّبُهُ

في آبنـوسَ ولا أشـفَى لمبرودِ

لا تهوَ بيضاءَ لونِ الجصِّ واسْمُ إلى

سـوداءَ حسـناءَ لونَ الأعينِ السـودِ

في جيدِهـا غَيَـدٌ، في قدِّهـا مَيَدٌ

في خدِّهـا صَيَـدٌ، مـن سـادةٍ صِيدِ

مـن آلِ حامٍ حَمَتْ قلبـي بنارِ جَوًى

مـن هجرها وابتَلَـتْ عيني بتسْـهيدِ

إن النظرة العامة للسود لم تمنع التمتع بنسائهم، إذ «كانت المرأة السوداء موضوعاً للرغبة والاشتهاء»(47)، وهذا ما كان يدعم النظرة السلبية تجاههم من موقف آخر، فالشاعر يعرض الصفات الجمالية التي ترغّبه بالسود، وتجعلهن في مرتبة أعلى من البيض اللواتي جُعلن كالجص الفاقد للحيوية والرشاقة، فللون المغاير جماليته. والجمال الغريب مستحسن في غير بيئته(48)، ومع تركيزه الشديد على الاختلاف اللوني – العرقي «من آل حام»، نجد أن صفات الأنوثة المحببة بقيت في موقعها الجذاب «لون الأعين السود، غيد، ميد، صيد»، وفي إعجابه بالاختلاف والرشاقة والحيوية، بقي موقفه موقفاً جنسياً، لا جمالياً فحسب، ومن الجلي في النص الموقف الفحولي للشاعر، الفحولي عرقياً وجنسياً، مما يمنعه من النظر إلى تلك الأنثى

نظرة أسمى من محض الاشتهاء والتمثيل الشعري الجمالي في النص.

وهذا ما دفع أبا حيان ليقول نصّه الآخر [49]:

إذا مـــالَ الفتــى للســـودِ يومـاً	فـلا رأيٌ لديـــه ولا رشـــادُ
أتهـــوىَ خُنفســـاء كأنَّ زفتـاً	كســـا جِلداً لهـــا وهوَ الســـوادُ
ومــا الســوداءُ إلا قِــدرُ فِـرنٍ	وكانـــونٌ وفحـمٌ أو مــدادُ
وما البيضاءُ إلا الشمسُ لاحتْ	تنيرُ العيـنُ منهـا والفـؤادُ
سبيكةُ فِضّةٍ حُشِــيَتْ بــوَرْدٍ	يَلَـذُّ السُّـهدُ معهـا والرُّقـادُ
وبينَ البيضِ والسـودانِ فرقٌ	لـذي عقلٍ بـــه اتضـحَ المُرادُ
وجوهُ المؤمنينَ لها ابيضاضٌ	ووجـهُ الكافريـنَ به اسـودادُ

وفي التفات سفسطائي يتحول موقف أبي حيان من الإيجاب إلى السلب، ونحن لسنا أمام موقف جمالي فردي فحسب، بل أمام موقف سلبي من الآخر توسّل لنقله بالصورة الجمالية التي نراها، إذ تنتقل الصورة من التفاهة المثيرة للاشمئزاز «خنفساء، زفتاً»، إلى عناصر تفقدنا الاهتمام بالموضوع «قدر فرن، كانون، فحم، مداد»، وهي عناصر نفعية، ما إن تؤدي غايتها حتى تقع في موضع الإهمال، وهي – إلى جانب إثارتها لرغبة تجنب الموضوع – تثير في المتلقي شعوراً فوقياً تجاه الموضوع، وكي يمعن في موقفه يجري مقارنة مع البيضاء ذات الجلد المرفه المنعم «سبيكة فضة»، القادرة على الإمتاع جسداً وفكراً «يلذ السهد معها والرقاد»، وهو ما تفتقد إليه

السوداء في نظره، وهذا التمثيل الجمالي جاء لغاية ترميزية ثقافية هدفها إقصاء الآخر الأسود من خلال ضرب من العنف اللغوي – الجمالي تجاه الآخر، «فالعنف الشعري غير المباشر [يظهر] في سعي الخطاب الشعري العربي إلى شَعرنة الأسود الزنجي، وتحويله إلى موضوع شعري يتم استحضاره بالوصف والتشبيه»[50]، وحين يأتي بالأنثى السوداء فيقف منها هذا الموقف السفسطائي الشعري اللاهي فهو يمارس أعتى أنواع هذا العنف الشعري، ولا يكتفي أبو حيان بالتقبيح والتحسين الجماليين، بل يؤكد موقفه الفوقي مستعيناً بنص ديني «البيت الأخير»، موقفه الجمالي والعرقي والديني في آن.

وتتمركز الهيمنة حينما يكون النص مكتوباً بيد أنثى أخرى، تقول حفصة الركونية لأبي جعفر حينما عشق فتاة سوداء[51]:

بدائـعَ الحسـنِ قـدْ ستـرْ	عشـقتَ سـوداءَ مثـلَ ليـلٍ
كلا ولا يُبصَرُ الخفـرْ	لا يظهـرُ البِشـرُ فـي دُجاهـا
بـكـلِّ مـنْ هـامَ فـي الصُّـورْ	بـاللهِ قـل لـي وأنـتَ أدرى
لا نـورَ فيـه، ولا زهـرْ	مـن الـذي حـبَّ قبـلُ روضاً

إن هذا النص نابع من منطلق فردي في المقام الأول، إذ إنه مبني على دافع الغيرة، وما يهم حفصة هو عنصر التنفير الجمالي من الآخر، وتركز على سمة الإخفاء السلبية في صورة الأنثى، إذ يفضل العربي الفتاة الوضيئة ذات الحسن البادي والملامح الجميلة الظاهرة، وهذا ما جعله يفضل الفتاة البيضاء التي توضح حسنها في عيونهم، أما الفتاة

السوداء فملامحها مخفية، وحُسنها مخبأ، ولفتاتها الأنثوية «البشر، الخفر» ضامرة خلف السواد كما تدعي حفصة، وتدعم كلامها أخيراً بمثال من الطبيعة التي لا تقبل جمالاتها الجدال، فالأنثى روضة تتمتع بالخصوبة مهما اختلف عرقها، لكن الخصوبة ليست المطلب الوحيد من الطبيعة، وخصوصاً عند الأندلسي، بل الحسن المبهر مرغوب أيضاً، لكن السوداء تفتقد إلى بياض النور، واحمرار الزهر.

وهنا تدخل حفصة المتلقي ـ ابن سعيد في حالة من القبول التام بموقفها، بما أنها نقلته في إطار جمالي ـ طبيعي منطقي، من غير التعرض إلى تفجرات مشاعر الغيرة العشوائية، وفضلت اللجوء إلى التنفير الجمالي من عرق بأكمله من غير أن تخص الفتاة التي عشقها بالصفات الفردية، أي أنها توجهت إلى الفتاة بوصفها عرقاً، لا بوصفها فرداً، «وسواء تغنى الشعراء بجمال السوداء أم ذموا قبح الأسود، فإن كلاً من الأسود والسوداء لن يكونا أكثر من موضوع للهيمنة والإخضاع»(52)، مما يدعم ما قلناه عن استمرارية الصورة السلبية للسود في الثقافة العربية، وما يدعم تسلسل مراتب الهيمنة فيها من الفحل إلى الأنثى ثم الآخر.

إذاً نجد صورة المرأة عند الأندلسيين قد مكّنت الرؤية الثقافية لديهم، بدءاً باتباع النموذج الجمالي المشرقي بتفاصيله، وانتهاءً بإضفاء خصوصية أندلسية أولت الشخصية الفكرية في الأنثى بُعداً مهماً، وأولت الطبيعة الأندلسية مكانة محورية بوصفها الموضوع الأقرب لقيمة الخصوبة والجمال الظاهر الذي تتمتع به الأنثى، وكذلك تبدى المنحى الثقافي بشعر النساء اللواتي أبدعن تارة بلسان

الأنوثة وغالباً بكلمات فحولية، كما احتفظ الأندلسيون بالنمطية الثقافية لصورة الآخر الأسود في تعاملهم مع المرأة السوداء بوصفها أداة متعة، وسواء قدمت بصورة إيجابية أم سلبية، فقد بقيت تحت السلطة الاجتماعية للعرق الأبيض الطاغي ثقافياً.

2 – 1 – السموّ والبطولية: الخليفة أنموذجاً:

إن البيئة السياسية والعسكرية قد فرضت على الأندلسيين طبيعة حياة عامة، يشترك فيها الناس في مجمل الأحداث اليومية التي تحدد مصيرهم بله وجودهم في الأندلس، فاهتموا إثر ذلك بقيم البطولة والسمو وما يلوذ بها من صفات بحثوا عنها في خلفائهم، وكشأن قصائد المدح، لا يمكننا أن نسلم تماماً بمصداقية الشعراء في أقوالهم، إذ تفرض التقاليد الملكية على الشعراء نمطاً من الأقوال والتوصيفات مستمدة من ميراثهم الثقافي، فالشاعر مضطر غالباً إلى القول في الخليفة، رغبة أو رهبة أو تقية.

فالتقاليد التي فرضها المجتمع العربي لم تكن تنفذ إلى روح الأدب، بل تقف منه عند مظهره الخارجي، وعندما تتصل بروحه لا تتصل لتبعث فيه حيوية جديدة، بل لتصنع له أساساً روحياً مثالياً، أو ما نسميه المثل الأعلى الجمالي، والذي لا يلبث أن يصير إلى الجمود والبرود مثل المروءة عند البدوي، وقد تناقلت النصوص هذه الصفة ومثيلاتها بوصفها قوالب جاهزة تنال موافقة المتلقين، وهذا المثل الأعلى الذي نبغ في بطن الصحراء وأخذ به البدوي نفسه، فكانت الشجاعة وكان الكرم ألزم ما يلزمه في مجتمعه البدوي، وهذا ما

تجمّد ليكوّن الرصيد الخلقي لقصيدة المدح العربية، لا في العصر الجاهلي وحده، بل في العصور اللاحقة أيضاً. وهذا المثل الأعلى الذي انفعل به الشاعر الجاهلي، كان ثابتاً متكرراً، وتكراره أفقده حيويته ووقعه، وتحوّل إلى الآلية التي تفتقد الجمال، ومن أجل ذلك اضطر الشاعر إلى أن ينسج لهذا المثل وسواه أحسن ثوب، ويعرضه في أحسن معرض، ومن هنا كان التحول من المحتوى الفني إلى العرض، الشكل[53]، لذلك نادراً ما نجد اختلافاً في مجمل التوصيفات التي تضمها قصيدة المدح الأندلسية، كما لا نجد اختلافاً واضحاً بين القصائد التي تناولت ممدوحين مختلفين ومن عصور مختلفة، سواء أكانوا خلفاء أم أمراء أم ولاة، إذ بقيت القيم المطلوبة اجتماعياً وفنياً ثابتة، وإن تنوعت قوالبها الأسلوبية وظروفها الاجتماعية.

كما أننا نجد في القصائد المدحية مسحة واقعية ضمن الممكن، هذا بصرف النظر عن الصدق الواقعي، أي إن الممدوح قد لا يتصف بالصفات الإيجابية الممنوحة له في النص، لكننا سنجد تلك الصفات ضمن الممكن واقعياً بعيداً عمّا هو غريب أو عجائبي، هذا مع تأويل تلك الصفات ضمن المبالغات النصية فحسب، إذاً «فالكمال الذي يتقوَّم إزاءَه الفعل البطولي، في الشعر العربي القديم، كمال ممكن يدور في فلك الواقع، لا ينفصم عنه، ولا يتجاوز آفاقه»[54].

ومن ذلك ما يقوله الأعمى التطيلي مادحاً المرابطي علي بن يوسف بن تاشفين[55]:

فتًى يـزِنُ البــلادَ ومــا عليها	وإن كانـتْ خَلائِقُـهُ تَزِينُ

سما منهُ إلى رُتَبِ المعالي   قويٌّ قد سمعتَ بـه أمينُ

بكلِّ مُمَوَّهِ الصَّفَحاتِ ماضٍ   تُوَقّيهِ الحمائلُ والجفونُ

من البيضِ الرِّقاقِ إذا انْتَضاهُ   فكلتا راحتيهِ لـه يَمِينُ

تألَّفَهُ الـرَّدى طَرَفـيْ نقيضٍ   فَمُشْتَكِلٌ عليه وَمُسْتَبينُ

فـذاكَ الماءُ رقَّ وراقَ حتّى   بـدا ما كانَ منهُ وما يكونُ

وتلكَ النّارُ تَصْلاها الأماني   إذا شَبَّت وَتَعْبُرُها المنونُ

سلِ الأذْفُونشَ أين الحربُ منه   وَرُبَّتَما أجابَ المُسْتَعينُ

بما أن الممدوح سليل الأسرة التي حكمت المغرب والأندلس، فمن البدهي أن يتسم بكل من خصائص قيمتي البطولي والسامي، فيبدو البطولي بقول التطيلي: «فتى، قوي، الصفحات، الحمائل، البيض، تألفه الردى، سل الأذفونش»، ففيه سمات الفتوة والقوة، أي الكمال الجسدي البطولي، وسمات الشجاعة الضرورية للقائد المحارب الذي لا يقبل التقاعس عن المشاركة بالمعارك، بل يتقدمها، لتهابه الأعداء أينما حلّ، كما تظهر الصفات السامية بقوله: «خلائقه تزين، سما منه، رتب المعالي، أمين، كلتا راحتيه يمين، الماء، النار»، فإلى جانب الشكل البطولي المتين والسلاح المدجج، يتسم بصفات خلقية رفيعة، ويرمز بقوله: «كلتا راحتيه يمين» إلى القوة من جهة، وإلى الكرم من جهة ثانية، ويكتمل سمو الممدوح باحتوائه الموت بشكليه، المائي والناري، أي احتواؤه القدرة على الإحاطة بأقوى عنصرين طبيعيين، ليتسم بخصائصهما المميتة المحيية، المانحة المانعة، في محاولة منه

لمنح الممدوح سلطة مطلقة قادرة على احتواء الموضوعات العظيمة من جهة، والمنح والمنع من جهة ثانية. فتجتمع في الممدوح كلّ من الصفات الشكلية التي تنم عن البطولي، والصفات الخلقية التي تسمو به ليكون في مكانة أعلى من الناس «يزن البلاد ومن عليها»، فيليق به حكمهم سواء أكانت تلك الصفات واقعية أم لا.

وعلى قلة النصوص المدحية لديه، يقول ابن خفاجة مادحاً الأمير المرابطي أبو يحيى بن إبراهيم⁽⁵⁶⁾:

وَجَـلا الإمــارَةَ فــي رَفيفٍ نَضارَةٍ
جَلَـتِ الدُّجـى فـي حُلّـةِ الأنـوارِ

فــي حَيـثُ وَشَّـحَ لَبَّـةً بِقِـلادَةٍ
مِنهـا وَحَلّـى مِعصَمـاً بِسِـوارِ

جَـذلانُ يَمـلأُ نَفْحـةً وَبَشاشـةً
أيـدي العُفـاةِ وَأعيُـنَ الـزُوّارِ

مُتَقَسِّـمٌ مـا بَيـنَ شمـسٍ دُجُنَّـةٍ
طلَعَـتْ وَبَيـنَ غَمامَـةٍ مِـدرارِ

أرِجَ النَـديُّ بِذكـرِهِ فَكَأَنَّـهُ
مُتَنَفَّـسٌ عَـن روضَـةٍ مِعطارِ

فــي حُسـنِ مَنطِقِـهِ وَهَشَّـةِ وَجهِهِ
مُسـتَمتَعُ الأسماعِ والأبصارِ

جارى الرِّياحَ إلى السَماحِ فَما جَرَت

مَعَـهُ الرِّيــاحُ النُكبُ فـي مِضمارِ

وَزَكا فَشَـدَّ عَلـى العَفـافِ إزارَهُ

إنَّ العَفــافَ لَشيمَةُ الأحرارِ

يَقِـظٌ ذَكا فَهماً وَأشرَفَ هِمَّـةً

وَكَفــاكَ مِــن نــارٍ بِـهِ وَمَنارِ

لَبِـسَ التَواضُعَ عَن جَـلالٍ وَارتَقى

شَـرَفاً بِحَيـثُ سَما سَماءَ فَخـارِ

تتقسم صفات الممدوح بين البهاء الشكلي والسمو الخلقي، فمن البهاء قوله: «جلا، رفيف نضارة، جلت الدجى، حلة الأنوار، وشّح، حلّى، جذلان، بشاشة، هشة وجهه، مستمتع الأسماع والأبصار»، وفي هذه الصفات إشارة إلى المتعة الجمالية في معايشة الممدوح وفق التمثيل الحسي للموضوع، إلا أن الممدوح لا ينحو بجماله نحو قيمة الأنوثة، بل يحافظ على السمت الفحولي، على الرغم من الاستعانة بعناصر الطبيعة في وصفه، فإن السمات الشكلية المستمدة من الطبيعة جاءت غالباً لتحكي حسن المخبر، أي السمو الخلقي «شمس، غمامة مدرار، أرج، روضة معطار، جارى الرياح، نار، منار، سماء»، فهي صفات ذات بعد حسي شكلي، ولكنها تحمل مدلولاً خلقياً نفسياً بحسب السياق المدحي في النص.

أما ما يدل على المنحى الأخلاقي بشكل صريح، فمنه قوله: «حسن منطقه، السماح، زكا، العفاف، الأحرار، يقظ، أشرف همة،

التواضع، الجلال، ارتقى، شرفاً، سما، فخار»، وهذي تدور في فلك الصفات التقليدية المعممة في قصائد المديح.

إذاً لا تنطوي الصفات الفحولية على المنحى الشكلي فحسب، بل لا بدّ أن تشتمل على جملة من السمات الخلقية المتفق عليها، أي السمات التي تنطوي تحت المثل الأعلى الفحولي – الذكوري، «فالعربي القديم قليل الحديث عن الرجولة في الشكل والمظهر. لكن ما أكثر اهتمامه بالرجولة في المخبر؛ رجولة الموقف والعلاقة!»[57]، فإن جاء الحديث عن المظهر، فجلّه يدور حول مظاهر الشجاعة أو الوضاءة والبهاء الساميين.

وفي عصر الموحدين نجد عدداً من الخلفاء والأمراء ممن شكلوا مادة خصبة لقصائد المديح، من حيث قوتهم ومسلكهم العام سياسياً واجتماعياً... إلخ. إذ يبرز اسم المنصور، الذي كان أعظم الخلفاء الموحدين، بنى الصومعة، وانتصر بالأرك 591هـ، وبلغت الدولة الموحدية أوج قوتها على أيامه، وظهرت على الملك الروعة والفخامة[58].

ويقول ابن مجبر في مدحه[59]:

عرفَ المشرقُ فضلَ المغربِ	بعلاكمْ وهـو حَسـبُ المطنبِ
سـير ابـن وأب بعـد أبِ	فسّـحَ الدهـرُ لـه حتـى رأى
وتلاهـا بلسانٍ معربِ	فـرعـاهـا بـفـؤادٍ فطنٍ
مـذ بدا أعشـى عيـونَ النُّوبِ	قـدْ لعمري أبصرَ النورَ الذي

269

ورأى مـا لـم يكنْ يعهدهُ	فهـوَ مشغولٌ بطولِ العجبِ
أيهـا المنصورُ إن الديـنَ قد	حلَّ مـنْ عـزِّكَ أعلى الرُّتبِ
هـو أمـرُ اللهِ فـي أيديكـمُ	فاجذبـوا الأرضَ بـه تنجذبِ
قـد تلافى اللهُ إفريقيَّـة	وهيَ نهبٌ في يدي منتهبِ
أنتـمُ أحييتـم الديـنَ وقـد	مـاتَ فيها موتَ مـنْ لم يُعقبِ
أحجمَ الأعداءُ عنكـم رهبةً	من رأى المـوتَ عِيانا يرهبِ

يبدأ النص بإعلان نسقي ثقافي يعتمد على ثنائية المشرق/المغرب، وباعتراف ضمني بتقدم المشرق ثقافياً، ومن هنا يحاول ابن مجبر أن يبدأ بداية مدحية قوية تعترف للمنصور بتقدمه على المثل الأعلى ثقافياً وبطولياً، وتنصف الأندلس من العقدة الثقافية التي – كما يبدو – قد بقي يرزح تحتها طويلاً[60].

وبعد أن يجمل الحكم في البيت الأول، يفصل في الأسباب التي جعلت المنصور متقدماً، فهو ذو نسب رفيع ممتد زمنياً، ومفعم بقيم البطولة والسمو، ومن ثم فإن المنصور على صداقة مع الدهر وتحت رعايته، الدهر الذي عدّه العرب العدو الأول، بل إن الدهر في حالة عجب من فصاحته وفطنته، وهذي – إلى جانب النسب – في مقدمة الصفات التي يجب أن يتمتع بها العربي في حالته المثلى.

ثم ينتقل إلى المنحى الديني الذي يدعم صورة الخليفة، ويجعل من حوله هالة سامية روحانية، وينطلق في بناء هذه الصورة من الفكرة الفحولية الملكية الأولى، وهي أن الحاكم ذو سلطة ممنوحة من الإله،

ليرتفع الحاكم من رتبة السمو إلى رتبة الجلال، جلال القدرة الإلهية التي تمنح وتمنع وتنفذ، بل تحيي الدين الميت. وتتضح قدرة الإفناء بتصويره بالموت المرهب، وهذه الصفات كلها محض صفات شعرية تدخل في إطار المبالغة الفنية المقبولة في قصائد المديح.

ويقول ابن شكيل في مدح والي إشبيلية في زمن الموحدين[61]:

منــه العيونُ على أغرَّ وسـيمِ	حيثُ محيَّاهُ المواسمُ والتقتْ
فتروَّحـوا فـي نَضـرةِ ونعيمِ	وتحـدثَ الحيُّ الجميـعُ بقربهِ
عدنٍ بهِ والشــربُ مِنْ تســنيمِ	فالظـلُّ ممـدودٌ كأنا فـي ذُرى
إلاَّ لأنَّ بهـا قلـوبَ الـرومِ	والأرضُ واجفةٌ وما رجفاتها

في النص مزيج طريف بين قيمتي الجميل والجليل، وهذا ما تميزت به بعض النصوص المدحية الأندلسية، إذ يكاد يخلط الشاعر بين موضوعي الغزل والمديح، وفي هذا دليل على الاهتمام الواسع الذي أولاه الأندلسيون للتمتع بالجمال الشكلي حتى حين ذكرهم للوالي أو الملك، هذا إلى جانب الاهتمام بالصفات البطولية.

إذ يذكر الشاعر المحيا الوسيم صراحة، ثم يفصل في قربه الفردوسي «نضرة، نعيم، الظل ممدود، عدن، تسنيم»، فتظهر الصفات الشكلية متراوحة بين الوسامة والوضاءة والحيوية، بالإضافة إلى ما للظل من دلالات الأمان والراحة.

وفي حين نجد قول اليافي: «إن الجمال المذكر يقوم على الفكر، والجمال المؤنث يقوم على الشكل»[62]، نجد أن للأندلس علاقة

خاصة مع الجمال الشكلي في كلٍّ من الأنثى والذكر بكل تصنيفاتهما وسياقاتهما، وفي حين «أن الشكل الرجولي من منظور العرب القدماء ينبغي أن ينم عن الجلال، ويعبر عن المتانة والجلد، ويدل على النشاط والعراقة. على أن هذا الجلال يمتزج، بل ينبغي أن يمتزج، بمسحة من الجمال في الأعضاء. والبهاء والتناسق والعِظم هي مقومات ذلك الجمال»[63]، كان التركيز الأول في نص ابن شكيل على الجمال الشكلي المعبّر عن الوسامة والحيوية، فضلاً عن الجمال المعبر عن درجة من السمو. ومن الأمان في ظله، إلى خوف الروم منه في المقابل، وهنا يمنحه القدرة الجليلة على منح المتعة الجمالية لمن هم حوله، وإثارة الرعب العميم في قلوب أعدائه.

ويتابع ابن شكيل في النص ذاته[64]:

ولتنــذرِ الــرومَ الطغــاةَ بعاصــفٍ
منْ باسهِ مثـلَ الدَّبــور عقيــم

ظنّـوا بـهِ قـدْ زارهـمْ متوشّــحاً
بنجـاد عضبِ الشـفرتينِ صميـم

في عُصبـةِ التوحيـدِ يقدمهـم بأبـ
هـة الجـلالِ فـي حُلـى التكريـم

يرتـدُّ طـرفُ العيـنِ عنـه مهابـةً
ويجـلُّ لـولا الحلـمُ عـنْ تكليـم

فـإذا تنادينـا بحضرتـهِ روتْ
عنـا النحـاةُ غرائبَ الترخيـم

وإذا رأوا جـري القضـاء بأمـرهِ

فهمـوا يقيـنَ الحـزمِ والمحـزومِ

ويرسم ابن شكيل الصورة المضادة ــ نظرياً ــ ، وهي صورته أمام الروم، ففي حين كان يتسم بالخصب والوضاءة مع من حوله، نراه يتسم بما يرعب أعداءه، فهو ريح عقيم، أي ريح ذكورية تبطش بما يقف أمامها، متخذاً السيف زينة له، وبالرغم من التفرد الذي يظهر به الممدوح، فإنه من ضمن جماعة ذات بأس وجلال، بل إنه يتقدمهم، مما يمنحه سمة المهابة التي تجعل المتلقي يشيح ببصره وكلمه عنه، وهذه صفة ورد ذكرها صراحة في القرآن في قوله تعالى: «ثم ارجع البصر كرتين ينقلب إليك البصر خاسئاً وهو حسير» [الملك4]، فهنا يلجأ الشاعر إلى صورة قرآنية مبالغة في تعظيم شأن ممدوحه.

ويعود ابن شكيل في ختام نصه إلى ثنائية الجلال والجمال، راوياً طبيعة المجلس المفعم بالأنس في حضرته أولاً، وواصفاً قدرته المستمدة من القدرة الإلهية ثانياً.

وبذلك يمتزج السمو بالبطولية في صورة الخليفة، الصورة التي حافظت على المثل الأعلى الجمالي في الثقافة العربية، والتي تتخذ منحى ثنائياً؛ الشكل المتسم بالقوة والمتانة والجلال، مع سمات أندلسية الطابع، وهي سمات الجمال التي ذكرها الشعراء في سياق المديح، والمضمون الذي يدور في فلك السمو الأخلاقي، وكل ذلك تحت مظلة الدين، مما يمنح الملك الشرعية والقداسة بوصفه مختاراً من الله، وحامياً لدينه.

2 – جمالية الإنسان – المجتمع في الأدب الأندلسي:

1 – 2 – الحس التراجيدي:

1 – 1 – 2 – سقوط دول الطوائف:

لم تتأثر الأندلس بانتقال الحكم من ملك إلى ملك كما تأثرت حين انتهت حقبة ملوك الطوائف، وذلك لأنها انتهت بطريقة مأساوية، فالمأساة ليست مأساة الملك وحده، بل هي مأساة كل من يضمهم عالم الملك، سواء عائلته أم حاشيته أم شعبه، ولأنها كانت تحمل سمات حضارية عامة مفعمة بالثقافة والرفاهية والتحضر، وهذه المثل الجمالية التي كانت قائمة تحطمت بمجيء بربر المغرب؛ المرابطين، إذ «اندفع أبناء الصحراء نحو الأندلس في تيار متدفق، وأقبلوا بوجوه ملثمة كأنما أرادوا ستر جهلهم [...]، لقد تأفرق الأندلس، وأصبح ولاية تابعة للمغرب، وإذا كان قد أتيح له بذلك أن يقيم جبهته أمام النصارى ويثبتها، فقد اشترى ذلك بتضحية مثله العليا جميعاً»[65].

وكان لهذا التحول لا ريب أعظم صدى في جنبات الأندلس، وأعمق أثر في نفوس الأمة الأندلسية. ومن جهة أخرى فإن أساليب الحكام والقادة المرابطين، في حكم هذا القطر الجديد، لم تكن لينة ولا رفيقة، وذلك على الرغم مما كان يحددها ويوجهها في معظم الأحيان من جانب أمير المسلمين، من النيات الطيبة والنصائح، وكان سلوك القادة المرابطين ينافي بعنفه وخشونته ما جبلت عليه الأمة الأندلسية المتحضرة المترفة، من الأساليب المهذبة والرقيقة[66]، فعاشت الأندلس حينئذٍ حالة غريبة عنها، حالة سقوط القيّم اجتماعياً، فوقعت في تراجيديا عُمِّمتْ على طبقات المجتمع كافة.

وعلى الرغم من أن المرابطين كانوا رجالاً من ذوي العزم والبراعة العسكرية والصفات البدوية النقية، فإنه كان ينقصهم المرونة والكياسة في حكم أمة متمدنة كالأمة الأندلسية، التي طبعت بالأساليب الرفيقة المصقولة[67]، فالرابط الديني مع المرابطين لم يكن كافياً، بل الذوقيات الاجتماعية المدنية الجمالية كانت هي الفيصل، لذلك نجد أن الصراع بين الأندلسيين والمرابطين كان صراعاً بيئياً في المقام الأول، صراعاً بين الترف والتقشف، فالبيئة انعكست في اختلاف قيمي جمالي حاد، وهو ما انعكس بدوره صراعاً سياسياً. وكانت بداية المأساة بعد الزلاقة، حين عبر يوسف بن تاشفين البحر للمرة الثالثة بعد معركة الزلاقة عام 483هـ، ليقضي على الملوك المتنابذين، ملوك الطوائف[68]، ليبدأ التأزم الثقافي أولاً، ذاك الذي عبّر عنه الأعمى التطيلي بقوله[69]:

أيـا رحمتـا للشـعرِ أقـوتْ ربوعُهُ
علــى أنهـا للمكرمــاتِ مناسكُ

وللشـعراءِ اليـومَ ثُلَّـتْ عروشـهمْ
فــلا الفخـرُ مختــالٌ ولا العـزُّ تامِكُ

فيـا دولةَ الضّيْـمِ اجْملِي أوْ تَجَامَلِي
فقـد أصْبحتْ تلكَ العرى والعرائكُ

ويا «قام زيدٌ» أعرضي أو تعارضي
فقد حالَ من دونِ المنى «قالَ مالكُ»

إن هذا النص لا يرثي شخصاً بعينه أو دولة بعينها، لكنه يرثي

الحالة الاجتماعية الثقافية التي فَنِيَتْ بمجيء المرابطين، أما الشعر، فقد كان المنزل الخصب، وموئل الوجود الذاتي، ومنسك الجمال، والآن صار محض طلل، غادره أهلوه وانزاحوا عن «عروشهم»، وحل مكانهم دولة للضيم لا تعرف الجمال، ولا تتقن التجمل، وانتقلت الثقافة من الاهتمام بالأدب والفن، إلى الاهتمام بالدقائق الفقهية التي طبّعت المجتمع بطابع جاف لا يوافق طبعه الرائق.

وهذا ما يفسر حالة الحزن العميم على سقوط دول الطوائف الذي انعكس سقوطاً في القيم الاجتماعية، فقد بكى الشعراء ملوك الطوائف طويلاً، وجعلوا منهم أبطالاً تراجيديين. فنحن نبكي على البطل التراجيدي لأن المثل الأعلى الذي آمن به وجسده وسعى إلى الدفاع عنه، قد أصبح مهدداً بالموت والاندثار[70]، وهذا ما حصل فعلاً في عصر المرابطين.

وقد قيلت مراثٍ في جلّ دول الطوائف، ومنها مرثية ابن عبدون بالمتوكل ابن الأفطس، الذي حكم بطليوس، وأحاط نفسه بجيش من الأدباء والشعراء، وكان مصيره الإعدام على يد المرابطين، يقول ابن عبدون[71]:

الدَهـرُ يُفجِـعُ بَعـدَ العَيـنِ بِالأَثَـرِ
فَمـا البُكاءُ عَلـى الأَشـباحِ وَالصُوَرِ

فَالدَهـرُ حَـربٌ وَإِن أَبدى مُسـالَمَةً
وَالبيضُ وَالسودُ مِثلُ البيضِ وَالسُمرِ

فَـلا تَغُرَّنكَ مِـنْ دُنياكَ نَومَتُها
فَمـا صِناعَـةُ عَينَيها سِـوى السَّـهَرِ

مَـا لِلَّيالي أَقالَ اللهُ عَثرَتَنا
مِـنَ اللَيالي وَخانَتها يَـدُ الغِيَرِ

تَسُرُّ بِالشَّـيءِ لَكِـن كَي تَغرّ بِهِ
كَالأَيـمِ ثارَ إلى الجاني مِنَ الزَهرِ

كَـم دَولَـة وَلِيَت بِالنَصرِ خدمَتها
لَـم تُبقِ مِنها وَسَـل ذِكراكَ مِن خَبَرِ

مَـن لِلأَسِرَّةِ أَو مَـن لِلأَعِنَّـةِ أَو
مَـن لِلأَسِـنَّةِ يُهديها إلى الثَغرِ

مَـن لِليَراعَـةِ أَو مَـن لِلبَراعَـةِ أَو
مَـن لِلسَماحَةِ أَو لِلنَفعِ والضَّـرَرِ

أَو دَفعِ كارِثَـةٍ أَو رَدعِ آزِفَـةٍ
أَو قَمـعِ حادِثَـةٍ تَعيا عَلى القُـدَرِ

وَيبَ السَماحِ وَوَيبَ البَأسِ لَو سَلِما
وَحَسرَةُ الدينِ والدُنيا عَلى عُمَرِ

أَيـنَ الجَلالُ الَّـذي غَضَّـت مَهابَتُه
قُلوبنـا وَعُيـونُ الأَنجُـمِ الزُهُـرِ

كانوا رَواسِـيَ أَرضِ اللهِ مُنذُ مَضَوا
عَنهـا اِسـتَطارَت بِمَن فيها وَلَم تَقرِ

كانوا شَجى الدَّهرِ فَاستَهوَتهُم خدَعٌ
مِنــهُ بِأَحلامِ عـادٍ في خُطـى الحَضَرِ

يظهر الدهر مجدداً بوصفه العدو الأول الذي يلومه الشعراء خاصة، والناس عامة في كل مصاب يواجههم؛ «الدهر يفجع، الدهر حرب»، وهو الجليل الذي يكاد ينحد في إطار القبيح المفزع، لقدرته ورغبته التدميرية السالبة للجمال والأمان، فالإنسان يعيش في معركة تراجيدية أبداً، طرفاها هو والدهر، والدهر منتصر لا محالة، منتصر بطرقه الماهرة، التي توهم الإنسان بالراحة والأمان والمتعة بحضور القيم السرغوبة، ولكن لا يلبث أن يتفاجأ بأفاعي القبح والكوارث بين غدران الجمال.

ومع أننا أمام سبب واضح لما يجري في الأندلس آنئذٍ، لكن يصر الشعراء على توطين النفس على هذا السبب الميتافيزيقي الوحيد، وهذا يدخلنا في صميم التراجيديا لسببين؛ الأول: نراه في قول شيلر: «حيثما يسمح السؤال (على من نلقي اللوم؟) بإجابة واضحة ومحددة فإن طابع التراجيدي يفتقد»[72]، فالكارثة أعظم من أن ننسبها لطرف بعينه. والثاني: هو حالة الخوف من المرابطين، الحكام الجدد، فأي كلمة يقولها الشاعر قد تودي به إلى ذات مصير مرثيه، ومن هنا كان الأندلسي واقعاً بين مطرقة الخوف من المرابطين، وسندان فقدان المثل الأعلى.

ثم يعدد الشاعر في أبيات طوال أخرى مجمل الأحداث التراجيدية ــ الدهرية ــ التي أصابت هذا أو ذاك من الدول أو الأشخاص، في

محاولة للتهوين على الذات المحطمة، بشكل مبالغ به، إذ يبدو كأنه يستعرض ثقافته التاريخية أمام المتلقي أكثر منه راثياً دولة بني الأفطس، مما يدفع بالنص بعيداً عن غايته الأولى.

ويروي من ثمَّ الجوانب المفتقدة التي تمتع بها المرثيّ، وهي جوانب بطولية وحضارية وأخلاقية، أي أنه كان خالقاً وحافظاً لقيمتي الأمان الوجودي والرفاهية الحضارية والثقافية في آن.

وهذا إن دل على شيء فإنما يدل على أن دول الطوائف عامة ـ ودولة بني الأفطس في النص خاصة ـ شكّلت ومثّلت المثل الأعلى الجمالي العام في الأندلس، المثل الأعلى بجانبه الحضاري والفردي والثقافي، فكان سقوطهم مدوياً، لا يثير الرحمة عليهم فحسب، بل يشكل سقوطاً للمجتمع الأندلسي بذاته. لذلك نميز بين ما يثير الرحمة وما هو تراجيدي حقاً⁽⁷³⁾.

إن مرثية ابن عبدون بالمتوكل من المرثيات القليلة جداً التي قيلت ببني الأفطس، مع أنه كان من أشهر ملوك الطوائف، وفي بلاطه عدد من الشعراء المجيدين، لكن شخصيته لم تكن مثل شخصية المعتمد⁽⁷⁴⁾، فمن المهم أن نذكر أن المعتمد بن عباد اللخمي يشكل أنموذج المثل الأعلى بمجمل جوانبه، لذلك كانت مأساته هي الأقسى والأكثر تراجيدية، لأن «أقدار الأكثر نبلاً عادة ـ إن لم نقل في أغلب الأحوال ـ تكون أسوأ من أقدار من هم أقل جدارة بالإعجاب»⁽⁷⁵⁾، إذ أسره المرابطون وكبلوه بالحديد في بيت في وسط صحراء أغمات، إلى أن مات هناك.

ويقول المستشرق هنري بيريز: إنك تجد اسم المعتمد يتردد كثيراً في نصوص تلك المرحلة، لأنه كان يجسد صورة الأمير الأندلسي بثقافته وقوته، وكان يمثل الأمة الأندلسية المسلمة في صفاتها الرئيسة التي تميزها من الجنس الإفريقي البربري[76]، وهذا ما يضيف إلى عذابات سقوطه الفردية مأساة عامة، «لأن القيمة الجمالية للتراجيدي لا تعود فقط إلى غناه التاريخي، وأسبابه الاجتماعية فحسب، بل إنها بالإضافة إلى ذلك تتوقف عند الاستقلال الشخصي، والتميز الفردي، والخصب الروحي العاطفي للبطل الذي يشتمل في أعماقه على مزيج من العاطفة والجوهر الاجتماعي. هذا المزيج الذي يبعده عن التجريد ويجعل منه نموذجاً فنياً إنسانياً حياً، يشتمل على الخاص الفردي، والعام الكلي»[77]، فالمعتمد يمثل كل ما يحلم الأندلسي بوجوده قيمياً، وسقوطه هو سقوط القيّم اجتماعياً، فلا نكاد نجد اختلافاً حول الحزن العميم الذي أصاب الأندلس حينئذٍ. فالمتلقي يفقد حياديته أمام التراجيدي، فيدخل طرفاً في الصراع بين الجميل والحق من جهة، وبين القبيح والباطل من جهة[78]، كما يتعمق كل من الخوف والرحمة إذا كان موضوع التراجيديا واقعياً حقيقياً منظوراً حقيقة وفناً لدى المتلقي.

ومن هنا نجد العديد من النصوص التي قيلت في رثاء ذاك العهد الذهبي، وأبرز الشعراء هو ابن اللبانة الذي قال عدداً كبيراً من النصوص في المعتمد ورثائه، يقول[79]:

لـكلّ شــــيء ٍ مـــن الأشياء ميقـاتُ

وللمنــى مــن منائيهــنَ غايــاتُ

والدهـرُ في صبغةِ الحرباءِ منغمسٌ
ألــوانُ حالاتـه فيهـا اسـتحالاتُ

انفـضْ يديك مـن الدنيا وسـاكنها
فالأرض قد أقفرتْ والناسُ قد ماتوا

وقـل لعالمهـا الأرضـيِّ قـد كتمت
سـريرة العالـم العلـوي أغمـاتُ

طـوت مظلتهـا لا بـل مذلتهـا
مـن لـم تـزل فوقـه للعـز رايـاتُ

من كان بين النـدى والبأس أنصلهُ
هـنديةٌ وعطايـاه هُنـيداتُ

رماه مـن حيثُ لم تسترهُ سـابغةٌ
دهـرٌ مصيباتـه نبـلٌ مصيباتُ

وكان مـلء عيانِ العينِ تبصره
وللأمانـي فـي مـرآه مـرآةُ

أنكـرتُ إلا التـواءاتِ القيـودِ بـه
وكيـف تنكـرُ في الروضـاتِ حياتُ

حسبتها مـن قنـاهُ أو أعنتـه
إذا بهـا لثقـاف المجـدِ آلاتُ

دروهُ ليثـاً فخافـوا منـه عاديـةً
عذرتهـمْ فلعـدوى الليـثِ عـاداتُ

لـه المهابـاتُ بـالأرواحِ آخـذةٌ

وإن تكـن أخـذتْ منـه المهابـاتُ

لـو كان يفـرجُ عنـه بعـضَ آونـةٍ

قامـتْ بدعوتـهِ حتـى الجمـاداتُ

بحـرٌ محيـطٌ عهدنـاه تجيـءُ لـه

كنقطـة الـدارةِ السبع المحيطـاتُ

وبدرُ سبعٍ وسـبعٍ تسـتنير بـه الـ

سـبع الأقاليم والـسبع السـماواتُ

بـه وإن كان أخفـاه السـرارُ سنـاً

مثـل الصبـاح بـه تجلـى الدجنـاتُ

إنها البداية التقليدية للنصوص الرثائية، التي ترسم الصورة الأزلية للحياة في ذهن المتلقي أولاً، وهي المصير التراجيدي للحياة بأكملها، فكل شيء يؤول إلى زوال وفناء، والفاعل الأول في الإفناء هو الدهر المتلون الخادع. ومن هنا ينتقل إلى مرثيه الذي زالت بزواله الخصوبة والحياة بأكملها، وقد نظن أننا أمام مبالغة شعرية، لكن في نظرة سريعة إلى تحولات الظرف الاجتماعي حينها سنجد هذه المبالغة مقبولة جداً، وكذلك الأمر حين جعل المعتمد هو النفحة الروحية للثقافة الأندلسية، النفحة التي سُجنت في صحراء أغمات، فصارت الأندلس جسداً أرضياً فاقداً لروح الحضارة التي كانت فيه.

وينطلق فيما يريد قوله من صفات المعتمد، ذي الندى والبأس

والتبصرة وتحقيق الأماني، أي ذي الصفات النموذجية الممثلة للمثل الأعلى الجمالي للحاكم الأندلسي، وبما أن المعتمد يتمتع بهذا السمو، بمزيج الجلال والجمال، فلا قدرة تفنيه إلا يد الدهر الذي يتقن تدمير المثل الأعلى، وجعله في حالة مؤسفة يصفها ابن اللبانة بمزيج من الحزن والإباء والأمل، فهو البدر من حيث اكتماله، والبحر الغزير المحيط غير المحاط به لاتساع مناقبه، وهو الليث المهيب الخصب في قيده، أو على الرغم من قيده.

وما يرجوه الشاعر خاصة ــ والأندلسيون بمعظمهم عامة ــ هو أن يتاح له فرج يعود به إلى مكانته، وهذا ليس بالبعيد، إذ إن «الأهداف التي يسعى إليها البطل المأساوي تبدو في أغلب الأحيان شيئاً يستطيع أن يناله بحكم مناقبه، أو بحكم متطلبات التطور التاريخي والحق والعدل. ولهذا السبب تحدث فينا الكارثة المأساوية أو الهزيمة المأساوية انطباعاً مروعاً مفعماً بالأسى، ينبعث من إدراكنا لموت إنسان كبير زاخر بالقوى الجسدية والروحية، ولهلاك قيم إنسانية [حضارية] هائلة، من طاقة ونشاط وعقل... إلخ»[80]، فمع ما نجده من أمل وأنفة بين كلمات ابن اللبانة إلا أننا نجدها مفعمة بالأسى والحزن.

ويقول كذلك معرّضاً بالمرابطين[81]:

قضى اللهُ أن حطّوكَ عن متنِ أشـــقرِ

أشـــمَّ وأنْ أمطـوكَ أشـــأَمَ أدهمـا

عجبـتُ لأنْ لانَ الحديدُ وأن قسـوا

لقـد كانَ منهــم بالسـريرةِ أعلمـا

لقـد غدتْ قيـودُكَ دانـتْ فانطلقـتَ

قيـودكَ منهـم بالمـكارمِ أرحـما

سـينجيكَ من نجى من الجبِّ يوسفاً

ويؤويكَ من آوى المسيحَ بن مريما

فمـا كانَ قيـسٌ هلكـهُ هلكَ واحدٍ

ولـكنَّـه بـنيـانُ قـومٍ تهدما

في هذا النص يصور ابن اللبانة لحظة انتقال المعتمد من مكانته إلى مكانة الأسرى، من مكانة أندلسية مكرَّمة «أشقر أشم»، إلى مكانة بين بربر أغمات «أشأم أدهما»، مكبلاً بالحديد، الذي سيلين لإدراكه قيمة المعتمد، في حين لم يدركها البربر المرابطون، وصحيح أننا أمام عذاب فردي يحيق بالمعتمد، لكن «للمعذب فائدة جمالية في إثارة جدلية الجميل والقبيح، ولكن في نفس المتلقي، لا داخل العمل الفني، وغالباً ما يكون للعمل الفني الدور الأكبر في جذب الاهتمام إلى المعذب وقسوة ما يحيط به»[82]، وفي هذا حكم على الموضوع/ الآخر البربري، فإن لم يصرح الشعراء بعدائهم – الجمالي – للبربر أو بتقويمهم الجمالي لهم بكونهم نموذجاً للقبيح المتسلط، فإن المعتمد بصورة المعذب يحمل بشكل غير مباشر موازنة بين جماله وسموه أمام قبح البربر. هذا بالإضافة إلى أننا أمام مأساة اجتماعية بسبب سقوط فرد بعينه، ومن هنا شبهه بيوسف والمسيح عليهما السلام، فسقوطه سقوط لأسّ المجتمع «بنيان قوم تهدما»، سقوط للجانب الحضاري والسياسي والثقافي المنشود.

ومن هنا فإن الصراع بين يوسف بن تاشفين والمعتمد بن عباد ليس صراعاً أخلاقياً أو دينياً، بل هو من جهة صراع سياسي، ومن جهة أهم هو صراع حضاري بين رفاهية الأندلس وزهوته، وبين ما للبيئة البربرية من بدائية وجلافة أخافت الأندلسيين.

وتنقلنا النصوص من تراجيدية سقوط القيمة الأندلسية إلى المعذب نفسه، إلى النصوص التي قالها المعتمد بن عباد في أسره، يقول المعتمد[83]:

غريبٌ بـأرضِ المغربيـنِ أسيرُ
سـيبكي عليـهِ منبرٌ وسريرُ

وتَنْدُبـهُ البيضُ الصـوارمُ والقنـا
وينهـلُّ دمـعٌ بينهـنَّ غزيـرُ

إذا قِيـلَ فـي أغماتَ قد مـاتَ جودُهُ
فمـا يُرتجى للجـودِ بعدُ نُشـورُ

مضـى زمـنٌ والملكُ مسـتأنسٌ بهِ
وأصبـحَ عنـه اليـومَ وهو نَفـورُ

بـرأيٍ مـن الدهـرِ المضلَّلِ فاسـدِ
متـى صلحـتْ للصالحيـنَ دهـورُ

فيـا ليتَ شِـعري هـل أبيتـنَّ ليلةً
أمامـي وخلفـي رَوضـةٌ وغديـرُ

بمُنبتَـةِ الزيتـونِ موروثـةِ العُـلا
تغنّـي قيـانٌ أو تـرنُّ طيـورُ

بزاهرها السـامي الـذّرا جادهُ الحيا
تُشـيرُ الثُّريّـا نحونـا ونُشـيرُ

قضى اللهُ في حمصَ الحِمامَ وبُعثرتْ
هنـالك منّـا للنُّشـورِ قُبـورُ

مع ما عرفناه من أهمية الوجود ضمن جماعة والرفاهية لدى الأندلسي، بإمكاننا أن نفهم حجم الكارثة التي وقع فيها المعتمد بوصفه فرداً من الأندلس، هذا بالإضافة إلى ما يذكره من فقدانه لمظاهر الملك، وتحديداً تلك التي تدل على منحى البطولة والسمو «البيض، الصوارم، الجود، الملك مستأنس»، وينتقل بالسمو ذاته إلى البيئة المحيطة التي يتمنى رجوعها يائساً، فالبيئة ــ مثله ــ خصبة مانحة، وسامية ممتعة، ففي فقدانه لطبيعة الأندلس فقد نفسه ودخل في العذابية، «ويدخل المعذب في جو قبيح رغماً عنه، إما لخطأ ارتكبه أو لوضع وجد نفسه فيه»[84]، لكنه هنا لا يذكر ذلك، بل يعود بالسبب إلى القوى الجليلة المطلقة «الله»، وإلى سلطة العدو الأول «الدهر»، تبعاً للثقافة العربية أولاً، وللخوف المقيم من المسبب الحقيقي «المرابطين»، لتكتمل دائرة العجز لدى المعذب، المعتمد.

لكن لا نرى الاستلاب يتعمق إلا في النصوص التي قالها المعتمد ذاته في مدح يوسف بن تاشفين بعد الزلاقة[85]:

ويـومَ العروبـةِ ذُذتَ العِـدا   نصرتَ الهُدى وأبيتَ الفِرارَا

ثَبَتَّ هنـاك وإنَّ القلـو   بَ بيـنَ الضُّلوعِ لتأبى القَرَارَا

ولـولاكَ يـا يوسفُ المُتَّقـى   رأينـا الجزيـرةَ للكفرِ دارَا

رأينـا السيوفَ ضحًى كالنجو   مِ وكالليـلِ ذاكَ الغبـارَ المثارَا

تزيـدُ اجتراءً إذا مـا الرمـا   حُ عندَ التناجزِ زِدْنَ اشـتجارَا

كأنـكَ تحسَبُها نرجسـاً   تديرُ الدمـاءَ عليها عُقـارَا

تُريـكَ الرمـاحُ القـدودَ انثناءً   وتجلو الصفاحُ الخدودَ احمرارَا

ستلقى فعالكَ يـومَ الحسـا   بِ تنثَّرُ بالمسكِ منكَ انتثارَا

لم تكن المأساة في حسبان المعتمد آنئذٍ، لذلك نرى صورة المرابطين صافية من غير نظر إلى الاحتكاك السياسي – الحضاري المباشر، بل كان الموقف منطلقاً من المنحى العسكري – الديني الذي لا يمكن تجاوزه في إحصاء مناقب المرابطين الذين أنقذوا الأندلس من سقوط محتّم، ومن الطريف تسمية المعركة تاريخياً بـ (يوم العروبة)[86]، إذ لم يدرِ ملوك الطوائف أن يوم العروبة سيؤذن بعد سنوات قليلة بسقوط الحكم العربي لمدة طويلة في الأندلس.

وينظر المعتمد إلى الموقف من وجهة نظر أندلسية؛ فيوسف دعّم المثل الأعلى الأندلسي من خلال الدفاع عن الوجود الأندلسي المقدَّم جمالياً ووجودياً، ومن خلال قيمة الشجاعة (البطولي)؛ «ثبتَّ، السيوف، الغبار، تزيد اجتراءً»، ومن خلال قيمة الجميل التي يدخلها الأندلسي بطبيعته في حديثه عن جل الموضوعات مغفلاً الطبيعة الصحراوية ليوسف؛ «النجوم، اشتجار، نرجس، القدود، الخدود،

المسك»، من غير أن يغفل الغاية الأولى المشتركة ـ ظاهرياً ـ بين الأندلسيين وبربر المغرب «يوم الحساب».

ومن هنا كان المعتمد أنموذجاً للفرد المعذب بذاته، المعذب الذي لا يستطيع شيئاً، و«المعذب ملوم لأنه مستكين، وفي الوقت نفسه يمكن التعاطف معه دون التمكن من مد يد العون له نظراً لكونه محاصراً ضمن ظروف تمنع مساعدته»[87]، وانطلاقاً من التعاطف الجماعي، وسقوط القيم الاجتماعية بسقوط المعتمد امتد تأثير تلك المأساة قروناً طوال، حتى لنجد لسان الدين بن الخطيب في زيارته لقبر المعتمد بأغمات، يقول[88]:

قدْ زرتُ قبركَ عنْ طوعٍ «بأغماتِ»
رأيتُ ذلكَ مـنْ أولـى المهمَّـاتِ

لـمْ لاَ أزوركَ يـا أندى الملـوكِ يداً،
ويـا سـراجَ الليالـي المدلهمَّـاتِ

وأنـتَ منْ لو تخطَّى الدهرُ مصرعَهُ
إلـى حياتـي أجـادتْ فيـهِ أبياتـي

أنـافَ قبـركَ فـي هَضْبٍ يميزهُ
فتنـميهِ حفيَّـاتُ التـحيَّـاتِ

كرُمـتَ حيّـاً وميتـاً واشـتهرتَ علاً
فأنـتَ سـلطانُ أحيـاءٍ وأمـواتِ

مـا ريءَ مثلكَ في ماضٍ، ومعتقدي
أنْ لا يـرى الدهرَ، في حالٍ وفي آت

إن الرثاء المتأخر هذا، يشهد بما للمعتمد من أثر اجتماعي حضاري ممتد زمنياً، يجعل ابن الخطيب يقول فيه نصاً أقرب للمديح، المديح الصادق، فالمعتمد أنموذج لا يكرر في سموه «أندى الملوك، سراج الليالي، أناف قبرك، علاً، سلطان أحياء وأموات، ما ريء مثلك»»، ويبدو أن قصة العزيز الذي ذل كانت تثير العواطف أكثر مما يثيرها ضياع أجزاء عديدة من الوطن، وما ذلك إلا لأن الشاعر الأندلسي ربط مقدراته بالفرد الحامي، فسقوط طليطلة وبلنسية لم يثر شعراً ولا نثراً بقدر سقوط المعتمد، بل إننا لا نجد نصوصاً حول سقوط قرطبة نفسها، لكننا نجد أدباً غزيراً ــ نسبياً ــ حول سقوط دولة المعتمد[89]. وإذا تأملنا موقف الشعراء من سقوط دولة المعتمد، وجدنا أن قصة انهيار البطل الحامي للأدب والشعر كانت أعمق أثراً في النفوس من سواها، إذا نحن حكمنا على ذلك من مدى الحزن في الشعر المتصل بها، ومن هنا كان نص ابن الخطيب متابعة لتيار الراثين المدركين للبعد الحضاري لسقوط المعتمد.

ومع ذلك فإن ملوك الطوائف مع كل مساوئهم، ومع تهاونهم السياسي، ومظالمهم الاجتماعية والاقتصادية التي رويت عنهم، كانوا أكبر مشجع للثقافة، وهذا ما يجعلنا نرى تيار الراثين لتلك الممالك أعرض بمرات من تيار منتقديهم المرحبين بالمرابطين[90]، إذ بقي ذكرهم في الأندلس كلما ذكر الشكل الأكمل لمظاهر الحضارة والثقافة والمتعة الجمالية الحقّة.

2 ــ 1 ــ 2 ــ سقوط المدن الأندلسية:

إن سقوط طليطلة عام 478هـ عقب معركة الزلاقة كان المفصل

الأول الذي أذن بسقوط متتالٍ للمدن الأندلسية، لكن قدوم المرابطين إلى الأندلس حال دون ذلك مدة طويلة، واستمرت العلاقة الأندلسية ــ الفرنجية علاقة سجال، وأخذ ورد، وكان للعرب انتصارات عدة، كمعركة الأرك بقيادة يعقوب المنصور الموحدي عام 591هـ، أما المفصل الثاني فهو معركة العقاب سنة 609هـ التي قادها الناصر بن يعقوب المنصور، وكانت الهزيمة من حصة العرب، وما لبثت الأندلس أن تساقطت مدينة مدينة، بـدءاً بقرطبة سنة 633هـ، ثم بلنسية عام 636هـ، ودانية وجيّان عام 643هـ، وإشبيلية عام 645هـ، ومرسية عام 664هـ، حتى لم يبقَ للأندلس إلا حدود غرناطة[91]، إذ «يرى الناظر إلى الخريطة الأندلسية أنها كانت تطوى سريعاً، وأن الاستغلاب يأخذ شكلاً مأساوياً لم يكن يتوقعه ملوك الدول الإسبانية أنفسهم»[92].

فالحالة العسكرية ــ السياسية العامة هي حالة حرب دائمةً، إذ يقول المقري عن إقليم الأندلس: «أهله أصحاب جهاد متصل، يحاربون من أهل الشرك المحيطين بهم أمة يدعون الجلالقة»[93]، وبطبيعة الحال، انعكس ذلك على كلٍّ من النفس الأندلسية، والمجتمع والوعي الجمالي معاً، وطبعهم بطابع يتراوح بين التراجيدي والمعذب، فما إن يتفاءل الأندلسيون بنصر جديد حتى يقعوا في هزيمة جديدة وسقوط جديد، وهذا قد أثّر ــ كما رأينا ــ في تقويمهم ووعيهم الجمالي تجاه معظم الموضوعات، حتى تلك الموضوعات البعيدة نسبياً عما يتعلق بالسياسة والحرب، وهذا ما نراه في موقفهم تجاه الجميل مثلاً، فالجميل عند الأندلسي متحقّق، ولا يطمح إلى ما هو أعلى منه،

لكن طموحه محدود باستمرار ما يملك، وهذا مرتبط بشعورهم بأن الأرض ليست لهم.

فلم ينجح الأندلسي – غالباً – بتعزيز العلاقة بالأرض والانتماء إليها، وهو ما نجده في النصوص الأولى التي قيلت بعد معركة الزّلاقة وسقوط طليطلة، يقول ابن العسال[94]:

يــا أهـلَ أندلسٍ حثّـوا مَطيَّكُمُ
فمـا المُقـامُ فيهـا إلا مـن الغلـطِ

الثـوبُ يُنسـلُ مـن أطرافـهِ وأرى
ثوبَ الجزيرةِ منسـولاً من الوسـطِ

ونحـنُ بيـنَ عـدوٍّ لا يفارقنـا
كيفَ الحيـاةُ معَ الحيّاتِ في سـفطِ

وقال آخر[95]:

يــا أهـلَ أندلسٍ ردّوا المعـارَ فما
فـي العُـرفِ عاريـةٌ إلا مـرّداتُ

ومن البدهي أن هذه الأبيات قيلت في لحظة انفعالية، لكنها كاشفة تماماً عن الموقف الأندلسي من الأرض، إذ على الرغم من القرون التي قضاها في الأندلس، فإنه لم يتمكن من خلق رابط قوي يمكنه من التمسك بالأرض، هذا مع ما يشهد به التاريخ حول البطولات والتضحيات التي قدمها أهل عدوتي الأندلس والمغرب. لكن (يا أهل أندلس حثوا مطيكم) لم تكن النص الوحيد اليائس[96]، إذ لم يكن

الأندلسي – منذ البدء – شاعراً بأحقيته بهذا الوطن، مما جعل موقفه مستلباً معذّباً، وأوقعه في تراجيدية اجتماعية وجودية واضحة، بمزيج من فقدان الأمان الوجودي، وفقدان الاستقرار النفسي في المكان.

ويقول آخر حول سقوط طليطلة(97):

وأخــرجَ أهلهـا منهـا جميعـاً

فصاروا حيثُ شـاءَ بهـم مصيرُ

أنأمـنُ أن يحـلَّ بنـا انتقـامٌ

وفينـا الفسـقُ أجمـعُ والفجـورُ

وارتبط ذلك بشعور لافت ينتمي إلى ما يسمى بالخطيئة التراجيدية، التي تذكرنا بملاحم اليونان القديمة، والتي تعود بكل كارثة تصيب الفرد/المجتمع إلى أسباب تتعلق بخطأ مرتكب، تكون الكارثة عقوبة وردّاً إلهياً عليه.

ويقول المقري – ناقلاً – عن سقوط قرطبة ما يشبه ذلك(98): «ذهبت قرطبة وأهلها، ولم يبرح من الناس جهلها، ما ذاك إلا لأن الشيطان يسعى في محو الحق، فينسيه، والباطل ما زال يلقنه ويلقيه، ألا ترى خصال الجاهلية؟ كالنياحة، والتفاخر، والتكاثر، والطعن، والتفضيل، والكهانة، والنجوم، والخط، والتشاؤم، وما أشبه ذلك.. وأسماءها؛ كالعتمة، ويثرب، وكذا التنابز بالألقاب وغيره مما نهي عنه وحذر منه، كيف لم تزل من أهلها، وانتقلت إلى غيرهم مع تيسر أمرها، حتى كأنهم لا يعرفون بالدين رأساً، بل يجعلون العادات القديمة أسّاً، وكذلك محبة الشعر، والتلحين، والنسب، وما انخرط في

هذا السلك، ثابتة الموقع من القلوب، والشرع فينا منذ سبعمئة سنة وسبع وستين سنة، لا نحفظه إلا قولاً، ولا نحمله إلا كلاً».

نحن أمام نص يتحسر على قرطبة بعد سقوطها بسنوات طوال، لكن ما يثير العجب أننا لا نجد نصوصاً قيلت في رثاء قرطبة حينها[99] كمثيلاتها من المدن الأندلسية، لذلك التفتنا إلى نص المقري الذي يوضح الموقف الممتد زمنياً من سقوط المدن «قرطبة تحديداً»، ويعزوه إلى كثرة الفسوق والعادات الاجتماعية ــ الدينية السلبية، وهنا تتبدى قيمة التراجيدي، في مواجهة بين الذات والموضوع، يكون الموضوع «السقوط والفقدان» مسيطراً، وتكون الذات في مطلق عجزها؛ فحين ينسب الإنسان كل الأفعال للقدر وحده، ويجرد نفسه من الفاعلية، بل ينسب لنفسه ــ حقيقة أو بطلاناً ــ خطيئة تجرّمه، وتبرّئ الدهر/القدر، حينها يكون عاجزاً مستلباً، ومن ثم فهو المعذّب فردياً، والتراجيدي اجتماعياً.

وقُبيل سقوط بلنسية، نجد نداءات متكررة لحكّام عدوة المغرب، تستصرخهم للغوث، ومنها نص ابن الأبار، يقول[100]:

أدركْ بخيلكَ خيـل الله أندلسا
إنَّ السـبيلَ إلـى منجاتها درسـا

يـا للجزيـرةِ أضحـى أهلها جزراً
للحادثـاتِ وأمسـى جَدُّها تعسـا

فـي كلِّ شـارقةٍ إلمـامُ بائقـةٍ
يعـود مأتمها عنـدَ العدى عُرُسـا

وكـلَّ غـاربـةٍ إجحـافُ نائبـةٍ

تثنـي الأمانُ حذاراً والسرورَ أسى

تقاسـمَ الـرومُ لا نالـتْ مقاسـمهمْ

إلا عقائلها المحجوبـةَ الأُنُسا

وفـي بلنسيةٍ منهـا وقرطبةٍ

ما يَنْسِفُ النفْسَ أوْ ما يَنْزِفُ النَّفْسا

مدائـنٌ حلها الإشـراكُ مبتسـماً

جـذلانَ وارتحـلَ الإيمـانُ مبتئسا

وصيرتهـا العـوادي العابثـاتُ بها

يستوحشُ الطرفُ منها ضعفَ ما أنسا

كانـتْ حدائـقَ للأحـداقِ مؤنقـةً

فصـوّحَ النضـرُ من أدواحها وعسا

وحـالَ مـا حولها منْ منظـرٍ عجبٍ

يستجلسُ الركبَ أوْ يستركبُ الجُلُسا

فأيـنَ عيشٌ جنينـاهُ بهـا خَضِـراً

وأيـنَ غصنٌ جنينـاهُ بهـا سلسا

محـا محاسنها طـاغٍ أتيـحَ لها

مـا نـامَ عن هضمها حيناً ولا نعَسا

إن الكارثة التي حلّت ببلنسية أكبر من أن تحيط بها القوة الأندلسية

وحدها، فنجد في موقف ابن الأبار موقف من أُسقط في يدهم أمام جبروت الحرب المخيفة، ولجؤوا إلى مدد إلهي «خيل الله»، فالواقعة الاجتماعية المهولة تحتاج قوة أخرى مهولة، لتنتزعها مما هي فيه، ومن هنا نجد نفحة من بصيص أمل بما يمكن أن يقلب الحال المأساوية التي وقعوا فيها «فلم يزل منك عز النصر ملتمسا».

وعلى الرغم من أننا أمام نص استصراخ فإن ابن الأبار لا يلبث أن ينتقل إلى إحدى البكائيات التي اشتهرت في رثاء الممالك، ويدور النص في فلك التحول، وسقوط التمثلات الإيجابية اجتماعياً؛ فيقول: «أضحى جزراً، حلها الشرك مبتسماً، وارتحل الإيمان مبتئساً، صوّح حال... إلخ» وتوضح الاختيارات اللغوية للمفردات ذلك التحول بشكل مباشر جداً، وذلك في مقارنة بين ما كانت المدن الأندلسية عليه وما حل بها لاحقاً.

ويمكننا تفسير هذه الروح التشاؤمية الفجّة باتجاهين؛ الأول ما يُقال عن أن الهدف من ذلك هو بث الرحمة في قلب المغيث/ المغربي، ليسارع إلى إنقاذهم، والاتجاه الآخر يتوضح حين نرى طابع النصوص عامة، إذ يميل معظم الشعراء في هذا الموضوع إلى الاستسلام والحزن. إذ لم تكن المواجهة بطولية أو فحولية إلا نادراً، بل كانت قصائد المعركة مفعمة بالحزن. والحزن في الشعر سمة مناقضة للنسق الفحولي كما يقول الغذامي⁽¹⁰¹⁾.

ويتفاقم الحزن إذ تسقط بلنسية، يقول ابن الأبار أيضاً⁽¹⁰²⁾:

وطِّنْ على الدائبينِ: الدمعِ والشجنِ

يا نــادبَ الذّاهبَينِ: الأهــلِ والوطنِ

295

كزعزعِ الريحِ صكَّ الدوحَ عاصفُها

فلـمْ يدعْ مـنْ جنًى فيـهِ ولاَ غُصُنِ

ومكرهٌ أنـا فيمـا قلتُ لاَ بطلٌ

فلـمْ تخلني خليّاً من جـوى الحَزَنِ

هذا فـؤادي كالبرقِ الخفوقِ أسًى

وهـذهِ أدمعـي كالعارضِ الهَتِنِ

براحتي رايةُ الأشـجانِ أحملها

وإنْ غدا الجسـمُ وهناً ليسَ يحملني

يـا قاتـلَ الله أقتـالاً سواسيةً

أنّـى لهـمْ دَرَكُ الأوتـارِ والإحنِ

حاموا على شـرعة عزَّتْ حمايتها

منْ شَـرعةٍ طالمـا عزَّتْ فلـمْ تهنِ

زُرقـاً أسنّتُهمْ مـنْ جنـس أعينهم

مشـتقّةً منْ قتالِ الفرضِ والسُّـننِ

لا يكتفي ابن الأبار هنا بالتشاؤم وحده، بل يفيض النص بروح الاستسلام والقهر، أمام ضخامة وجلال الواقعة، فتقف الذات الفردية — الاجتماعية عاجزة عن منافحة الموضوع، وتكتفي بالبكائيات، وفيها أمر مباشر بالتوقف عن محاربة الآخر، ليتبدى العجز في النسق الفحولي البطولي واضحاً.

وتبدو الظواهر الطبيعية في النص في منحاها السلبي، يقول:

«كزعزع الريح صكّ الدوح عاصفها...»، ويأتي برمز فحولي ذكوري «الريح» ليمثل الآخر المنتصر، بينما يأتي برمز أنثوي خصب في حالة الاستسلام التي استقرت بها الذات «الدوح، الجنى، الغصن، العارض الهتن»، فالأنوثة في الأندلس غدت قيمة إيجابية، كالفحولة تماماً، بمعنى أنها متمثِّلة بالمواقف، وقد صيغت كذلك بأيدٍ ذكورية، لكنها اتخذت منحى سلبياً في التمثل، إذ لم تكتفِ الأنوثة باتخاذ موقعها وسياقها الجمالي – الثقافي الملائم، بل امتدت لتطبع النفس الأندلسية بمقومات الرقة، في حين احتاجوا القوة والصلابة، وبمقومات الضعف والاستسلام، في حين احتاجوا مقاومة فحولة الآخر الإسباني.

أما تلك الألفاظ التي تنتمي إلى قيمة البطولي، فنراها تنكسر لتستقر في المعذّب العاجز، يقول: «براحتي راية الأشجان أحملها»، فالأندلسي منتصر رافع رايته، منتصر بالحزن والأسى والاستسلام، ولا يلبث أن يخرج من استسلامه حتى يتدرّع فيما لا يد له فيه، يتدرّع بالمنحى الديني أولاً؛ «يا قاتل الله»، ليخرج ذاته من الصراع، فيجعل الصراع قائماً بين الموضوع/الآخر، والذات المتمثِّلة/الدين، وهذا هو المنفذ اللاشعوري الوحيد الذي قد يبث في النفس شيئاً من القوة، ثم يتدرّع بمنحًى آخر، وهو المنحى الثقافي من خلال الإشارة إلى زرقة العيون، وهو ملمح شكلي سلبي جمالياً لدى العرب، لأسباب ثقافية، على الرغم من الاختلاط العرقي الواسع الذي كان في الأندلس، ويمزج الدلالة الثقافية بالدلالة القرآنية على اللون الأزرق، «يوم ينفخ في الصور ونحشر المجرمين يومئذ زرقا» [طه – 102]، فالأسنة في زرق وتعب ومشقة من مقارعة الإسلام، وعلى الرغم من القول

الدال ثقافياً ودينياً، فإنه يزيد في وقوع النص في العجز والاستلاب، حين يأمل الشاعر أو يرجّي كلل أسنة الآخر المنتصر.

وقد كان دأب الأدباء إرجاع البلاء بالفتن أو بسقوط المدن المشرقية إلى اجتراء القوم على ارتكاب الكبائر وعدم توبتهم، وهذا ما نجده في معظم النصوص المأساوية الأندلسية، ليس لأن الأندلسيين أخذوا ذلك عن المشارقة، بل هي فكرة دينية ناتجة عن العقيدة والثقافة الواحدة[103]، ومستمدة من الحضارات التي تولي الدين الاهتمام الأول، لذلك يأتي برمز ديني ممتد أفقياً في معظم الحضارات؛ أي خروج آدم من الجنة لخطيئة ارتكبها. فعقوبات الآلهة تكون إما بالموت، وإما بالتحول من حال إلى حال[104]، وكذا شأن الأندلسيين الذين أخطؤوا فعوقبوا، وذلك وفقاً لموقفهم من الحالة التراجيدية التي عاشوها.

ويقول أبو البقاء الرُّندي في نصه الشهير[105]:

لِكُلِّ شَـيْءٍ إِذَا مَـا تَـمَّ نُقْصَـانُ

فَلَا يُغَرَّ بِطِيبِ العَيْشِ إِنْسَـانُ

هِـيَ الأُمُـورُ كَمَـا شَـاهَدْتَهَا دُوَلٌ

مَنْ سَرَّهُ زَمَنٌ سَاءَتْهُ أَزْمَـانُ

وَهَـذِهِ الـدَّارُ لَا تُبْقِـي عَلَـى أَحَـدٍ

وَلَا يَـدُومُ عَلَـى حَـالٍ لَهَـا شَـانُ

يُمَـزِّقُ الـدَّهـرُ حَتْمـاً كُلَّ سَـابِغَةٍ

إِذَا نَبَـتْ مَشْـرِفِيَّاتٌ وخُرْصَـانُ

أَيْـنَ الْمُلُوكُ ذَوُو التِّيجَـانِ مِنْ يَمَنٍ

وَأَيْـنَ مِنْهُـمْ أَكَالِيلٌ وَتِيجَـانُ

أَتَـى عَلَـى الْـكُلِّ أَمْـرٌ لَا مَرَدَّ لَـهُ

حَتَّى قَضَوْا فَكَأَنَّ الْقَوْمَ مَـا كَانُوا

دَهَـى الْجَزِيـرَةَ أَمْـرٌ لَا عَـزَاءَ لَـهُ

هَـوَى لَـهُ أُحُـدٌ وَانْهَـدَّ ثَهْـلَانُ

أَصَابَهَا الْعَيْنُ فِي الْإِسْلَامِ فَارْتُزِئَتْ

حَتَّى خَلَـتْ مِنْـهُ أَقْطَـارٌ وَبُلْـدَانُ

فَاسْـأَلْ بِلَنْسِيَةً مَا شَأْنُ مَرْسِيَةٍ

وَأَيْـنَ شَـاطِبَةٌ أَمْ أَيْـنَ جَيَّـانُ

وَأَيْـنَ قُرْطُبَـةٌ دَارُ الْعُلُـومِ فَكَـمْ

مِنْ عَالِـمٍ قَـدْ سَمَا فِيهَا لَهُ شَـانُ

قَوَاعِدٌ كُـنَّ أَرْكَانَ الْبِـلَادِ فَمَـا

عَسَـى الْبَقَـاءُ إِذَا لَـمْ تَبْـقَ أَرْكَانُ

تَبْكِـي الْحَنِيفِيَّةُ الْبَيْضَاءُ مِنْ أَسَفٍ

كَمَـا بَكَى لِفِـرَاقِ الْإِلْـفِ هَيمَـانُ

عَلَـى دِيَارٍ مِـنَ الْإِسْـلَامِ خَالِيَةٍ

قَـدْ أُسْلِمَتْ وَلَهَـا بِالْكُفْـرِ عُمْرَانُ

حَيْثُ الْمَسَاجِدُ قَدْ صَارَتْ كَنَائِسَ مَا

فِيهِـنَّ إِلَّا نَوَاقِيـسٌ وَصُلْبَانُ

حَتَّى المَحَارِيبُ تَبْكِي وَهْيَ جَامِدَةٌ

حَتَّى المَنَابِرُ تَرْثِي وَهْيَ عِيدَانُ

ألا نُفُوسٌ أبِيَّاتٌ لها هِمَمٌ

أما على الخَيْرِ أنْصَارٌ وأعْوَانُ

يا مَنْ لِذِلَّةِ قَوْمٍ بعدَ عِزِّهِمُ

أَحَالَ حَالَهُمُ كُفْرٌ وَطُغْيَانُ

بِالأَمْسِ كَانُوا مُلُوكاً فِي مَنَازِلِهِمْ

وَالْيَوْمَ هُمْ فِي بِلَادِ الْكُفْرِ عُبْدَانُ

يَا رُبَّ أُمٍّ وَطِفْلٍ حِيلَ بَيْنَهُمَا

كَمَا تُفَرَّقُ أَرْوَاحٌ وَأَبْدَانُ

وَطِفْلَةٍ مَا رَأَتْهَا الشَّمْسُ إِذْ بَرَزَتْ

كَأَنَّمَا هِيَ يَاقُوتٌ وَمَرْجَانُ

يَقُودُهَا العِلْجُ لِلْمَكْرُوهِ مُكْرَهَةً

وَالعَيْنُ بَاكِيَةٌ وَالقَلْبُ حَيْرَانُ

لِمِثْلِ هَذَا يَمُوتُ القَلْبُ مِنْ كَمَدٍ

إِنْ كَانَ فِي القَلْبِ إِسْلَامٌ وَإِيمَانُ

أمـام نص شهير تاريخياً، تقليدي مكرر فنياً، نرى الأبيات الأربعة الأولى تدخل في إطار عرض المسلمات، وهي مقدمة لروح الاستسلام التي حكمتهم بعد السقوط المتتالي للمدن الأندلسية، وهي روح يقينية الطابع؛ يقول: «لكل شيء، لا تبقي على أحد، يمزّق الدهر

حتماً، كل سيف»، فعلى الرغم من أن النص ينتمي إلى الاستصراخ، ويمثل الصرخة الأخيرة المستنجدة، فإن الشاعر يكاد يعرف يقيناً أنه لن يُجاب، ولذلك نجد هذه المقدمة، ونجد قوله: «كم يستغيث بنو المستضعفين.. فما يهتز إنسان، ماذا التقاطع في الإسلام بينكم، ألا نفوس أبيات، يا من لذلة قوم بعد عزهم...»، ويبدو الاختلاف عن نص الاستصراخ الذي قاله ابن الأبار واضحاً، إذ كان في النفوس حينها بقيةٌ من أمل، أما الآن فقط سقطت الأرض، أي سقطت القيمة العليا اجتماعياً بله وجودياً.

وبما أننا في مقام استسلام مدقع، لا مفر منه، يبدأ الشاعر في حركة التواء حول الشعور الجماعي لتهدئته، وذلك من خلال تعداد واسع لمصائب الأقوام الأخرى الذين أتى عليهم «أمر لا مردَّ له»، فيوقع الشعور الجماعي في الاستسلام والخنوع أكثر من حيث لا يدري، ثم يفسر ما جرى للأندلس بتفسير ساذج؛ «أصابها العين»، مما يعزز ذلك الموقف الخانع.

ويبدو المشهد الطللي بذكر المدن وبكاء الحمام عليها، لكن الطلل هنا لم يخلُ من البشر، لكنه حال حضرةً للآخر، أي تحول من الألفة إلى الوحشة، بل الوحشية، وهذا التحول كفيل بجعل الشاعر يرى الأرض كالأطلال، فما يعنيهم هو الساكن المسلم، ولا تعنيهم الأرض ذاتها حتى يستعيدوها، فهي قد فقدت ماءها وكلأها إذ فقدت الدين والساكن المسلم.

وفي الأبيات الأخيرة نرى تصويراً فجائعياً لما حال إليه حال السكان؛ في وصف دقيق لذل العزيز الأندلسي، إذ الآن يلبسون ثوب

العبودية تحت سلطة الآخر المنتصر، وتحكمهم الحيرة، والحيرة شكل من أشكال القبح الذي يصيب النفس حين تفقد الاستقرار النفسي والوجودي، أي تفقد مثلها الأعلى المنشود في الأندلس.

ثم يتطرق إلى قيمة اجتماعية أخرى، وهي التوحد مع الجماعة بكل أشكالها، ويروي تفرُّقَ أبسط شكل من أشكال الاجتماع الإنساني؛ «يا رب أم وطفل حيل بينهما»، ويميل إلى ذكر الأنثى والطفل وما حل بهما؛ «وطفلة، يقودها العلج»، ليستميل قلب المتلقي أولاً، وليقول إن منابع الخصب والحيوية والجمال قد سقطت كذلك، وأُغتصبت، ولم تسقط البطولة والأرض وحدهما.

وانتهت بعد ذلك قصة الأندلس بشكل مخزٍ يلخصه موقف أبي عبد الله الصغير وقوله للكاردينال الذي تسلم مفاتيح غرناطة: «هيا يا سيدي، في هذه الساعة الطيبة، وتسلم هذه القصور ‪–‬ قصوري ‪–‬ باسم الملكين العظيمين اللذين أراد لهما الله القادر أن يستوليا عليهما، لفضائلهما، وزلات المسلمين»‬ [106].

إذ تصاغرت الشخصية الأندلسية المتمثلة بالقائد، أبي عبد الله، لتشكل الأنموذج الجمالي للتافه في الأندلس، إذ إن أعظم درجات الصغار هي التسليم للعدو/الآخر/الموضوع، مع فرح لانتصاره؛ «في هذه الساعة الطيبة»، ومع الاعتراف بفضله على الذات «لفضائلهما، وزلات المسلمين»، وهذا مزيج بين روح الصغار والروح المتيقنة من أن الذات تستحق ما جرى لها وفقاً لمقولة الخطيئة التراجيدية التي سيطرت على الذات الأندلسية.

302

وبذلك نرى أن كلاً من مقولتي الدهر، والخطيئة التراجيدية قد صاغت الموقف الأندلسي من المصاعب التي تعانيها الذات، فإذا نظرنا ملياً إلى الظواهر التراجيدية الأندلسية، فسنرى أن التعبير عنها يتخذ طابع الميلودراما والرجاء والنواح على الأطلال، أطلال المدن، وأطلال الدول والملوك، من غير أية رغبة أو نية في الوعي واكتساب المعرفة من التجربة.

2 – 2 – النقد الاجتماعي بين الكوميدي والقبيح:

يقوم المجتمع بتقويم الظواهر والتجارب السلبية عن طريق التمثيل الكوميدي – أو القبيح – في فنونه، إذ يعتمد المجتمع على مواجهة ما لا يتفق وثقافته أو وعيه الجمالي بطريقة فنية، وذلك حين لا يتمكن من مواجهتها بطريقة مباشرة لسبب أو لآخر، كما أن «المجتمع له تأثيره على نوع الاستجابة للفكاهة أو لموضوعها، مما يؤكد العلاقة الوثيقة بين الفكاهة وبين مختلف الظواهر الاجتماعية»[107].

وكلما تطورت المعطيات الحياتية السلبية التي يقف أمامها الإنسان عاجزاً، ازدادت الحاجة الجمالية للكوميديا، إذ «تساعد المآسي على بروز الفكاهة كوسيلة من وسائل النقد والإصلاح، أو الهروب وإنكار الواقع، والتخلص من حالات القلق النفسي، والحصر، والخوف، بل التعالي على هذا الواقع المرفوض»[108]، لذلك تغدو الكوميديا هي وسيلة الرفض الأولى في مواجهة الظروف، وهي وسيلة اجتماعية حتى لو قُدِّمت من ذات فردية أو توجهت نحو موضوع فردي، «فالضحك مهما نفترضه صريحاً فإنه يخفي وراءه فكرة تفاهم، وأكاد

أقول تآمر، مع ضاحكين أُخر، حقيقيين أو خياليين»[109]، فالمتلقي يسهم في هذا النقد من خلال استجابته الجمالية.

وقد كانت الظروف الاجتماعية والسياسية والثقافية في الأندلس مادة خصبة للنصوص الكوميدية أو تلك التي تمثل القبيح، إذ «لم يشأ الإنسان الأندلسي أن يغرق في بؤرة الأحداث فلجأ إلى الفكاهة التي أعادت إليه توازنه فارتفع فوق المآسي في محاولة منه لإعادة التوازن إلى كيانه النفسي القلق»[110]، كما لم تكن الكوميديا ذات بعد ترفيهي غالباً. لأن الظروف الاجتماعية والسياسية وجهت الفكاهة هذه الوجهة التي نجدها عند بعضهم نقداً اجتماعياً لاذعاً[111].

أما طبيعة تلك النصوص فنجدها غالباً تنطوي تحت موضوع الهجاء، وفن الهجاء يقع في موقع أدنى من الملهاة، لأنه يظهر غاياته في نقد المجتمع أو الفرد بشكل أوضح، وعلى الرغم من المادة الاجتماعية العريضة التي نجدها في الأندلس، فإنّ فنّ الفكاهة لم يظهر بوضوح كما هو متوقع، «وحين أردنا أن نتلمس الأسباب التي حدّت النفس الأندلسية من أن تنطلق، وصرفتها عن الظهور والتجلي في ميدان الفكاهة، وجدنا أن المشكلة الحياتية كانت ذات أثر بعيد جداً في هذا المجال، وهي مشكلة ينبغي أن لا نقلل من أهميتها وعمق أثرها في النفس الأندلسية، إذ انطبعت حياتهم بالجهاد والحدة والترف»[112]، فالمشكلة الحياتية الضاغطة لا تفسح للنفس الشاعرة كبير مجال للتعبير عن نقدهم للمجتمع.

ويمكننا أن نقسم الموضوعات التي أثارت استنكار الأندلسيين إلى قسمين كبيرين:

1 – 2 – 2 – جمالية الفكاهة: البربر في نصوص النقد الاجتماعي:

كان البربر مادة خصبة للاستنكار الاجتماعي من القرون الأولى قبل معركة الزلاقة[113]، وكانت الكارثة الاجتماعية – كما رأينا – بعد انتقالهم من المغرب للسيطرة على الأندلس، إذ «لم يسلم حكم المرابطين بعد انتهاء عهد الطوائف من التهكم، فكانت الفكاهة الأندلسية من الأساليب التي لجأ إليها بعض الأدباء الأندلسيين ليصوروا ما يعانونه من وطء الحكم المرابطي، فتندروا بأصحاب اللثام، ونالت سهام نقدهم الفقهاء، وعلماء الدين، فكأن الدين بالنسبة لهم وسيلة ينالون بها المراكز والوظائف ويحصلون على الأموال»[114]، فعندما جاء عهد المرابطين اشتد النقد الاجتماعي عامة لأن قدوم المرابطين أنفسهم إلى الأندلس لم يلبث أن أصبح عبئاً على الأندلسيين، ولعل من المظاهر الأولى للفكاهة في الأدب الأندلسي في العصر المرابطي، تلك السخرية المريرة التي تحمل الاستغراب والتعجب، والانطواء على التنديد والتعريض بالمرابطين، الذين انعكس نصرهم للأندلسيين بموقعة الزلاقة خذلاناً وقهراً، وهو ما يمكن أن يندرج تحت باب التنافس الحضاري[115]، فنحن أمام منحى ثقافي أولاً، انعكس من ثمَّ على المنحى الجمالي.

ومن ذلك ما يقوله السميسر عن البربر[116]:

رأيــت آدم فــي نومــي فقلـت لـه:

أبـا البريـة إنّ النـاس قـد حكمـوا

أن البرابـر نسـلٌ منـك، قـال: إذن

حـواءُ طالقـةٌ إن كان مـا زعمـوا

إن المبالغة في هذا النص تهدف أولاً إلى السخرية من المرابطين، وإخراجهم من النسل الإنساني تماماً، وذلك نابع أولاً من الاختلاف الحضاري والثقافي، وفي هذا غرور ذاتي قوامه التمسك بالوعي الجمالي الخاص بالأندلس، وتعميمه على المجتمع الإنساني، فكل ما يخالف ذلك الوعي يفقد السمت الإنساني من وجهة نظر الشاعر. ويقول اليكي [117]:

إنّ المرابـط باخـلٌ بنوالـه   لكنّـه بعيالـه يتكـرّم

الوجـه منـه مخلّـقٌ بقبيح ما   يأتيـه فهـو مـن أجلـه يتلثّم

إن الشاعر يطعن في المرابطين من جوانب مختلفة، فالأول هو الصفة الخلقية المقدسة في الثقافة العربية «الكرم»، والثاني هو استرزاقهم في الأعمال الحربية والحياتية، وهنا تظهر المفارقة بين بخله بماله ومنحه لأولاده ليكونوا خدماً أو عبيداً تحت إمرة الأندلسيين، والثالث هو القبح الشكلي، المغطى باللثام – رابعاً – واللثام شارة مرابطية ترمز إلى فئة محددة ذات سلطة، وهذا ما كان يفتح أبواباً من الإساءة والتعدي، تحت ظل لثام المرابطين [118]، وانطلاقاً من ذلك كره الأندلسيون اللثام المرابطي وجعلوه مثاراً للنقد عن طريق الهجاء أو السخرية. ويقول اليكي أيضاً [119]:

فـي كلِّ مـنْ ربـطَ اللثـامَ دناءةٌ

ولـو انـه يعلـو علـى كيـوانِ

مــا الفخــرُ عندهمُ ســوى أن يُنقلوا
مــن بطـن زانيــةٍ لظهـرِ حصــانِ

الـمـنـتـمـونَ لـحـميـرَ لـكـنـهـمْ
وضعوا القرونَ مواضــع التيجانِ

لا تطلبـنَّ مــرابطــاً ذا عفةٍ
واطلبْ شـــعاعَ النـــار في الغدرانِ

إن الحكم التعميمي على المرابطين يدخل في باب المبالغة الكوميدية، فبعد أن يسمهم بالخلق السلبي «الدناءة»، يسخر كذلك من عملهم في القتال، ومع أن الجهاد كان ذا بُعد إيجابي بطولي في الأندلس، إلا أن من يتفرد بهذا الأمر بعيداً عن الترف والثقافة يفتقد السمات التي تنظم المثل الأعلى الجمالي في الأندلس، فهم أدوات قتالية فحسب، بعيداً عن الجانب الإنساني الثقافي، وإذ يعترف بالادعاء التاريخي بانتمائهم لحمير لتغطية عقدة النقص العرقية في مواجهة العرب، يرسم صورة كاريكاتورية لملوك يرتدون القرون بدل التيجان، ومن هنا يعود لينفي عنهم الإنسانية والحكمة ثانية، وفي إدخال لعناصر الطبيعة؛ يجعل من المرابطين عنصر تدمير «النار» مقابل عنصر الخصوبة والمنح «الماء».

ونرى بذلك نزعة من التفاخر، وإن التفاخر بالترف شديد الصلة باحتقار الآخر وإن كان الاحتقار هذا يتم بطريقة غير مباشرة. والمترفون في كل عصر شديدو الشغف بتقزيم الآخرين وتحقيرهم؛ ليس الآخرون سوى مادة خصبة للإضحاك واللهو والعبث[120]، وهذا

يعود إلى أن الرفاهية والظرف جزآن لا يمكن إهمالهما من بنية المثل الأعلى الجمالي في الأندلس.

ويقول ابن بقي في هجاء أهل عدوة المغرب الذين أهملوا العلم والأدباء[121]:

أقمـتُ فيكـم علـى الإقتـارِ والعدمِ

لو كنـتُ حـراً أبـيَّ النفسِ لـم أقمِ

وظلـتُ أبكـي لكـم عـذراً لعلكـم

تسـتيقظونَ وقـد نمتـم عـن الكرمِ

فـلا حديقتكـم يُجنـى لهـا ثمـرٌ

ولا سـماؤكم تنهـلُّ بالديـمِ

أنـا امـرؤٌ إن نبـتْ بـي أرضُ أندلسٍ

جئـتُ العراقَ فقامتْ لـي على قدمِ

مـا العيشُ بالعلـمِ إلا حيلـةٌ ضعُفتْ

وحرفـةٌ وكّلـتْ بالقعـددِ البرِمِ

لا يكسـرُ اللهُ متـنَ الرمـحِ إن بـه

نيـلَ العـلا وأتـاحَ الكسـرَ للقلمِ

ولا أراقَ دمـاً مـن باسـلٍ بطلٍ

ومـاتَ كلُّ أديـبٍ عبطـةً بـدمِ

أوغلتُ في المغربِ الأقصى وأعجزني

نيـلُ الرغائـبِ حتـى أبتُ بالنـدمِ

إن البخل هو القيمة السلبية المضادة لما يتمتع به العرب، أو لما يرونه مثلاً أعلى، والبخل ها هنا قد وقع في الإدقاع «الإقتار، العدم، نمتم عن الكرم»، وصار هو السياق الوحيد المتاح للشاعر، الشاعر الذي يمثل قمة المثل الأعلى من حيث الثقافة وتمثل القيم الإيجابية، ففي محيطه الجديد فني الخصب «فلا حديقتكم يُجنى لها ثمر، ولا سماؤكم تنهل بالديم»، ثم تظهر الذات العربية في أكثر أشكالها مركزية، حين يعود بانتمائه إلى العراق؛ الموئل الثقافي الأصلي، ففي حين نبا عنه وطنه الممثل للسياق الموحش القبيح، استدعى من الذاكرة السياق الإيجابي الجميل «العراق».

ثم ينفي نفعية القيمة الإيجابية «العلم»، لأن المركز القيمي الإيجابي في وسط السياق القبيح يتحول إلى موضوع يتنقل بين العذابي والاغتراب، وهذا ما يعانيه الشاعر الذي نراه في موقف سخرية مريرة من البربر، حين بدأ ينسب الفضل إلى الموضوعات العليا في وعيهم «أراق دماً، الباسل البطل».

ولم تقتصر الصورة السلبية البربرية حول الشأن الديني – السياسي فحسب، بل كان للنساء المنتميات إلى العرق الآخر نصيب من الأحكام المعممة التي وصمتهم بصفات من مثل ما قاله ابن المرحل مالك بن الفرج في امرأة في سبتة المغربية، نُصح بتزوجها لجمالها البارع، لكن بعد إقباله عليها، وقد صارت زوجه، رأى ما رأى. وهو إذ ينقل لنا الصورة الجميلة المزعومة، يحشد كل الصفات التي تجعل من تلك الأنثى تجسيداً للمثل الأعلى الجمالي للأنثى[122]، بكل صفاتها الرائقة المبالغ بها، وتلك مبالغة توحي للمتلقي أنه سيكون أمام انقلاب في

الأحداث، ونقلة عكسية نحو الشكل المضاد، وهذا ما تبدو إرهاصاته
في المكان الذي نُقل إليه كي يلتقي بعروسه، يقول[123]:

وحملنـنـي ليـلاً إلـى دارٍ لـها
في موضعٍ عن كلِّ خيرٍ سامعِ

دار خراب في مـكانٍ توحشٍ
مـا بيـنَ آثارٍ هنـاكَ بلاقـعِ

فقعدتُ فـي بيتٍ صغيرٍ مُظلمٍ
لا شـيءَ فيه سوى حصيرٍ الجامعِ

فسـمعتُ حسـاً عَنْ شمالي مُنكراً
وتنحنحاً يحكي نقيـقَ ضفـادعِ

فأردتُ أن أنجو بنفسي هاربـاً
ووثبـتُ عنـدَ البـابِ وثبـةَ جازعِ

فلقيتهـنَ وقـد أتيـنَ بجـذوةٍ
فرددننـي وحبسـنني بمجامعِ

ودخلنَ بي في البيتِ واستجلسنني
فجلستُ كالمضرورِ يـومَ زعازعِ

وتتجلى حالة القهر والاستلاب التي عايشها من مطلع الأبيات
«وحملنني» حتى نهايتها «استجلسنني، كالمضرور»، فهو ذاهل عن
أي قدرة، منقاد من مجموعة من النسوة البربريات لينال نصيبه من

القبح، وجعل مقوده بيد النسوة مبالغة في تصوير حالة الاستلاب المفاجئة الصادمة للمتلقي، وهذا ما يفرضه المنطق الفحولي.

كما أن المكان – شأنه شأن الإنسان – فيه ما هو ممتلئ بالحياة والبهجة والأنس، وفيه كما نجد في هذا النص، وإذ يعتمد النص على تصوير كل ما يمكن أن يقبح مكاناً «الخراب، توحش، مظلم، صغير، بلاقع»، يعمد إلى تصوير العناصر المهيبة بصورة موحشة «الآثار»، وذلك لأنها ليست مفعمة بالمنحى الجمالي التاريخي المعتق، وإنما تبدو بشكل موحش على أنها أطلال السالفين المظلمة. ومما يزيد حالة الوحشة هو خلو البيت من الأثاث، وهذا يمثل جلَّ ما يخشاه الأندلسي نظراً لمثله الأعلى، فالبيت أولاً مخالف لحالة الأنس والبهجة بضيقه وظلامه، ومخالف لما يهواه من رفاهية وخصوبة وامتداد في الموضوعات الأليفة. ثم يأتينا بلمحة عن تلك الفتاة وصوتها «منكراً، نقيق الضفدع»، مما يضعه ويضعنا أمام إدراك تام لما ينتظره.

إن بيت الزواج هو أكثر الأمكنة أماناً، فهو آمن من حيث إنه البيت، الإطار المكاني الخاص المغلق من غير ضيق، ومن حيث إنه بيت تسكنه مشاعر الحب والأنس، بيت مملوء بالخصوبة اليانعة، وسعادة الألفة والراحة، وما صوره ابن المرحل على العكس تماماً من ذلك، وهذا ما يدل على فعالية القبح الشكلي في مساكن البربر، الشكل الذي يثبت الأنس أو يمحقه، وهذا ما يثبت أن العنصر الإنساني – الأنثوي تحديداً – بتجليه المادي الشكلي هو ما يمنح محيطه طابعه وصفته، ويترك تلك الموضوعات تحت سلطة المعادلة الموضوعية لما هو إنساني. ويتابع:

فنظرتُ نحوَ خليلتي متأملاً
فوجدتُها محجوبةً ببراقع

وأتيتُها وأردتُ نزعَ خمارِها
فغدتْ تدافعُني بجدٍّ وازعِ

فوجلتها في صدرِها وحذوتُه
وكشفتُ هامَتها بغيظٍ صارعِ

فوجدتُها قرعاءَ تحسبُ أنَّها
مقروعةٌ في رأسِها بمقارعِ

حولاءُ تنظرُ فوقَها في ساقِها
فتخالُها مبهوتةً في الشارعِ

فطساءُ تحسبُ أن روثةَ أنفِها
قطعتْ فلا شُلتْ يمينُ القاطعِ

صمّاءُ تُدعى بالبريحِ وتارةً
بالطبلِ أو يُؤتى لها بمقامعِ

بكماءُ إن رامتْ كلاماً صوتتْ
تصويتَ معزى نحوَ جديٍ راضعِ

فقماءُ إن تلتقي أسنانُها
.... إذا نطقتْ .... الشابعِ

عرجاءُ إن قامتْ تعالجُ مشيها
أبصرتَ مشية ضالعٍ أو خامعِ

فـلقيتُهـا وجعلـتُ أبصـقُ نحوَهـا

وأفـرُّ نـحـوَ دجـاً وغـيثٍ هامعِ

حيرانُ أغدو في الزقـاقِ كأنَّني

لـصٌ أحـسَّ بـطـالبٍ أو تـابعِ

حتى إذا لاحَ الصبـاحُ وفتّـحوا

بـابَ المدينةِ كنتُ أولَ كاسعِ

واللهُ مـا لـي بـعدَ ذاكَ بـأمرِها

علـمٌ ولا بـأمـورِ بيتي الضايعِ

تبدو الصفات كلها في إطار من المبالغة، التي تنقل النص من تجسيد
القبح الشكلي نحو الكوميديا الكاريكاتورية. فالقبيح إذا تضخم ووصل
إلى التشوه يغدو مضحكاً[124]. والنص يقدم لنا صورتين، الصورة
الأولى هي التفاصيل الشكلية لهذه الأنثى، وهي تفاصيل مؤذية لكل
الحواس، فبالإضافة إلى الحركة الخشنة التي تتنافى والأنوثة «تدافعني
بجدٍّ وازع»، نجدها تمتلك كل ما يمكن أن يقبّح الأنثى، كفقدان الشعر
«قرعاء»، والحول المفرط المصور بشكل كوميدي، فهي تنظر إلى
ساقها وإلى ما فوقها في آن، ذات أنف وأذنين في غاية التشوه، وتعود
أمامنا الصفة المرغوبة لدى الأندلسيين في صورة معاكسة «بكماء»
فلا شكل يدهش أو يريح، ولا حديث يطرب، ويضاف إليها الشراهة
والشكل المتنافر للأسنان «فقماء»، هذا مع مشيتها غير المستقيمة
«عرجاء، ضالع، خامع»، وتلك الصفات دفعت الحدث القصصي
في النص نحو مشهد كوميدي يجسد هروبه منها، هروباً نحو الظلام

والضياع المكروه، هروباً من المدينة بأكملها، وإهمال تام لما جرى في ذلك البيت بسبب القبح.

والصورة الثانية هي أن في هذا النص هروباً من الواقع واقتحامه بطريقة لاهية جريئة، إذ «كانت الدعابة عند الأندلسيين تعبيراً عن حالة الانشراح والسرور ورغبة في اللهو والتسلية، وهذا من شأنه أن ينأى بالإنسان عن حياة الجد والواقعية»[125]، فالنص إلى جانب كوميديته الواضحة، هو سهم موجه نحو المجتمع والعادات الاجتماعية المتزمتة، والتي توقع الإنسان في ارتباك، أو في مصير سيئ لا مهرب منه، وبما أن العادات الاجتماعية ذات سلطة عالية على الفرد والمجتمع معاً، فإن الفرد لا يقدر على مجابهتها مباشرة، لذلك لجأ ابن المرحل إلى السلاح الأنجع، القبح المقدم بإطار كاريكاتوري، كي يعمق حالة الرفض، وينقلها لتعمم بشكل اجتماعي مقبول، بل مرغوب.

وإذ نرى أن هذه الصفات تقوم على التنافر فسنجد أن تلك الصفات قبيحة إنسانياً عامة، وليست مستقبحة للأنثى فحسب، وهذا غاية القبح، القبح الممسوخ، المنمذج في فتاة واحدة، والمعمم اجتماعياً، من حيث إن النص محمّل بنقد اجتماعي مخبأ في إطار كوميدي يدور حول شخصية كريكاتورية، فحالة الاستلاب التي عاشها الشاعر بسبب خداع المجتمع البربري هي حالة متكررة بسبب طبيعة المجتمع المغربي المنغلق المتعنت، والذي يخالف ما في الأندلس من انفتاح يتيح للمرء بأن يتزوج من يعرف، أو يتيح – على الأقل – رؤية الزوجة قبيل الزواج، إذ نستطيع أن نعد هذا النص من قبيل السخرية

والنظرة الدونية نحو الآخر المغربي التي لا يتمتع بالسلاسة والرقة والانفتاح المرغوبين في الأندلس.

إذ كان الانفتاح والسلاسة في العلاقات من مظاهر الرفاهية والترف في الأندلس من غير تفلت أخلاقي، وبالإضافة إلى نقد التزمت الاجتماعي في سبتة، هناك نقد واضح للذوق الجمالي المغربي، نقد ساخر مبالغ به، ففي حين خلق المجتمع لتلك الفتاة صورة مبهرة غاية في الجمال، نجد الفتاة لدى الشاعر ذي الروحية الأندلسية في غاية القبح الممسوخ، إذ يبدو أن المثل الأعلى الجمالي بين الأندلس والمغرب على درجة من الاختلاف، «فالشكل إذ يمر في أفق المثل الأعلى يثير الإعجاب والرضى والمتعة، أو يفعل عكس ذلك»[126]، وبذلك يكون هذا الشكل الكوميدي من النقد ذا بعد اجتماعي وثقافي وجمالي في آن، مع احتمالية أن تلك المفارقة الجمالية جرت على سبيل توريط الشاعر في الزواج على طريقتهم.

2 – 2 – 2 – النقد الاجتماعي وجمالية القبح:

إن الشكل والمضمون المكروهين يكونان ذا بُعد ثقافي اجتماعي بشكل أو بآخر، إذ ليست الحمولة الموضوعية السلبية ذات بُعد جمالي فحسب، فالشكل المقدَّم فنياً ذو حمولة ثقافية ضاغطة.

ومن هنا كان للصفات الشكلية السلبية دلالات جمالية تقوم على التنفير وإثارة الاشمئزاز، كما نجد مثلاً في قول ابن الصفار الأعمى يذم رجلاً[127]:

«وكأني بك في منزلك العامر بالحرمان، الغامر من الفضل والإحسان، وقد قعدت في بهوه، ونفخت شخصك الضئيل في زهوه».

ويضيف: «ذو اللحية الطويلة، والجثة الضئيلة، الوسخ الأثواب، العريّ من الآداب، المرسل لسانه في كل عرض، الآخذ في كل قبيح بالطول والعرض».

إن ابن الصفار يحيط هذا الرجل أولاً بسياق مكاني قبيح، فالبيت يعيش في بخل وحرمان، حتى لفظ الرجل خارجه «في بهوه»، وهذه من العادات الاجتماعية المعبرة عن خفّة المرء وتفاهته وفراغه من الانشغال بما يفيد.

وبعد أن يرسم قبح المكان وتفاهة الشخص، يعطي بُعداً كوميدياً بتضخيم الضئيل لنفسه، وهنا لا يعود الشكل مطابقاً لمحموله الضئيل «ونفخت»، فيثير الضحك والاستنكار، ثم يحشد الصفات الشكلية المستقبحة في الأندلس، والتي توحي بالقبح والتفاهة، ثم تبدو العادات الاجتماعية المفضّلة لجمال الثوب ونظافته «وسخ الأثواب»، وتعود الصفات الخُلقية لتبدو، فقدان الأدب والدخول في الغيبة والنميمة، وبذلك يُجْمل في هذا الشخص معظم الصفات المكروهة مكانياً وخُلقياً وشكلياً.

وإن المضحك ينشأ من إظهار الشيء الذي كان محترماً بمظهر الهين الحقير [128]، كما أن «القبح في شخصية الرجل ضمن المنظور الجمالي العربي هو كل ما يجردها من سمات الرجولة؛ مثل القوة والحيوية والتماسك وبهاء الطلعة ورونق المحيا» [129]، ومن هنا كان الحشد من الصفات القبيحة التي نراها في هذه النصوص. ويقول ابن حريق البلنسي [130]:

صِغَرُ الـرأسِ وطـولُ العنق   خِلقـةٌ مُنكرةٌ فـي الخِلَـقِ

فـإذا أبصرتَها مـن رجلٍ   فاقـضِ في الحينِ لـهُ بالحُمُقِ

إن التعميم في هذا الحكم يوضح أننا قد نختلف بين الجمالات، ولا نكاد نختلف في قبح القبيح، فالعيوب الشكلية تدل على عيوب نفسية، أو تؤدي إليها، وذلك وفقاً لنظرية الفيض التي ترى في العيب الشكلي قصوراً في استقبال جمال الخالق، وهذا ما نراه في علم النفس الذي يحكم على العيوب الشكلية بأنها مودية حتماً لعيوب خُلقية أو نفسية؛ أي مودية إلى عُقد نقص.

وهذا ما يقوله أبو العباس ابن حنون في ذم أشتر [131]:

يـا طلعـةً أبـدتْ قبائـحَ جمةً   فالـكلُّ منهـا إنْ نظرتَ قبيح

أبعينكَ الشـتراءِ عينٌ ثرةٌ   منها ترقرقَ دمعُها المسفوحُ

شـترتْ فقلتُ أزورقٌ في لجةٍ   مالـتْ بإحـدى دفتيـهِ الريحُ؟

وكأنما   إنسـانُها   ملاحُها   قد خافَ مـنْ غرقٍ فظلَّ يميحُ

يعي الشاعر أن اجتماع القبائح في الجزئيات سيؤدي إلى قبح في الكل، ثم يفصل بحديثه عن الشتر، ويستخدم رمزية العين؛ أي النبع، بمنحى الخصوبة أيضاً، ولكنها خصوبة بالقبح، ثم تنتقل الصورة إلى الجانب المخيف من الطبيعة، الجانب المنبئ بالخطر؛ «لجة، مالت، خاف من غرق»، وهنا يغرق الشاعر في تقبيح المشهد، بين خصوبة التنفير، وإخافة القبيح.

وينقل ابن بسام في الذخيرة[132]:

«وقد عري عن الخير من جمع تلك الصفات: من زرقة مقلة، وصفرة بشرة، وحمرة شعرة، لا جرم أنه نزع بدناءة الأروم، إلى أشباهه الروم، فليبعد مثله، فسيناله ما هو أهله، ويوبقه غيه وجهله».

هنا يختلط الأخلاقي بالجمالي والثقافي، فمن أوجه انعدام «الأخلاقي»، القبح الجمالي الشكلي، كزرقة العين، وصفرة البشرة التي تدل على فقر بالحيوية، واحمرار الشعر، وهذا كله يحيل على الثقافي بتصريح من القائل «أشباهه الروم»، فكراهية الآخر تشكل نفوراً جمالياً من كل صفة تمت إليه بصلة، وهذا ما جعل نظرة العرب إلى أصحاب الملامح الإسبانية أو الأوربية عموماً نظرة سلبية جمالياً وأخلاقياً.

أما من الناحية الأخلاقية، فنرى النقد الاجتماعي يمتدح المثل الأعلى، ويعلي من شأنه حين يسخر أو يقبح نقيضه، ويتهكم على المنحرفين عنه، فكأنما هذا الفن يعاقب الأخلاق السيئة بأن يسخر منها، ويجازي كل خارج عن عادات الجماعة[133]، وككل حقبة تاريخية لا بدّ من وجود عيوب اجتماعية تتعلق بالمنحى الأخلاقي، كرهها الأندلسيون، وعبروا عنها بأدبهم.

يقول أبو حيان عن الفساد الاجتماعي[134]:

نظرتُ إلى هذا الوجودِ فلـم أجدْ
بــه غيـرَ كـذابٍ مـراءٍ مخـادعِ

ومسـخرةٍ نـالَ المعالـي بسـخفهِ
قد اعتادَ صكـاً في القفـا والأخادعِ

وجَمّاعةٍ للمـالِ قـد بـاعَ دينـهُ

بنـزرٍ مـن الدنيـا كثيـرِ المطامـعِ

وذي عرشةٍ مستأذبٍ متنمسٍ

جهولٍ تعاطى الكبرَ في زيٍّ خاشـعِ

وأمـا الـذي يقفو شـريعةَ أحمـدٍ

فأقللْ بـهِ من صادقِ الديـنِ صادعِ

إن الاغتراب الاجتماعي الذي يحيط بالذات المثقفة الواعية يدخلها في حالة نفور دائم، ومعايشة القبح المستمر والممتد بهذا الشكل ينعكس عذابية على النفس التي تعايش ما يخالف قيمها أخلاقياً وجمالياً، الكذب والخداع والسخف والطمع والجهل وادعاء الخشوع والتدين، ويزيد في عذابيته أنه في مجتمع يرفع من قيمة هذه الفئة من حاضني القبح والفساد والتنافر بين الادعاء والحقيقة، ومع أننا أمام حالة فردية العذابية هنا، إلا أنه يتحدث بلسان كل مثقف واعٍ يعاني معاناة مشابهة.

ومن هنا كان النقد الاجتماعي في الأدب السلاح الأول بيد الأندلسي لمقاومة واقعه المشين، فمرة بوصف القبح وأخرى بالفكاهة، ومن هنا «كانت الفكاهة الأندلسية تعبيراً عن الوجدان القومي للأندلسيين، كما كانت تعبيراً عن الوجدان الفردي الذي وعى دور الفكاهة والسخرية، فكان سلاحاً يشهره في وجه المأساة فتتحول إلى ملهاة، ويخرج المرء نتيجة ذلك دون أن يغرق أو يذوب في التيارات والكوارث»[135]، فإذا فشل الأديب في تصحيح محيطه، فقد نجح بمقاومته بالسلاح الأول، الأدب.

خاتمة الفصل:

كانت الرؤية الجمالية للموضوع الإنساني متسمة بالتنوع الشديد، وذلك بسبب الغنى الواسع في أشكال العلاقات الإنسانية، الفردية والاجتماعية في آن، فمع صورة الأنثى نجد الجميل والسامي والقبيح، إذ حافظ الأندلسيون على الصورة المثلى للأنثى في الثقافة العربية، كما حافظوا على الموقف العام تجاه الآخر الأسود بوصفه في درجة أدنى من الذات، كما ظهر موقف المرأة ساطعاً وحاضراً بقوة اجتماعياً، وخجولاً جداً جمالياً، مع ما لم يخف من إعلاء واضح لقيمة الأنوثة في الأندلس.

أما في نموذج الخليفة فرأينا أنه اتسم بالصفات التقليدية ضمن قيمة البطولي والسامي في الأدب العربي عموماً، بالإضافة إلى رغبة الأندلسيين بالحفاظ على القيمة الوجودية – الجمالية على يد الخليفة.

وفي الحديث عن تراجيدية سقوط الممالك والمدن، نرى أن الروح العذابية الاستسلامية كانت هي الطاغية في مواجهة الموقف التراجيدي، إذ كانت مقولة الدهر، ومقولة الخطيئة التراجيدية هي الحاكمة فيما يخص سقوط ملوك الطوائف أو سقوط المدن.

أما في مواجهة العيوب الاجتماعية، فقد تسلح الأندلسيون بسلاح الكوميديا ووصف القبح بمجمل تجلياتهما، فإذا فشل الأديب في تصحيح محيطه، فقد نجح بمقاومته بالسلاح الأول، الأدب.

وهذا ما يجعلنا نرى ظهور مجمل القيم الجمالية بتفريعاتها المتنوعة في النصوص السابقة، وفق الخصوصية الاجتماعية والجمالية الفنية للأندلس.

الهوامش:

1 – بلوز، نايف، علم الجمال، ص (25).

2 – ستيس، والتر.ت، معنى الجمال، ص (13).

3 – سانتيانا، الإحساس بالجمال، ص (188).

4 – المرعي، فؤاد، الوعي الجمالي عند العرب قبل الإسلام، ص (25).

5 – نفسه، ص (27).

6 – انظر: أبو آذان، هديل، التجربة الجمالية في شعر ابن خفاجة، ص (49).

7 – انظر: كليب، سعد الدين، وعي الحداثة، ص (49).

8 – انظر: برجسون، هنري، الضحك، ص (23).

9 – أبو آذان، هديل، التجربة الجمالية في شعر ابن خفاجة، ص (32).

10 – الجهاد، هلال، جماليات الشعر العربي، ص (283).

11 – انظر: إسماعيل، عز الدين، الأسس الجمالية في النقد العربي، ص (112).

12 – يازجي، سراب، الغزل في الشعر الأندلسي، دار شراع، دمشق، سوريا، ط (1)، 1995م، ص (121).

13 – أبو آذان، هديل، التجربة الجمالية في شعر ابن خفاجة، ص (47).

14 – غومس، غارسيا، الشعر الأندلسي، ص (85).

15 – ابن الخطيب، الإحاطة في أخبار غرناطة، 139/1.

16 – الغذامـي، عبـد الله، المرأة واللغة، المركز الثقافـي العربي، الدار البيضاء، المغرب، بيروت، لبنان، ط (1)، 1996م ص (38).

17 – ابن عربي، محيي الدين، ترجمان الأشـواق، دار صـادر، بيروت، لبنان، ط (3)، 2003م/1424هـ، ص (8).

18 – نفسه، ص (98)، البهتانة: طيبة الرائحة.

19 – النجار، فراس عبد الرحمن أحمد، شعر أبي جعفر الرعيني الغرناطي، مجلة آفاق الثقافة والتراث، السـنة (16)، العـدد (64)، دبي، الإمارات العربية المتحدة، 2009م/1430هـ، ص (172).

20 – انظر مثلاً: ابن الأبار، الديوان، ص (110).

21 – ابن نصر، يوسف الثالث بن يوسـف، ديوان ملك غرناطة، تحقيق: عبد الله كنون، معهد مولاي الحسن، تطوان، المغرب، 1958م/1377هـ، ص (72).

22 – ابـن حمديس، الديوان، ص (350)، ومثله مـا يقوله ابن خاتمة الأنصاري، الديوان، ص (81):

ورمتنـي بسهامٍ مـن دَعَجْ	جَذَبَـتْ حاجبَهـا حتى اندمجْ
أجّجتْ ما بينَ أضلاعي وَهَجْ	غـادةٌ فـي وجهها لـي جَنّةٌ
غيرَ شعرٍ ولحاظٍ من سَبَجْ	أُفـرِغَ الـدُّرُ عليهـا بَشَـراً

23 – البسـطي، عبد الكريم القيسـي، ديوان عبد الكريم القيسي الأندلسي، تحقيق: جمعة شـيخة، ومحمد الهادي الطرابلسـي، المؤسسـة الوطنية للترجمة والتحقيق والدراسات، تونس، 1988م، ص (396)، الضرب: العسل الأبيض.

24 – الجهاد، هلال، جماليات الشعر العربي، ص (28).

25 – انظر: غريب، روز، النقد الجمالي وأثره في النقد العربي، ص (24)، وانظر حول جمالية الخط المنحني: نفسه، ص (32).

26 – أبو آذان، هديل، التجربة الجمالية في شعر ابن خفاجة، ص (51).

27 – يوسف الثالث، ديوان ملك غرناطة، ص (249).

28 – انظر: اليافي، عبد الكريم، دراسات فنية في الأدب العربي، ص (273).

29 – ابن لبال الشريشي، الديوان، ص (80).

30 – انظر: الجهاد، هلال، جماليات الشعر العربي، ص (27).

31 – زكار، سـهيل، والكلاس، فايزة، تاريخ الأندلس، منشـورات جامعة دمشق، دمشق، سوريا، 2004م/1425هـ، ص (144).

32 – انظر: عباس، إحسان، تاريخ الأدب الأندلسي (عصر الطوائف والمرابطين)، دار الثقافة، بيروت، لبنان، 1962م، ص (31).

33 – انظر: العقيلي، فوزية، الرؤية الذاتية في شعر المرأة الأندلسية، إشراف: د. طه عمران وادي، أطروحة دكتوراه في اللغة العربية وآدابها، كلية اللغة العربية، جامعة أم القرى، مكة المكرمة، المملكة العربية السعودية، 2000م/1421هـ، ص (40).

34 – را: إقبالي، عباس، وبسندي، فائزه، ميزات الغزل عند الشاعرات الأندلسيات في ضوء النقد النفسي الحديث، إضاءات نقدية، السنة (5)، العدد (20)، كانون الأول 2015م، إيران.

35 – العقيلي، فوزية، الرؤية الذاتية في شعر المرأة الأندلسية، ص (523).

36 – نفسه، ص (525).

37 – في تقاطع واضح مع النص القرآني: ﴿وَأَنَّكَ لَا تَظْمَأُ فِيهَا وَلَا تَضْحَى﴾ [طه – 119]

38 – الغذامي، عبد الله، المرأة واللغة، ص (22).

39 – نفسه، ص (8).

40 – العقيلي، فوزية، الرؤية الذاتية في شعر المرأة الأندلسية، ص (544).

41 – الغذامي، عبد الله، المرأة واللغة، ص (7).

42 – عفش، ساندرا، صورة الآخر في الشعر الأندلسي، ص (219).

43 – نفسه، ص (221).

44 – أمية بن أبي الصلت، الديوان، ص (25).

45 – عفش، ساندرا، صورة الآخر في الشعر الأندلسي، ص (221).

46 – أبو حيان، الديوان، ص (154).

47 – كاظم، نادر، تمثيلات الآخر (صورة السود في المتخيل العربي الوسيط)، المؤسسة العربية للدراسات والنشر، بيروت، لبنان، ط(1)، 2004م، ص (439).

48 – انظر: غريب، روز، النقد الجمالي وأثره في النقد العربي، ص (39).

49 – أبو حيان، الديوان، ص (164).

50 – كاظم، نادر، تمثيلات الآخر (صورة السود في المتخيل العربي الوسيط)، ص (434).

51 – العقيلي، فوزية، الرؤية الذاتية في شعر المرأة الأندلسية، ص (525).

52 – كاظم، نادر، تمثيلات الآخر (صورة السود في المتخيل العربي الوسيط)، ص (446).

53 – انظر: إسماعيل، عز الدين، الأسس الجمالية في النقد العربي، ص (261 – 262)، بتصرف كبير.

54 – خليل، أحمد، الرؤية الجمالية في شعر الجاهلية وصدر الإسلام، ص (134).

55 – الأعمى التطيلي، الديوان، ص (201).

56 – ابن خفاجة، الديوان، ص (36).

57 – خليل، أحمد، الرؤية الجمالية في شعر الجاهلية وصدر الإسلام، ص (32).

58 – انظر: عنان، محمد عبد الله، دولة الإسلام في الأندلس (عصر المرابطين والموحدين، القسم الثاني)، ص (238).

59 – ابن مجبر، الديوان، ص (82).

60 – راجع: عفش، ساندرا، صورة الآخر في الشعر الأندلسي، الفصل الأول.

61 – ابن شكيل، أبو العباس أحمد، ابن شكيل الأندلسي، تقديم: حياة قارة، منشورات المجمع الثقافي (السلسلة الأندلسية 1)، أبوظبي، الإمارات العربية المتحدة، ط (1)، 1998م، ص (74).

62 – اليافي، نعيم، تطور الصورة الفنية في الشعر العربي الحديث، ص (24).

63 – خليل، أحمد، الرؤية الجمالية في شعر الجاهلية وصدر الإسلام، ص (31).

64 – ابن شكيل، الديوان، ص (79).

65 – غومس، غارسيا، الشعر الأندلسي، ص (55).

66 – انظر: عنان، محمد عبد الله، دولة الإسلام في الأندلس (عصر المرابطين والموحدين، القسم الأول)، ص (29 – 30).

67 – انظر: نفسه، ص (429).

68 – انظر: الباشا، مهجة، سقوط الأندلس (تاريخه وأسبابه)، دار شراع، دمشق، سوريا، ط (1)، 2002م، ص (92 – 93).

69 – الأعمى التطيلي، الديوان، ص (90)، تامك: مرتفع.

70 – انظر: عبد الرحمن، بدر الدين، التراجيديا جمالياً ومعرفياً، ص (53).

71 – راجـع القصيدة كاملة: ابن عبدون، عبد المجيد، ديوان ابن عبدون اليابري، تحقيق: سليم التنير، دار الكتاب العربي، دمشق، سوريا، ط (1)، 1988م/1408هـ، ص (139)،

72 – كاوفمان، والتر، التراجيديا والفلسفة، ترجمة: كامل حسين، المؤسسة العربية للدراسات والنشر، بيروت، لبنان، ط (1)، 1993م، ص (322).

73 – انظر: نفسه، ص (68).

74 – انظر: الباشا، مهجة، رثاء المدن والممالك في الشعر الأندلسي، دار شراع، دمشق، سوريا، ط (1)، 2003م، ص (159 – 160).

75 – كاوفمان، والتر، التراجيديا والفلسفة، ص (151).

76 – انظر: الباشا، مهجة، رثاء المدن والممالك في الشعر الأندلسي، ص (119).

77 – عبد الرحمن، بدر الدين، التراجيديا جمالياً ومعرفياً، ص (47).

78 – انظر: نفسه، ص (6).

79 – ابـن اللبانة، محمد بن عيسـى، ديـوان ابن اللبانة الأندلسـي، تحقيق: منجد مصطفـى بهجت، الجامعة الإسـلامية العالمية بماليزيـا، كوالالمبور، ماليزيا، ط (2)، 2006م، ص (122).

80 – جماعة من الأسـاتذة السـوفيات، أسس علم الجمال الماركسي اللينيني، 94/2 – 95.

81 – ابـن اللبانة، الديوان، ص (194)، وانظر كذلك: نص ابن حمديس، الديوان، ص (531):

لأهـلِ الخطايا منـك إلا أياديا	قيودُكَ صيغتْ من حديدٍ ولم تكنْ
كأنّك لـم تُجرِ الخفاف المذاكيا	وقفْـنَ ثقـالاً لـم تُتِحْ لك مشـيةً
أناملْكَ بيضٌ أسْمَرَتْكَ الأغانيا	قعاقعُ دُهْـمٍ أسـهَرَتْكَ وطالمـا
وأصْبَحَ من حَلْيَ الرياسةِ عاريا	حسامُ كفاحٍ باتَ في السجن مغمَداً

82 – الداية، علياء، الوعي الجمالي، ص (205 – 206).

83 – المعتمد بن عباد، الديوان، ص (98 – 99).

84 – الداية، علياء، الوعي الجمالي، ص (205).

85 – المعتمد بن عباد، الديوان، ص (97).

86 – كانت المعركة في يوم الجمعة المسمى في الثقافة العربية (العروبة).

87 – الداية، علياء، الوعي الجمالي، ص (202 – 203).

88 – ابن الخطيب، الديوان، 182/1.

89 – انظر: عباس، إحسان، تاريخ الأدب الأندلسي (عصر الطوائف والمرابطين)، ص (188).

90 – انظر: الباشـا، مهجة، رثاء المدن والممالك في الشـعر الأندلسي، ص (116 – 117).

91 – انظر ملخصاً: المقري، نفح الطيب، 350/4، ومـا بعدها، وانظر: ضيف، شوقي، عصر الدول والإمارات (الأندلس)، مديرية الكتب والمطبوعات الجامعية، حلب، سوريا، 2001م/1422هـ، ص (378)، وما بعدها.

92 – الداية، محمد رضوان، أبو البقاء الرندي، ص (17).

93 – المقري، نفح الطيب، 145/1.

94 – نفسه، 352/4.

95 – نفسه، 352/4.

96 – انظر: الباشـا، مهجة، رثاء المدن والممالك في الشـعر الأندلسي، ص (249 – 251).

97 – المقـري، نفح الطيب، 483/4، وانظر: الباشـا، مهجة، رثاء المدن والممالك في الشعر الأندلسي، ص (105).

98 – المقري، نفح الطيب، 557/1.

99 – انظـر: عنان، محمد عبد الله، دولة الإسلام في الأندلس (عصر المرابطين والموحديـن، القسـم الثاني)، ص (425)، وانظـر: الباشـا، مهجة، رثاء المدن والممالك في الشعر الأندلسي، ص (68).

100 – ابن الأبار، الديوان، ص (408).

101 – انظر: الغذامي، عبد الله، تأنيث القصيدة والقارئ المختلف، المركز الثقافي العربي، الدار البيضاء، المغرب، بيروت لبنان، ط (1)، 1999م، ص (54).

102 – ابن الأبار، الديوان، ص (336).

103 – انظر: الباشا، مهجة، رثاء المدن والممالك في الشعر الأندلسي، ص (20).

104 – انظـر: العابـو، عبد الرحمن، التراجيدي في أسـاطير الشـرق القديم، ص (109).

105 – الداية، محمد رضوان، أبو البقاء الرندي، ص (143).

106 – عنان، محمد عبد الله، دولة الإسـلام فـي الأندلس (عصر نهاية الأندلس)، ص (260).

107 – خريوش، حسين، أدب الفكاهة الأندلسي، ص (8).

108 – قزيحـة، ريـاض، الفكاهة في الأدب الأندلسـي، المكتبة العصرية، صيدا، بيروت، لبنان، ط (1)، 1998م/1418هـ، ص (89 – 90).

109 – برجسون، هنري، الضحك، ص (16).

110 – قزيحة، رياض، الفكاهة في الأدب الأندلسي، ص (287).

111 – انظر: خريوش، حسين، أدب الفكاهة الأندلسي، ص (5).

112 – نفسه، ص (5).

113 – راجع: عفش، ساندرا، صورة الآخر في الشعر الأندلسي، الفصل الثالث.

114 – قزيحة، رياض، الفكاهة في الأدب الأندلسي، ص (282).

115 – انظر: خريوش، حسين، أدب الفكاهة الأندلسي، ص (84).

116 – المقري، نفح الطيب، 412/3.

117 – نفسه، 205/3 – 206.

118 – انظـر: عبـاس، إحسـان، تاريـخ الأدب الأندلسـي (عصـر الطوائـف والمرابطين)، ص (46 – 47).

119 – ابن سعيد، المغرب في حلى المغرب، 267/2.

120 – انظـر: خليل، أحمد، الرؤية الجمالية في شـعر الجاهلية وصدر الإسـلام، ص (190).

121 – السعيد، محمد مجيد، ابن بقي القرطبي حياته وشعره، مجلة المورد، المجلد (8)، بغداد، العراق، 1978م، ص (148).

122 – انظر: ابن الخطيب، الإحاطة في أخبار غرناطة، 317/3.

123 – نفسه، 319/3، بلاقع: خالية من كل شيء، الضالع: الأعوج كالضلع، خامع: الضبع الذي يعرج.

124 – انظر: برجسون، هنري، الضحك، ص (25).

125 – قزيحة، رياض، الفكاهة في الأدب الأندلسي، ص (186).

126 – بلوز، نايف، علم الجمال، ص (82).

127 – نفسه، 119/1.

128 – انظر: برجسون، هنري، الضحك، ص (84).

129 – خليل، أحمد، الرؤية الجمالية في شعر الجاهلية وصدر الإسلام، ص (36).

130 – ابن حريق، علي بن محمد، ابن حريق البلنسي حياته وآثاره، تحقيق: محمد بن شريفة، ط (1)، 1996م/1417هـ ص (141).

131 – أبو بحر التجيبي، أديب الأندلس أبو بحر التجيبي، ص (314).

132 – الشنتريني، الذخيرة، 460/1/3.

133 – انظر: خريوش، حسين، أدب الفكاهة الأندلسي، ص (87).

134 – أبو حيان، الديوان، ص (264).

135 – قزيحة، رياض، الفكاهة في الأدب الأندلسي، ص (276).

الفصل الرابع:

جمالية الفنون في الأدب الأندلسي

- الفنون البصرية في الأدب الأندلسي.
- الفنون السمعية في الأدب الأندلسي.

توطئة:

في مراحل تشكل كلٍّ من الوعي والذوق الجماليين، يكون الفنّ هو الذروة، فحين تتملك الذات موضوعاتها معرفياً وجمالياً ضمن التلقي الجمالي الفائق لها، ينتقل الفنان إلى التعبير عن الشعور الجمالي الخاص بتجربته الفردية، والشعور الجمالي العام ضمن مجتمعه وحضارته، فالفن هو ردُّ الفعل الجمالي على الموضوعات المعيشة بمختلف أشكالها. «فالعمل الفني عامة هو نتاج حيّ ومباشر للتجربة الجمالية»[1]، وهو أعلى شكل من أشكال علاقات الإنسان الجمالية بالواقع[2]، وذلك لأن الفن ممارسة معرفية في المقام الأول، وهو «معرفة للحياة، يتلازم فيها اكتشاف الحقيقة تلازماً عضوياً مع تقويم الفنان لها»[3]؛ أي إنها ليست معرفة موضوعية مجردة عن المواقف الذاتية، بل إنها تنبع أولاً من طريقة تعامل الفنان مع واقعه، وتقويمه له.

وفي محاولة لإيجاد تحديد معرفي للفن، نجد تعريفات عدّة تكاد تصبّ في المنحى نفسه، فالفن: «هو من جهة تعبير حسي عن المطلق، ومن جهة تعبير عن غنى الحياة الواقعية، وعن الوحدة بين الطبيعة والفكر الإنساني»[4]، فللفن جانب روحي وآخر شكلي، يتشكلان من

خلال العلاقة بالواقع. أي إنه تعبير عن حاجة جمالية، وتمثيل لوعي، وإنجاز بمادة[5].

وتتحدث التحديدات عن غاية الفنون. فمن المتفق عليه أن كل الفنون تهدف إلى إنتاج الجمال والوصول إليه[6]، مع حدٍّ أدنى من النفعية التي تختلف باختلاف الفنون والتمثيلات الفنية للموضوعات. فالفنون الجميلة هي أكثر تركيزاً وصفاءً، وتتوجه مباشرة إلى إنتاج آثار قائمة بذاتها، لا يُرجى منها نفع إلى حد ما[7]، لكن إنتاج الجمال بأبعد شكل ممكن عن النفعية ليس الغاية الوحيدة للفن – وإن كانت الأولى في ظننا – ؛ إذ نرى الغاية الثانية هي تمثيل الواقع من خلال الوعي الجمالي له. فالفن حينما يعبّر عن الوعي الجمالي يعطينا صورة وافية عن المشاغل المعيشية والاجتماعية والجمالية للحضارة[8]. فهو وسيلة لتجسيد قيم وأفكار وأحلام وانفعالات الفنان الفرد داخل الثقافة، أو حتى قيم وأفكار وأحلام وانفعالات ثقافية معينة، كما تنعكس وتتبلور من خلال الفرد. والفنان لا يجسد هذه القيم والأفكار من أجل تأكيدها وإبرازها فقط، بل أيضاً من أجل اقتراح إضافات وتعديلات عليها[9]، وبذلك لا تكون هذه الغاية هي عرض الواقع بشكل انعكاسي فحسب، بل محاولة لتقويم الواقع كما يجب أن يكون، أو كما نأمل أن يكون.

وفي مسألة النفعية في الفنّ، يقول عز الدين إسماعيل: «إن الإحساس الجمالي البحت يجعل الفنّ أو الجمال موضوعياً، وتتحكم فيه قوانين مطلقة، وهو بذلك يستبعد أي غاية خارجة. فالفنّ من حيث هو فنّ، مستقل عن المنفعة وعن الأخلاق على السواء، كما

هو مستقل أيضاً عن كل قيمة عملية»[10]، لكنّ بحث المنظرين عن ملجأ يبعدهم عن الأخلاق والمنفعة والاستهلاك قد أودى بهم إلى ضفة معاكسة، وهي أنهم عدّوا الفن والجمال وقوانينهما موضوعية منفصلة عن كل ما هو خارجها، وفي هذا غلو كغلو تخصيص الأدب والفن لغايات نفعية أخلاقية اجتماعية، إذ لا يمكن أن نتجاهل أن الفن موجه قبل كل شيء إلى الإنسان، بل هو نابع أيضاً عن الفرد، الفرد بوصفه ذاتاً ومجتمعاً وأخلاقاً، «فالحياة لا توجد فقط خارج الفن بل فيه، في داخله بكل امتلاء وزنها القيمي، الاجتماعي، السياسي، المعرفي، وغيره»[11]، وحين يعبّر الفن عن الحياة، يرسم لنا صورة المثال؛ أي المثل الأعلى الجمالي العام، وهذا لا يتشكل بعمل فني واحد، بل تتمحور الأعمال الفنية للمجتمع حول المثل الأعلى الواحد، «فالمثال أو إدراك المثال هو الأساس الذي يقوم عليه كل فن، وإن اختلفت الفنون فإنّما يرجع ذلك إلى طبيعة المادة التي تعبّر فيها عن هذا المثال، أي أنّ الاختلاف بين طبيعة الفنون يرجع إلى اختلاف وسائطها المادية، ولا يقع الاختلاف أبداً في الرؤية التي تصدر عنها، وهي رؤية المثال»[12]، وهو ثابت نسبياً في إطار تنوع الفنون؛ إذ «تبقى مختلف أنواع الفن واحدة في مضمونها الفكري وفي اتجاهها الجمالي العام»[13].

وبذلك نجد أنّ الفنّ مستقل عن الموضوعات المحيطة به، لكنّه يتقاطع بمضموناته وأساليه وموضوعاته مع الواقع المحيط، وهذا التقاطع قد يوهم بخضوع الفنّ لهذا المنحى أو ذاك، تبعاً للموضوعات المتناولة، وتبعاً للتداخل الكبير بين الفن والمنحى الديني في النشأة

الأولى لكل منهما، و«التداخلات المعقدة بين الديني والفني في الأديان الوثنية، قد تلاشت تماماً مع الأديان التوحيدية التي قامت بفك الارتباط بين المقدس والفن. فلم يعد معها الفن مقدساً أو وسيلة إلى المقدس، وإنما بات شأناً دنيوياً بحتاً، أي بات فناً وحسب»[14]، فيعبّر الفن عن الموضوع الديني من غير أن ينصهر فيه، كما يعبّر عن شتى موضوعات الحياة من غير أن ينصهر فيها.

والفن بوصفه عملية خلق، يتفوق على الطبيعة من حيث الاستمرارية والتضمين للمواقف والقيم الجمالية القصدية، و«على حين أن مضمون الجمال الطبيعي هو نسبياً فقير وهزيل، فإن مضمون الفن قد يكون على درجة من الثراء، حتى إنه يجسد في أشكاله المختلفة تقريباً، كلّ الثقافة البشرية»[15]، ومن هنا، فإنه يعبّر عن البنية المجتمعية والثقافية بشكل واضح. فهو المجال للنشاط الروحي الذي صاغه المجتمع لتجسيد أفكاره وصياغة مثله الجمالية[16]، فالفنون هي حواس المجتمع التي يتلمس بها العالم من حوله جمالياً، وهي تتعدد بحسب تعدد الحاجات الجمالية لهذا المجتمع[17]، وتلك الحاجات الجمالية تمرّ بتبدلات عديدة وفق المتغيرات البيئية والاجتماعية والثقافية. إذ هناك علاقة وطيدة بين الفنان وحضارة عصره والمرحلة التي يمر بها، فالمرحلة الحضارية هي التي تمنح الشكل وتفرض مضمون العمل الفني[18].

أما فيما يخص بنية العمل الفنّي، فنراه يتألف من خمسة عناصر؛ هي الشكل والمضمون والموضوع والأسلوب والمادة[19]. فالمادة هي المكون الخام للفن، كاللون والخط للتصوير، والحجر للنحت

والعمارة، والكلمة للأدب. والأسلوب هو طريقة تعامل الفنان مع المادة والشكل ليؤدي المضمون، والشكل هو الظهور الحسي للعمل الفني وفق شروط الفنّ ذاته، أي هو القوانين الموضوعية للفن المتبعة في هذه الثقافة أو تلك، كما «لا يمكن أن يكون في الفن شكل بحت»[20]، فلا بدَّ له من مضمون، والشكل يُظهر مضمون الفن ويُثْبته ويُعبّر عنه[21]، فالمضمون هو الفكرة التي يريد المبدع نقلها وتشكيلها، والعلاقة بين الشكل والمضمون هي علاقة ديالكتية، و«الوحدة الحقيقية بين المضمون والشكل ممكنة فقط حين يعكس المضمون والشكل كلاهما الموضوع عكساً صحيحاً»[22]، فيؤديان ويشكلان المثل الأعلى الجمالي معاً وعلى مستوى واحد، و«جمال الشكل أو بعض عناصره يسحرنا بوصفه تشيؤاً مادياً للمبدأ الإبداعي بالفن، بوصفه شهادة على غنى الفنان الروحي، وحريته في تملك مادته. ولهذا فإن الشكل الرائع حقاً لا يمكن أن يتناقض مع المضمون الحقيقي والرائع فعلاً»[23]، وعلى الرغم من الاندماج الوظيفي بين كل من المضمون والشكل، فإن العمل الفني يجعلنا نعيش متعة جمالية مضاعفة، متعة بالشكل مرة ــ والذي يجب أن يكون جميلاً حتماً وإلا لم يكن فناً ــ ومتعة بالمضمون مرة ثانية، ومتعة المضمون تختلف باختلاف القيم التي يعبّر عنها.

أما الموضوع فيتسع للقضايا والمسائل العامة، «ولا يجوز الخلط بين موضوع الفن ومضمونه»[24]، ففي حين يكون المضمون خاصاً بهذا المبدع أو ذاك، يكون الموضوع عاماً مشتركاً في الثقافة الواحدة، أو بين ثقافات عدة.

وبين تصنيفات عدة للفنون نجد تصنيفين كبيرين، الأول هو تصنيف الفنون زمانياً ومكانياً، أي الفنون التي نتلقاها وسط مكان، وتلك التي نتلقاها بمرور الزمن، فمن الأولى النحت والعمارة والتصوير، ومن الثانية الموسيقا والأدب، في حين يكون الرقص والمسرح بين هذين الصنفين، لكن «هذا التصنيف لا يسلم من المناقشة. فالتمثال ليس شيئاً مكانياً صرفاً، بل هو يحتاج في إدراك جماله إلى نصيب من الزمان يمضي في تأمل أجزائه ونسبه والطواف حوله لرؤيته من جميع الجوانب. وكذلك القصر الجميل يحتاج إلى مدة من الزمن قصيرة أو طويلة كافية لرؤيته من زوايا متعددة وللطواف فيه. والشعر والموسيقا لا بدّ من أن يشغل تأليفها حجماً من المكان ولو ضئيلاً»[25].

لذلك سنتتبع التصنيف الآخر للفنون، وهو تصنيفها إلى فنون سمعية وأخرى بصرية، وفقاً للحواس الجمالية العليا، فمن الأولى الأدب والموسيقا والغناء، ويترافق مع الأخيرين فن الرقص الذي وإن كنا نتلقاه بصرياً، إلا أنه لا يمكن أن يكون إلا بحضور موسيقي أو غنائي، ومن الثانية كلٌّ من العمارة والنحت والرسم والأرابيسك.

وبصرف النظر عن الحقبة المرابطية في الأندلس ــ التي كانت أضعف من سواها في رعاية الفن ــ، سنجد أن الفنون العربية قد ازدهرت ازدهاراً واسعاً على الرغم من الظروف السياسية والعسكرية المحيقة بالأندلس، وهذا سيبدو واضحاً من النماذج المدروسة، ولا نعني بتلك الفنون مستقلة عن الأدب، ولكن ما يهمنا هو ظهور هذه الفنون في الأدب، أي معايشة الأديب للفن والتعبير عنه أدبياً.

وسنرى أن الفن كان شأناً اجتماعياً عاماً لا ينحدّ بالفنانين

والشعراء؛ إذ «لا يقتصر الفن على الفنان، التجربة الفنية يحياها البشر جميعاً، لأنهم إن أعجزهم الإبداع فلن يعجزهم التذوق على الأقل» [26]، وبذلك سنجد الاهتمام الاجتماعي العام بالفن واضحاً من مواقف الأدباء، وواضحاً من طبيعة الفنون الأندلسية نفسها.

1 – الفنون البصرية في الأدب الأندلسي:

1 – 1 – جمالية العمارة الكلية (المدن):

المدن هي الواجهة الأولى للحضارة، والإطار الكلي الضام للموضوعات، الجمالية وسواها، كما أنّ هذا الإطار الكليّ يعبّر عن الجزئيات التي يضمها، وهو تعبير جمالي – ثقافي بالضرورة، إذ لم يبنِ الأندلسيون مدنهم – أو يطوروها – بشكل عشوائي، لأن المدن العربية – الإسلامية عامة، والأندلسية خاصة، تفترض شكلاً جميلاً تحديداً، وذلك بالإضافة إلى ما يحمله محتواها من قيم جمالية – أو غير جمالية – مختلفة ومتنوعة.

وما يهمنا حول شكل المدن هو: كيف يصبح الشكل، شكل مضمون متصلاً به قيمياً؟ [27]، أي كيف عبّر شكل المدينة عن المثل الأعلى الجمالي في الأندلس، وخصوصاً أن الأندلسيين شكّلوا في ذوقيتهم صفات دقيقة للمثل الأعلى للمدن من خلال تمعنهم في المدن الأندلسية أو سواها في رحلاتهم.

أما الشكل المعتمد جمالياً فيقوم على مجموعة من الأحياء حول مركز المدينة، وهو المسجد أو الضريح، ويحيط بهذه المدينة والأحياء

سور محصن له أبواب متعددة[28]، إذ يتجسد العامل الروحي في تكوين أي مدينة عربية إسلامية بإنشاء المسجد الجامع، وفيه يجتمع أهل المدينة كلها يوم الجمعة، ونستطيع أن نعدّ المسجد نواة تشكيل المدينة العفوية، إذ تتسابق المنشآت العامة والخاصة لتجد لها محلاً أقرب إلى المسجد، وذلك لتسهيل متابعة ممارسة الشعائر ولتأكيد الثقافة الدينية في المنشآت[29]، ومن هنا ينشأ الشكل الدائري للمدن التي تحيط بمركز ديني أو سياسي، هو الغاية الأولى والأخيرة في السلوك اليومي الجماعي.

وورد في نفح الطيب في وصف الأندلس[30]:

«وميزان وصف الأندلس أنها جزيرة قد أحدقت بها البحار، فأكثرت فيها الخصب والعمارة من كل جهة، فمتى سافرت من مدينة إلى مدينة لا تكاد تنقطع من العمارة ما بين قرى ومياه ومزارع، والصحارى فيها معدومة. ومما اختصّت به أن قراها في نهاية من الجمال لتصنّع أهلها في أوضاعها وتبييضها لئلا تنبو العيون عنها».

فالأندلس محاطة بجلال البحر بجهاتها، ولا تنقطع عن الخصب في داخلها، بل تتصل فيها العمارة القائمة على خصب الرفاهية والطبيعة معاً، فالحضارة والجمال مستمران فيها، ولا انقطاع فيهما بالقحط «والصحارى فيها معدومة»، هذا بالإضافة إلى عناية أهلها بها، وتجميلهم إياها رغبة في مزيد من الجمال الممتع «لئلا تنبو العيون عنها».

وتتبدى السمات الجزئية المفضلة جمالياً في النصوص الأدبية، ومنها ما يقوله ابن سعيد عن غرناطة[31]:

«غرناطةُ، وما أدراك ما غرناطة، حيث أدارت الجوزاءُ وشاحها، وعلق النجم أقراطه، عقابُ الجزيرة، وغرةُ وجهها المنيرة. ومرَّ في الثناء عليها. وأنا أقول إنها وإنْ سُمِّيتْ دمشقَ الأندلس، أحسنُ من دمشق، لأنَّ مدينتها مطلة على بسيطها – متمكنة في الإقليم الرابع المعتدل، مكشوفة للهواء من جهة الشمال مياهها تنصبُّ إليها منْ ذوبِ الثلج دون مخالطة البساتين والفضلات، والأرحاءُ تدور في داخلها، وقلعتها عاليةٌ شديدة الامتناع، وبسيطها يمتد فيه البصرُ مسيرة يومين بين أنهار وأشجارٍ وميادين مخضرةٌ، فسبحان مبديها في أحسن حلةٍ، لا يأخذها وصف ولا ينصفُ في ذكرها إلا الرؤية».

يبدو الموقع الجغرافي والطبيعة البيئية أول ما يهتم به النص، فيكون اعتدال الطقس وتجدد الهواء واستمرارية الماء النقي أساس الحاجة الوظيفية في بناء المدن، ثم يكون الاتساع والارتفاع داليَّن على سموها «حيث أدارت الجوزاء وشاحها، وعلق النجم أقراطه»، بالإضافة إلى الامتداد الطبيعي الخصب من حولها «بين أنهار وأشجار وميادين مخضرة»، ومنعة حصونها «عالية شديدة الامتناع»؛ أي تحقيقها لقيمة الأمن الوجودي.

ويصف ابن الخطيب غرناطة[32]:

بلـدٌ يحفُّ بهِ الريـاضُ كأنـهُ
وجـةٌ جميـلٌ، والريـاضُ عِـذارُهُ

وكأنمـا واديـه مِعصـمُ غـادةٍ
ومـن الجسـورِ المحكماتِ سِـوارُهُ

وكذلك يذكر ابن الخطيب كلاً من قيمتي الخصب والأمان، ومع أن للقيمتين جانباً وظيفياً، إلا أن ما يبدو في البيتين هو الرؤية الجمالية فحسب، بدمج جمالية الغلام والأنثى معاً في تمثيل جمال غرناطة وحيويتها وخصبها.

وينقل ابن سعيد نصاً حول مدينة شَقُّورة [33]:

«هي إحدى معاقل الأندلس التي يتعب البصر في استقصاء سمْكها، ويرتدّ حسيراً عن آفاق ملكها، لا يأخذها قتال، ولا يبالي من اعتصم بها إلا بالآجال».

تبدو كذلك قيمتا الأمان والسمو، فالمدينة مرتفعة متسعة يتعب البصر في محاولة الإحاطة بها «يتعب البصر، يرتد حسيراً»، وهذه صفة طبيعية في المدن، أن تتسع على مقدرة البشر على الإحاطة بها في المعايشة الجمالية الكلية، أما القيمة الثانية في المطلب الأندلسي الأول من المدن، فهو تحقيقها للأمان «لا يأخذها قتال»، وذلك تبعاً للظروف السياسية والعسكرية المحيطة بهم في الأندلس، ومن ثم لا يعود الخوف أو القبح المتمثل بالخطر الوجودي حاضراً إلا بالموت «ولا يبالي إلا بالآجال».

وبمتابعة الموقف الإيجابي من المدن غير الأندلسية، نجد وصفاً لمدينة حلب في بلاد الشام في رحلة ابن جبير؛ يقول [34]:

«بلدة قدرها خطير، وذكرها في كل زمان يطير، خطّابها من الملوك كثير، ومحلها من التقديس أثير، فكم هاجت من كفاح، وسُلت عليها من بيض الصفاح، لها قلعة شهيرة الامتناع، بائنة الارتفاع،

معدومة الشبه والنظير في القلاع، تنزهت حصانة أن ترام أو تستطاع، قاعدة كبيرة، ومائدة من الأرض مستديرة، منحوتة الأرجاء، موضوعة على نسبة اعتدال واستواء، فسبحان من أحكم تقديرها وتدبيرها، وأبدع كيف شاء تصويرها وتدويرها، عتيقة في الأزل، حديثة وإن لم تزل، قد طاولت الأيام والأعوام، وشيعت الخواص والعوام، هذه منازلها وديارها، فأين سكانها قديماً وعُمَّارها؟ وتلك دار مملكتها وفناؤها، فأين أمراؤها الحمدانيون وشعراؤها؟ أجل فني جميعهم، ولم يأن بعد فناؤها، فيا عجباً للبلاد تبقى وتذهب أملاكها، ويهلكون ولا يقضى هلاكها، تخطب بعدهم فلا يتعذر ملاكها، وترام فيتيسر بأهون شيء إدراكها، هذه حلب كم أدخلت من ملوكها في خبر كان، ونسخت ظرف الزمان بالمكان، أُنِّثَ اسمها فتحلت بزينة الغوان، ودانت بالغدر فيمن خان، وتجلت عروساً بعد سيف دولتها ابن حمدان [....]، وأمرها في الاحتفال عظيم، فهي بلدة تليق بالخلافة [.....]، وكيفما كان الأمر فيه⁽³⁵⁾ داخلاً وخارجاً، فهو من بلاد الدنيا التي لا نظير لها والوصف فيه يطول»».

في المدن غير الأندلسية نجد تنوعاً شديداً في تفاصيل القيم الجمالية الإيجابية، إذ يبدأ ابن جبير بذكر شهرة المدينة ومكانتها بين المدن «ذكرها يطير»، فهي عقدة بين أقاليم عدة، مما جعلها مقدسة، ودفع الملوك إلى محاولة احتلالها، لكن ابن جبير يرى سلوك الاحتلال بطريقة جمالية بحتة، إذ يمثلها أنثى مرغوبة، والمحتلون خطّابها، ثم يصف قلعتها المتمركزة في وسطها كعادة المدن المشرقية، وتلك القلعة لا تحتل موقع المركز فحسب، لكنها تتوضع فوق مرتفع

منيع من الأرض، مما يسهم في إضافة مزيد من السمو إلى قدسيتها «معدومة الشبه أو النظير»، وهي على اتساعها وارتفاعها تشكل عقدة الأمان للمدينة «تنزهت حصانة أن ترام»، وهي لا تبدو بمظهر مرتفع نشز عن العين، بل تتمتع بمزيد من تفاصيل الجمال «على نسبة اعتدال واستواء»، مما حدا بابن جبير إلى إرجاع ذلك مباشرة إلى القدرة الإلهية، لا الإنسانية «فسبحان من أحكم تقديرها».

ثم يتناول قضية الخلود الزمني، وهي الأهم من وجهة النظر العامة، والأندلسية خاصة، فحلب من أقدم مدن التاريخ التي مر بها أقوام وعصور شتى، وبقيت كما هي بألقها «عتيقة في الأزل، قد طاولت الأيام والأعوام، نسخت ظرف الزمان بالمكان»، وهذا ما تمتلكه الفنون البصرية ذات المادة الحجرية، فهي تقف في مواجهة العدو الأول في الثقافة العربية، الدهر، ومن هنا تكتسب قيمها الجمالية العليا، لكنها مع قدمها المغرق في التاريخ بقيت مزدانة بحلة الحداثة «حديثة وإن لم تزل»، فهي تواكب الزمان ولا تكتفي بالوقوف في وجهه، ومن هنا تمتعت باستمرارية الخصوبة، حتى وصفها بأنها غانية عروس، لذلك كانت لائقة بدار الخلافة، أي بمركزية الحكم الديني – السياسي، وهذه هي الغاية في تمثيل المثل الأعلى الجمالي للمدن.

ونجد في رحلة ابن جبير وصفاً لمدينة دمشق؛ يقول[36]:

«جنة المشرق، ومطلع حسنه المؤنق المشرق، وهي خاتمة بلاد الإسلام التي استقريناها، وعروس المدن التي اجتليناها، قد تحلت بأزاهير الرياحين، وتجلت في حلل سندسية من البساتين، وحلت من

موضوع الحسن بالمكان المكين، وتزينت في منصتها أجمل تزيين، وتشرفت بأن آوى الله تعالى المسيح وأمه صلى الله عليهما منها إلى ربوة ذات قرار ومعين، ظل ظليل وماء سلسبيل، تنساب مذانبه انسياب الأراقم بكل سبيل، ورياض يحيي النفوس نسيمها العليل، تتبرج لناظريها بمجتلى صقيل، وتناديهم: هلموا إلى معرس للحسن ومقيل، قد سئمت أرضها كثرة الماء حتى اشتاقت إلى الظماء [...]، فكل موضع لحظته بجهاتها الأربع نضرته اليانعة قيد النظر، ولله صدق القائلين عنها: إن كانت الجنة في الأرض، فدمشق لا شك فيها، وإن كانت في السماء فهي بحيث تسامتها وتحاذيها».

تتبدى قيمتا الخصب والقداسة في وصف دمشق، ففي الخصب نراها موئلاً للحسن الطبيعي، فهي محاطة بالبساتين والرياحين من جهة، ومضمخة بخصوبة الماء أتّى اتجهت فيها من جهة ثانية «ماء سلسبيل، تنساب مذانبه بكل سبيل»، ويبالغ في وصف غزارة مياهها بأنها ملّت كثرة الماء، حتى تجد الخضرة اليانعة في كلِّ جهاتها، وهذه الصفات المفضلة في وصف الأمكنة في الأندلس، وهي التي تشبه الجنة/المثل الأعلى الجمالي للمكان «جنة المشرق، إن كانت الجنة في الأرض...»، هذا بالإضافة إلى المنحى التقديسي الديني الذي تتمتع به دمشق بإيوائها للمسيح عليه الصلاة والسلام، ومن ثم فهي الغاية في الأمان.

ولا تكتمل الصورة المثلى للمدن في الرؤية الأندلسية إلا بالنصوص التي تحمل القيم السلبية في وصف المدن، ومنها ما يقوله ابن الخطيب في هجاء مدينة سلا[37]:

أهلُ سـلا صاحتْ بهم صائحهْ   غاديـةٌ فـي دورهـمْ رائحـهْ

يكفيهـمُ مـن عَـوزٍ أنهـمْ   ريحانهـمْ ليستْ لـهُ رائحـهْ

ويلخص ابن الخطيب سلبية المدن بالمنحى الجمالي المحض «ريحانهم ليست له رائحه»، فلا يجد صفة شاملة لسلبية القيم إلا فقدان المتعة الجمالية بما هو جميل، ومن ثم تكون جل التجارب الجمالية في هذه المدينة منقوصة ومعطلة.

ويقول ابن الخطيب كذلك في ذم مدينة ماغوس بالمغرب[38]:

مـاذا لقينـا بماغُـوسٍ مـن اللَّغَـطِ

ليـلاً ومن هَرَج الأحراسِ والشُّـرطِ

ومـن رداءَةِ مـاءٍ لا يَسُـوغُ لنـا

شَـرابُ جُرعتـهِ إلا علـى شَـطَطِ

ومـن لُغـاتٍ، حوالينـا، مبربـرةٍ

كأننـا فـي بـلاد الزَّنجِ والنَّبطِ

جرداءُ لا شـجراتٌ يُستظلُّ بهـا

ولا أنيـسٌ يُريـحُ النفسَ مـن قَنَطِ

منارُهـا قعـدَ البانـي بنصْبَتِـهِ

فـلا تشيـرُ إليـه عينُ مغتبِطِ

تشتمل هذه المدينة على سمات مغرقة في السلبية، وأولها فقدان الأمان والعيش في جو يثير الخوف «هرج الأحراس والشرط»،

مما يستدعي المحاولات الشتى لضبطها ليلاً، ويختار الزمان الليلي ليوحي بمزيد من الخوف المعيش في هذه المدينة، ثم ينتقل إلى فقدانها للخصب، فماؤها رديء «لا يسوغ لنا»، والماء ـ فضلاً عن تمثيله للخصب ـ هو العنصر الأساسي في إقامة المدن، بل هو شرط نشوء المدنية، ونتيجة قحط الماء ستنعكس على الطبيعة بالتأكيد «جرداء لا شجرات يستظل بها»، فهي فاقدة لخصب الأشجار وظلها الأليف الآمن، ثم ينتقل إلى طبيعة البشر فيها، فلا راحة ولا أنس معهم «ولا أنيس يريح النفس»، لهرجهم، وخشونة طباعهم واختلاف لغاتهم عن الفصاحة العربية «ومن لغات حوالينا مبربرة»، ولا نغفل ما للجانب الثقافي المتعالي تجاه الآخر البربري من أثر في هذه الصورة السلبية جمالياً، وبالانتقال إلى المنحى الفني في المدينة، نرى الصنّاع والفنانين فيها على غاية من الرداءة والإهمال الذوقيين، «قعد الباني»، ونتاجهم لا شكل جميلاً له، بل يحكم الحياد الجمالي مبانيها، فلا يلتفت المار إليها «فلا تشير إليه عين مغتبط»، وإذا لم يلتفت المار إلى البؤرة الفنية المعمارية في المدينة «منارها» فهي غارقة في الحياد المفضي حتماً إلى القبح لأنه مخيّب للتوقعات، فيؤدي إلى مشاعر الاستهانة والنفور البادية من المتلقي، فجزئيات المدينة ـ إضافة إلى كلياتها ـ تفتقد للقيمة الجمالية الإيجابية، ومن ثم فهي مغرقة بالقبح في كل سماتها.

ويقول ابن مغاور حين مروره بمدينة كولية[39]:

«ثمَّ ارتحلنَا منَ الغدِ إلى كولية في غيثٍ يقلقُ، وطينٍ يغرقُ تارةً ويزهقُ، وأوينا إلى منزلٍ واهي العرصاتِ، موحشِ الجنباتِ،

وناسٍ ترى الحنق يتلمظُ في عبوسهمْ، وينذرُ ببوسهمْ، ويترجمُ عما في نفوسهمْ منَ البغضاءِ الكامنةِ لشيخهمْ ورئيسهمْ، ما حلَّقَ التوحيدُ على آذانهمْ، ولاَ ظهرَ في صلواتهمْ ولا أذانهمْ، طالمَا أخافَ شبانهمْ وكهولهمْ السبيلَ، وعمروا متلصصينَ الخندقَ والمسيلَ، فبتنا هناكَ الحذرَ الحذرَ، وارتقبْ يا فلانُ هلْ استشعرتَ السحرَ».

يحكم النص جوٌّ مريع من الخوف المقيم في نفوس السكان والزائرين لهذه المدينة، فالسبيل إليها محاط بالطين الزلق والمطر بشكله المخيف المريع، فالخصب فيها معكوس الأداء والقيمة، أما بيوت المدينة فضعيفة موحشة خالية من الأنس والمؤنسين، أي لا تؤدي الغاية النفعية أو الجمالية للمسكن، وأناسها يعيشون في حنق دائم، تحيط بهم البغضاء والعداوة مع الحاكم؛ أي إنهم يفقدون قيمة التآلف الاجتماعي والأمان السياسي، ومن ثم فإنهم يفقدون الجانب الديني المهم في تشكيل المدن والحياة فيها، وتحديداً قيمة التوحيد التي يجب أن تكون حاضرة في الحياة الاجتماعية، وفي البنية التكوينية للمدينة بكليتها وجزئياتها «ما حلق التوحيد على آذانهم»، وفقدان الأمان والخصب والتآلف والانطواء تحت راية التوحيد، جعلهم يعيشون في خوف وحذر مقيمين، فيفتقدون القيّم اجتماعياً.

ومما سلف نرى أن المثل الأعلى الجمالي في تكوين المدن وفق الموقف الأندلسي يتلخص بقيمة الخصب من المنحى الطبيعي في الطقس والماء والاخضرار، بالإضافة إلى الاتساع؛ أي اتساع المساحات المملوءة بالخصب والعمران، مع قيمة المنعة والحصانة وما تحققه من أمان وجودي مرغوب، وكان للارتفاع المكاني قيمته

الحاملة للسمو، مع تفضيل المركزية الدينية السياسية، وهذا كله يودي حتماً إلى المثل الأعلى بالفنون خاصة وبالموضوعات عامة لدى الأندلسيين، وهو استمرارية الخصب، والأنس المتحقق الدائم.

2 – 1 – جمالية العمارة الجزئية (الأبنية):

يعدُّ فن العمارة فنّاً جماعياً، ليس من ناحية تعدد المتلقين له فحسب، بل من حيث الإبداع أولاً، إذ يشترك في تصميمه وتنفيذه مجموعة من المبدعين تخطيطاً وتنفيذاً، وهذا التوافق الجماعي في العملية الإبداعية يعلمنا أنّ هذا الفن هو أول ما يعبّر عن الوعي الجماعي جمالياً ونفعياً، وهذا ما نضعه في النظر حين نحكم على العمل المعماري، كما أننا في الحكم الجمالي لا نغيب الجانب الوظيفي تماماً فيما يخص فن العمارة. إذ يجب أن يتطابق العمل المعماري مع أهدافه وغاياته، فمن شروط الجمال في فن العمارة هو أنّ أي سمة من سمات المبنى ينبغي أن تكون تابعة لاستخدام الكل وتصوره[40].

ومن هنا لا يمكننا أن نغفل الغاية النفعية الأولى لإنشاء العمارة. فقد نشأ فنّ العمارة عن أغراض نفعية في بداية الأمر، فقد كانت الحاجة إلى المأوى والمكان الآمن الذي يصلح للسكن هو أولى غايات فن العمارة، ومن انتشار الرخاء بدأ هذا الفن يتخذ الطابع التجميلي أو التزييني بالإضافة إلى شرطي المتانة والتناسب[41]، فمع تطور الحضارة الإنسانية بدأت المجتمعات إنشاء أبنية تناسب حاجاتها أولاً، ثم بدأت تشكل هذه الأبنية وفق ما تراه جميلاً ومفيداً ومعبّراً عن الذوقية العامة ثانياً، وهذا ما يجعلنا نرى التشابه بين الأبنية في

المجتمع الواحد، «فالأشكال المعمارية وما تنشئه من علاقات فراغية، تؤدي الغاية النفعية منها، وتعكس في الوقت نفسه بشكل جلي طابع الحياة الاجتماعية ومستوى تطور المجتمع مادياً وروحياً»[42]، فالبناء يعكس الثقافة الاجتماعية، والمستوى المعيشي أيضاً.

أما المنحى الجمالي للعمارة فيتنوع بتنوع الثقافات، مع وجود ثوابت جمالية نوعاً ما، مثل الدلالة على الثبات والرسوخ والمتانة، إذ إن «نتاجات هذه الفنون [العمارة والنحت والتصوير التي تعتمد على مادة الحجر غالباً] عندما تنجز، تعرض حالة ثابتة من الوجود، فالمباني في العمارة مثلاً تعكس تفضيلاً خاصاً للثبات أو الاستقرار والإيجاز، أو تفضيلاً خاصاً للتنوع والتعددية البارعة، أي تفضيلاً خاصاً بالتعلق بالأرض والالتصاق بها، أو للطموح نحو البقاء فوق الذرا والمرتفعات»[43]، ففي حين كانت الخيام مثلاً تعبّر عن حالة التنقل الدائم، كان فن العمارة معبّراً عن التمسك بالأرض وإثبات الوجود فيها، وبينما نجد مدة بقاء سائر الفنون متنوعة زمانياً، نجد أن فن العمارة هو الأطول بقاءً نظراً إلى مادته الخام التي تسهم في نقل هذه الدلالة.

ونرى أن التناظر والتناسب موجودان في هذا الفن عامة، من حيث البنية التشكيلية التأسيسية له، بصرف النظر عن الشكل الأخير للبناء، «ففي فن العمارة مثلاً، وهي نموذج الفن المكاني بمعناه الصحيح، نجد نوعاً من التكرار، أو التماثل، أو توزيع المساحات والكتل بتوافق وانسجام على نحو يؤلف نوعاً خاصاً من الإيقاع، حتى لقد وصف البعض الفن المعماري بعبارة أصبحت منذ أن أطلقت عليه شهيرة،

هي أنه موسيقا متجمدة»[44]، فحركة التناسب والتناظر تمنح الحجر حيوية إيقاعية متواترة حتى سميت بالموسيقا المتجمدة. وقد جاء هذا المصطلح من أن فن العمارة يجمع بين الإيحاء بالحركة الجارية المرتبطة بالموسيقا المتدفقة والماء المنساب، وبين التجمد المرتبط بالسكون، ومن ثم يكون الفن الجميل محصلة للتكامل بين الحركة والسكون، وبين الزمان والمكان، وبين اللغة والصورة، وبين الوعي العقلاني والانفعال الوجداني[45]، فمع أن إنشاء البنية التشكيلية للعمارة هو عمل عقلاني فإنه قادر على نقل الحالة الوجدانية باستعانته بكل من الإيقاع الموسيقي للتواتر، والانسياب والامتداد الطبيعيين للماء، إضافة إلى التزيين التشكيلي المختلف بين بناء وآخر. وهنا يكمن جمال العمارة، فهو يتوقف على قدرة الفنان المعماري على تحقيق الغايات الجمالية، على الرغم من تبعيتها لغايات وحاجات أخرى نفعية، ويتوقف كذلك على مدى مهارته في ملاءمة وتوفيق وتكييف هذه الغايات الجمالية مع الغايات الأخرى التحكيمية[46].

وقد أسهمت الديانات وضرورة بناء المعابد لها في ظهور فن العمارة وتطوره، وقد أخذ الفنان في تجميل المعابد وتزيينها وزخرفتها استجابة لدافع ديني المنشأ[47]، وذلك لأن الدين منذ ظهوره توسّل بالفن لينتشر أكثر، وهذا إن دل على شيء فإنما يدلّ على فاعلية الدين في التأثير في المتلقين على اختلاف مستوياتهم الثقافية والذوقية، ومن هنا نجد في العمارة الدينية دافعاً دينياً وآخر اجتماعياً جمالياً.

ولم يكن المعبد محض مكان للطقوس الدينية، إنما يمثل مركز العالم بالنسبة إلى مؤمنيه، ومعنى ذلك أنّ المعبد هو الجلال بعينه

واقعاً ورمزاً، وبهذا، فلا غرابة في أن تحشد في المعبد كل الرموز والتماثيل والنقوش التي تعزز مفهوم الجلال في أقصاه لدى أفراد الجماعة الإنسانية التي يمثلها المعبد بجلاله المادي والروحي معاً[48]، فجلال المبنى كان يدل على جلال المعنى الديني – والحياتي أيضاً – الذي نراه في المعابد الشاهقة أو المرتفعة مكانياً، أو المجمّلة ببذخ وعناية، وبذلك يكون المعبد صورة الكون والجلال معاً.

بالإضافة إلى أن المسجد أو الكنيسة بيت في قمة الألفة، وهو بيت عامودي سامٍ يصور عامودية الكائن الإنساني في علاقته مع الله، وطابع الترميز فيه كامل لأنه صاعد إلى الأعلى، إلا أنه يقدم الشكل البرجي موسعاً البيت في كلا الاتجاهين، العمق بغموضه، والعلو بلا نهائيته[49]، فالدخول في مكان سامٍ يوحي بسمو العلاقة الدينية بين العابد والله، واتجاهها المادي والروحاني من المحتاج في الأدنى (الإنسان)، إلى الغاية العظمى في الأعلى (الله).

ونرى في الأندلس تنوعاً في أشكال المعابد، لأنها ضمّت فيها عدة أديان، أبرزها المسيحية الأقدم ثم الإسلام الذي دخل الجزيرة الأندلسية بعدها، ويقول أبو بحر في وصف هيكل مسيحي متردٍّ[50]:

يـا مَصنعاً قَـدْ تـردّى حُلّـةَ الهَـرَم

مَشـهودُ حالِـهِ عنوانٌ عنِ القِدم

كـمْ طـافَ حولكَ مـنْ حـافٍ ومُنتعلٍ

بـادوا وأنتَ حَبيـسُ الدهرِ لـمْ تَرِم

وكــمْ تألَّـفَ فيـكَ الـرومُ واجتمعوا
وأنـتَ في أَنفِ ذاكَ الجمعِ كالشَّـمَم

والــدَّارُ دارُهُـمْ والأمـرُ أمرهُـمْ
وَصِيتُهـمْ في الورى نارٌ على علمِ

حتى انتحتْهُمْ صُرُوفُ الدهرِ فانقرضوا
فأيـنَ رِمَّتُهُـمْ في جُملـةِ الرِّمَـمِ

يـا مُشْبِهَ القوسِ إلاَّ أنَّ أسهُمَهُ
قضتْ على مَنْ تبنَّـاهُ مِـنَ الأممِ

تـاجٌ ولكـنَّ ذاكَ الطَّـودَ مَفْرِقَـهُ
قدْ حلَّ فيهِ محلَّ الصَّيـدِ في الحرمِ

قالــوا: هوَ الملعبُ البـادي فقلتُ لهُمْ:
نعـمْ، ولكـنْ لخيلِ الرِّيـحِ والدِّيَـمِ

يـا هيكلاً أخبرَتْ عنـهُ مناظرُهُ
بأنَّـهُ نُقْطـةٌ في أَبْحُـرِ الهِمَـمِ

يا ليتَ شـعريَ عن أهليكَ كيفَ غدتْ؟
أشلاؤُهُمْ للرَّدَى لحماً على وَضَمِ

فحيـنَ ذكَّرتُـهُ أهليـهِ طارحنـي
عنهـمْ وحاورنـي نطقـاً بغيـرِ فَـمِ

وقـالَ: ولَّـوا وخَلَّونـي وراءَهُـمُ
واستودعوني حسـنَ الرَّعي للذِّممِ

فجيبُ سُورِيَ قَدْ مَزَّقْتُهُ أسفاً
وسِنُّ صَخْرِيَ مَقْروعٌ مِنَ النَّدَمِ

إن الخلود النسبي للمباني بأشكالها نراه في هذا النص، الذي يروي لنا حكاية هيكل مسيحي غاب أهله لما جاء المسلمون وبقي شامخاً، ونرى تلقي الشاعر للمبنى بوصفه طللاً أولاً مع تبدي المنحيين الجمالي والثقافي، فمن المنحى الأول نرى جانب الخلود النسبيّ المعماري بارزاً في النص، وهو الدال على الرسوخ والثبات، «مشهود حاله، القدم، حبيس الدهر، لم ترم، الملعب البادي، ولوا وخلوني وراءهم»، في حين أن مبدعيه «بادوا، انتحتهم صروف الدهر، انقرضوا، قضت، أشلاؤهم، ولّوا»، ومن هنا تنبع قدسية المباني الدينية تحديداً، «كم طاف حولك، كالشمم»، وهنا يدل الهيكل على استمرارية الدين بالرغم من زوال رعاته وبناته، «فالحجر ينطوي في ذاته على قيمة رمزية مهمة في تاريخ الإنسان، فهو كينونة مادية تفرض ذاتها وجوداً مطلقاً بحكم صلادتها وتماسكها الذي يمكنها من الصمود أمام التغيرات البيئية. ومن هنا أصبح رمزاً لما يريد الإنسان أن يمنحه الوجود المطلق، وارتبط خاصة بما هو روحي مقدس من تراثه الديني، إذ لا نكاد نجد ديناً من الأديان لا يجعل للحجر قيمة رمزية مقدسة»[51]، وهذا الخالد المتمتع بقدسية الاستمرار والرسوخ مازال يتمتع بالصفات الجمالية المنشودة من فن العمارة ذي الطابع الديني، فهو يتسم بالسمو والارتفاع المكاني والمعنوي أولاً؛ «وأنت في أنف ذاك الجمع كالشمم، تاج»، كما يتسم بالاتساع الذي تصعب الإحاطة به بالحركة والنظر؛ «كم طاف

حولك؟، الملعب البادي»»، بالإضافة إلى النمط المعماري الذي ظهر في النص؛ «يا مشبه القوس، سوري»»، فهو يتخذ الشكل المنحني، الذي يوحي بالألفة والحنو، كما أنه مسوّرٌ، أي محاط بشكل يمنحه الحماية، ومن ثم يمنحه مزيداً من القداسة.

ونرى التعامل مع هذا الهيكل يتخذ النمط الطللي جمالياً وثقافياً، فهو خالٍ من أهليه؛ «لخيل الريح والديم»»، ومنقوص الجمال بفعل القِدَم؛ «جيب سوري قد مزقته، سن صخري مقروع»»، ولا يدل النقص هنا على القبح، إنما يجعل الهيكل يغرق في القدم. ونجد التسامح مع الآخر بشكل مباشر؛ «يا ليت شعري، واستودعوني حسن الرعي للذمم»»، ويظهر ذلك أيضاً من الحوار الذي أقامه الشاعر مع الطلل/الهيكل، فالشاعر يتسامح مع الآخر الإنساني من جهة، ومن جهة ثانية يتلقى الموضوع الجمالي/الهيكل، بطريقة لا تخضع لموقفه الديني من كلٍّ من الإنسان – الهيكل.

ويقول ابن مغاور في مسجد شاطبة:

«وهذا المسجدُ الجامعُ بشاطبةَ قدْ غدا بينَ الجوامعِ فذاً فريداً كأنما نبذَ بالعراءِ متحيزاً عنْ كلِّ دارٍ تحتَ سورها ومسكنٍ، لا لاحتقارٍ لقدرهِ ومكانهِ، بلْ لاهتمامٍ بفضلهِ وعظيمِ شأنهِ، نصّبوهُ ربوةً محفوفةً بالرحابِ، مقرونةً بمنارٍ يكادُ أنْ يعتمَّ بالسحابِ، برزَ فبرّزَ، وتحيّرَ فتميّزَ، وأحرزَ منَ الشهرةِ ما أحرزَ، [...] فنزحوا بهِ عنِ الالتباسِ، وشرورِ الناسِ، واختاروا لهُ دمنةً طاهرةً منَ الأرجاسِ والأنجاسِ، ثاويّة بينَ القبورِ والأرماسِ، لتكثرَ يومَ عروبةَ الخطَا إليهِ، ويغدوَ

الحاضرُ والبادي عامداً عليهِ، ونفوسُهُمْ إلى رؤيتهِ شيّقة، وشُخُوصهمْ
إليهِ مُستبِقةٌ، فلَا يزالُ المُصلّي فيهِ يعتبرُ في جدثٍ ورمسٍ، ويصيخُ
إلى رنَّةِ باكٍ».

يركز النص على موقع المسجد، فهو في موقع ناءٍ عن المدينة
وازدحامها بالناس، متفرد في مرتفع متسع، ومئذنته تسمو نحو
الأعلى شكلاً ومعنًى، في أبعد نقطة نحو السماء، وهنا نرى مفارقة
بين البشر المتسمين بالشر والإغراق في الخطايا في الأدنى، وبين
الرفعة والتفرد بعيداً عنهم في الأعلى، فموقعه يقول إن المسجد
هو طريق الرفعة عن الحالة البشرية المتدنية المضمخة بالشرور،
وطريق نحو السماء، نحو التسامي والتواصل مع الذات الإلهية، فلا
تحيط به إلا القبور التي تدل على الحياة الآخرة، وذلك لبثُّ مزيد من
الرهبة في نفوس العابدين الذين يحجون نحو الأعلى بغية التطهر
والتواصل وتذكر الآخرة والاعتبار بها. ومن هنا تكون المعابد معبرة
ومقومة للعلاقة بين الإنسان، والموضوع المبتغى/الله، في شكل
تجميلي يحبب المكان إلى العابد، ضمن التقنيات الهندسية القائمة على
الفخامة والسمو الجليل، وهذا كله يعبّر عن الكون وما يجب أن يكون
عليه في عين العابد مهما اختلف دينه أو طريقة عبادته.

وتكتمل رحلة البحث عن الاستمرارية في الحديث عن القبور،
الأهرامات، يقول ابن جبير [52]:

وهنالك «الأهرام القديمة المعجزة البناء، الغريبة المنظر،
المربعة الشكل، كأنها القباب المضروبة قد قامت في جو السماء،

ولا سيما الاثنان منها، فإنهما يغص الجو بهما سمواً [...]، قد أقيمت من الصخور العظام المنحوتة، وركبت تركيباً هائلاً بديع الإلصاق، دون أن يتخللها ما يعين على إلصاقها، محددة الأطراف في رأي العين، وربما أمكن الصعود إليها على خطر ومشقة، فتلفى أطرافها المحددة كأوسع ما يكون من الرحاب، لو رام أهل الأرض نقض بنائها لأعجزهم ذلك».

ويقول أمية بن أبي الصلت الأندلسي [53]:

بعيشـك هل أبصرتَ أعجبَ منظراً

ـ طولِ ما أبصرتَ ـ من هَرَمي مصرٍ

أنافـا بأعنـانِ السـماءِ وأشـرفا

على الجوّ إشـرافَ السماكِ أو النسرِ

وقد وافيا نشـزاً مـن الأرضِ عالياً

كأنهمـا ثديـانِ قامـا علـى صـدرِ

في معايشة الأهرام نراها ـ بطبيعة الحال ـ أنموذجاً للسمو والجلال، من حيث الارتفاع «قامت في جو السماء، يغص الجو بهما سمواً، الصخور العظام، هائلاً، بديع، لأعجزهم ذلك، أعجب منظراً، أنافا، أشرفا، السماك، النسر»، وقد استعان الباني بالموقع المرتفع «وافيا نشزاً»، واستعان بمادته ليعبّر عن العظمة والسمو من خلال استخدام الصخور الضخمة، إذ قام بتطويع المادة الصعبة في إيصال دلالته في العظمة والرسوخ والخلود معاً، أي لجأ إلى التقنيات الهندسية لتأدية الدلالة الجمالية.

355

أما الدلالة الثقافية فنجدها بتمثيل الفخامة والعظمة؛ إذ «إن السلالات الحاكمة والحكومات المختلفة في الفترة التي سبقت تشكيل الإمبراطوريات الحديثة الكبرى للعثمانيين والصفويين والمغول، قد استخدمت الهندسة نموذجاً بصرياً للتمثيل السياسي، وذلك باعتماد تراكيب هندسية مميزة وفريدة في العمارة بمقدور أي شخص أن يميزها ويستوعبها بوصفها إشارة مباشرة إلى مالكيها المرموقين»[54]، فالأهرامات إلى جانب فخامتها وعظمتها التي لا يمكن مضاهاتها، والتي تشكل إعجازاً معمارياً عتيقاً، تمثل ذروة القدرة الحضارية لدى الفراعنة، الذين امتازوا وعرفوا بها، في رغبة منهم لإثبات بصمة حضارية مخلّدة يعجز الإنسان عن إزالتها رغم فناء الفراعنة، وهذا ما أدركه الأندلسيان بجلاء؛ «المعجزة البناء، لو رام أهل الأرض نقض بنائها لأعجزهم ذلك، هل أبصرت أعجب منظراً».

كما نجد التناوب بين دلالتي الذكورة والأنوثة. فالزاوية ذكورية، والخط المنحني أنثوي[55]، وفي حين يتخذ شكل الهرم الشكل الذكوري المربع؛ «مربعة الشكل، محددة الأطراف»، يمثلها ابن جبير بشكل أنثوي «كأنها القباب»، ويمثلها ابن أبي الصلت بقوله: «ثديان قاما على صدر»، في شكل متناظر يطبع الثقافات القديمة، «فالتناظر سمة الفنون التجسيدية في الحضارات الشرقية القديمة»[56]، وفي هذا دلالتان جماليتان، الأولى خاصة بالثقافة الأندلسية، والثانية خاصة بالموضوع نفسه، فالأولى تتبدى من تفضيل قيمة الأنوثة عموماً في معظم الموضوعات المعايشة في الأندلس، وهو ما رأيناه في الفقرات والفصول السابقة، والثانية تعبّر عن الغاية من بناء الأهرامات، وهي

غاية أنثوية قوامها الرغبة بالخلود والانسياب والتشوق إلى السماء واستمرار الخصوبة والبروز نحو الأعلى، وهذا ما يحمله بناء القبور إجمالاً، والأهرامات خاصة.

وبالانتقال إلى القلاع والقصور سنجد مادة مهمة جداً، فنية وأدبية في آن[57]، ففيما يخص القلعة أو القصر، فإن ما نراه من تعظيم لها هو من المشتركات بين الشعوب، إذ يفرض مكان كهذا بُعداً ثقافياً يتعلق بالانتماء الثقافي السياسي الحضاري، كما تفرض الجوامع بُعداً يتعلق بالانتماء الديني.

ويقول ابن عبدون في قلعة شنترين[58]:

«وهذه القلعةُ التي انتهينا إلى قرارها، واستولينا على أقطارها، أرحبُ المدن أمداً للعيون، وأخصبُها بلداً في السنين، لا يَريمها الخِصبُ ولا يرومها الجدبُ ولا يتعاطاها، فروعها فوق الثريا شامخة، وعروقها تحت الثرى راسخة، تباهي بأزاهرها نجوم السما، وتناجي بأسرارها أذنَ الجوزا، مواقعُ القِطار في سواها مُغبرّةً مُربدّةً، وهي زاهرةٌ ترِفُ أنداؤها، ومطالعُ الأنوار في حشاها مُقشعرّةً مُسودّةً، وهي ناضرة تثِفُ أضواؤها».

حتى تكتمل الصفات المثلى للقلعة عليها أن تمزج السمو بجمال الخصب، فسموها نابع أولاً من موقعها على مرتفع من الأرض، حتى إنها تمتد فوق النجوم لتخاطبهم، ثم اتساعها «أرحب المدن أمداً للعيون»، وأخيراً فإنها غاية في الرسوخ والثبات «عروقها تحت الثرى راسخة»، فالامتداد المكاني الذي تتمتع به القلعة طولاً

وعرضاً وعمقاً، يؤدي الغاية النفعية «الحماية والمتانة»، والغاية الجمالية «الرسوخ والثبات المستمر»، والغاية الثقافية في إثبات القوة والصلادة والصمود في وجه الروم «استولينا على أقطارها».

أما تركيز الشاعر على منحى الخصوبة ضمن قيمة الجميل فقد ظهر في قوله: «أخصبها بلداً، لا يريمها الخصب، لا يرومها الجدب، ناضرة...»، وهذا ما يجعلنا نرى في وصفه وصفاً لشجرة راسخة ريانة بالخصب، ومحاطة بالماء، فكأننا أمام نبتة حجرية، استمرارية خصوبتها لا يؤذيها الدهر. وإن هذه النبتة الحجرية الهائلة لم تكن لتزدهر لولا الماء تحتها، وهكذا تغدو نظرتنا للمكان المحدود لا نهائية[59]، بالإضافة إلى ما للخصوبة من أهمية قصوى في نمذجة المثل الأعلى الجمالي العام في الأندلس.

ويقول ابن الأبار في قصر[60]:

وحبَّذَا القُبَّةُ العَلياءُ شامخةً

بأنفها يزدهيها العِزُّ والأَنَفُ

حفَّتْ بحافتِها الأشجارُ تَكْلَؤُها

كمـا تقُـومُ علـى سـادتها الوُصُفُ

كأنَّ مِنْ وَشْـي صنعاءَ بها شَـيَةً

فللعيـونِ بصُنْـعٍ زَانَهَا شَغَفُ

قعيـدةٌ للعَلـى قامـتْ علـى عمدٍ

مصفوفة حسنُها يُزري بمنْ يَصِفُ

كأنهــنَّ العــذارَى الغِيـدُ ناضيــةً
شُـفُوفُها عـنْ قُـدُودٍ كلُّها هَيَـفُ

مَطالـعٌ للنُّجـوم السَّـعدِ يكنفُها
قصرُ الإمـارةِ نعمَ القَصرُ والكَنَفُ

لوْ تهتدي الشمسُ أنْ تختارَها فَلَكاً
لسيرِها لـمْ تكنْ تَخْفى وتنكشِفُ

مـا خُلـدُ بَغدادَ أو زهراءُ أندلس
والملكُ مُقْتَبِلٌ فيها ومُؤْتَنَفُ

وأينَ إيوانُ كسـرَى من سرارتِها
وكالأكاليـلِ فـي هاماتـهِ الشُّـرَفُ

وهـذهِ خَلَفَـتْ تلـكَ التي سلفتْ
وليسَ منهـا ولا من حُسْنِها خَلَفُ

آوتنيَ الحضرةُ العُظمَى وقدْ كَلَفَتْ
بِـيَ الخُطُـوبَ وآدَتْنـي لها كُلَفُ

وأوسـعتْنيَ تشـريفاً بخدمتِها
فخيرُها متلَـدٌ عنـدي ومُطَّـرفُ

حسبي منَ الفخرِ أنَّي عندها، وكَفَى
بمُثْبِتٍ لـيَ حِينـاً ليسَ يُنْحَـذِفُ

يدور النص حول ثلاثة مناحٍ، الأول هو السمو البادي الممتزج

بالجمال في النص؛ «العلياء، شامخة بأنفها، يزدهيها العز والأنف، قعيدة للعلى، حسنها يزري، في هاماته الشرف، آوتني الحضرة العظمى...»، وشرط الأمان والثبات والخلود والعلو بادٍ في القصر، والمنحى الثاني هو التمازج مع الطبيعة في مقارنة شفيفة بينهما، فالقصر محاط بخصب الأشجار التي تخدم القصر «الوُصُف»، وكذا شأن الشمس التي لن تغيب لو كان القصر سماءها، إذ يتغلب الفن على الطبيعة بالديمومة واستمرارية الخصب والأمان فيه، أما المنحى الثالث فهو الطراز المعماري للبناء، ضمن الثوابت الثقافية والموضوعية الفنية لفن العمارة، و«لقد كان لهذه الثوابت انعكاسات واضحة تجلت في شكل الطراز العربي الذي اعتمد على القبة التي ترمز إلى السماء وقوتها الحافظة الحانية»[61]، فالقبة رمز أنثوي قوامه الحفظ والاستدارة الحانية، كما يشكل رمزاً للسماء المحيطة بالإنسان، هذا بالإضافة إلى العواميد التي قام القصر عليها، وهي باستدارتها شكلت لدى الشاعر رمزاً أنثوياً أيضاً؛ «كأنهن العذارى الغيد ناضية، قدود كلها هيف»، وهنّ ضمن مجموعات متناظرة متعددة، وبذلك تطغى الثقافة الأندلسية التي تغلب الأنوثة في التلقي الجمالي للفن المعماري، إذ تجعل هذه الرؤية البناء أنثوياً، بل قائماً على الأنوثة أيضاً.

وتتعاظم القدرة الإبداعية في العمارة مع قصور الحمراء في غرناطة، يقول ابن زمرك[62]:

أطـلَّ علَـى أعلَـى اليفـاعِ منـارُ
بمرقَبِـهِ زُهْـرُ النُّجُـومِ تغـارُ

أفـاضَ عليـهِ النـورُ والنَّـورُ بهجةً
بـهَا الحسـنُ يزهَـى والجمـالُ يُثارُ

تطـلُّ على الحمـراءِ منهَا كواكبُ
لهَا فـي سمـاءِ المعلـواتِ قَـرارُ

معطَّـرةُ الريَّـا عقيقيَّـةُ الثَـرَى
لهَا همَّـةٌ مـنْ ربِّهَا وشِـعارُ

ومَا احمـرَّ وجهُ الأرضِ منهَا لريبةٍ
ولكـنْ حيـاءٌ زانَهَا ووقَـارُ

يُشَـرِّفُ منهَا حضـرةَ المُلكِ معلَمٌ
وإنْ كان يُدعَـى بالمَجازِ «دِشَـارُ»

تَفَاخَـرُ أمَّـاتُ البـلادِ بحسنِهَا
وتُزهَـى بـهِ الآفـاقُ وهِيَ دِيـارُ

وكـمْ مـنْ قِسِـيٍّ ثابتـاتٍ بأفقِهَا
إذَا مـا قِسِـيُّ الأُفـقِ فيـهِ تُـدارُ

لئـنْ ثبتـتْ تلكَ القِسِـيُّ فطالمَا
عليهَا لأفـلاكِ السُّعُودِ مَدارُ

وذَوبُ لُجيـنٍ سـالَ بيـنَ جواهرٍ
تـرَى العقـلَ فـي أوصافهـنَّ يحَارُ

فكـمْ صِيغَ منْ تلكَ الجواهرِ مِعصَمٌ
وكـمْ صِيغَ مـنْ ذاكَ اللُّجينِ سِـوارُ

وقُوبِـلَ مِـنْ وافَـى بِوجهِ مُبشِرِ

ومُـدَّتْ يمينٌ للِّقَـا ويسـارُ

وكـمْ مِـنْ قِبـابٍ كالنجـومِ بأُفْقِـهِ

وليسَ لهَا مثـلُ النجـومِ مَغَـارُ

مُفتَّحـةِ الأبـوابِ مِـنْ زارَ رِبعَهَا

تَفاتحـهُ بالشِّعرِ وهوَ سِـرَارُ

إذا اعتـلَّ خفَّـاقُ النسيمِ بجوِّهَا

بـآسٍ مِـنَ الآسِ النضيـرِ يُـزارُ

لا بـدَّ من الالتفات إلى الطوابق والغرف المتصاعدة، فهذه هي هندسة القصور والمباني المحيطة بها، أي هذي هي هندسة السمو، وهذا مشترك بين القصور، لكن ما يميز الحمراء هو الغنى والتنوع بالجزئيات ضمن قيمة الجميل التي يقدمها الشاعر لنا في النص؛ إذ يلفت انتباهنا إلى كل من الوضاءة والوضوح الكاشفين لمجمل التفاصيل الجميلة في المبنى «الحسن يزهى، الجمال يثار»، ويقدم لنا الشعور الجمالي مباشرة، وهو الدهشة أمام السمو والتنوع «العقل في أوصافهن يحار».

ولا يخفى الامتزاج بين قيمتي الأنوثة والخصب في الطبيعة، فلجمال القصور قدرة على مضاهاة الأنثى بله إثارة غيرتها؛ «أنثى تغار، من أنثى معطرة، عقيقية الثرى، احمرار وجه الأرض، تفاخر أمات البلاد، معصم، سوار، القباب»، فقد رسم شخصية إنسانية طبيعية كاملة للقصر، يقوم على الجمال والتحلي بالتفاصيل الجميلة

الدالة على الرقة والبذخ في آن، والدالة على خصوبة الطبيعة ورفعتها من ناحية ثانية؛ «كواكب، نجوم، آس يزار»، بالإضافة إلى المحيط المحتضن بأنوثته وخصبه، «مدت يمين للقا ويسار، مفتحة الأبواب»، فها هو احتضان المأوى والأنوثة، وهو سباق لما قورن به، من حيث ثباته ورسوخه واستمراريته على عكس الموضوعات الطبيعية والإنسانية؛ «قسي ثابتات، ولا تغور»، ومن هنا يشكل لنا الشاعر لوحة كلّية قوامها تعدد الجزئيات والمقارنات التي تفتح مجالاً واسعاً للتأويلات والتأملات، إذ «يقوم طيف المجازات المحتملة التي يولدها الصرح وكذلك اللامحدودية التي تتسم بها هويته الفنية بصياغة تركيبته المعمارية على شكل فضاء فني مفتوح متعدد المعاني مؤاتٍ للنشاط التخييلي»[63]، وبذلك فإن جمال العمارة لا يكتمل في نظر الأندلسي إلا إن ضاهى أو تفوق على جمال الأنثى، وجمال وسمو الطبيعة بمختلف تشكيلاتها وتنوعاتها، واكتسب بالإضافة إلى ذلك بمادته وأسلوبه الاستمرارية والخلود في الخصب والجمال، فحقق الغاية الأولى النفعية، والثانية الجمالية – الثقافية.

ومن هنا كان شرط العمارة الجزئية أن تحتوي السمو والمتانة، إضافة إلى ما لمادة الحجر من قدرة على مجابهة الزمن، والتمتع – من ثم – بالخلود، وبدا الحس الجمالي بتفضيل العمارة المجمّلة المزينة؛ إذ لم يكتفِ الأندلسي بالاهتمام بالبنية التشكيلية الأولى للعمارة، بل اهتمّ بالتجميل المعماري الدال على المنحى الحضاري ذي الرفاهية من جهة، والجمالي ذي الخصب المستمر من جهة ثانية. كما بدا الميل نحو قيمة الأنوثة من خلال القباب والسواري الدائرية ذات الخطوط

المنحنية الأنثوية، وظهر كذلك من خلال التمثيلات الشعرية التي أتى بها الشعراء المتلقون للفن المعماري.

3 – 1 – جمالية النحت:

ترافق النحت مع الطقوس الدينية الوثنية القديمة، وكان شديد الارتباط بالتمثيل الديني للآلهة أو الرموز المعبودة، ونجد فن النحت يترافق مع فن العمارة ليشكل معه الثيمة التي تعبّر عن الوعي الجمالي والثقافة الجمعية للمجتمع. إذ قد يلعب النحت دوراً جوهرياً عندما يُدمج داخل خطة معمارية بوصفه وسيطاً بين تجريدية أحد المباني والأجسام الحية لمستخدمي هذا المبنى[64]، فالمنحوتة هي صلة الوصل بين البناء وساكنه، من حيث التدرج في الحيوية من الحجر إلى التشكيل النحتي ومن ثم إلى البشر، ومن حيث أداء الدلالات التي يشترك فيها مع العمارة ذاتها.

وقد أُستخدِم فن النحت في الأندلس بتشكيل النوافير أو الحيوانات، وذلك للدلالة على قيمتي الرسوخ والثبات؛ إذ إن «النحت ينقل الخبرة الخاصة بالارتكاز الثابت على الأرض، ومن ثم ربما كان الأكثر ملاءمة كي يرمز لمثل هذا الرسوخ»[65]، وقد حضرت النوافير في القصور وفي البيوت أيضاً بشكل واسع، يقول ابن السيد البطليوسي في نافورة حولها سباع الطير تمجُّ الماء من فمها[66]:

أذكرَني حُسنَ جنّةِ الخلدِ	يـا منظـراً إنْ رمقتُ بهجته
وغيمٌ نَدٍّ وطَشُّ مـا وردِ	تربـةُ مسكٍ وجوُّ عَنْبرةٍ

والمـاءُ كاللازورِد قـد نَظَمَتْ   فيـهِ اللآلـي فَواغـرُ الأسـدِ

كأنَّمـا جائـلُ الحَبابِ بـهِ   يلعبُ في جانبيـهِ بالنَّـرْدِ

تتوضح الغاية من نحت الحيوانات حول النوافير، وهو تمثيل الخصب الخالد «جنة الخلد»، فللنافورة دلالتان، الأولى هي البحث عن صلادة الخصوبة، أو خصوبة الصلادة، ومن ثم تمثيل الجنة بحسنها كما يتمنى الأندلسي أن تكون؛ «بهجته، تربة مسك، عنبرة، نَدٌّ، ماورد، اللآلي»، والدلالة الثانية يحتويها التشكيل المنحوت حول النافورة، وهو سباع الطير، أو «الأسد»، التي تدل على مزيد من الرسوخ والثبات.

ويقول ابن هذيل في نافورة⁽⁶⁷⁾:

عنَّتْ لنا من وحشٍ وجرةَ ظبيةٌ   جاءتْ لوردِ الماءِ ملءَ عنانها

وأظنُّها إذْ حـدثتْ آذانها   ربعتْ بنـا فتوقفتْ بمكانها

حيَّتْ بقرني رأسِـها إذ لم تجدْ   يـومَ اللقـاءِ تحيَّةً ببنانها

حنَّتْ على الندمانِ من إفلاسِهم   فرمتْ قضيبَ لُجينها لحنانها

لله درُّ غزالـةِ أبـدتْ لنـا   دُرَّ الحبابِ تصوغُـهُ بلسـانها

إن التمثيل الطبيعي المرتبط بالثقافة الجاهلية لم يفارق الأندلسيين على الرغم من التنوع الطبيعي الذي عاشوا فيه، فبقي لموضوعات الجاهلية حضورها، ومن ثم بقيت الأساليب تحنّ إلى الماضي، وذلك في أسلوبه في كل النص، وتحديداً في البيت الأول، هذا من المنحى الشعري، أما من المنحى الفني فنرى الحيوان المنحوت هو الغزالة،

التي تحمل دلالة الحيوية والجمال بشكله اللطيف والرقيق، مضافاً إليها الاستمرارية الحجرية، والخصب المائي، أي الخصب بشكله الأول، كما تبدى الأنس والرفاهية في قوله: «الندمان، قضيب لجينها، در الحباب»، لإضفاء مزيد من التفاصيل الجميلة التي تلمسها الشاعر من النافورة.

ويقول ابن حمديس الصقلي في قصر ينتمي إلى مرحلة ما قبل المرابطين، وهذا نلاحظه من تغليب سمات الجمال على حساب الفخامة والعظمة[68]:

قصرٌ يقصّرُ وهـو غيـرُ مقصّرِ
عن وصفهِ في الحسنِ والإحسانِ

وكـأنّـه مـن دُرّةٍ شَـفّـافَـةٍ
تُغْشي العيونَ بشدّةِ اللمعانِ

لا يَرْتقي الـرّاقي إلى شرُفاتِه
إلا بـمـعـراجٍ مـن اللـحظانِ

في جنّةٍ غَنّـاءَ فِـرْدَوْسِـيّـةٍ
محفوفةٍ بـالـرّوحِ والـرّيـحانِ

وتـوقّـدتْ بالجمرِ من نارنجِها
فـكـأنّـما خُـلِـقَـتْ من النّـيـرانِ

وكـأنّـهـنّ كـراثُ تـبـرٍ أحمرٍ
جُـعِلَـتْ صوالجُها من القضبانِ

والـمــاءُ مـنـهُ سبائكٌ فضيّةٌ
ذابَـتْ على دَرَجـاتِ شــاذروانِ

وكـأنّـما سيفٌ هنـاكَ مُشَطَّبٌ
ألـقَتْـهُ يـوم الـحـرب كفُّ جبانِ

كـم شـاخصٍ فيهِ يطيلُ تَعَجُّباً
من دوحَـةٍ نَـبَتتْ من العقيانِ

عَجَباً لها تسقي الرياضَ ينابعاً
نَبَعتْ من الـثَّـمَرَاتِ والأغصانِ

خصّتْ بطائرَةٍ على فَنَنٍ لها
حَسُنَتْ فَأُفرِدَ حُسنُها من ثانِ

قُسّ الطيورِ الخاشـعاتِ بلاغـةً
وفصـاحـةً من مـنـطقٍ وبيـانِ

فـإذا أُتـيـحَ لها الـكـلامُ تَكَلَّمَتْ
بخريرِ مـاءٍ دائـمِ الهـمـلانِ

وكـأنّ صانِعَها استبدَّ بصنعةٍ
فخرَ الجمادُ بها على الحيوانِ

أوفتْ على حـوْضٍ لها فكأنّها
منها إلى العَجَبِ العُجابِ روانِي

فكأنّها ظَـنّـتْ حـلاوةَ مائِـها
شهداً فذاقتْـهُ بـكـلّ لسانِ

وزرافةٍ في الجَوْفِ من أنبوبِها

ماءٌ يريكَ الجريَ في الطيرانِ

مركوزةٍ كالرمح حيثُ ترى له

من طعنه الحلق انعطافَ سنانِ

وكأنّها تـرمي السماءَ ببندقٍ

مستنبطٍ من لـؤلـؤٍ وجمانِ

لو عادَ ذاكَ الماءُ نفطاً أحرقتْ

في الجوِّ منه قميصَ كلِّ عنانِ

في بركةٍ قامتْ على حافاتها

أُسْـدٌ تـذلُّ لـعزّةِ السلطانِ

نزَعتْ إلى ظلمِ النفوسِ نفوسُها

فلذلكَ انـتـزعتْ من الأبـدانِ

وكـأنّ بَـرْدَ الماءِ منها مُطفئٌ

نـاراً مُـضَـرَّمَـةً من العـدوانِ

وكأنّـما الـحـيّـاتُ من أفواهها

يَـطرَحنَ أنفُسَهن في الغُدرانِ

وكـأنّـما الحيتانُ إذ لم تخشَها

أخـذتْ من المنصورِ عقدَ أمانِ

كم مجلسٍ يجري السرورُ مسابقاً

منـه خيـولَ اللـهو في ميدانِ

يجلو دمـاهُ على الـخدودِ ملاحةً

فكـأنّـهُ الـمـحـرابُ مـن غمدانِ

فـسـماؤُهُ فـي سمكِها علويَّةٌ

وقـبـابُـهُ فَـلَـكِـيّـةُ البـنيـانِ

يتداخل السمو المعماري بالدلالات الجزئية للمنحوتات والنوافير في نص ابن حمديس، إذ يبدأ النص بقيمة السامي؛ «لا يرتقي الراقي إلى شرفاته إلا بمعراج من اللحظان»، وهذا التشكيل الطابقي للقصور يعبّر عن الارتفاع المعنوي لساكنيه وبانيه، ويعبّر عن الارتفاع عن القدرات البشرية، ومن ثمّ يقف الإنسان في تجربته الجمالية أمام هذا القصر في موقع أدنى، في موقع الدهشة والتسامي النفسي في أثناء تلقي هذا الارتفاع المترقي، ويختم نصه بالسمو أيضاً، بتشكيل السماء من السقف والقباب المستديرة التي تتخذ شكل احتضان السماء للأرض.

ويتبدى الجمال الجزئي في تفاصيل القصر والمنحوتات معاً، وتبدو مظاهر الرفاهية أولاً: «درة شفافة، كرات تبر، سبائك فضية، العقيان، لؤلؤ وجمان»، لتنقل لنا الحالة الحضارية التي يعيشها الأندلسيون، وتمسكهم بها حقيقة أو مجازاً، فالرفاهية هي إحدى أركان المثل الأعلى الجمالي في الأندلس. كما يتمسك الأندلسيون بالركن الثاني وهو الخصب: «غناء، فردوسية، محفوفة بالروح والريحان، نارنجها، الماء، دوحة، تسقي الرياض، ينابعاً، الثمرات، الأغصان»، والميل إلى الطبيعة في وصف الفنون المعمارية ليس بالأمر الغريب، في الأندلس تحديداً، إذ يشترك الفن والطبيعة الأندلسيان بالوظيفة

الأساسية لهما، أي يشتركان بالدلالة، وهي الميل إلى الخصب واستمراريته، ومن هنا فإن «المنحوتات والرسوم الجدارية في عمل معماري كامل تنمو طبيعياً من الأشكال المعمارية في وحدتها العضوية، كما تنمو الأزهار وتتفتح على أغصان شجرة عظيمة»[69].

ومن ثم تبدو الصفات والتفريعات الجميلة في قوله: «الحسن، الإحسان، السرور، أفرد حسنها من ثان، اللهو، الأمـان، يجلو، ملاحة»، وتنتمي هذه الصفات إلى قيم الحسن والأنس والأمان، أي تنتمي في تمحورها حول الفن إلى المثل الأعلى الجمالي، ثم تؤدي هذه الجمالات أثرها في المتلقي في دهشة عظمى يعايشها: «تعشي العيون، يطيل تعجباً، العجب العجاب».

وبالانتقال إلى تشكيل المنحوتات الفائضة بالماء نرى أنها مأخوذة من موضوعات متعددة، كالنبات «نارنجها، دوحة»، وهذه الشجرة المنحوتة الفياضة بالخصب تتمثل بتشكيلها المحمرّ ومائها بثنائية الماء/ النار، ويبدو كلٌّ من العنصرين في شكله الخصب المانح للحياة مرة، وللأمان مرة أخرى، ثم الطيور التي تغردّ بالماء «قس الطيور»، فتؤدي فنها الصوتي الخاص بإطراب المتلقين بالخصب الذي يتمتع باستمرارية لا نجدها في التغريد أو الأدب نفسه «دائم الهملان»، ومن هنا كانت المفاضلة بين الفن والطبيعة «فخر الجماد بها على الحيوان»، هذا بالإضافة إلى الحركة اللونية الواسعة في النص، والتي تمتع بمقدار ما يمتع التشكيل، و«لما كان تأثير اللون أوثق صلة من سائر الحواس الأخرى بإدراك الأشياء، فسرعان ما يصبح هذا التأثير عاملاً من عوامل الجمال على نحو لا يتأتى

لغيره من الحواس»(70)، وهذه الحركة الفنية بإضفاء الألوان المنوعة في النصوص ذات الموضوعات الطبيعية ـ الفنية هي من ميزات نصوص الأندلسيين عامة.

ثم تبدو الأسود؛ «أسد تذل لعزة السلطان»، وهي ترمز للقوة والثبات والرسوخ، و«كانت ـ حسب اعتقادهم ـ هذه التماثيل تظل تحمي الملك وتحافظ على الخصوبة، إذ إن الأسود أقوى الحيوانات في الطبيعة»(71)، وبالإضافة إلى حماية ملك الغابة للملك، نرى الأُسد تذل لسلطانه، وهنا يظهر التفوق الإنساني على الطبيعة، كما تبدو القدرة الفنية على تملك الواقع تملكاً يضيف إلى معناها معاني أخرى، فمنحوتة الأسد بقوتها ورسوخها وثقل مادتها تنبع بالماء الذي يسيل خصباً. ففن تنسيق المياه يكشف العلاقة بين الثقل والسيولة(72)، كما تتبدى تلك السيولة من خلال إسهاب ابن حمديس في وصف حركة الماء الحيوية؛ «ماء يريك الجري في الطيران، ترمي السماء، يطرحن أنفسهن في الغدران»، إذ تتلاعب الريح والتقنيات الهندسية في حركة الماء التي توحي بالحيوية أولاً؛ أي الخصب المستمر الحيوي، وتوحي بانتشار الماء في كل مكان علوّاً وانخفاضاً، وبذلك يشكل لنا ابن حمديس مثل الخصب والجمال والرفاهية في الأندلس، من خلال تصوير قصر محفوف بالفنون والطبيعة ومترسخ في القوة.

ويقول ابن زمرك في بهو الأسود، وهو مما نقش فيها(73):

تبـاركَ مِـنْ أعطَـى الإمـامَ محمّـداً

مَعانِـيَ زانتْ بالجَمـالِ المَغانِيَـا

371

وإلاَّ فهـذا الـروضُ فيـهِ بدائـعٌ
أبَـى اللهُ أنْ يُلفـي لهَا الحُسـنُ ثانِيَا

ومنحوتـةٌ مِـنْ لؤلـؤٍ شـفَّ نُورُهَا
تُحلِّـي بمُرفـضِّ الجُمـانِ النَّواحِيَا

بـذوبِ لجيـنٍ سـالَ بيـنَ جواهـرٍ
غَدَا مثلهَا في الحُسـنِ أبيضَ صافِيَا

تشابة جـارٍ للعيـونِ بجامـدٍ
فلـمْ أدرِ أيّـاً منهمَا كانَ جارِيَا

ألمْ تـرَ أنَّ المـاءَ يجـري بصفحهَا
ولكنهَا سـدَّتْ عليـهِ المَجارِيَا

كمثـلِ محبٍّ فـاضَ بالدمـعِ جفنُهُ
وغَيَّـضَ ذاكَ الدَّمعَ إذْ خافَ واشِيَا

وهلْ هيَ في التحقيـقِ غيرُ غمامةٍ
تفيضُ إِلَى الآسـادِ منهَا السَّـواقِيَا

وقدْ أشـبهتْ كفَّ الخليفـةِ إذْ غدتْ
تفيضُ إِلـى أُسـدِ الجهـادِ الأيادِيَا

ويَا منْ رأى الآسـادَ وهيَ روابضٌ
عداهَا الحيَا عنْ أنْ تكونَ عوادِيَا

ويَا وارثَ الأنصارِ لاَ عـنْ كلالةٍ
تـراثُ جلالٍ يَستخفُّ الرَّواسِيَا

عَليـكَ سـلامُ اللهِ فاسلَمْ مُخلَّداً
تُـجـدِّدُ أعيـاداً وتُـبْـلِي أعـاديَـا

في بهو الأسود، أروع الأماكن في قصور الحمراء، لا بدّ من أن يصل الجمال إلى أقصاه؛ «أبى الله أن يلفي لها الحسن ثانياً، لؤلؤ شف نورها، أبيض صافياً»، وذلك ضمن التفرد والإدهاش، إلى جانب الوضاءة والشفافية التي يعطيها الأندلسيون قيمة مُفضّلة، بالإضافة إلى الخصب المتمثل بالماء «مرفضّ الجمان، بذوب لجين سال بين جواهر، تفيض الماء»، ويركز الشاعر في وصف الماء الصادر من منحوتات الأسود على الشكل الموحي بالرفاهية من خلال التشبيه بالمجوهرات، ويركز على الجريان والفيضان المتناوب، أي استمرارية الخصب.

ثم يوضح الشاعر دلالة الأسود ورمزيتها؛ «روابـض عداها الحيا عن أن تكون أعادياً»، فهي تدل على الملكية والسلطة والقوة والفخامة، أي استمرارية الفخامة وارتباطها بخصوبة الماء وسلاسته، كما أنّ الأسود في حمراء غرناطة تعبّر عن أمرين. الأول: هو ألفة المحاكاة للطبيعة، والثاني: هو قدرة العقل الإبداعي الإنساني وقوته المفروضة على تثبيت هذه العناصر الطبيعية المفرطة في القوة والعنف[74]، فقوة الأسود المحاكية مسيطر عليها، وهي خاضعة لقوة الإنسان، فقد كانت غاية تمثيل الأسود هي تملك الطبيعة ومحاكاتها أولاً، ثم إثبات القدرة الملكية في السيطرة على أقوى الكائنات، وقد يبدو تكرار منحوتة الأسد اثنتا عشرة مرة عملاً فنياً محدوداً. لكن عندما يكون العمل النحتي محدوداً بشكل واحد، فإن النحت يعوض

متلقيه عن هذا القصور من خلال العرض والتقديم على نحو رمزي داخل أفقه الخاص لبعض الموضوعات الدالة، مثل التوازي والتقابل والانقباض والانبساط والمقاومة واللدونة والصعود والهبوط[75]؛ أي من خلال توازي هذه التماثيل وتقابلها، وارتباطها التكويني بالماء من جهة، وبإثبات السلطة في قصر الملك من جهة ثانية، ويلخص الشاعر القدرة الملكية المنشودة في دلالات الأسود بقوله: «مخلّداً»، فالتماثيل تخلد القوة بمادتها ورمزيتها، وبقوله: «تجدد، تبلي»، أي استمرارية هذه القوة وسيولتها الخصبة.

وقد يأتي التمثال متفرداً بذاته بعيداً عن القصدية التعبيرية لفن العمارة، وذلك مثل نص ابن خفاجة يتحدث فيه عن مجلس أنس، أحضر فيه سيده تمثالاً من ريحان على شكل جارية معطرة مقلّدة، فقال[76]:

لَقَـد زَفَّ بِنتـاً لِلخَميلَـةِ طِفلَـةً
يَهُزُّ إِلَيها الدَّستُ أعطـافَ مُعرِسِ

تُشِـيرُ إِلَيهـا كُلُّ راحَـةِ سوسَنٍ
وَتَشـخَصُ فيهـا كُلُّ عينٍ لنَرجِسِ

تَنوبُ عَنِ الحَسنـاءِ والـدارُ غُربَةٌ
فَمـا شِئتَ مِـن لَهوٍ بِهـا وَتَأنُّسِ

تَحَفَّـت بِهـا ريـحٌ بَليـلٌ وَرَبـوَةٌ
بِمَسرى غَمـامٍ جادَها مُتَبَجِّسِ

فَجَـاءَت تَروقُ العَينَ في ماءٍ نَضِرَةٍ
تَسُـنّ عَلـى أعطافِها ثَوبَ سُـندُسِ

وَتَمـلأُ عَيـنَ الشَـمسِ لَألاءَ بَهجَةٍ
وَحُسـنٍ وَأنـفَ الريحِ طيبَ تَنَفُّسِ

تتجلى الأنوثة في أبهى أشكالها من خلال هذا التمثال الريحاني،
إذ إنها فتاة في ريعان الشباب وفي موقف عرس، وذاك ذروة حُسن
الأنثى وخصوبتها، «طفلة معرس، تنوب عن الحسناء، نضرة
أعطافها»، وهنا نرى غاية التعويض بالفن عن العلاقات الإنسانية،
فالفن إذ يعبّر عن الجمال شكلاً ومضموناً ينقل لنا مشاعر الأنس
والإعجاب بصورة مجردة عن المنغصات المعيشية، بالإضافة إلى
تمتع التمثال بالخصب: «راحة سوسن، عين لنرجس، ثوب سندس»،
وهو خصب مجرد عن النفعية تماماً، وذلك لأنه متشكل من الأزهار
التي لا تستهلك، بل تعايش جمالياً وحسب، ويتعرض التمثال إلى
مزيد من الخصب بشكله المائي؛ «غمام جادها، ماء نضرة»، لتكتسب
مجمل سمات الخصب والأنس والأنوثة.

ونرى أنه من غير الممكن أن نعدَّ هذا التمثال من الفنون الجميلة،
بل هو من الفنون التطبيقية، ضمن فن تنسيق الزهور في شكل
إنساني، وذلك لاختلاف المادة المشكلة له عن الحجر، فالحجر عنصر
مستمر وباقٍ نسبياً، في حين أن الزهور عنصر يعيش بشكل مؤقت
ويفنى سريعاً، وبذلك يجعل ابن خفاجة التمثال ومتلقيه المتخيلين من
الزهور، من مادة واحدة، فجاء ممتعاً للحاستين، البصر بشكله «لَألاء
بهجة»، والشم بعطره «طيب تنفس».

وفي إطار التماثيل المفردة المستقلة عن العمارة نجد نصاً لأبي عامر ابن عثمان عن تمثال في مدينة شاطبة من الآثار الرومية، يقول[77]:

بَقِيَّةٌ مِنْ بقايا الـرُّومِ مُعجِبةٌ

أبـدى البُنـاةُ بها من علمهـم حِكَمَا

لَمْ نـدرِ ما أضمروا فيهِ سـوى أمِم

تتابعَتْ قَبْلُ سَمُّوْهُ لنـا صنَمَا

كالمِبْـرَدِ الفـردِ مـا أخطا مُشَبِّهُهُ

حقّـاً لقـدْ بَـرَدَ الأيّـامَ والأُمَمَا

فاعجبْ لـهُ حجراً صلداً يُكَلِّمُنَا

أشْـجَى وأفصحُ من قُـسٍّ لمنْ فَهِما

كأنَّـهُ واعظٌ طـالَ الوقوفُ بهِ

يُحَدِّثُ الناسَ عنْ عادٍ وعـنْ إرَمَا

رأينا استقلال التمثال الريحاني عن فن العمارة في الأندلس، وكذلك فإننا لا نجد إلا الآثار الرومية مستقلة عنه، وهي تتمثل بوصفها موضوعاً غامضاً غريباً عن ثقافة الشاعر؛ «لم ندر، سمّوه لنا صنما»، ومن ثم فإنه يثير في الشاعر ثنائية الإعجاب «معجبة»، والتعجّب، بالإضافة إلى ما تتمتع به المادة الحجرية من استمرارية وقدم بالرغم من زوال الحضارة التي أنتجته، وهذه غاية النحت الأولى، فهو يقف في مواجهة الدهر ليفنيه «حجراً صلداً، برد الأيام»، في حين أن

العادة هي أن يقوم الدهر بعملية الإفناء، مما أدى إلى جعله مثار عبرة لمن فني من الأمم، ليشكل من ثمّ المثل الأعلى في الفصاحة «قس»، أو المثل الأعلى في الإفصاح عن مضموناته الثقافية والجمالية في آن.

وفي حين تجرد الشاعر من المنحى الديني في تلقيه الجمالي للتمثال، فإنه يعود ليمنحه بُعداً دينياً أو أخلاقياً من خلال منحه مهمة الوعظ، وهذا يدل على التشكيل التفصيلي للتمثال في نشأته الأولى؛ إذ منحه صانعه سمت الوعظ والوقفة الفخمة المعبرة عن حيوية المادة الصلدة أمام المتلقي، وهذا لم يتأثر بتغير السياق الثقافي، على الرغم من الفجوة الزمنية والثقافية بين الصنع والتلقي.

ونرى نصاً آخر عن تمثال مرمري في إشبيلية⁽⁷⁸⁾:

ودميـةُ مرمـرٍ تُزهـى بجيدٍ   تناهى فـي التَّـورُدِ والبياضِ

لهـا ولـدٌ ولـم تعـرفْ حليلاً   ولا أَلِمَـثْ بأوجـاعِ المخاضِ

ونعلـمُ أنَّهـا حجـرٌ ولكـن   تتيّمُنـا بألحـاظٍ مِـراضِ

من الواضح أننا أمام نص يصف تمثالاً مرمرياً للعذراء مريم، ويركز الشاعر على المنحيين الديني والجمالي، وهي بلونها المرمري، الأبيض المتورد، توحي بالقداسة التي نراها في الجانب الديني، وهي العذرية، كما يشير إلى المهارة الفنية للمبدع في منحها معالم توحي بالحيوية والتفاعل مع المتلقي.

وبذلك نرى أن فن النحت قد جاء مرافقاً لفن العمارة ضمن الثيمة الواحدة الدالة على الرسوخ والثبات والقوة والخلود من جهة، والدالة

على سيولة الحجر من جهة ثانية، وخصوصاً أن مجمل المنحوتات الأندلسية شكلت تماثيل النوافير التي استمرت بأداء الخصوبة بشكلها الأوضح والأبسط «الماء»، وذلك مستمر فيها حتى يومنا هذا، ونجد أن استقلال فن النحت بذاته كان إما بإطار الفنون التطبيقية كتمثال ابن خفاجة، وإما ناتجاً عن الآثار الرومية في الأندلس كما نجد في النصين الأخيرين.

4 – 1 – جمالية الأرابيسك[79] (النقش والزخرفة):

في النشأة الأولى للفنون عامة والزخرفة خاصة، كانت العقيدة هي الموجه الأول، بوصفها طريقة في الحياة، ورؤية للعالم، وهذا ما كان في بلاد الرافدين والشام قديماً؛ إذ تميزوا بعقيدة واحدة، وهي «تتجلى في العبادة التوحيدية التي وجدت جذورها الأولى منذ وجود الرافدين»[80]، وتطورت بدخول الإسلام إلى هذه البقعة الجغرافية، حين «ابتدأ العرب بعد الإسلام النهضة الفنية المعمارية مستعينين في بداية الأمر بالتقاليد القائمة في كل من العراق وسوريا، وهي ساسانية في الأولى، وبيزنطية في الثانية. ولقد كانت هذه التقاليد في حقيقتها نتيجة لتطورات الفن الرافدي نفسه، وللفنون التي ظهرت على الأرض العربية»[81]، ومن هنا فإن المؤثرات التجريدية كانت سابقة على الإسلام، ولم تكن ناتجة عن تشريعاته؛ إذ «إن الروح التجريدية التي تسيطر على الفن الإسلامي ليست كما يُعتقد عادة؛ نتيجة تحريم صادر عن الرسول محمد (صلى الله عليه وسلم)، بل على العكس، هي تقليد أصيل، هي إرث قديم سبق وجود النبي نفسه.

وقد استمرت هذه الروح على تغذية هذا الفن خلال جميع العصور، وعلى ترسيخه في جميع البلاد التي سيطر عليها الإسلام»[82].

وعلى الرغم من ذلك فإننا نجد تياراً واسعاً من المنظرين يقرأ الميل إلى التجريدية في الفن العربي – الإسلامي على أنها ناتجة عن التحريم الديني للتشكيل فحسب، فيقول سعد الدين كليب: «إن التحريم الذي وقع على الفنون التصويرية في الدين الإسلامي دفع الفنانين إلى البحث عن صيغ بصرية بديلة تلبي حاجة التصوير، فكان الميل الكبير إلى الفنون التجريدية الزخرفية، وفن الخط العربي مما لا يشمله التحريم»[83]. وفي هذا نظر، وتحديداً فيما يخص النزعة التجريدية في الأندلس، إذ إن التحريم الديني حدّ من التأثر الفني البصري بالبيئة الجديدة، أي حدّ من مؤثرات الفنون الإغريقية والرومانية على الفن العربي، فنجد استمرارية في الفن التجريدي الموروث من الحضارات الشرقية القديمة، بالإضافة إلى تعبيرها بشكل رمزي وغير مباشر عن الروحية الدينية التوحيدية تحديداً.

وهذا التضارب في الآراء حدا بالمستشرقين إلى مزيد من التضارب. فكثيراً ما نُظر إلى الفن العربي الإسلامي على أنه فن فلكلوري سعى المستشرقون إلى رعايته، كما لو كان لقيطاً طريفاً يحتاج إلى التبني والمواساة، من غير أن يميزوا في البداية أنهم أمام فن له جذور عميقة وأبعاد فلسفية تحتاج إلى مزيد من التعمق والبحث[84]، سواء أكان هذا الفن موروثاً من الحضارات الشرقية، أم مستنبطاً من الروح الدينية التي خضعت للتشريعات أو التحريم الديني للفن التشكيلي.

ففي المحصلة؛ يسعى الفن التجريدي «إلى التعبير عن المجهول، أو عن غير المحدد وغير المرئي والغيبي»[85]، ومن هنا «فقد تميزت أشكال الفن التجريدي العربي بالتنوع والوحدة والإيقاع المنسجم والمنتظم والمتوازن، وجسدت فكرة اللانهائي المتجاوز للمكان، كما جسدت فكرة المطلق الذي تهفو إليها النفوس، وغدت الأشكال المجردة بمثابة مفردات لغة روحية لها دلالات روحية وقيم جمالية وتشكيلية»[86]؛ إذ تعبّر اللغة المجردة للنقش العربي – الإسلامي عن الكمال المطلق، من خلال الامتداد المتوازن الإيقاعي، وملء الفراغ، ومن خلال إبراز الذوق الجمالي للعصر، مع الربط بالمضمون العام للعمارة ذاتها.

وحتى نتعرف إلى الاختلاف بين الفن العربي – الإسلامي وبين الفنون المسيحية الطابع، نعرض نموذجاً لأحد الهياكل المسيحية في مدينة إخميم الصعيدية التي وصفها ابن جبير في رحلته، يقول[87]:

«والتصاوير على أنواع في كل بلاط من بلاطاته، فمنها ما قد جلّلته طيور بصور رائقة، باسطة أجنحتها، توهم الناظر إليها أنها تهمّ بالطيران، ومنها ما قد جلّلته تصاوير آدمية رائقة المنظر، رائعة الشكل، قد أعدت لكل صورة منها هيئة هي عليها، كإمساك تمثال بيدها أو سلاح أو طائر أو كأس أو إشارة شخص إلى آخر بيده، أو غير ذلك مما يطول الوصف له، ولا تتأتى العبارة لاستيفائه.

وداخل هذا الهيكل العظيم وخارجه وأعلاه وأسفله تصاوير كلها مختلفات الأشكال والصفة، منها تصاوير هائلة المنظر، خارجة عن صور الآدميين، يستشعر الناظر إليها رعباً، ويتملأ منها عبرة

وتعجباً، وما فيه مغرز إشفى [88] ولا إبرة إلا وفيه صورة أو نقش أو خط بالمسند [89] لا يفهم، قد عمّ هذا الهيكل العظيم الشأن كله هذا النقش البديع، ويتأتى في صمّ الحجارة من ذلك ما لا يتأتى في الرخو من الخشب، فيحسب الناظر استعظاماً له أن عمر الزمان لو شغل بترقيشه وترصيعه وتزيينه لضاق عنه، فسبحان الموجد للعجائب لا إله سواه. وعلى أعلى هذا الهيكل سطح مفروش بألواح الحجارة العظيمة على الصفة المذكورة، وهو في نهاية الارتفاع، فيحار الوهم فيها، ويضل العقل في الفكرة في تطليعها ووضعها».

تحمل معايشة ابن جبير الجمالية للهيكل جوانب وصفات جمالية عدة، أولها السمو، بما أننا أمام مبنى ديني، «الهيكل العظيم، رائعة الشكل، هائلة المنظر، يستشعر الناظر إليها رعباً، ويتملأ منها عبرة وتعجباً، لا يفهم، استعظاماً له، فسبحان الموجد للعجائب، الحجارة العظيمة، في نهاية الارتفاع، يحار العقل، يضل الوهم»، ففي الهيكل مزيج من العظمة والضخامة والروعة بتكوينه وبمادته، ومن الارتفاع الشاهق، بالإضافة إلى عنصر الغموض، بما أنه منقوش بنصوص غير مفهومة عند الرحالة العربيّ، كما أنه معجز عن الإحاطة به لضخامته، فلا يمكن تملكه بالحواس أو العقل.

أما صفة الجمال فترتكز على التنوع الشديد؛ «على أنواع، قد أعدت لكل صورة منها هيئة، ولا تتأتى العبارة لاستيفائه، تصاوير كلها مختلفات الأشكال والصفة»، وهذا التنوع الشديد لا يمتع المتلقي فحسب، بل يدخله في حالة دهشة تصل إلى التوهان في محاولته تفسير كل رمز أو صورة أو رقش، بالإضافة إلى أنها تضم ما هو

غريب عن الثقافة العربية – الإسلامية مما لا يتسنى للمتلقي فهمه بسهولة، لكن ما أدركه الرحالة هو المهارة الفنية في تعامل الصنّاع مع المادة الصعبة، الحجر، فيقول: «ويتأتى في صم الحجارة من ذلك ما لا يتأتى في الرخو من الخشب، فيحسب الناظر استعظاماً له أن عمر الزمان لو شغل بترقيشه وترصيعه وتزيينه لضاق عنه»، وهي عين الخبير الذي يعرف بالدقة مدى صعوبة التعامل مع الحجارة العظيمة وترصيعها بالنقوش، ويضيف في وصفه للمهارة التقنية لتصاوير الطيور مثلاً: «توهم الناظر إليها أنها تهم بالطيران»، أي أن الصانع منحها حيوية أخرجتها من جمودها الصخري.

كما نلاحظ في الهيكل ما قلناه حول رسوخ الزخرفة التجريدية بالنقش أو الخط، وعادة ملء الفراغ في الحضارات الشرقية القديمة، حتى تلك التي لم تنتقل إلى الإسلام، فيقول ابن جبير: «وما فيه مغرز إشفى ولا إبرة إلا وفيه صورة أو نقش أو خط بالمسند»، وهذه هي الثقافة التجريدية التي انتقلت من الشرق القديم إلى العالم الإسلامي بامتداده حتى الأندلس.

ولنلحظ أخيراً أن الرحالة تلقى موضوعه جمالياً من غير أن يقف منه موقفاً دينياً سواء بما يمثله معنوياً – بوصفه معبداً مسيحياً – أم بما يجسده من تصاوير حيوانية وآدمية محرَّمة دينياً.

وبالانتقال إلى الفن الزخرفي الأندلسي تحضرنا أولاً قصور الحمراء التي تقوم على بنيتين؛ الأولى إنشائية هندسية، والثانية تعتمد على الكساء التجميلي. فالبنية الإنشائية الهندسية لقصر الحمراء

بنية بسيطة أولية غير معقدة إطلاقاً، على عكس الكساء الزخرفي المعقد شديد التنوع، ومن هنا يمكننا القول إن التعقيد الهندسي للقصر النصريّ قد يبدو في طبيعته جمالياً أكثر منه بنيوياً، من حيث إنه ليس وظيفياً بقدر ما هو أسلوب تعبير [90]، فما نفهمه أولاً أنّ التزيين بأشكاله في الحمراء لم يكن لغاية تجميلية محضة، لكن له أهدافه التعبيرية الناقلة لمعانٍ عدة.

وطابع هذا التزيين طابع زخرفي تجريدي، و«لا تمثيل مباشر في قصر الحمراء فيما خلا بعض القناطر والرسومات الشخصية الجدارية التي تشكل عناصر ثانوية ودخيلة على التركيبة البصرية العامة التي يغلب عليها طابع الزخرفات الهندسية التجريدية» [91]، ومن هنا نجد أن المؤثرات الرومانية أو الإغريقية في حدّها الأدنى، ويغلب الطابع المشرقي القديم على نظام الزخرفة في الحمراء، «فجماليات قصر الحمراء تتجسد عوضاً عن التمثيل المباشر في نظام ديناميكي من الكنايات والمجازات البصرية والنصية، منبثقة من التفاعل بين تصميم تجريدي ونقوش نصية، نظام يحكم رؤية الناظر إلى البناء على المستويين الحسي والمعرفي» [92]، فقد استعاض الفنانون عن الفنون التشكيلية ببنية تجميلية تزاوج بين الزخرفة من جهة، والنقوش النصية من جهة ثانية، ومن هنا يتمازج البُعد الحسي المجرد مع البُعد المعرفي لمضمونات تلك الكتابات المنقوشة.

إذ نرى قصائد مخصصة لشعراء من المرحلة النصرية كُتبت لتنقش في الحمراء، وأبرز هؤلاء الشعراء ابن زمرك، ومما قاله مما نقش على قبة الحمراء [93]:

أنَا الرَّوضُ قَدْ أصبحْتُ بالحُسنِ حالياً
تأمـلْ جَمَالـي تسـتفِدْ شـرحَ حالِيَا

أُباهـي مِـنَ المَوْلَـى الإمـامِ مُحمَّدٍ
بأكْـرَمِ مِـنْ يأتي ومِـنْ كانَ ماضِيا

ولله مَبنـايَ الجميـلُ فإنَّـه
يفـوقُ على حُكـمِ السُّـعُودِ المبانِيا

فكـمْ فيـهِ للأبصارِ مِـنْ مُتَنَزِّهٍ
تُجدُّ بـهِ نفـسُ الحليـمِ الأمانِيا

تَبيـتُ لـهُ خَمـسُ الثُّريَـا مُعيذَةً
ويصبـحُ مُعتَـلُّ النواسـمِ راقِيَا

بـهِ القُبَّـةُ الغَـرَّاءُ قَـلَّ نَظيرُهَا
تـرَى الحسـنَ فيها مستكنًّا وبادِيَا

تمـدُّ لهـا الجـوزاءُ كفَّ مصافِـحٍ
ويدنـو لهَـا بـدرُ السماءِ مُناجِيَا

وتهوَى النجـومُ الزُّهرُ لوْ ثَبَتَتْ بهَا
ولـمْ تـكُ في أُفْـقِ السماءِ جواريا

ولـوْ مَثَلَتْ في سـاحتيهَا وسـابقتْ
إلـى خدمـةٍ تُرضيهِ منهَـا الجَوارِيَا

ولاَ عجبٌ أنْ فاتَتِ الشُّهبَ في العُلَى
وأنْ جاوزتْ فيهِ المـدَى المُتناهِيَا

فبيـنَ يديْ مـولايَ قامـتْ لخدمةٍ
ومَنْ خـدمَ الأعلَى اسـتفادَ المَعَالِيَا

بهَا البهـوُ قدْ حازَ البَهـاءَ وقدْ غَدَا
بـهِ القصرُ آفـاقَ السـماءِ مُباهِيَا

وكـمْ حُلَّـةٍ جلَّلتـهُ بحُليِّهَا
مِنَ الوشـيِ تُنسِي السّابِريَّ اليمانِيا

وكـمْ مـنْ قِسيٍّ فِي ذُراهُ ترفَّعتْ
علَى عُمُـدٍ بالنُّـورِ باتـتْ حوالِيَا

فتحسبُهَا الأفـلاكَ دارتْ قِسِيُّهَا
تُظِلُّ عمـودَ الصّبـحِ إذْ لاحَ بادِيَا

سوارِيَ قـدْ جـاءتْ بكلِّ غريبةٍ
فطارتْ بهَا الأمثالُ تَجري سوارِيَا

بـهِ المرمرُ المجلوُّ قدْ شـفَّ نُورُهُ
فيجلـو مـنَ الظّلْماءِ مَـا كانَ داجِيَا

إذا مَـا أضاءتْ بالشُّـعاعِ تخالهَا
علَى عِظَـمِ الأجـرامِ منهَا لآلِيَا

فلمْ نـرَ قصراً منـهُ أعلَى مظاهراً
وأوضـحَ آفاقـاً وأفسـحَ نادِيَا

ولـمْ نـرَ روضاً منـهُ أنعمَ نَضرةً
وأعطـرَ أرجـاءً وأحلَى مجانِيَا

مُصَارَفَـةُ النَّقدِيـنِ فيـهِ بمثلِهَا
أجازَ بهَا قاضِي الجَمَـالِ التَّقَاضِيَا

فـإنْ ملأت كفَّ النسِيمِ معَ الضُّحَى
دَراهِـمَ نَـورٍ ظَـلَّ عنهَا مُكافِيَا

فيمـلأُ حِجرَ الرَّوضِ حَولَ غُصونهَا
دنانيرَ شَـمسٍ تتركُ الـرَّوضَ حاليَا

وبينـي وبينَ الفتحِ أشـرفُ نسبةٍ
وحَسْـبُكَ مِنْهَا نِسْبَةٌ هِيَ ماهِيَا

ستكون القراءة من منحيين، الأول قراءة التفصيلات الجمالية في
القبة، والثاني قراءة موقعية النقش فنياً. ويتحدث الشاعر بلسان القُبة
التي تفاخر بجمالها وسموها؛ إذ يتجلى السمو بالموقعية المرتفعة
للقبة التي تمثل السماء في الثقافة العربية – الإسلامية، بارتفاعها
واتساعها؛ «تبيت له الثريا معيذة، ويصبح معتل النواسم راقيا، تمد
له الجوزاء، يدنو بدر السماء، تهوى النجوم، أفق السماء، ساحتيها،
فاتت الشهب في العلى، جاوزت المدى المتناهيا، آفاق السماء،
ترفعت، فتحسبها الأفلاك، أعلى مظاهراً، أفسح ناديا»» فهي تتجاوز
الرموز الطبيعية السامية بارتفاعها المجازي والحقيقي، وباتساعها
نحو اللامتناهي، كما «أن شكل القبة الدائري مدعوماً ومعززاً بحركة
الأشكال حول مركز واحد ينطوي في الأغلب على ميزة القدرة على
استحضار الشكل الكروي المثالي للأجرام السماوية التي ينظر إليها
الكثير من المفكرين والفلاسفة المسلمين في العصور الوسطى، أمثال

إخوان الصفا، على أنها أكثر أنماط الأشكال كمالاً»[94]، وكمالها مستحضر من تمثيلها للسماء أولاً، ومن اتخاذ الدائرية والمركز المحاط بالامتدادات الموحية بالتوحيد ثانياً. ونجد قولاً لأحد المنظرين الغربيين عن الدائرة؛ يقول: إن الدائرة «شكل تنقصه صفة الإثارة على الرغم مما في بساطته وصفائه من جمال، وعلى الرغم مما في اتصاله من روعة»[95]، وهو نفى الجمال عن الدائرة تقريباً بنقصان الإثارة فيها، لكنه أوضح تماماً ما لها من قيمتي البساطة والروعة في الاتصال في آن، وهذا ما ترغبه الذوقية العربية – الإسلامية، وهذا ما حدا بهم إلى تفضيلها جمالياً.

ومن المنحى القيمي للجميل نرى القبة تتنقل بين الخصوبة والأنوثة؛ «رأنا الروض، الحسن، حالياً، جمالي، مبناي الجميل، يفوق، متنزه، الأمانيا، الغراء، قل نظيرها، ترى الحسن فيها مستكناً وباديا، البهاء، حلة، من الوشي، غريبة، المرمر المجلو، شف نوره، لآليا، أوضح آفاقاً، أنعم نضرة، أعطر أرجاءً، أحلى مجانيا»، فالتنوع ينبع من الجانب الطبيعي للقبة التي تتسم باستمرارية الخصوبة المكتسبة من عالم الطبيعة النضرة الواضحة، وينبع من تمثيل الرفاهية المستوحاة منها بالوشي والمرمر واللآلي والعطر، وينبع من الجمال الأنثوي المتجلي بالوضوح والوضاءة والحيوية والشكل الدائري المنحني للقبة. ففي حين أن الزاوية باردة فالخط المنحني دافئ، الخط المنحني يرحب بنا، والزاوية الحادة ترفضنا، إن الزاوية ذكورية، والخط المنحني أنثوي، إن جلال الخط المنحني دعوة لنا للبقاء فيه، فلا نبتعد عنه إلا ونشتاق للعودة إليه، وهنا نمتلك الحد الأدنى للمأوى[96]، ومن

هنا تكون العلاقة بين المتلقي والقبة علاقة حاضن ومحتضن، أي علاقة أمان وأمومة، وهذا يدخل في تكوين المثل الأعلى الجمالي العام، بالإضافة إلى البُعد السياسي الذي يقول: إن مصدر الأمان في بيت الحاكم.

أما موقعية هذا النص المنقوش بالنسبة إلى الكساء التزييني، فإنه يؤدي وظيفة معرفية وجمالية في آن، «فالكتابات الزخرفية تؤدي وظيفة لغوية خالصة تظهر بوضوح المعنى الديني أو السياسي للعمل الفني. لكن، يبين الواقع أن الآلية الإدراكية المعرفية للنقوش الإسلامية تتخطى هذه الوظيفة التقليدية والشاملة لعنصر الكتابة في الفنون البصرية، مشكلة علاقة دلالية متنوعة ومتعددة التكافؤ مع بيئتها المحيطة»[97]، فمعرفياً، تؤدي القصيدة مهمة قاموس للمتلقي، يدلُّه على مواطن الجمال؛ «تأمل جمالي تستفد شرح حاليا»؛ أي تؤدي مهمة الدليل الجمالي الذي ينبغي للمتلقي للعمارة عموماً الالتفات إليه، فيتوافق كل من العظمة والسمو المعماريين مع مضمونات النص المنقوش.

والوظيفة الجمالية الثقافية للنص المنقوش تكمن في أن الخط العربي جميل رشيق ينمّ في إيجازه واختصاره ورشاقته عن تطور كبير في تاريخ الكتابة[98]، أي يدل على عمق الحضارة وتعتّقها ثقافياً، والخط العربي مصوغ بوصفه أحد الفنون التطبيقية التي تمزج الغائية الجمالية مع الغاية الوظيفية لمعاني الكلمات.

ويقول ابن الجياب في أبيات من نص آخر منقوش[99]:

حيطانُهـا فيها رقـومٌ أعجزتْ   أمدَ البديعِ فحسنُها لا يوصفُ

راقبْ وناظرْ كلُّ شـكلٍ شـكلُه   في نسبةٍ فموشّـحٌ ومصنّفُ

مهما لحظتَ رأيتَ نقشاً وشيّتْ   أنواعُـه فمُذهَّبٌ ومزخرفُ

إن التعقيد الشديد الذي نراه في نقوش الحمراء يحتاج إلى دليل جمالي من المادة المعرفية المنقوشة «راقب، ناظر»، فإنك لا تجد في القصر موضع أنملة لم تُنقش أو تزخرف أو توشى «مهما لحظت رأيت نقشاً». ويحتار الجماليون في تحليل الهدف الذي يدفع الفنان العربي والرقاش إلى ملء فراغات العمل الفني بعناصر كثيفة، وقد فسر أكثر النقاد هذا العمل على أن الدافع فيه هو الفزع من الفراغ، وهذا الفزع موجود عند الشعوب البدائية وفي فنونهم، ولكنه عند العرب يبدو متأكداً بنزعة ملحة[100]، وسبب هذا الفزع هو أنه «حينما تكون حواسنا جوعى ترغب في الإشباع الكامل، فإنها تحس إحساساً عميقاً بانعدام هذا الكمال الذي تطلبه»[101]، فبسبب الرغبة بالكمال، ورؤيتهم للكون الممتلئ بالتنوعات التي فاضت من الله، ملأ الفنانون مبانيهم – الرسمية والدينية تحديداً – بالزخرفة والنقش.

أما قاعة السفراء في الحمراء فهي الأبهى من بين قاعات القصر، ففي القاعة الرسمية نجد سورة الفلق في القمة دالة على قمة الخلق، وتحتها سورة الملك منقوشة في الأعلى، ومعانيها الدالة على الملك والقدرة تعبّر عن البناء نفسه، وعن سلطة الملك في آن، ووجود نص قرآني مألوف في مكان رسمي يوحي – بالإضافة إلى القدسية والعظمة – بحميمية كبرى، إذ «نستطيع أن نرى في أشياء مألوفة

للغاية امتداداً لمكاننا الحميم» [102] والآمن، وتحتها نجد نصّاً شعرياً،
ومن ثم مجلس المَلِك.

فتصميم سقف قاعة السفراء هو تحقيق لهدف جمالي محدد، ألا
وهو الرغبة في توليد انطباع بصري بفضاء لا متناهٍ، وقد يكون هذا
الفضاء غير المحدود مكافئاً للعالم السماوي الشاسع اللامتناهي [103]،
فالتدرج من النص القرآني إلى الإنساني إلى الإنسان الملك نفسه
تدرج يعتمد على فيض القدرة، وتحديداً وسط فضاء مكاني يتسم
بالدقة والرقة والسمو، ويقول النص [104]:

تحييكَ مـن حين تصبحُ أو تمسـي

ثغورُ المنى واليمنِ والسعدِ والأنسِ

هـيَ القُبَّـةُ العليـا ونحنُ بناتها

ولكن لي التفضيلُ والعزُّ في جنسي

جـوارح كنت القلبَ لا شـكَّ بينها

وفي القلبِ تبدو قوةُ الروحُ والنفسِ

وإن كانَ أشـكالي بـروجَ سمائِها

ففـيّ عـدا مـا بينها شـرفُ النفسِ

كسـانيَ مـولاي المؤيدُ يوسـف

ملابـسَ فخـرٍ واصطناعٍ بـلا لَبسِ

وصيّرنـي كرسـيَ ملكٍ فأيَـدتْ

علاهُ بحقِّ النورِ والعرشِ والكرسي

إن ما يحمله النص من دلالات جمالية يقوم أيضاً على استمرارية الأنس والمتعة «من حين تصبح أو تمسي»، وهذه الاستمرارية تتأتى بفضل العظمة المعمارية أولاً «القبة العليا، التفضيل والعز، بروج السماء، شرف النفس، ملابس فخر، كرسي ملك، علاه»، «فما من شك في أن المتأمل للقبة بأفلاك نجومها المتلألئة تتبادر إلى ذهنه تصورات عن أبراج النجوم والكواكب وكأنها صور للسماء الحقيقية. وما من شك أيضاً في أن الزخرفات الهندسية تشير في جوهرها إلى النظام الذي يعكس التناغم المطلق في العالم المادي بوصفه المبدأ التكويني الأساسي الذي يحكم ما يبتدعه الخالق» [105]، فالقبة تفوق السماء بما فيها من شرف النفس، وما تظله من أعظم الناس «مولاي المؤيد».

وتقوم موقعية النص في القبة أسفل السورة «وكأنها تجيب عن كلام السورة، كما لو أنها صوت شاعري إنساني يستجيب للكلام الإلهي في السورة الكريمة. إن نقش القصيدة في مكان منخفض من البهو على مستوى عين الناظر وبشكل يقابل النقش القرآني المتموضع عالياً، إنما ينسجم مع القانون الأساسي القاضي بالتوزع الهرمي للأجرام السماوية والأرضية المذكور في الكتاب المقدس بلغة مقتضبة لكنها بلاغية ومؤثرة جداً» [106]، فالتسلسل من الأعلى المزخرف بالقرآن إلى الأدنى المزخرف بالنص الشعري يعلن التدرج والغاية في آن، ومع العظمة التي أنشأها الأندلسيون في عمارتهم فإنهم لم ينسوا التراتبية الإبداعية في الكون، وعدّوا القدرة التي يمتلكونها مستمدة من الله وتهدف إلى حماية دينه.

ولا بدّ أن نقول: إن الفنان الأندلسي لم يعتمد على موضوعه الفني المصنوع بشكل كامل لتأدية المعنى المراد، «فالأشكال الموجودة في الموضوع الفني تومئ لروح المتلقي، وهذه الروح تستجيب بدورها من خلال إسقاط قيمها على الأشكال الفنية. وهكذا، فإن المتلقي والموضوع الفني يقوم كل منهما بتغذية الآخر، أو يقتات كل منهما على الآخر»[107]، ومن هنا نجد العملية التشاركية بين المبدع المشكّل للمعنى، والمتلقي الذي يضيف من روحيته وثقافته في أثناء تلقيه الجمالي للموضوع الفني، كما أن كلّاً من الفنان والمتلقي يشتركان بالثقافة والذوق الجمالي، فيصل المضمون إلى متلقيه بدقة متناهية.

2 – الفنون السمعية في الأدب الأندلسي:

جمالية الموسيقا والغناء والرقص:

يُعدُّ كلٌّ من الموسيقا والغناء والرقص أكثر الفنون تعبيراً عن الروح الجامحة نحو المتعة، فضلاً عن تعبيرها عن الوصول إلى مرحلة عليا من الرفاهية، إذ غدت هذه الفنون في الأندلس من مقومات مجالس الأنس التي تضم مختلف أنواع الفنون وطرائق معايشة المتع بأشكالها؛ سواء أكانت متعاً جمالية أم غير جمالية.

وقد كان لقدوم الفنانين من المشرق في القرون الأولى أكبر أثر في تطور فنّي الموسيقا والغناء الأندلسيين، وتحديداً ما حمله زرياب تلميذ الموصللي من مؤثرات كبيرة في الفنون وفي قواعد الظرف والتأنق[108]، واستمرت الموسيقا الأندلسية بالتطور حتى

غدت جزءاً لا يجتزأ من منظومة المتع الأندلسية المصاحبة لمجالس أنسهم، وهذا ما حدا بهم إلى كتابة أنماط شعرية خاصة بالغناء، ومنها الموشحات والأزجال.

وللموسيقا قدرة لا تملكها سائر الفنون، وهي المباشرة في التعبير عن المعنى التجريدي، وقد تعجز اللغة عن ترجمة تلك المعاني، إلا أن الموسيقا تشكل بحد ذاتها لغة إنسانية نفهمها ونقولها من غير اللجوء إلى الكلمة. كما أن الفنون عامة تعبّر عن صورة المُثل وظلالها، بينما الموسيقا هي المُثل ذاتها، بشكلها الأوضح، فهي التعبير الناجز عن مثلنا[109]، وهي أقرب شكل يتمتع بشيء من تجريدية المثل الأعلى، ومن ثم «ينعكس العالم الواقعي في الموسيقا بقوة وعمق عظيمين. وعالم الأفكار والمعاناة الإنسانية يجد في الموسيقا تجسيده المباشر والأكثر إيثاراً ووضوحاً»[110].

وتكون المصاحبات السياقية للأداء الفني الموسيقي مساعدة لنا في عملية تلقي المقطوعات، كالمكان والزمان – بين النهار والليل مثلاً – وطبيعة المؤدي والمتلقي، فالمعطيات التي يقدمها مجلس الأنس بجوّه العام تعطينا فكرة عن ذلك الفنّ الذي قد لا يظهر بشكله في النصوص التي سنقرؤها، لكنه يظهر من خلال نقل الجو العام والمشاعر الجمالية للمتلقين، بالإضافة إلى تضافر اللحن والكلمة في فن الغناء على شرح الحالة الفنية العامة.

ومن النصوص التي تقدم لنا فني الموسيقا والغناء قول المعتمد بن عباد[111]:

غلبَ الكرى وونـتْ مطايـا الراحِ

واشـتـقنَ شـدوَ حُداتها النُّصَّاحِ

فابعثْ نشاطَ سَؤومها وحسيرِها

بغنـاءِ حاديهـا أخـي الإفصاحِ

ليقيمَ ذاكَ العود من رَسـمِ السُّرى

ويعـودَ فـي الأجسـامِ بـالأرواحِ

فنسـيرَ في طُرقِ السّـرور ونهتدي

بـخـفّـيهـنَّ بـأنـجُـمِ الأقـداحِ

في مجلس ملكي مغرق في مظاهر الرفاهية نرى بوضوح موقعية الموسيقا بين الحاجات المتعوية والجمالية، ففي الليل حين تبدأ المتعة بالانحسار «غلب الكرى، وونت مطايا»، أي بدأ السياق العام للمجلس ينحو نحو الملل «سؤومها»، تقدح الموسيقا المتعةَ، فتتجاوز السياق الزمني، لتمدَّ المجلس باستمرارية القيمة/الأنس.

وبما أننا أمام فنٍّ يُعدُّ أبعد الفنون عن المادية، وهو أقربها إلى اللغة الروحية، فهو المانح للنشاط الروحي في أجساد المتلقين، وهو هادي المتعة وحاديها ومشعلها، وهنا يعود إلى الشكل الأولي من الموسيقا والغناء في الثقافة العربية البدوية، وهو الحداء «بغناء حاديها»، لكنه حداء الأنس لا الإبل، والغاية هي السير في طريق السرور «فنسير في طرق السرور»، ومن هنا تدور كلٌّ من الوظيفة والحاجة في فلك المتعة والرغبة في استمرارها.

ويقول ابن حمديس الصقلي[112]:

يـا حُسـنَ سـاقِيَةٍ تَمُـدّ أناملاً	بِعَروسِ راحٍ في عقودِ حباب
تسقيكَ شمسَ سـلافةٍ عِنبيّةٍ	طَلَعَـتْ علـى فَلَكٍ مـن العُنّاب
ومُنبّهٍ في حِجْرِ مَن شَـدَواتُها	تَثْني الهمومَ بها على الأعْقاب
وكأنّما الأجسامُ من إحسانها	مُلِئَـتْ بـأرواحٍ مـن الإطراب
وكأنّمـا يدُهـا فــمٌ متكلِّـمٌ	بالسحرِ فيهِ مِقْوَلُ المِضراب

إن السياق المكاني في النص هو مجلس أنس، يصف فيه الشاعر الساقية الحسناء التي تمدّهم بالخمر، ويتسم الخمر في النص بالوضوح والبهاء «عروس، شمس، طلعت»، وفي حين أن الخمر يُسكر الجسد، تُسكر الموسيقا الروح «ملئت بأرواح من الإطراب»، وعلى الرغم من روحية الموسيقا وتعبيرها التجريدي فإن ما تريد الموسيقا قوله يصل إلى المتلقين بوضوح قد يتجاوز وضوح الكلمات «يدها فمٌ متكلم». ويدرك ابن حمديس الجانب العلاجي التطهيري للفن ‑ الموسيقا تحديداً ‑ وهو الترويح عن النفس وإزالة الهموم التي تتكاثف في الروح «تثني الهموم بها على الأعقاب»، فتأتي الموسيقا لتحررها وتحرر المعاني التي يعجز الإنسان عن التعبير عنها.

ويقول ابن زمرك في مغنٍّ[113]:

بعودكَ هذَا العيدُ قذ راقَ ميسـمَا

وهشَّـتْ لهُ حتَّى الكواكبُ في السَّمَا

لِـذاكَ تَـرَى فيهَا الخُفُـوقَ كَأنَّهَا

فُـؤادُ مُحِـبٍّ فيِكَ قَـدْ بَـاتَ مُغْرَمَا

إِذَا شَـفَّ عمَّا في الضَّميرِ حسِبتَهُ

لِسـاناً عـنْ السِّرِ الخَفِـيِّ مُتَرجِمَا

ويَـا عجباً حتَّى الجمَـادُ إِذَا دنَـا

إِليكَ وأرسَـى في يديكَ تكلَّمَا

وقَـدْ كانَ لا يـدري الـكلامَ فعندمَـا

فَتَلْتَ لَـهُ أُذناً صَغَـى وتعلَّمَا

وما عـذرُهُ أنْ ليسَ يصبـحُ مُورقاً

ومُـزْنُ دُموعـي كُلَّمَا جُسَّ قَدْ همَا

أظنُّ غنَـاءَ الطيـرِ أبقَـى بأذنِـهِ

تلاحِيـنَ ذاكَ السَّـجْعِ لمَّا تَرَنَّمَا

أيَـا مُبدياً باللَّحظِ واللَّفـظِ أوْجُهاً

منَ السِّحرِ صارَ السِّحرُ منهَا مُحَرَّمَا

بثغركَ دُرٌّ تنفُثُ السِّحرَ مثلَـهُ

فهـذَا كهذَا عِقدُهُ قَدْ تَنَظَّمَا

فيَـا روضَ حُسْـنٍ عَرفُهُ قدْ تنسَّمَا

أثغرُكَ أمْ نَـورُ الأقـاحِ تبسَّمَا؟

إن الموسيقا والغناء منبع للسرور «هشت»، فهما لغة كونية يصل

تأثيرها إلى الكواكب «الكواكب في السما»، وهدف الشاعر إلى مبالغة لطيفة وصحيحة، فصارت النجوم من ثم تخفق حبّاً. وبالإضافة إلى أنها لغة كونية، هي لغة خفية المعاني يصرح بها الضمير «شف عما في الضمير، السر الخفي»، فهي رسالة من ضمير المبدع إلى ضمير المتلقي من غير المرور بعملية معرفية واضحة كتلك التي يمر بها تلقي سائر الفنون. ثم يصف تقنية العزف والتعامل مع الأوتـار «أرسى في يديك، فتلت له أذناً صغى وتعلما»، والأداء الذي يقوم به المغني، وهذا يدل على الاستمتاع بإرهاصات التجربة الجمالية السمعية باللجوء إلى البصر أولاً، ومع بدء التجربة يكون المبدع في حالة أداء سمعي بصري كذلك «مبدياً باللحظ واللفظ أوجهاً من السحر»، وهذه محاولة لأداء الفن التجريدي/الموسيقا بطريقة توضح المعاني، وهنا تكتمل المتعة، وتصل بهم إلى مرتبة السحر، ويتمازج حسن الشكل مع حسن الغناء، فيكون كل منهما دراً منظماً، أي الرفاهية المنتظمة في عقد الجمال.

وييدو الفن الموسيقي بشكله التبادلي، أي التفاعل المباشر بين المبدع والمتلقي، بحضور كليهما في السياق الزمكاني، وبتبادل المتعة هذا، يفترض الشاعر إضفاء الحيوية بله الحياة الخصبة على سائر المكونات الجامدة في المجلس «ما عذره أن ليس يصبح مورقاً»، ثم يختم ابن زمرك نصه بمزيد من التنويع بحواس التلقي الجمالي، فبالإضافة إلى السمع والبصر، عبق المجلس بعرف الحسن «روض حسن عرفه قد تنسما».

ويقول ابن الخطيب مسوّغاً التمتع بالموسيقا[114]:

397

نفـخَ المثانـي ثـمَّ سَـوّى عُـودَهُ

وَفْـقـاً بوفْـقٍ كاعتـدالِ الأهويَـهْ

فطربـتُ والمَلـويُّ يلـوي فارتمثْ

منِّـي الدمـوعُ كمثـلِ وادي مَلويَـهْ

لا تُنكـروا منـي الحنيـنَ فإنمـا

بَـرَتِ البرايـا نفخـةٌ مـع تسويَهْ

يروي ابن الخطيب كذلك المشهد البصري قبل البدء بالمتعة السمعية الجمالية، وضبط العود باعتدال شبهه بـ «اعتدال الأهوية»، وكلاهما رمز لتفضيل الاعتدال الذي هو شرط الجمال، ثم ينتقل مباشرة إلى المشاعر الجمالية الأولى «طربت»، والتي تمر بمراحل تصل إلى ارتماء الدموع، وهنا يكون التلقي الانفعالي في أوْجِهِ، وهذا ما يميز الفنّ الموسيقي الذي يثير الانفعال أكثر مما يثير الحس والتأمل، ويسوغ تأثُّره بأنّ عملية إبداع الخلق مرت بالمراحل التي قام بها العازف «برت البرايا نفخة مع تسوية»، وهنا يكمن الجانب الروحي للخطاب الموسيقي.

ويقول ابن فركون[115]:

وشـادٍ لـهُ في الحسـنِ أرفعُ رُتبةٍ

تـرَى دونَهَـا أُفـقَ السُّـهَا والنَّعائـمْ

فغنّى وقدْ أغنَى عنِ السـحرِ صوتُهُ

ومـالَ بهـمْ مَيـلَ الغُصـونِ النَّواعـمْ

وعودٍ لــه مَهمَـا ترنَّـمَ ساجعاً

فتألْقى الخَلِــيَّ القلـبِ حالـةُ هائـم

يُميلُ قلـوبَ العاشـقينَ صبابـةً

فمـن بيـن مُبدٍ للغـرامِ وكاتـمِ

ومـن قبـلِ أن غَنَّى عليـهِ مُهفهفٌ

عليهِ شَــدَتْ في الرَّوضِ وُرقُ الحَمائمِ

بعد أن يحكي لنا عن أولية متعة البصر في الحسن الواصل إلى السمو «له في الحسن أرفع رتبة، ترى دونها»، يروي لنا ما تفعله الموسيقا بتأثيرها في المتلقي «مال بهم ميل الغصون»، فهي لا تترجم الشعور أو الانفعال الجمالي فحسب، بل تضفي بحسب أدائها ونوتاتها على نفس المتلقي ما تشاء، فتدخله التجربة الجمالية الموسيقية في حالة انفعالية قد لا يكون فيها خارج إطار معايشة الموسيقا، ومن هنا يصبح قاسي الطبع مثل «الغصون النواعم»، ويغدو «الخلي» في «حالة هائم»، وهذا لا ينطبق على المتلقي الإنساني فحسب، بل ينعكس تفاعلاً بين الفن الإنساني والملتقي غير الإنساني، وبذلك يتفاعل الحمام تفاعلاً جمالياً ـ كما يفترض الشاعر [116] ـ مع الموسيقا «شدت ورق الحمائم».

وتبدو أهمية المصاحبات البصرية للموسيقا بقول أمية بن أبي الصلت في مغنٍّ قبيح [117]:

لنـا مُسـمعٌ مـا في الزمانِ لـهُ نِدُّ

ولكنـهُ فـي قُبـحِ صُورتِـهِ قِـردُ

لطرفي وسمعي منـه حـالانِ هذِهِ

لهـذي ـ إذا قايستَ بينهـا ـ ضدُّ

يُعـذِّبُ طرفـي حيـنَ يلحظُ وجهَهُ

وينعمُ سمعي دونَهُ عندما يشدو

إساءةُ مَرآهُ لإحسانِ فعلِهِ

كفـاءٌ، فـلا نحسٌ يـدومُ ولا سعدُ

يعرض لنا ابن أبي الصلت تجربة جمالية منقوصة وموضوعها المغنّي القبيح، فهو يتجاوز المغنين في حسن صوته «ما في الزمان له ندٌّ»، ويدخل السمع في المتعة المطلوبة «ينعم سمعي»، لكنه بالمقابل يتصف بالقباحة المفرطة «قرد»، ويكون تلقيه شكلياً معذّباً للحواس «يعذب طرفي»، وهذا ما ينطبق عليه المثل العربي «تسمع بالمعيدي خير من أن تراه»، وبهذا تبدو أهمية المصاحبات البصرية السياقية للتجربة الجمالية الموسيقية، فهذه التجربة التي عايشها ابن أبي الصلت منقوصة بالقبح الشكلي.

أما عن ترافق فن الرقص مع الموسيقا والغناء فيقول المالقي عن راقصة تدعى (تخط الشوق)[118]:

«تخطُّ» يخطُّ الشوقُ في القلبِ شخصَها

ففـي كل ما تأتيهِ حسنٌ وتحسينُ

إذا رقصت أبصرتَ كلَّ بديعةٍ

تـرى ألفـاً حيناً وحيناً هـي النونُ

فيــا نــزهــةَ الأبصـارِ سُـمّيتِ نُزهـةً

لكــيْ يُوضِــحَ المعنى بيـانٌ وتبيينُ

إن المالقي يعي تماماً أنّ فنّ الرقص وإن كان فنّاً قائماً بذاته، إلا أنه يأتي مفسراً وموضحاً لفنّي الموسيقا والغناء «يوضح المعنى بيان وتبيين»، ولا يكتفي بوصف الحركة المتمايلة للراقصة «كل بديعة، ألفاً حيناً وحيناً هي النون»، بل يعبّر عن توضيح المعاني بالرقص، فكأنّ الكلمات المرادة يُعبَّر عنها بالحركات المشكلة للأحرف، كما يوضح أهمية حسن الشكل الذي يجب أن تتمتع به الراقصة «نزهة الأبصار»، بالإضافة إلى جمال تقنيات حركتها.

وتتبدى أهمية الشكل وتفوّقه على أهمية الأداء الفني في الرقص بقول ابن أبي الخصال[119]:

| للهـمِّ والقبـحِ جامعاتِ | جـاءَ علـيٌّ بملهيـاتِ |
| إلا تذَكـرتُ سيئاتي | لـم يلتفت نظـري إليها |

يصف ابن أبي الخصال راقصات قبيحات الشكل، ويؤدي القبح الشكلي فيهن إلى انعدام المتعة الجمالية بمعايشة فن الرقص، إذ تُلزم الراقصة ـ أيّاً كانت مهارتها التقنيّة الفنيّة ـ بجمال الشكل، أو على الأقل بأن تدخل في القَبول الشكلي حتى لا تذهب متعة معايشة الرقص.

ويقول أبو جعفر بن سعيد في راقصة[120]:

وراقصـةٍ ليسـتْ تحـرّكُ دونَ أنْ

يحركها سـيفٌ مـن المـاءِ مصلّت

يــدورُ بهـا كرهـاً فتنضـي صوارمـاً
عليــهِ فــلا تعيــا ولا هــو يبهت

إذا هــي دارتْ سرعةً خلتَ أنهـا
إلــى كلِّ وجهٍ في الريـاضِ تلفّت

تبدو الحركة الحادة الصارمة «سيف مصلَّت، صوارماً، سرعة»،
أي الحركة الواضحة، وهذا من سمات جمال الرقص، بالإضافة
إلى الحيوية التي يجب أن تتمتع بها الراقصة «ماء»، فمزيج الحدة
والحيوية في الأداء يشكلان قمة الجمال في فن الرقص، مع ما
يصفه سن حركتها الدائرية، والحركة الدائرية المنحنية تتسم بالدفء
والاحتضان، وهذا ما فصلنا فيه حول قيمة الخطوط المنحنية في
الفقرة السابقة، وهذه الحركة الدائرية تنحو نحو الخصب وتعبّر عنه،
بشكلها المجرد أولاً، وبربط الحركة بالالتفات إلى الرياض ثانياً «إلى
كلِّ وجهٍ في الرياض تلفت».

وورد في ديوان ابن حمديس[121]: وقال أيضاً وقد سأله رجل أديب
من الأندلس أن يصف له راقصة على مذهبهم في رقص قيناتهم، وذلك
أن الراقصة منهم تشير بأنملها، وهي تغني إلى كل عضو، وما يحل
به من تعذيب الهوى، فإن ذكرت دمعاً أشارت إلى العين، وإن وصفت
وجداً أشارت إلى القلب، وهي مع ذلك تعبر عن تدلل المحبوب وتذلل
المحب بما يليق بهما من الإشارات الحسنة والحركات المنبهة على
ما أرادت:

وَرَاقِصَةٍ بالسحرِ في حَرَكاتِها
تُقيمُ بِهِ وَزْنَ الغِنـاءِ عَلـى حَدِّ

مُنَغَّمَةٌ أَلْفـاظَهـا بِـتَـرنُّمٍ

كَسـا معبداً مِـن عِزِّهِ ذِلَّـةَ العَبد

تَـدوسُ قُلـوبَ السـامِعينَ برُخْصَةٍ

بهـا لَقَطَتْ مـا لِلُّحـونِ مِـنَ العَدِّ

بِقـدٍّ يموتُ الغُصْنُ من حَرَكاتِهِ

سـكوناً وأين الغُصْنُ من بَـرَهِ القَدِّ

وَتَحسَبُها عمَّـا تُشـيرُ بِأَنمُلٍ

إلـى ما يُلاقي كُلّ عُضـوٍ مِنَ الوَجد

بِنا لا بِها ما تَشتَكي مِن جَوَى الهَوى

وأدمُـعِ أشـواقٍ مُخَـدِّدَةِ الخَـدِّ

إن الحركة الساحرة التي تؤديها الراقصة تعكس الأدوار بين الرقص والغناء، فبدل أن يحدد الغناء سير حركتها التقنية الفنية، تقيم الراقصة وزن الغناء برقصها، وكأنَّ الغناء تابع لحركتها، وتردِّده فتضيف إلى أدائها أداءً إضافياً «منغمة ألفاظها بترنم»، ومن هنا تؤثر حركتها في المتلقين أعظم تأثير «ذلة العبد، تدوس قلوب، يموت الغصن»، فهي تتفوق على الحركة الطبيعية غير القصدية أولاً، وتتملك المتلقين بشكل عبّر عنه بثنائية التدلّه والذل في العشق مقابل الأداء المدهش ثانياً، ثم ينتقل إلى نمط الأداء الأندلسي، الذي يُعدُّ ضمن الإيماء في الأداء الجسدي، وهو يعتمد على إيضاح الحركة، والإشارة إلى المعاني المرادة، وهنا تتجلى الوظيفة الجمالية للرقص بالرغبة في الإيضاح والإفصاح.

ويلخص ابن خاتمة – أخيراً – تصاحب فن الرقص مع سياقه الجمالي الاجتماعي فيقول[122]:

أعجبُ بها أيّامَ مالَقَةٍ	بيـن المنـى وصَحابـةٍ غُـرِّ
ما شئتَ من حُسْنٍ ومن حَسَنٍ	ما شـئتَ من شمسٍ ومن بدرِ
مـا رُمتَ مـن أمنٍ ومـن أملٍ	ما رُمتَ من بُشْـرٍ ومنْ بِشْرِ
عفَّتْ ضمائرُنا فظاهرُنا	مُتشابِهُ الإعلانِ والسِّرِ
وَصَفَتْ خواطرُنـا فباطنُنـا	مُتمـازِجٌ كالـرَّاحِ والقَطـرِ
يسعى علينـا مُسمِعٌ غَـرِدٌ	يُغنيكَ عـن نُقْلٍ وعـن خمرِ
يَثني المعاطفَ حُسـنُ نَغْمتِه	فِعْـلَ النَّسيمِ بِغُصنِـه النَّضرِ
يتلقَّفُ النَّغمـاتِ عَنـه رشـاً	أزْبَتْ محاسـنُهُ على الحَصرِ
فَيصوغُها رَقصاً على قَدَمٍ	كادَتْ تُبيـنُ معانيَ الشِّعرِ

يأتي ابن خاتمة بالسياق الجمالي للتجارب الجمالية التي يعايشها في مجلس الأنس، وأولها التشاركية الاجتماعية في المتعة، وهي تضاعف المتعة بشكل ملحوظ «صحابة غرّ، ظاهرنا متشابه الإعلان والسر، باطننا متمازج»»، ومن هنا تبدو أهمية شخصية النديم بوصفه عنصراً مصاحباً بل مضاعفاً للمتع، وبمعايشة السمو الجميل «حسن، حسن، شمس، بدر»»، يروي أشكال المشاعر الجمالية التي تبدو عليهم «أمن، أمل، بشر، صفت خواطرنا، عفت ضمائرنا»»، وقوام هذه

المشاعر هو الأمان وسط الجماعة، والراحة بمختلف أشكالها، وهذي كلها تدخل ضمن مشاعر الأنس.

وبعد أن يصف السياق الجمالي ينتقل إلى دور الفن في هذا المجلس، فالغناء أولاً «مسمع غرد»، يدخل المتلقين في راحة طاغية أشبه بالسكر «تغنيك عن خمر»، وتبدو المعايشة المباشرة بين المبدع والمتلقي مؤثرة فيهم كما يتأثر الغصن بالنسيم، ضمن تبادلية للرقة واللطافة والمتعة، ثم يظهر الراقص في المشهد الأُنسيّ، ويتلقى هذا الغزال المتسم بالرشاقة النغمات ويمثّلها حركة، أي ينقلها من حيّز الصوت إلى حيّز الحركة، ويوضحها بشكل يترجم الشعر حركة واضحة المعاني، فكأنه يتبادل النطق مع المغني، فالمغني يؤدي الشعر لفظاً، والراقص يؤديه رقصاً.

ومن الصحيح أننا مع الموسيقا والغناء والرقص أمام فنون لا تقول ما تريد مباشرة، إلا أنها تَشفُّ بوضوح عن المثل الأعلى الجمالي، وهو استمرارية المتعة الجمالية بمشاعر الأنس والراحة والتطهير الانفعالي، وإيضاح المكنون منه.

خاتمة الفصل:

بَلورَ الفن الأندلسي صورة المثل الأعلى الجمالي، من خلال تمثيلات فنية متعددة بتعدد الفنون التي ظهرت في الأندلس، إذ امتلك الأندلسيون الوعي الجمالي والفني لرسم تصوراتهم الجمالية للعالم من حولهم، وظهر ذلك أولاً في الفنون البصرية؛ إذ تتحدد جمالية

العمارة الكلية (المدن) باتساعها ومنعتها وامتداد الخصب فيها بشكله المعماري والطبيعي، وكذلك توافر المعايشة الجمالية والنفعية للرفاهية، وتوالد تلك المتع في المدن مما دعاهم إلى تشبيهها بالأنثى مراراً، وقد اهتموا كذلك بمسألة البقاء والاستمرارية ومجابهة المدن للدهر، عدوهم الأول، وملخص ذلك أن تكون المدن مكاناً لائقاً للسكن متمتعاً بالخصب المستمر الموفر للأمان والتمركز المتعوي والسياسي.

أمّا العمارة الجزئية (الأبنية)، فقد كانت حاملة لقيمة المتانة والثبات والاستمرارية الزمنية في وجه العدو الأول، الدهر، بالإضافة إلى السو في المكان والبناء على حدِّ سواء، ولم يكتفِ الأندلسيون بالخلود الحجري بل منحوه سمتي الخصب والأنوثة.

ومن ثم شكّل النحت صلة الوصل بين البناء الحجري والإنسان، إذ لم ينفرد فنّ النحت العربي – الأندلسي ويستقل عن العمارة، إلا بما كان في الأندلس من آثار رومية، وعبّرت المنحوتات الأندلسية عن الخلود والرسوخ، بالإضافة إلى سيولة الحجر، واستمرارية الخصب.

ويظهر النقش في الفنون البصرية أخيراً، ليعكس التأثيرات المشرقية القديمة، والتأثيرات التشريعية الدينية، ويمدُّ ظهور المثل الأعلى الأندلسي بمزيد من الاستمرارية والحيوية والجمال.

أما فيما يخص الفنون السمعية، فقد كان كلٌّ من الموسيقا والغناء والرقص متضافرين لنقل حالة الرفاهية والأنس والاهتمام بالمتع الجمالية والحسية في آن، ضمن مجالس الأنس التي شكلت المشهد الأعمّ والأكثر تمثيلاً للرؤية الجمالية الأندلسية.

وبذلك كانت الصورة العامة التي نقلها الفن الأندلسي تتوافق
والصورة العامة للمثل الأعلى الجمالي الذي تبدى في الفصلين
السابقين، وذلك ضمن الثيمة العامة وهي الاستمرارية، الاستمرارية
في وجود القيم الجمالية العليا، عن طريق اللجوء إلى قيمة الأنوثة
الخصبة.

هوامش الفصل الرابع:

1 – كليب، سعد الدين، المدخل إلى التجربة الجمالية، ص (8).

2 – انظر: جماعة من الأساتذة السوفيات، أسس علم الجمال الماركسي اللينيني، 32/1.

3 – نفسه، 28/2.

4 – بلوز، نايف، علم الجمال، ص (242).

5 – انظر: كليب، سعد الدين، تراثنا والجمال، ص (37).

6 – انظر: عبد الحميد، شاكر، التفضيل الجمالي، ص (21).

7 – انظر: سوريو، إيتيان، تقابل الفنون، ص (75).

8 – انظر: كليب، سعد الدين، وعبد الرحيم، ياسر، والداية، علياء، الفكر الجمالي القديم، ص (33).

9 – انظر: عبد الحميد، شاكر، التفضيل الجمالي، ص (424 – 425).

10 – انظر: إسماعيل، عز الدين، الأسس الجمالية في النقد العربي، ص (105).

11 – باختين، مختارات من أعمال ميخائيل باختين، ص (368).

12 – توفيق، سعيد، ميتافيزيقيا الفن عند شوبنهاور، دار التنوير، بيروت، لبنان، ط (1)، 1983م، ص (101).

13 – جماعة من الأساتذة السوفيات، أسس علم الجمال الماركسي اللينيني، 125/2.

14 – كليب، سعد الدين، تراثنا والجمال، ص (52).

15 – ستيس، ولتر.ت، معنى الجمال، ص (153)، وانظر: ستولينتز، جيروم، النقد الفني، ص (80).

16 – انظر: زهدي، بشير، علم الجمال والنقد، ص (19).

17 – انظر: كليب، سعد الدين، تراثنا والجمال، ص (37).

18 – انظر: زهدي، بشير، علم الجمال والنقد، ص (77).

19 – راجـع: كليب، سـعد الدين، المدخل إلى التجربـة الجمالية، ص (106)، وما بعدها.

20 – كليب، سعد الدين، المدخل إلى التجربة الجمالية، ص (91).

21 – انظر: جماعة من الأساتذة السوفيات، أسس علم الجمال الماركسي اللينيني، 48/2.

22 – نفسه، 56/2.

23 – نفسه، 86/2.

24 – نفسه، 42/2.

25 – اليافي، عبد الكريم، دراسـات فنية فـي الأدب العربي، ص (140)، وانظر: جماعة من الأساتذة السوفيات، أسس علم الجمال الماركسي اللينيني، 129/2.

26 – قنصوه، صلاح، نظرية القيمة في الفكر المعاصر، ص (239).

27 – انظر: باختين، مختارات من أعمال ميخائيل باختين، ص (407).

28 – انظـر: بهنسـي، عفيف، جماليـة الفن العربي، سلسـلة عالـم المعرفة 14، الكويت، الكويت، 1979م، ص (120).

29 – انظر: نفسه، ص (112).

30 – المقري، نفح الطيب، 205/1.

31 – ابن سـعيد، المغرب في حلى المغرب، 102/2، وانظر رسـالة في المفاضلة بين المدن: المقري، نفح الطيب، 170/1، وما بعدها.

32 – ابن الخطيب، الديوان، 425/1.

33 – ابن سعيد، المغرب في حلى المغرب، 65/2.

34 – ابن جبير، رحلة ابن جبير، ص (225) وما بعدها، وانظر نصّاً آخر في مدينة منبج: نفسه، ص (223)، وانظر في مدينة حماة: نفسه، ص (230).

35 – المقصود: فيها.

36 – نفسه، ص (234)، وما بعدها.

37 – ابن الخطيب، الديوان، 259/1.

38 – نفسه، 462/2.

39 – ابن مغاور الشاطبي، ابن مغاور الشاطبي (حياته وآثاره)، ص (176).

40 – انظر: ستيس، ولتر.ت، معنى الجمال، ص (198 – 199).

41 – انظر: توفيق، سعيد، ميتافيزيقيا الفن عند شوبنهاور، ص (196).

42 – جماعة من الأساتذة السوفيات، أسس علم الجمال الماركسي اللينيني، 131/2.

43 – عبد الحميد، شاكر، التفضيل الجمالي، ص (167).

44 – نفسه، ص (422).

45 – انظر: نفسه، ص (423).

46 – انظر: توفيق، سعيد، ميتافيزيقيا الفن عند شوبنهاور، ص (197).

47 – انظر: زهدي، بشير، علم الجمال والنقد، ص (92 – 93).

48 – انظر: كليب، سعد الدين، تراثنا والجمال، ص (32).

49 – انظر: باشلار، جماليات المكان، ص (51).

50 – أبو بحر التجيبي، أديب الأندلس أبو بحر التجيبي، ص (125).

51 – الجهاد، هلال، جماليات الشعر العربي، ص (113 – 114).

52 – ابن جبير، رحلة ابن جبير، ص (28).

53 – أمية بن أبي الصلت، الديوان، ص (81).

54 – غونزالس، فاليري، الجمال والإسلام، ترجمة: كارولين توماس، وزارة الثقافة الهيئة العامة السورية للكتاب، دمشق، سوريا، 2018م، ص (106).

55 – انظر: باشلار، جماليات المكان، ص (142).

56 – كليب، سعد الدين، تراثنا والجمال، ص (49).

57 – انظر مزيداً من النصوص حول القصور: قصيدة ابن وهبون: الشنتريني، الذخيرة، 508/1/2، وابن زمرك، الديوان، ص (125).

58 – ابن عبدون، الديوان، ص (203).

59 – انظر: باشلار، جماليات المكان، ص (50).

60 – ابـن الأبـار، الديوان، ص (390)، ناضية: عاريـة، أمما: قريبة، آدتني: بلغ مني المجهود، كلف: شدائد.

61 – بهنسي، عفيف، جمالية الفن العربي، ص (120).

62 – ابن زمرك، الديوان، ص (305)، يفاع: مرتفع.

63 – غونزالس، فاليري، الجمال والإسلام، ص (99).

64 – انظر: عبد الحميد، شاكر، التفضيل الجمالي، ص (168).

65 – نفسه، ص (168).

66 – ابن سيد البطليوسي، الديوان، ص (64)، طش: مطر خفيف.

67 – السـاير، محمـد عوير، والحياني، عكاب طرموز علـي، ابن هذيل التجيبي الغرناطي حياته وما تبقى من شعره، مجلة جامعة تكريت للعلوم، العراق، المجلد (19)، العـدد (7)، 2012م ص (295)، وانظـر نصـاً آخر لأبي الحسـن البكري، الشنتريني، الذخيرة، 570/2/2.

68 – ابن حمديس، الديوان، ص (495)، وانظر كذلك: نفسه، ص (545)،.

69 – جماعة من الأساتذة السوفيات، أسس علم الجمال الماركسي اللينيني، 133/2.

70 – سانتيانا، الإحساس بالجمال، ص (122).

71 – مصطفـى، إسـراء، منحوتات الحيوانات المركبة فـي بلاد الرافدين ووادي النيـل، مجلـة أبحـاث كلية التربية الأساسـية، العدد (2)، المجلـد (11)، الموصل، العراق، 2011م، ص (464).

72 – انظر: توفيق، سعيد، ميتافيزيقيا الفن عند شوبنهاور، ص (207).

73 – ابن زمرك، الديوان، ص (129).

74 – انظر حول هذه الفكرة: عبد الحميد، شـاكر، التفضيل الجمالي، ص (169 – 170)، بتصرف كبير.

75 – انظر: نفسه، ص (169).

76 – ابن خفاجة، الديوان، ص (155).

77 – أبو بحر التجيبي، أديب الأندلس أبو بحر التجيبي، ص (342).

78 ــ المقري، نفح الطيب، 533/1.

79 ــ أرابيسـك Arabesque: معناهـا عربـي الـروح، وتسـتعمل فـي إطار الفن والرسوم الهندسية المتشابكة التي نجدها في الزخارف الإسلامية، انظر: غومس، غارسيا، الشعر الأندلسي، ص (25).

80 ــ بهنسي، عفيف، جمالية الفن العربي، ص (23).

81 ــ نفسه، ص (29).

82 ــ نفسه، ص (63).

83 ــ انظر: كليب، سعد الدين، تراثنا والجمال، ص (53)، بتصرف كبير.

84 ــ انظر: بهنسي، عفيف، جمالية الفن العربي، ص (17).

85 ــ نفسه، ص (89).

86 ــ زهدي، بشير، علم الجمال والنقد، ص (98 ــ 99).

87 ــ ابن جبير، رحلة ابن جبير، ص (36 ــ 37).

88 ــ إشفى: المخرز.

89 ــ المسند: يقصد الخط الهيروغليفي.

90 ــ انظر: غونزالس، فاليري، الجمال والإسلام، ص (110 ــ 111).

91 ــ نفسه، ص (67).

92 ــ نفسه، ص (67).

93 ــ ابـن زمـرك، الديوان، ص (125)، وانظر كذلك: نفسـه، ص (126)، وص (131)، وص (306).

94 ــ غونزالس، فاليري، الجمال والإسلام، ص (97).

95 ــ سانتيانا، الإحساس بالجمال، ص (139).

96 ــ انظر: باشلار، جماليات المكان، ص (142).

97 ــ غونزالس، فاليري، الجمال والإسلام، ص (147).

98 ــ انظر: اليافي، عبد الكريم، دراسات فنية في الأدب العربي، ص (15).

99 ــ ابن الجياب، الديوان، ص (149).

100 – انظر: بهنسي، عفيف، جمالية الفن العربي، ص (41).

101 – سانتيانا، الإحساس بالجمال، ص (181).

102 – باشلار، جماليات المكان، ص (182).

103 – انظر: غونزالس، فاليري، الجمال والإسلام، ص (94).

104 – نفسه، ص (84).

105 – نفسه، ص (89).

106 – نفسه، ص (85).

107 – عبد الحميد، شاكر، التفضيل الجمالي، ص (44).

108 – انظر تلخيصاً للمؤثرات الثقافية والفنية التي حملها قدوم زرياب إلى الأندلس: عفش، ساندرا، صورة الآخر في الشعر الأندلسي، ص (51)، وما بعدها.

109 – انظر بتصرف: توفيق، سعيد، ميتافيزيقيا الفن عند شوبنهاور، ص (239 – 240).

110 – جماعة من الأساتذة السوفيات، أسس علم الجمال الماركسي اللينيني، 165/2.

111 – المعتمد بن عباد، الديوان، ص (5).

112 – ابن حمديس الصقلي، الديوان، ص (21).

113 – ابن زمرك، الديوان، ص (266).

114 – ابن الخطيب، الديوان، 782/2.

115 – ابن فركون، ص (285).

116 – لأن ترديد الحمام وراء الموسيقا قد يدخل في باب المحاكاة، لا التجربة الجمالية التي تكون الذات فيها عنصراً إنسانياً فحسب.

117 – أمية بن أبي الصلت، الديوان، ص (143).

118 – القرشي، سليمان، شعر أبي علي المالقي، ص (133).

119 – الشنتريني، الذخيرة، 795/2/3.

120 – الربيعي، أحمد حاجم، شعر أبي جعفر بن سعيد الأندلسي، ص (128).

121 – ابن حمديس، الديوان، ص (133).

122 – ابن خاتمة الأنصاري، الديوان، ص (95).

الخاتمة

بعد استقصاء النصوص الأندلسية من عصر المرابطين إلى نهاية الحكم العربي للأندلس وفق المقاربة النقدية الجمالية، خرجنا بنتائج عدّة، وسّعت المنظور حول القيم والمفاهيم الجمالية الثقافية الناظمة للأدب الأندلسي.

فرأينا أنه لا يوجد تلقٍ للجمالي من غير المرور بما هو حسي، وحتى تلقّينا (للجمال الباطن) حسب تعبير الفلاسفة العرب، يمر بحاسة واحدة على الأقل، لكن ما يختلف هنا هو درجة أهمية الحاسة في التلقي الجمالي، ففي حين أنها تلعب دوراً جوهرياً في تلقي الجمال الظاهر، نجدها تؤدي دوراً ثانوياً، وهو دور الوسيط أو القناة، في تلقي الجمال الخلقي أو الباطن، إذ لا بدَّ أن يتجلى الجمال الباطن في سلوك أو موقف أو قول محسوسين حتى نقدر على تقويمه أو إطلاق حكم جمالي عليه.

وقد احتلَّ مفهوم الكمال مكانة أساسية في الفكر الجمالي العربي – الإسلامي، فهو أساس كلٍّ من قيمتي الجميل والجليل، فإذ ينحو

نحو اللطافة والرشاقة والحسن يكون جميلاً، وحين ينحو نحو العظمة والضخامة يكون جليلاً، ومن ثم فإن الكمال هو أساس القيم الجمالية الإيجابية في المنظومة الجمالية العربية – الإسلامية. وكذلك على الموضوع الجمالي أن يكون حسياً مثيراً للانفعال والتأمل، فتقابله الذات بعلاقة ديالكتيكية في التلقي، لينتج عنها حكم التقويم الجمالي الذي يخضع لاعتبارات اجتماعية ثقافية فردية في آن.

وذلك من منحى التنظير عامة، أما في التعمق في الأدب الأندلسي خاصة فقد وجدنا أن مجالس الأنس الأندلسية – إضافة إلى أنها تضم المجتمع والطبيعة معاً – هي أوسع حيّز يضم المتع الحسية والجمالية في الأندلس، فهي تحتوي قيم الأنس الاجتماعي، والخصب بشكله الطبيعي والمائي، والمتعة الحسية الجمالية بالخمر. كما أنّ الربيع هو الشكل الأولي والأساسي المؤذن بالخصب الممتد زمانياً ومكانياً، فهو حامل لقيمة استمرارية الخصب وتكثيفه، أو الخصب بشكله الأمومي الولّاد، كما مزج الأدباء الأندلسيون بين صورة السمو والرفعة للكواكب والنجوم، وصورة الخصب الاجتماعي والطبيعي، ومن ثم فلم يكن هناك انفصال واضح بين مكونات الطبيعة السماوية والأرضية من جهة، وبين الطبيعة السماوية والنشاطات الإنسانية – الاجتماعية من جهة ثانية، فكل منها هادف للتعبير عن المثل الأعلى الجمالي العام، الخصب والأمان الوجودي، كما كانت الأجرام السماوية تمثل ثنائية الأمان والظل، والحيز المكاني المفتوح.

وفي الحديث عن الماء، فلقد استمرت صورة البحر في المخيلة الأندلسية بحمل القيمة الجمالية القاهرة، إذ فقد الماء خاصّية الخصب

المانح، واقتصر في البحر على الجانب الجليل، في الإفناء أو الإخافة، بالإضافة إلى عدم قدرة الأندلسيين على الإحاطة به، وذلك من أول الوجود العربي في الأندلس، إذ كان البحر مصدراً للفزع والإخافة والفظاعة، سواء أكان للأدباء تجاربهم الخاصة مع البحر، أم كانوا ينقلون الصورة المترسخة ثقافياً لديهم. وعلى النقيض من صورة البحر، وجدنا صورة النهر الذي تمثّل الماء فيه بشكله الجميل المانح للخصب، إلى جانب القدرة على الإحاطة به والمحافظة على الأمان الوجودي معه، وبذلك كان مكوناً من مكونات مشاهد الخصب والرفاهية والألفة بجزئياته وكلّيته. وكثفت صورة المطر كلاً من جانبي الخصب المائي المانح للحياة، والقدرة على الإفناء والتدمير، وبذلك انتقل المطر من صورة السامي ذي الخصائص اللطيفة، إلى المهيب المانح، إلى الجليل المدمّر، وأخيراً إلى الماء المقدس الذي يرمز إلى الجلال والجمال مجتمعين. أما الخمر فقد حمل خصائص الماء والنار معاً، بقدرته النارية التي تثير فوراناً من المتعة، وبقدرته المائية على إخصاب التجربة الممتعة جمالياً وعضوياً، وذلك ضمن سياق اجتماعي قوامه الأنس وتنوع المتع.

ثم بدت صورة النار في الأدب الأندلسي صورة إيجابية، من حيث إنها مانحة للدفء والأمان والخصب الأمومي الأنثوي، فالنار التي بدت هي نار الدفء الآمن الملذّ، لا نار الإحراق المخيف. أما الجبل بوصفه عنصراً طبيعياً يتمتع بالجلال من ضمن صفاته الموضوعية، فإنه يتصف بالضخامة والعظمة والعلو، ومواجهة الدهر بصلابته ورسوخه، وإنه من ثم يمنح المتلقي القوة والسمو من جهة، ويشعره بالقهر والضآلة من جهة ثانية.

وفي المنحى الإنساني الفردي، مكنت الرؤية الثقافية صورة المرأة عند الأندلسيين، بدءاً باتباع النموذج الجمالي المشرقي بتفاصيله، وانتهاءً بإضفاء خصوصية أندلسية أولت الشخصية الفكرية في الأنثى بُعداً مهماً، وأولت الطبيعة الأندلسية مكانة محورية بوصفها الموضوع الأقرب لقيمة الخصوبة والجمال الظاهر الذي تتمتع به الأنثى. وحافظت صورة الخليفة على تمثيل السمو والبطولية بسماتهما المعتمدة بالثقافة العربية، وهي جلال المظهر ودلالته على القوة والشجاعة والجمال، بالإضافة إلى السمو الخلقي والتمتع بالشيم العربية ذات القيمة الإيجابية، وذلك تحت مظلة الدين، ليكون الخليفة مختاراً من الله وحامياً لدينه.

أما في المنحى الإنساني الاجتماعي، فقد كان لسقوط دول الطوائف ـ دولة المعتمد تحديداً ـ أبعد تأثير في الحياة الأندلسية الاجتماعية والثقافية، إذ عاش الأندلسيون مأساة سقوط القيِّم اجتماعياً، والذي حمل المعتمد لواءه بقوته وشجاعته ورعايته للحياة الفنية من جهة، وتمثيل الحياة المرفهة المتعوية الأندلسية من جهة ثانية. كما أن ظهور سقوط المدن الأندلسية في الأدب الأندلسي خضع لكل من مقولتي الدهر، والخطيئة التراجيدية، وهذا ما صاغ الموقف الأندلسي من المصاعب التي تعانيها الذات في مواجهة الدهر، المسبب المزعوم للسقوط، ومن هنا كان الموقف الأندلسي ذا طابع استسلامي من غير أية رغبة أو نية في الوعي واكتساب المعرفة من التجربة. وقد اتجه الأندلسيون إلى الكوميديا والتقبيح في مواجهة الموضوعات المكروهة اجتماعياً، فسلطوا سيف النقد الاجتماعي من خلال الأدب على كل ما يخالف

قيمهم الاجتماعية والجمالية، كتسلط المرابطين، والسمات الشكلية المرفوضة، والفقر والطبقية الاجتماعية وسواها، فكانت الكوميديا – على قلة ظهورها في الأدب الأندلسي – هي السلاح الأنجع في مواجهة ما لا يقدرون على مواجهته واقعياً.

ومن وجهة النظر في الفنّ، رأينا أن المثل الأعلى للمدن عند الأندلسيين يقوم كذلك على قيمة الخصب أولاً، من حيث الاعتدال المناخي والطبيعة المحيطة، والشكل الدائري الأنثوي، والأمان الوجودي ثانياً من حيث الالتفاف حول المركز الديني أو السياسي والتحصّن والمنعة، والسمو ثالثاً من حيث الارتفاع والاتساع. وكان شرط العمارة الجزئية (الأبنية) أن تقوم على السمو من جهة الارتفاع والمتانة ومواجهة الدهر بالخلود النسبي للحجر، وأن تقوم على الجمال من حيث التزيين والتجميل ومظاهر الرفاهية، وتفضيل الأشكال الدائرية الأنثوية بالقباب والقناطر أو السواري. كما ظهر النحت بوصفه جزءاً من العمارة الجزئية موافقاً للثيمة العامة للعمارة، فبدا من خلال النوافير، مانحاً للرسوخ والخلود والخصب المستمر، وسيولة الحجر، ولم يظهر فن النحت مفرداً في الأدب إلا من خلال التماثيل الأثرية الباقية من الحضارة الرومية. وحمل فن الأرابيسك/ الزخرفة العربية – الإسلامية قيمة الاستمرارية بالمتعة والخصب من جهة، وحمل الفكر العربي الذي يفزع من الفراغ، وينحو نحو الكمال، من خلال الإشباع الفني الكامل، فيملأ المبنى بزخرفات تنتمي إلى حقل الجميل، والرقيق تحديداً. وانطوى كلٌّ من فن الموسيقا والغناء والرقص تحت مظلة مجالس الأندلس، بوصفها مكوناً يضفي

مزيداً من المتع الجمالية. ومن الصحيح أننا أمام فنون لا تقول ما تريده مباشرة، إلا أنها تشفّ بوضوح عن المثل الأعلى الجمالي، وهو استمرارية المتعة الجمالية بمشاعر الأنس والراحة والتطهير الانفعالي، وإيضاح المكنون من الفكر أو الشعور.

وختاماً نقول: إن ما سبق عرضه في هذا الكتاب يؤكد أنّ مختلف ممارسات مجتمع من المجتمعات ورؤاه تنتج عن منظومته الجمالية ومثله العليا، كما تبلور تلك الرؤى والممارسات المثل الأعلى من جديد، في عملية ديالكتيكية لا يمكن أن تنفصم، ومن هنا نؤكد دور الدراسات الجمالية في استجلاء معالم المجتمعات بثقافتها ونتاجها على مختلف الصُعد.

المصادر والمراجع

المصادر:

1 – القرآن الكريم.

2 – ابن الأبار، محمد، ديوان ابن الأبار، تحقيق: عبد السلام الهراس، مطبوعات وزارة الأوقاف والشؤون الإسلامية، المملكة المغربية، 1999م/1420هـ.

3 – إخوان الصفا، رسائل إخوان الصفاء وخلان الوفاء، دار صادر، بيروت، لبنان، لاتا، ج (4).

4 – أبو بحر التجيبي، صفوان بن إدريس، أديب الأندلس أبو بحر التجيبي، محمد بن شريفة، مطبعة دار النجاح الجديدة، الدار البيضاء، المغرب، ط (1)، 1999م/1420هـ.

5 – البسطي، عبد الكريم القيسي، ديوان عبد الكريم القيسي الأندلسي، تحقيق: جمعة شيخة، ومحمد الهادي الطرابلسي، المؤسسة الوطنية للترجمة والتحقيق والدراسات، تونس، 1988م.

6 – البطليوسي، ابن السيد، شعر ابن السيد البطليوسي، تحقيق: رجب عبد الجواد إبراهيم، راجعه: محمود علي مكي، مكتبة الآداب، القاهرة، مصر، ط (1)، 2007م/1428هـ.

7 – البلفيقي، ابن الحاج أبو البركات، شعر أبي البركات ابن الحاج البلفيقي، جمع وتحقيق: عبد الحميد الهرامة، مركز جمعة الماجد للثقافة والتراث، دبي، الإمارات العربية المتحدة، ط (1)، 1996م/1416هـ.

8 – التوحيدي، أبو حيان، الهوامل والشوامل، نشر: أحمد أمين وأحمد صقر، الهيئة العامة لقصور الثقافة، سلسلة الذخائر (68)، القاهرة، مصر، لاتا.

9 – التطيلي، الأعمى، ديوان الأعمى التطيلي، تحقيق: إحسان عباس، دار الثقافة، بيروت، لبنان، 1963م.

10 – ابن جبير، محمد بن أحمد، رحلة ابن جبير، دار صادر، بيروت، لبنان، لاتا.

11 – ابـن الجيـاب، علي بن محمـد، الديـوان، IBN AL ،Jesus Rubiera ،Mata – YAYYAB EL OTRO POETA DE LA ALHAMBRA، Patronato de la Alhambra instituto Hispano – Arabe de cultura، Granada، 1982.

12 – ابن حريق، علي بن محمد، ابن حريق البلنسـي حياته وآثاره، تحقيق: محمد بن شريفة، ط (1)، 1996م/1417هـ.

13 – ابـن حمديـس، عبـد الجبار، ديوان ابـن حمديس الصقلي، تحقيق: إحسـان عباس، دار صادر، دار بيروت، بيروت، لبنان، 1960م/1379هـ.

14 – أبـو حيان الأندلسـي، ديوان أبي حيان الأندلسـي، تحقيـق: أحمد مطلوب، خديجة الحديثي، مطبعة العاني، بغداد، العراق، ط (1)، 1969م/1388هـ.

15 – ابن خاتمة الأنصاري، ديوان ابن خاتمة الأنصاري، تحقيق: محمد رضوان الداية، منشورات دار الحكمة، دمشق، سوريا، 1978م/1399هـ.

16 – ابن خاقان، الفتح:

– قلائد العقيان ومحاسن الأعيان، تحقيق: حسين خريوش، مكتبة المنار، الزرقاء، الأردن، ط (1)، 1989م/1409هـ، ج (2).

– مطمـح الأنفس ومسـرح التأنس فـي ملح أهـل الأندلس، تحقيـق: محمد علي شوابكة، مؤسسة الرسالة، ط (1)، 1983م/1303هـ.

17 – ابن الخطيب، لسان الدين:

– الإحاطـة في أخبـار غرناطة، تحقيق: محمد عبد الله عنان، الشـركة المصرية للطباعة والنشر (مكتبة الخانجي)، القاهرة، مصر، ط (2)، 1973م/1393هـ.

– ديوان لسان الدين بن الخطيب، تحقيق: محمد مفتاح، دار الثقافة، الدار البيضاء، المغرب، ط (1)، 1989م.

– روضـة التعريف بالحب الشـريف، تحقيـق: محمد الكتانـي، دار الثقافة، الدار البيضاء، المغرب، ط (1)، 1970م.

18 – ابن خفاجة، إبراهيم:

– ديوان ابن خفاجة، تحقيق: السيد مصطفى غازي، منشأة المعارف، الإسكندرية، مصر، 1960م.

ـ ابـن خفاجـة الأندلسـي (حياته وروائـع أدبـه)، جمع وتدقيق: أحمـد عبد القادر صلاحية، شراع للدراسات والنشر، حلب، سوريا، ط (1)، 2014م.

19 ـ الداية، محمد رضوان، أبو البقاء الرندي، مكتبة سعد الدين، بيروت، لبنان، ط (2)، 1986م/1406هـ.

20 ـ ابـن الدباغ، عبد الرحمن، مشارق أنوار القلوب ومفاتيح أسـرار الغيوب، تحقيق: هـ. ريتر، دار صادر، بيروت، لبنان، لاتا.

21 ـ الرصافـي، محمد بن غالب، ديوان الرصافي، تحقيق: إحسـان عباس، دار الثقافة، بيروت، لبنان، ط (1)، 1960م.

22 ـ ابـن الزقاق، علـي، ديوان ابن الزقاق، تحقيق: عفيفـة ديراني، دار الثقافة، بيروت، لبنان، 1964م.

23 ـ ابن زمرك، محمد بن يوسـف، ديوان ابن زمرك الأندلسـي، تحقيق: محمد توفيق النيفر، دار الغرب الإسلامي، بيروت، لبنان، ط (1)، 1997م.

24 ـ السرقسطي، محمد أبو الطاهر، المقامات اللزومية، تحقيق: حسن الوراكلي، عالم الكتب الحديث، إربد، الأردن، ط (2)، 2006م.

25 ـ ابن سعيد، المغرب في حلى المغرب، تحقيق: شوقي ضيف، دار المعارف، القاهرة، مصر، ط (2)، 1964م.

26 ـ الششـتري، أبو الحسـن، ديوان أبي الحسن الششـتري، تحقيق: علي سامي النشار، منشأة المعارف، الإسكندرية، مصر، ط (1)، 1960م.

27 ـ ابـن شكيل، أبـو العباس أحمد، ابن شـكيل الأندلسي، تقديم: حيـاة قارة، منشـورات المجمع الثقافي (السلسـلة الأندلسـية 1)، أبوظبي، الإمـارات العربية المتحدة، ط (1)، 1998م.

28 ـ الشـنتريني، ابن بسـام، الذخيرة في محاسـن أهل الجزيرة، تحقيق: إحسان عباس، دار الثقافة، بيروت، لبنان، 1997م، ج (8).

29 ـ ابـن صـارة، عبد الله، ابن صـارة الأندلسي حياته وشـعره، جمع وتحقيق: مصطفى عوض الكريم، جامعة الخرطوم، الخرطوم، السودان، لاتا.

30 ـ ابن أبي الصلت، أمية، ديوان أمية بن أبي الصلت الأندلسي، تحقيق: عبد الله الهوني، دار الأوزاعي، بيروت، لبنان، ط (1)، 1990م/1410هـ.

31 ـ ابن عباد، المعتمد، ديوان المعتمد بن عباد، تحقيق: حامد عبد المجيد، أحمد

بدوي، دار الكتب المصرية، القاهرة، مصر، ط (3)، 2000م.

32 – ابن عبدون، عبد المجيد، ديوان ابن عبدون اليابري، تحقيق: سليم التنير، دار الكتاب العربي، دمشق، سوريا، ط (1)، 1988م/1408هـ.

33 – ابن عربي، محيي الدين، ترجمان الأشواق، دار صادر، بيروت، لبنان، ط (3)، 2003م/1424هـ.

34 – العسكري، أبو هلال، الفروق اللغوية، تحقيق: محمد إبراهيم سليم، دار العلم والثقافة، القاهرة، مصر، 1997م.

35 – ابن فركون، أبو الحسين بن أحمد، ديوان ابن فركون، تحقيق: محمد بن شريفة، مطبوعات أكاديمية المملكة المغربية، سلسلة التراث، ط (1)، 1987م/1407هـ.

36 – القرطاجني، حازم، منهاج البلغاء وسراج الأدباء، تحقيق: محمد الحبيب بن خوجة، دار الغرب الإسلامي، بيروت، لبنان، ط (3)، 1986م.

37 – ابن لبال الشريشي، ديوان ابن لبال الشريشي، تحقيق: محمد بن شريفة، مطبعة النجاح، الدار البيضاء، المغرب، ط (1)، 1996م/1416هـ.

38 – ابن اللبانة، محمد بن عيسى، ديوان ابن اللبانة الأندلسي، تحقيق: منجد مصطفى بهجت، الجامعة الإسلامية العالمية بماليزيا، كوالالمبور، ماليزيا، ط (2)، 2006م.

39 – ابن مجبر، يحيى، شعر ابن مجبر الأندلسي، تحقيق: محمد زكريا عناني، دار الثقافة، بيروت، لبنان، ط (1)، 2000م.

40 – ابن منظور، محمد، لسان العرب، دار صادر، بيروت، لبنان، 1300هـ.

41 – ابن مغاور الشاطبي، عبد الرحمن بن محمد، ابن مغاور الشاطبي (حياته وآثاره)، تحقيق: محمد بن شريفة، مطبعة النجاح الجديدة، الدار البيضاء، المغرب، ط (1)، 1994م،1415هـ.

42 – المقري، أحمد بن محمد، نفح الطيب من غصن الأندلس الرطيب، تحقيق: إحسان عباس، دار صادر، بيروت، لبنان، ط (5)، 2008م/1429هـ، ج (8).

43 – ابن نصر، يوسف الثالث بن يوسف، ديوان ملك غرناطة، تحقيق: عبد الله كنون، معهد مولاي الحسن، تطوان، المغرب، 1958م/1377هـ.

المراجع:

1 – إسماعيل، عز الدين، الأسس الجمالية في النقد العربي، دار الفكر العربي، القاهرة، مصر، 1992م.

2 – إيلياد، ميرسيا، صور ورموز، ترجمة: حسيب كاسوحة، منشورات وزارة الثقافة، دمشق، سوريا، 1998م.

3 – باختين، ميخائيل، مختارات من أعمال ميخائيل باختين، ترجمة: يوسف الحلاق، المركز القومي للترجمة، القاهرة، مصر، ط (1)، 2008م.

4 – الباشا، مهجة:

– رثاء المدن والممالك في الشعر الأندلسي، دار شراع، دمشق، سوريا، ط (1)، 2003م.

– سقوط الأندلس (تاريخه وأسبابه)، دار شراع، دمشق، سوريا، ط (1)، 2002م.

5 – باشلار، غاستون:

– جماليات المكان، ترجمة: غالب هلسا، المؤسسة الجامعية للدراسات والنشر والتوزيع، بيروت، لبنان، ط (2)، 1984م/1404هـ.

– الماء والأحلام، ترجمة: علي نجيب إبراهيم، تحقيق: أدونيس، المنظمة العربية للترجمة، بيروت، لبنان، ط (1)، 2007م.

– النار – التحليل النفسي لأحلام اليقظة، ترجمة: درويش الحلوجي، دار كنعان، دمشق، سوريا، ط (2)، 2005م.

6 – برجسون، هنري، الضحك، ترجمة: سامي الدروبي، عبد الله عبد الدايم، الهيئة المصرية العامة للكتاب، القاهرة، مصر، ط (2)، 1997م.

7 – بلوز، نايف، علم الجمال، منشورات جامعة دمشق، دمشق، سوريا، ط (7)، 2007/2008م.

8 – بهنسي، عفيف، جمالية الفن العربي، سلسلة عالم المعرفة 14، الكويت، الكويت، 1979م.

9 – توفيق، سعيد، ميتافيزيقيا الفن عند شوبنهاور، دار التنوير، بيروت، لبنان، ط (1)، 1983م.

10 – جماعة من الأساتذة السوفيات، أسس علم الجمال الماركسي اللينيني،

تعريـب: فؤاد المرعي، ويوسـف حـلاق، دار الجماهير، دمشـق، سـوريا، دار الفارابي، بيروت، لبنان، ط (2)، 1978م، ج (2).

11 – الجهـاد، هلال، جماليات الشـعر العربي، مركز دراسـات الوحدة العربية، سلسلة أطروحات الدكتوراه، (65)، بيروت، لبنان، ط (1)، 2007م.

12 – خريوش، حسين، أدب الفكاهة الأندلسي، منشورات جامعة اليرموك، إربد، الأردن، 1982م/1402هـ.

13 – خليـل، لؤي، الدهر في الشـعر الأندلسي، هيئة أبوظبـي للثقافة والتراث، أبوظبي، الإمارات العربية المتحدة، 2010م.

14 – الداية، علياء، الوعي الجمالي في السـرد القصصي، دار الحوار، اللاذقية، سوريا، ط (1)، 2012م.

15 – زكار، سـهيل، والكلاس، فايزة، تاريخ الأندلس، منشـورات جامعة دمشق، دمشق، سوريا، 2004م/1425هـ.

16 – زهدي، بشير، علم الجمال والنقد، منشورات جامعة دمشق، دمشق، سوريا، ط (5)، 2002م/1423هـ.

17 – سـانتيانا، جـورج، الإحسـاس بالجمـال، ترجمة: محمـد مصطفى بدوي، راجعـه: زكي نجيـب محمود، مطابع الهيئـة المصرية العامة للكتـاب، القاهرة، مصر، 2001م.

18 – ستولينتز، جيروم، النقد الفني، ترجمة: فؤاد زكريا، دار الوفاء، الإسكندرية، مصر، ط (1)، 2007م.

19 – سـتيس، والترـت، معنى الجمال، ترجمة: عبد الفتاح إمام، المجلس الأعلى للثقافة، القاهرة، مصر، 2000م.

20 – سـلوم، توفيق، المعجم الفلسـفي المختصر، دار التقدم، موسكو، روسيا، 1986م.

21 – سـوريو، إيتيان، تقابل الفنون، ترجمة: بدر الدين القاسـم الرفاعي، راجعه: عيسى عصفور، منشورات وزارة الثقافة، دمشق، سوريا، 1993م.

22 – شـلبي، سـعد إسـماعيل، البيئة الأندلسية وأثرها في الشـعر (عصر ملوك الطوائف)، دار نهضة مصر، القاهرة، مصر، لاتا.

23 – ضيـف، شـوقي، عصـر الـدول والإمـارات (الأندلس)، مديريـة الكتب والمطبوعات الجامعية، حلب، سوريا، 2001م/1422هـ.

24 ـ العابو، عبد الرحمن، التراجيدي في أساطير الشرق القديم، دار نون، حلب، سوريا، ط (1)، 2008م.

25 ـ عباس، إحسان، تاريخ الأدب الأندلسي (عصر الطوائف والمرابطين)، دار الثقافة، بيروت، لبنان، 1962م.

26 ـ عبد الحميد، شاكر، التفضيل الجمالي، سلسلة عالم المعرفة 267، الكويت، الكويت، 2001م/1421هـ.

27 ـ عبد الرحمن، بدر الدين، التراجيديا جمالياً ومعرفياً، دائرة الثقافة والإعلام، الشارقة، الإمارات العربية المتحدة، ط (1)، 2003م.

28 ـ عصمت، رياض، البطل التراجيدي في المسرح العالمي، وزارة الثقافة ـ الهيئة العامة السورية للكتاب، دمشق، سوريا، 2001م.

29 ـ عنان، عبد الله:

ـ دولة الإسلام في الأندلس (عصر المرابطين والموحدين في المغرب والأندلس)، القسم الأول (عصر المرابطين وبداية الدولة الموحدية)، مكتبة الخانجي، القاهرة، مصر، ط (2)، 1990م.

ـ دولة الإسلام في الأندلس (عصر المرابطين والموحدين في المغرب والأندلس)، القسم الثاني (عصر الموحدين وانهيار الأندلس الكبرى)، مكتبة الخانجي، القاهرة، مصر، ط (2)، 1990م.

ـ دولة الإسلام في الأندلس (نهاية الأندلس وتاريخ العرب المنتصرين)، مكتبة الخانجي، القاهرة، مصر، ط (4)، 1997م.

30 ـ العوا، عادل، العمدة في فلسفة القيم، دار طلاس، دمشق، سوريا، ط (1)، 1986م.

31 ـ الغذامي، عبد الله:

ـ تأنيث القصيدة والقارئ المختلف، المركز الثقافي العربي، الدار البيضاء، المغرب، بيروت لبنان، ط (1)، 1999م.

ـ المرأة واللغة، المركز الثقافي العربي، الدار البيضاء، المغرب، بيروت، لبنان، ط (1)، 1996م.

32 ـ غريب، روز، النقد الجمالي وأثره في النقد العربي، دار العلم للملايين، بيروت، لبنان، ط (1)، 1952م.

33 - غومس، غارسيا، الشعر الأندلسي، ترجمة: حسين مؤنس، مكتبة النهضة المصرية، القاهرة، مصر، ط (2)، 1956م.

34 - غونزالس، فاليري، الجمال والإسلام، ترجمة: كارولين توماس، وزارة الثقافة الهيئة العامة السورية للكتاب، دمشق، سوريا، 2018م.

35 - قزيحة، رياض، الفكاهة في الأدب الأندلسي، المكتبة العصرية، صيدا، بيروت، لبنان، ط (1)، 1998م/1418هـ.

36 - قنصوه، صلاح، نظرية القيمة في الفكر المعاصر، دار الثقافة، القاهرة، مصر، 1981م.

37 - كاظم، نادر، تمثيلات الآخر (صورة السود في المتخيل العربي الوسيط)، المؤسسة العربية للدراسات والنشر، بيروت، لبنان، ط(1)، 2004م.

38 - كاوفمان، والتر، التراجيديا والفلسفة، ترجمة: كامل حسين، المؤسسة العربية للدراسات والنشر، بيروت، لبنان، ط (1)، 1993م.

39 - كليب، سعد الدين:

ـ البنية الجمالية في الفكر العربي الإسلامي، دار نون، حلب، سوريا، 2006م.

ـ تراثنا والجمال، دائرة الثقافة، الشارقة، الإمارات العربية المتحدة، ط (1)، 2018م.

ـ المدخل إلى التجربة الجمالية، الهيئة العامة السورية للكتاب، وزارة الثقافة، دمشق، سوريا، 2011م.

ـ بالاشتراك مع: عبد الرحيم، ياسر، والداية، علياء، الفكر الجمالي القديم، مطبوعات جامعة حلب، حلب، سوريا، 2018م.

ـ وعي الحداثة، دار الينابيع، دمشق، سوريا، ط (2)، 2010م.

40 - لالاند، أندريه، موسوعة لالاند الفلسفية، تعريب: خليل أحمد خليل، منشورات عويدات، بيروت، لبنان، باريس، فرنسا، ط (2)، 2001م.

41 - لالو، شارل، مبادئ علم الجمال، ترجمة: خليل عزيز شطا، دار الهلال، دمشق، سوريا، 1951م.

42 - المرعي، فؤاد:

ـ الجمال والجلال، دار طلاس، دمشق، سوريا، ط (1)، 1991م.

– الوعي الجمالي عند العرب قبل الإسـلام، الأبجدية للنشـر، دمشـق، سوريا، ط (1)، 1989م.

43 – نوفل، سيد، شعر الطبيعة في الأدب العربي، دار المعارف، القاهرة، مصر، ط (2)، لاتا.

44 – يازجي، سـراب، الغزل في الشـعر الأندلسـي، دار شراع، دمشق، سوريا، ط (1)، 1995م

45 – اليافي، عبد الكريم، دراسـات فنية في الأدب العربي، مكتبة بنان ناشـرون، بيروت، لبنان، ط (1)، 1996م/1416هـ.

46 – اليافي، نعيم:

– تطور الصورة الفنية في الشـعر العربي الحديث، صفحات للدراسـة والنشـر، دمشق، سوريا، ط (1)، 2008م.

– الشعر بين الفنون الجميلة، دار الجليل، دمشق، سوريا، ط (1)، 1983م.

– مقدمة لدراسة الصورة الفنية، منشورات وزارة الثقافة، دمشق، سوريا، 1982م.

الرسائل والأطروحات:

1 – أبـو آذان، هديـل، التجربة الجمالية في شـعر ابن خفاجة، إشـراف: د. علي كردي، أطروحة دكتوراه في اللغة العربية وآدابها، كلية الآداب والعلوم الإنسانية، جامعة دمشق، دمشق، سوريا، 2017م.

2 – خليل، أحمد، الرؤية الجمالية في شـعر الجاهلية وصدر الإسلام، إشـراف: د. عصـام قصبجي، أطروحة دكتوراه في اللغة العربية وآدابها، كلية الآداب والعلوم الإنسانية، جامعة حلب، حلب، سوريا، 1989م/1409هـ.

3 – زغريـت، خالد، القيم الجمالية بين الشـعر الجاهلي وشـعر صدر الإسـلام، إشراف: د. أحمد علي دهمان، أطروحة دكتوراه في اللغة العربية وآدابها، جامعة البعث، حماة، سوريا، 2011م/1432هـ.

4 – شـحادة الخوري، جميلة، الطبيعة في الشـعر الأندلسي، أطروحة مقدمة لنيل درجة أستاذ، الجامعة الأمريكية، بيروت، لبنان، 1946م.

5 – صلاحيـة، أحمد عبد القادر، البحر في الشـعر الأندلسـي، إشـراف: د. علي

دياب، رسـالة ماجسـتير في اللغة العربية وآدابها، كلية الآداب والعلوم الإنسانية، جامعة دمشق، دمشق، سوريا، 1989م/1990م.

6 – طنينة، خولة صبري عبد العزيز، شـعر أبي بكر محمد بن حبيش، إشراف: د. حسـن فليفل، رسـالة ماجسـتير في اللغة العربية وآدابها، كلية الآداب والعلوم الإنسانية، جامعة الخليل، فلسطين، 2006م/1427هـ.

7 – عفش، ساندرا، صورة الآخر في الشعر الأندلسي، إشراف: د. محمد مرشحة، رسـالة ماجستير في اللغة العربية وآدابها، كلية الآداب والعلوم الإنسانية، جامعة حلب، حلب، سوريا، 2017م.

8 – العقيلي، فوزية، الرؤية الذاتية في شـعر المرأة الأندلسية، إشـراف: د. طه عمـران وادي، أطروحة دكتوراه فـي اللغة العربية وآدابها، كليـة اللغة العربية، جامعة أم القرى، مكة المكرمة، المملكة العربية السعودية، 2000م/1421هـ.

9 – كليـب، سـعد الديـن، القيم الجمالية في الشـعر العربي الحديث، إشـراف: د. فـؤاد المرعـي، أطروحة دكتوراه في اللغة العربية وآدابهـا، كلية الآداب والعلوم الإنسانية، جامعة حلب، حلب، سوريا، 1989م/1410هـ.

المجلات والدوريات:

1 – إقبالي، عباس، وبسـندي، فائزة، ميزات الغزل عند الشـاعرات الأندلسيات في ضوء النقد النفسـي الحديث، إضاءات نقدية، السـنة (5)، العدد (20)، 2015م، إيران.

2 – الربيعي، أحمد حاجم، شـعر أبي جعفر بن سـعيد الأندلسـي، مجلة المورد، المجلد (21)، العدد (1)، بغداد، العراق، 1993م.

3 – السـاير، محمـد عوير، والحيانـي، عكاب طرموز علي، ابن هذيل التجيبي الغرناطي حياته وما تبقى من شعره، مجلة جامعة تكريت للعلوم، العراق، المجلد (19)، العدد (7)، 2012م.

4 – السـعيد، محمد مجيد، ابن بقي القرطبي حياته وشعره، مجلة المورد، المجلد (8)، بغداد، العراق، 1978م.

5 – عيسى، الراشد، والشمال، نضال، خطاب الموت في شعر ابن خفاجة الأندلسي (قصيدة الجبل أنموذجاً)، مجلة جامعة النجاح للأبحاث (العلوم الإنسانية)، المجلد (25)، نابلس، فلسطين، 2011م.

6 ــ القرشــي، سليمان، شعر أبي علي المالقي، مجلة الذخائر، العدد (11) و(12)، لبنان، 2002م/1423هـ.

7 ــ مصطفــى، إســراء، منحوتــات الحيوانات المركبة في بــلاد الرافدين ووادي النيــل، مجلــة أبحاث كلية التربية الأساسية، العدد (2)، المجلــد (11)، الموصل، العراق، 2011م.

8 ــ النجار، فراس عبد الرحمن أحمد، شعر أبي جعفر الرعيني الغرناطي، مجلة آفاق الثقافة والتراث، الســنة (16)، العــدد (64)، دبي، الإمارات العربية المتحدة، 2009م/1430هـ.

الفهرس